KATE PENROSE

Tiefrot tanzen die Schatten

Ein Krimi auf den Scilly-Inseln

Aus dem Englischen
von Birgit Schmitz

FISCHER

Aus Verantwortung für die Umwelt hat sich der S. Fischer Verlag zu einer nachhaltigen Buchproduktion verpflichtet. Der bewusste Umgang mit unseren Ressourcen, der Schutz unseres Klimas und der Natur gehören zu unseren obersten Unternehmenszielen.

Gemeinsam mit unseren Partnern und Lieferanten setzen wir uns für eine klimaneutrale Buchproduktion ein, die den Erwerb von Klimazertifikaten zur Kompensation des CO_2-Ausstoßes einschließt.
Weitere Informationen finden Sie unter: www.klimaneutralerverlag.de

2. Auflage: Juni 2021

Originalausgabe
Erschienen bei FISCHER Taschenbuch
Frankfurt am Main, Juni 2021

Die Originalausgabe erschien 2020 unter dem Titel »Pulpit Rock« bei Simon & Schuster UK Ltd, London
Copyright © 2020 by Kate Rhodes

Für die deutschsprachige Ausgabe:
© 2021 S. Fischer Verlag GmbH, Hedderichstraße 114,
D-60596 Frankfurt am Main
Redaktion: Ilse Wagner

Zitatnachweise:
Teil 1: William Shakespeare: Maß für Maß. In der Übersetzung von Wolf Graf Baudissin. 3. Akt, 1. Szene. zit. n. William Shakespeare: Band 2 (Deutsche Volksbibliothek, Sonderreihe). Aufbau-Verlag, Berlin 1962, S. 122/123.
Teil 2: Edgar Allan Poe: Annabel Lee. aus: Hedwig Lachmann: Gesammelte Gedichte. Eigenes und Nachdichtungen. Gustav Kiepenheuer Verlag, Potsdam 1919, S. 214/215.

Satz: Dörlemann Satz, Lemförde
Druck und Bindung: CPI books GmbH, Leck
Printed in Germany
ISBN 978-3-596-70009-7

Für Teresa Chris

Teil 1

»Muss ich sterben,
Grüß' ich die Finsternis als meine Braut,
Und drücke sie ans Herz!«

William Shakespeare, *Maß für Maß*
(3. Akt, 1. Szene)

Samstag, 3. August

Sabine beendet ihre Schicht um Mitternacht. Sie ist froh, als sie den letzten Drink ausschenken und die Hotelgäste vor ihren Likörgläsern zurücklassen kann. Der Nachtportier ersetzt sie hinter dem Tresen. Die junge Frau schlüpft in den ummauerten Garten hinaus; dort konkurriert der süße Duft der Rosen mit dem Salzgeruch, der vom Meer heraufzieht. Als sie noch mal zum Hotel zurückschaut, kann sie sich leicht vorstellen, wie es vor fünfhundert Jahren ausgesehen haben muss. Die alte Festung liegt hoch über dem Strand und schützte St. Mary's mit ihren dicken Mauern vor Invasionen. Sabine durchquert die Anlage rasch bis zu dem Gebäude, in dem die Mitarbeiter untergebracht sind, aber als sie dort ankommt, ist sie enttäuscht. Niemand erwartet sie, nur der leere Korridor, in dem ihre Schritte widerhallen.

Doch ihre Laune hebt sich wieder, als sie einen Zettel findet, den jemand unter ihrer Tür durchgeschoben hat. Darauf steht in leuchtend roten Großbuchstaben:

KOMM ZUM LEUCHTTURM

Sabine streift schnell ihr Lieblingssommerkleid über. Die Nachtluft ist noch warm, als sie eines der Hotelfahrräder aus dem Ständer am Eingang zieht. Sie radelt durch die engen Sträßchen von Hugh Town und fühlt sich glücklich, während der Wind dunkle Haarsträhnen aus ihrem Pferdeschwanz zupft. Sie stellt sich vor, wie ihre Studienfreundinnen zu Hause in Riga reagieren werden, wenn sie ihnen von der Schönheit der Insel und ihren Sommeraffären erzählt. Das Licht der Straßenlaternen schwindet, und als sie fester in die Pedale tritt, um im Leerlauf zu Peninnis Head hinunterzurollen, weisen ihr nur noch die Sterne den Weg. Dieser Teil der Insel ist von einer ganz eigenen, kargen Schönheit. Felsblöcke liegen wie hingestreut in einer verlassenen Heidelandschaft, und der Leuchtturm blinkt in der Dunkelheit.

Sie stellt das Fahrrad auf dem Rasen ab und verharrt, um die Stille zu genießen. Das ist der erste Moment, den sie für sich hat, seit sie mit ihrer Freundin Lily und den anderen Hotelmitarbeitern zusammen gefrühstückt hat. Die Landzunge wird hier unten von den Gezeiten des Atlantiks umspült und ist der romantischste Ort auf St. Mary's. Große Felsformationen ragen wie Silhouetten von Riesen über der Küstenlinie auf, aber wenn ihr neuer Freund kommt, wird die Landschaft vergessen sein. Sie werden Wein trinken oder nackt im Meer baden, und dann werden sie sich am Strand lieben wie beim letzten Mal. Sie weiß, dass er keine gute Wahl ist, aber die Anziehung ist zu groß, als dass sie sie ignorieren könnte. Sabine schließt die Augen und stellt sich vor, wie er sie im Arm hält, während der Leuchtturm seinen Lichtschein über den Ozean wirft.

Sabine träumt noch vor sich hin, als jemand ihren Namen

flüstert, die Stimme ist ihr nicht vertraut. Sie schlägt die Augen auf und wird von gleißendem Licht geblendet.

»Hey, aufhören!«, sagt sie lachend. »Das blendet doch.«

Aber sie erhält keine Antwort, und dann knallt etwas mit voller Wucht gegen ihren Kopf. Das Licht schwindet, und ihre Gedanken zersplittern, bis Stille herrscht. Sie bekommt kaum noch etwas mit, als ihr Körper durch die Heidelandschaft geschleift wird.

Als Sabine wieder aufwacht, kann sie nicht sagen, wie lange sie ohne Bewusstsein war. Sie verspürt einen dumpfen Schmerz in der Schläfe, aber keine Panik. Sie weiß, dass auf einer so kleinen Insel nichts Schlimmes passieren kann, doch als sie die Augen aufzuschlagen versucht, bleibt es dunkel. Um ihre Taille ist enger Stoff gewickelt worden, der ihr das Atmen schwer macht. In ihren Lungen ist so wenig Luft, dass sie das Gefühl hat zu ersticken. Sie mobilisiert all ihre Kraft, und trotzdem hängen ihre Arme weiter einfach nutzlos herab, und eine gedämpfte Stimme zischt ihr ins Ohr.

»Halt still! Du ruinierst mein Werk.«

»Lassen Sie mich gehen. Bitte. Sie tun mir weh.«

»Sei tapfer, Schätzchen. Deine Haare müssen doch schön aussehen an deinem großen Tag.«

Ein Kamm fährt ihr durch die Locken so wie früher, als ihre Mutter ihr jeden Morgen vor der Schule die Haare gebürstet hat. Doch diese Gesten jetzt sind grob, und es werden ihr so viele Haare ausgerissen, dass ihr der Schädel brennt. Sabine ruft mit vor Schmerz und Angst schriller Stimme um Hilfe, aber die einzige Antwort, die sie bekommt, ist ein hässliches Lachen.

1

Sonntag, 4. August

Es ist neun Uhr, als ich die kleine Werft meines Onkels an der Ostküste von Bryher erreiche. Auf der anderen Seite des New-Grimsby-Sundes liegt die Insel Tresco grün schimmernd in der frühen Morgensonne. Stolz betrachte ich mein frisch lackiertes Boot, das am Pier festgemacht ist. Ray hat es letztes Frühjahr für mich entworfen, aber die Schreinerarbeiten und die ganze Plackerei habe ich selbst übernommen. Der Bowrider ist aus hochwertigem Zedernholz gemacht und fast sieben Meter lang. All meine Ersparnisse, meine gesamte Freizeit und der komplette Jahresurlaub von meinem Job als Deputy Commander der Inselpolizei sind dafür draufgegangen, aber das Ergebnis ist jede Minute dieser Fron wert. Ich habe mein neues Gefährt letzten Monat täglich benutzt, um zwischen St. Mary's und Bryher zu pendeln, was bei der sengenden Sommerhitze eine helle Freude war. Das kleine, wendige Boot hüpft auf der einlaufenden Flut und zerrt an den Tauen, als könnte es gar nicht erwarten, in sein nächstes Abenteuer zu starten.

Kaum betrete ich den Pier, da taucht plötzlich auch mein Hund auf. Er war seit dem Morgengrauen verschwunden, und die Neigung, einfach wegzulaufen, ist nur eine seiner vielen schlechten Angewohnheiten. Shadow ist ein dreijähriger tschechoslowakischer Wolfshund voller unbändiger Energie, der sich schnell langweilt. Als er Ray mit einem Pappkarton in den Händen an Deck steigen sieht, rennt er voraus. Mein Onkel ist jahrelang zur See gefahren, bevor er wieder nach Hause auf die Scilly-Inseln kam, um Bootsbauer zu werden. Er ist inzwischen in seinen Sechzigern, fast so groß wie ich und hat die athletische Statur eines Profiseglers; sein dichtes graues Haar wird von der Brise zerzaust.

»Was packst du denn da in den Laderaum?«, rufe ich.

»Sandwichs und Energydrinks; die wirst du später brauchen. Drei Stunden im offenen Meer zu schwimmen ist schon eine merkwürdige Art, seinen freien Tag zu verbringen.«

»Ich bin der geborene Masochist.«

»Muss wohl.« Er richtet sich auf, um mich anzuschauen. »Hast du denn inzwischen einen Namen für dein Boot?«

»Ich denk noch drüber nach.«

»Warte nicht zu lange, Ben. Es bedeutet Unglück, wenn man ein Schiff nicht tauft.«

»Ich wusste gar nicht, dass du abergläubisch bist.«

»Du bist der, der sich Sorgen machen sollte.« Er grinst träge. »Schließlich ist es dein Boot, nicht meines.«

»Fährst du heute? Dann kann ich schon mal in meinen Neoprenanzug steigen.«

Ray bückt sich, um den Motor anzulassen. Shadow steht bereits an Deck und schnüffelt in die Seeluft. Der Hund starrt mich lange mit seinen eisblauen Augen an; er macht mir Vorwürfe, dass ich erst so spät aufbreche.

»Es gibt heute Morgen starke Strömungen; das wird kein Spaß, um die Landzunge herumzuschwimmen.« Mein Onkel schreit über den Lärm des Motors hinweg, während er das Boot in den St.-Mary's-Sund lenkt. »Wie viele seid ihr denn heute beim Training?«

»Sechs, es sei denn, du machst mit?«

»Nicht mal im Traum! Ihr seid ja nicht zu retten.«

»Wenigstens werden wir fit.«

Wir verbringen die kurze Fahrt in einvernehmlichem Schweigen. Das Wasser glitzert im Sonnenlicht, während wir an Trescos Westküste entlangflitzen. Im Hafen von New Grimsby liegen Dinghis, danach kommt der bleiche Sand der Saffron Cove in Sicht. Wir werden schneller, denn die Strömung zieht uns an der unbewohnten Insel Samson vorbei. Dort gibt es verlassene Häuser, denen Winterstürme schon vor hundert Jahren die Dächer geraubt haben. Shadow scheint das hohe Tempo zu genießen. Er steht, die Pfoten auf der Reling, mit heraushängender Zunge am Bug und lässt sich das graue Fell vom Wind zerzausen.

Die Silhouette von St. Mary's füllt den Horizont aus, als wir nach Süden fahren. Mit ihren fast fünf Meilen Länge ist sie die größte der Scilly-Inseln und verglichen mit Bryher, wo ich geboren wurde, eine Metropole. Früher haben die Leute dort ihren Lebensunterhalt mit Blumenanbau und Fischerei verdient, aber heute sind die meisten vom Tourismus abhängig. Im Sommer kommen jeden Tag Tausende Tagesgäste, um die archäologischen Stätten der Insel zu bestaunen und in den kleinen, von Granitkliffs überschatteten Buchten ein Sonnenbad zu nehmen. Die zerklüftete Küstenlinie kommt bereits näher, und mir wird klar, dass mein Onkel recht hat: Ich muss verrückt sein, um zum ersten Mal am Insel-Schwimmwettbewerb teilzunehmen. Der brutale Marathon, bei dem die gesamte Küste von St. Mary's einmal umrundet wird, findet jedes Jahr im August statt und beginnt mit einem ausgelassenen Fest im Hafen von Hugh Town. Mein kleines Team trainiert schon den ganzen Sommer, und wir hoffen, die Runde in weniger als fünf Stunden zu schaffen. Im Augenblick dominiert noch der Kameradschaftsgeist, aber sobald der Startschuss fällt, herrscht gnadenlose Konkurrenz.

Die Gischt liegt kühl auf meinem Gesicht, als wir Garrison Point passieren, wo das *Star Castle Hotel* auf seinem Felsvorsprung thront, und ich kann es kaum erwarten, ins Wasser zu kommen. Seit meiner Kindheit liebe ich das Schwimmen im offenen Meer. Ich kenne die Gefahren, und doch freue ich mich schon darauf, ins kühle Nass springen zu können, sobald wir die Porthcressa Bay erreicht haben. Der Strand dort ist einer der schönsten von St. Mary's. Bald wird das breite Hufeisen aus Sand mit Touristen übersät sein, die sich sonnen, bis sie tiefbraun sind, oder in dem Café mit Blick über den Strand Cappuccino trinken. Im Augenblick liegt der Strand noch verlassen da, wenn man von den vier anderen Schwimmern absieht, die sich die Taucherbrillen aufsetzen und ihr Aufwärmtraining absolvieren.

»Na, dann los!«, ruft Ray. »Das Wasser ist zu flach zum Anlegen.«

»Pass gut auf mein Handy auf, ja? Da ist mein ganzes Leben drin.«

Ich überreiche ihm mein Telefon und springe dann von Bord. Obwohl dieser Sommer sich zum heißesten seit Beginn der Wetteraufzeichnung entwickelt, ist der Atlantik eiskalt. Der salzige Geschmack des Ozeans füllt meinen Mund, und sein Tosen lässt jedes andere Geräusch verstummen. Sobald ich wieder aufgetaucht bin, gereicht es mir zum Vorteil, dass ich wie ein Preisboxer gebaut bin. An Land bin ich schwerfällig, aber beim Schwimmen erweist sich meine Kraft als nützlich, und ich genieße die Power, die hinter jedem meiner Züge steckt. Unter den Schwimmern, die am Strand auf mich warten, sind auch zwei Polizistenkollegen: mein Deputy, Sergeant Eddie Nickell, und unser Neuzugang, Constable Isla Tremayne. Die anderen beiden Männer sind Steve und Paul Keast, die beide als Bauern auf der Insel leben. Die Brüder sind meine ältesten Freunde und, wie ich, Mitte dreißig. Früher haben wir zusammen Rugby gespielt, und seit ich zurück auf den Inseln bin, treffen wir uns regelmäßig auf ein Pint. Die beiden könnten fast Zwillinge sein. Sie haben die gleiche schlanke Statur, wuscheliges braunes Haar und dunkle Augen. Doch von ihren Persönlichkeiten her sind sie wie Tag und Nacht. Steve ist zwei Jahre älter und sehr extrovertiert, während Paul eher im Windschatten seines Bruders segelt. Beide Männer arbeiten ehrenamtlich bei der Seenotrettung, aber Paul ist der schwächere Schwimmer. Er wird zusätzliche Trainingseinheiten brauchen, um ins Ziel zu kommen.

»Wo ist Sabine?«, rufe ich. »Ist sie heute nicht dabei?«

»Ich wette, sie kriegt heute nicht frei«, antwortet Steve. »Die Hotels sind brechend voll.«

Sie wird enttäuscht sein, dass sie das Training verpasst. Sabine verbringt nur diesen einen Sommer hier, aber sie hat sich voll in die Vorbereitungen für den Wettkampf gestürzt und schwimmt in jeder freien Minute. Eddie sieht aus wie ein blonder Sechstklässler, als er mich begrüßt; er strahlt vor Aufregung über die vor ihm liegende Herausforderung. Isla Tremayne wirkt weniger enthusiastisch. Sie ist einundzwanzig Jahre alt, ebenfalls von hier und ein burschikoser Typ mit athletischem Körperbau und einer ernsten Ausstrahlung. Sie trägt ihr schwarzes Haar kürzer als ich meines. Obwohl sie vom ersten Tag an hart an sich gearbeitet hat, ist ihre Leistung noch steigerungsfähig. Isla beobachtet alles akribisch und macht sich Notizen, als würde sie für eine Prüfung lernen. Ich war überrascht, als ich ihren Namen auf der Liste der Freiwilligen für den Schwimmwettbewerb entdeckte, aber sie hat eine Top-Ausdauer und lässt sich auch von hohem Wellengang nicht entmutigen.

»Ich hab später noch Dienst. Vielleicht schwänze ich das Training und lege mich stattdessen in die Sonne«, sagt sie, als meinte sie es ernst.

»Pustekuchen«, antwortet Eddie.

Der junge Sergeant packt sie an den Handgelenken und zieht sie mit sich, und wir anderen stürzen uns hinter den beiden ebenfalls ins Wasser. Wenigstens sind die Gezeiten uns gewogen, denn die Strömung treibt uns nach Norden, sobald wir den Schutz des Hafens verlassen. Als ich einen Blick zurück an Land werfe, sieht der Küstenpfad aus wie ein sich schlängelnder, blassbrauner Wollfaden, der die Bäume und Wildblumen vom Strand trennt. Ray fährt sicherheitshalber fünfzig Meter hinter uns, für den Fall, dass einer von uns auf dem zweistündigen Weg zur Pelistry Bay Probleme bekommt. Das Rettungsboot erlaubt es mir, mich nur auf meine eigene Leistung zu konzentrieren, ohne mich um die anderen kümmern zu müssen. Ich achte lediglich darauf, meinen Rhythmus zu finden. Und nachdem meine Arme zehn Minuten lang das kalte Wasser durchpflügt haben, setzt ein Hochgefühl ein. Der Ozean singt in meinen Ohren, und Endorphine fluten meinen Körper, als wir die schwarze Silhouette von Nicholl's Rock passieren, einer Kathedrale aus Stein, die aus dem Meer aufragt. Ich habe diese Küstenstrecke schon so häufig zurückgelegt, dass sich jede Felsspalte und jede Einbuchtung in mein Gedächtnis eingebrannt haben. Ray kennt die hiesigen Gewässer gut genug, um auf Abstand zu bleiben. Der Meeresgrund weist hier versteckte Basaltnadeln auf, die spitz genug sind, um einen Schiffsrumpf durchbohren zu können. Die Küste ist schön auf diesem Abschnitt, aber auch tückisch, denn sie wird von zahlreichen, autogroßen Granitblöcken gesäumt.

Ich konzentriere mich darauf, mein Tempo zu steigern, und kraule stetig durch die Wellen, bis meine Oberschenkelmuskeln schmerzen. Jetzt schwimmen wir auf Dutchman's Carn zu, eine Felsnase, die in Sicht kommt, als die Kliffs zu meiner Linken steil ansteigen. Der Rest des Teams hängt hinterher, bis auf Eddie. Als ich sehe, wie er sich durchs Wasser vorankämpft, muss ich lächeln. Mein Deputy brennt darauf, mich zu schlagen, und er hat den Vorteil, zehn Jahre jünger zu sein, aber ich werde mit allen Mitteln versuchen, vorn zu bleiben. Während ich Peninnis Head umrunde, kommt der Leuchtturm in Sicht. Auf den Felsen darunter streiten sich Möwen um Nahrung, deren Schreie sich mit dem Lärm des Meeres vermischen.

Als ich hochkomme, um Luft zu holen, ruft jemand meinen Namen. Ray winkt mir vom Boot aus zu und schwenkt die Arme, als würde er ein Winkeralphabet aufführen. Einer der anderen Schwimmer muss in Schwierigkeiten sein. Doch als ich mich umschaue, halten alle gut mit. Eddie ist zehn Meter von mir entfernt, dicht gefolgt von Isla und Steve, und Paul arbeitet sich von hinten an die beiden heran. Das Boot hebt und senkt sich mit jeder Welle, doch mein Onkel will unbedingt meine Aufmerksamkeit erregen. Als er zum

Strand zeigt, erblicke ich vor dem schwarzen Hintergrund der Kliffwand etwas Helles. Es könnte ein Drachen sein, der sich dort verfangen hat, aber als ich näher heranschwimme, erkenne ich es deutlicher. Der Gegenstand schwingt hin und her, langsam und schwer wie ein Pendel. Er sieht aus wie eine weiß gekleidete Puppe, die an einem Seil hängt; ein daran befestigter Stoffstreifen flattert im Wind.

»Verflucht, ein Selbstmord.«

Ich zische diese Worte und rufe dann, so laut ich kann, nach Eddie und Isla. Anschließend schwimme ich schnellstmöglich an Land, obwohl dort nichts als die einsamste Art, aus dem Leben zu scheiden, auf uns wartet.

2

Lily sucht gegen zehn Uhr im Mitarbeitertrakt nach ihrer Freundin. Sie hat bereits drei Stunden harte Arbeit hinter sich, hat Bettwäsche gewechselt und Toiletten für die heute anreisenden Gäste geputzt. Im Hotel ist es so warm, dass ihr der Schweiß den Rücken hinunterrinnt, aber sie beklagt sich nicht. Ihr Job im Star Castle hat es ihr ermöglicht, sich von ihrer Vergangenheit zu lösen, außerdem versorgt er sie mit dem nötigen Geld für ihren Lebensunterhalt und auch mit neuen Freunden. Die junge Frau lächelt, als sie den Flur entlanggeht. Sabine müsste inzwischen vom Schwimmen zurück sein; sie werden Zeit haben, einen Kaffee zu trinken und ein bisschen zu plaudern, bevor ihre Pause endet.

Sie klopft vorsichtig an die Tür der Freundin. Es fällt ihr immer noch schwer, zu glauben, dass Sabine ausgerechnet sie auserwählt hat. Sabine ist etwas älter als sie, hübsch und beliebt, trotzdem hat sie Lily zu ihrer engsten Vertrauten gemacht. Vielleicht, weil sie beide Außenseiter sind. Lily ist vor fünf Jahren von Plymouth nach St. Mary's gezogen, und Sabine eine lettische Studentin, die nur den Sommer hier verbringt. Als Lily noch einmal anklopft, schwingt die Tür auf, was sie überrascht. Die Freundin schließt eigentlich immer ab, obwohl hier niemand etwas stehlen würde. Sie sagt, das geschehe aus Gewohnheit – in ihrem Teil von Riga werde häufig eingebrochen.

Lily ist verdutzt über den Anblick, der sie empfängt. Es sieht nicht so aus, als hätte ihre Freundin die letzte Nacht hier verbracht; ihr Bett ist ordentlich gemacht. Ihre Uniform ist über die Rückenlehne des Stuhls geworfen, die Schuhe wurden achtlos in die Ecke gekickt. Sabine hat versprochen, sie hier zu treffen, und sie hat Lily noch nie enttäuscht. Vielleicht ist ihr mysteriöser neuer Freund schuld daran. Lily will schon wieder gehen, als ihr Blick auf einen Zettel auf dem Fußboden fällt; die knallrote Schrift sticht ihr ins Auge. Irgendjemand muss Sabine eine Nachricht hinterlassen haben, aber wer sollte sie auffordern, um Mitternacht zum Leuchtturm zu kommen?

Als sie die kryptische Botschaft noch einmal liest, bekommt sie einen Riesenschreck – sie kennt diese Schrift. Für den Fall, dass noch jemand ins Zimmer kommt, bevor Sabine zurück ist, lässt sie den Zettel in ihrer Tasche verschwinden. Das Management legt allergrößten Wert darauf, den exzellenten Ruf des Hotels zu wahren, und sieht es nicht gern, wenn Angestellte lange aufbleiben, vor allem, wenn ihre Arbeit darunter leidet. Im Hinausgehen fällt Lilys Blick auf das pinkfarbene Telefon ihrer Freundin; ein Blinken zeigt an, dass neue Nachrichten eingegangen sind. Eine der Nummern auf dem Display gehört Lilys Bruder. Wie es aussieht, hat Harry das Blaue vom Himmel heruntergelogen. Er hat den Zettel unter Sabines Tür durchgeschoben und ihr gestern drei Textnachrichten geschickt. Wahrscheinlich ist ihre Freundin auch jetzt mit ihm zusammen und hat vor, die Arbeit zu schwänzen. Lily ist so wütend, dass sie das Telefon einsteckt, um es Sabine nach ihrer Schicht am

Nachmittag in die Hand zu drücken. Von ihrer Freundin ist immer noch keine Spur zu sehen, der Flur ist leer. Lilys Herz schlägt zu schnell, als sie die Tür zuzieht und zurück zu ihrem Zimmer eilt.

3

Während ich über den schmalen Pfad in dem Kliff nach oben klettere, halte ich den Blick auf die vom Pulpit Rock baumelnde Frauenleiche gerichtet; ihr Gesicht wird von einem weißen Schleier verdeckt. Meine nackten Fußsohlen leiden beim Klettern über das Basaltgestein, doch ich nehme den Schmerz kaum wahr. Dazu bin ich zu sehr mit der Frage beschäftigt, warum das Leben dieser Frau so dramatisch enden musste. Welche Verzweiflung hat sie dazu gebracht, sich von da oben herunterzustürzen? Noch kann ich unmöglich erkennen, wer es ist. Meine erste Aufgabe wird darin bestehen, den Leichnam auf festen Untergrund zu ziehen. Oben angekommen bleibe ich kurz stehen und halte nach möglichen Zeugen Ausschau. Peninnis Head ist ein mit Gras und Heidekraut bewachsener Streifen Land, auf dem einiges Felsgeröll herumliegt, Spaziergänger kann ich jedoch keine erspähen. Auf dem höchsten Punkt, fünfzig Meter von mir entfernt, steht der automatisierte Leuchtturm der Insel. Er ist das einzige menschengemachte Objekt in Sichtweite und recht simpel konstruiert: In einem Gehäuse, das erhöht auf einem schwarzen Metallgestell steht, rotiert eine Signallaterne. Als ich über den Rand des Kliffs schaue, kann ich der Frau auf den Scheitel gucken und sehe ihren Spitzenschleier in der Brise flattern. Der unnatürliche

Winkel, in dem sie dort hängt, lässt darauf schließen, dass sie sich das Genick gebrochen haben muss.

Mein Boot treibt unten auf der Flut. Ray hat in sicherer Entfernung zu einigen Felsen Anker geworfen. Glücklicherweise ist die Wasserstraße zum Festland gerade unbefahren, und auch sonst segelt niemand so dicht in der Nähe, dass er das Opfer von seinem Boot aus sehen könnte. Eddie macht sich ebenfalls daran, die Kliffwand hochzuklettern, und auch die anderen schwimmen an Land. Aber die Verantwortung, herauszufinden, was mit dieser Frau passiert ist, liegt bei mir. Auch mein Jahrzehnt bei der Londoner Mordkommission hat mich nicht abgehärtet: Als ich den Schauplatz erneut in Augenschein nehme, steigt Übelkeit in mir auf. Wir werden rasch eine Absperrung einrichten müssen, damit keine Hundehalter hier entlanggehen und ihn verunreinigen können.

Eddie ringt nach Luft, als er neben mir ankommt. »Wissen Sie, wer sie ist?«

»Wir werden erst Fotos machen müssen, bevor wir das herausfinden können; ich sollte auch von hier oben eines schießen. Ich sage Lawrie Bescheid, dass er mir die Kamera vom Revier mitbringt.«

»Nicht nötig, ich hab mein Handy dabei.«

Verdutzt sehe ich, wie er einen wasserfesten Beutel mit seinem Handy darin aus dem Ärmel seines Neoprenanzugs zieht. »Sie waren bestimmt ein toller Pfadfinder, Eddie.«

Er schaut mich verlegen an. »Ich trage es immer bei mir, für den Fall, dass Michelle wegen der Kleinen anruft.«

Seit der Geburt seiner Tochter Lottie im letzten Jahr ist Eddie der engagierteste Papa der Welt; er ist ein ebenso begeisterter Vater wie Polizist und hat mich sogar dazu überredet, Lotties Taufpate zu werden. Aber heute bin ich einfach nur dankbar für seine Umsicht. Er stellt sich dicht an den Rand des Kliffs und macht Fotos für den Bericht des Coroners, während ich zu den anderen Schwimmern gehe. Isla hat sich vornübergebeugt, stemmt die Hände auf die Knie und versucht, Atem zu schöpfen. Steve steht ein paar Meter hinter ihr, aber Paul kämpft sich noch nach oben, so dass ich gezwungen bin, auf ihn zu warten. Ich habe meine Freunde beide dazu gedrängt, Hilfspolizisten zu werden, damit sie während der Inselfestivals Aufsicht führen und aushelfen können, wenn Not am Mann ist.

»Ich brauche euch beide in Hugh Town«, erkläre ich den Brüdern, sobald auch Paul oben ist.

»Ray kann uns nach Porthcressa zurückbringen«, erwidert Steve.

»Ruht euch zuerst ein bisschen aus und schwimmt dann raus zum Boot. Ich möchte, dass ihr den Küstenpfad bewacht. Lasst niemanden hier herauf.«

»Soll Ray dir deine Kleider aufs Revier bringen?«

»Danke, Steve, das wäre toll.«

Er bleibt ruhig, während ich weitere Instruktionen erteile, aber die Augen seines jüngeren Bruders werden glasig, als er die von der Felswand baumelnde Frauengestalt betrachtet. Paul war schon in unserer Kindheit ein Sensibelchen und hat mit jedem mitgelitten, der in Schwierigkeiten war. Daher bin ich nicht überrascht, als er sich abrupt umdreht, ein paar Schritte wegläuft und sein Frühstück ins Heidekraut erbricht; die Reaktionen der Brüder sind so gegensätzlich, wie es nur geht. Es kommt häufig, vor, dass Zeugen eines Todesfalls einen Schock erleiden, aber ich darf mir hier und heute nur Gedanken um das Opfer machen. Steve wird sich selbst um seinen Bruder kümmern müssen. Die Zeit rast; der Vormittag ist bereits zur Hälfte verstrichen, und alles muss in der richtigen Reihenfolge passieren. Als ich den Gerichtsmediziner Dr. Keillor anrufe, klingt er, als hätte er keine Lust, sein Golfspiel für eine derart trostlose Angelegenheit zu unterbrechen. Zu meinem Glück ist mein Vorgesetzter, DCI Madron, noch zehn Tage in Frankreich im Urlaub. Der Mann verspricht zwar dauernd, in Pension zu gehen, überlegt es sich dann aber in letzter Minute immer wieder anders; er scheint von der Idee besessen zu sein, ein makelloses Erbe zu hinterlassen. Sein Beharren darauf, über jeden unserer Schritte detailliert Buch zu führen, würde uns nur verlangsamen – für den Papierkram bleibt noch genug Zeit, wenn wir wissen, warum diese Frau gestorben ist.

Während ich über Granit klettere, um die Leiche zu bergen, wird mir klar, wie Pulpit Rock – der Kanzelfelsen – zu seinem Namen kommt. Ein riesiger Felsblock balanciert über einem anderen wie ein Prediger, der sich auf seine Kanzel stützt und seiner unwilligen Gemeinde von Tod und Teufel erzählt. Der Priester scheint zur unermesslichen Weite des Atlantiks zu sprechen, denn die Felsformation ragt aufs offene Meer hinaus. Ich benutze Eddies Handy, um die Schlinge zu fotografieren, die das Leben der Frau beendet hat, doch allmählich kommen mir Zweifel. Wie viele Selbstmörder sind gefasst genug, um ein Seil dreimal um einen Granitblock zu wickeln und es dann mit einem doppelten Kreuzknoten zu sichern, bevor sie sich in den sicheren Tod stürzen? Ich versuche, die Felsen unter mir zu ignorieren, die wie abgebrochene Zähne zu mir hochstarren. Der nächste Windstoß weht das Seil so dicht an mich heran, dass ich es zu fassen bekomme, aber Eddie und ich brauchen drei Anläufe, um die Leiche auf den Rand des Kliffs hochzuwuchten. Die Gestalt ist kalt und leblos, als ich sie zur nächsten ebenerdigen Stelle trage.

Aber auch nachdem ich sie ins Gras gelegt habe, ist das Rätsel um die Identität der Frau weiter ungelöst, denn ihr Gesicht wird von mehreren Schichten dichter weißer Spitze verdeckt. Nur die Füße und Hände sind unbedeckt, ihre Fingernägel sind in einem zarten rosa Farbton lackiert.

»Soll ich den Schleier anheben?«, fragt Eddie.

»Erst muss ich noch ein Bild machen.«

Als ich einen Schritt zurücktrete, um das Foto aufzunehmen, sehe ich eine archetypische Braut vor mir. Ihre schlanke Gestalt ist in ein knöchellanges Kleid gehüllt. Unter dem undurchsichtigen Schleier quellen dunkle Locken hervor; die hineingeflochtenen Mohn- und Kornblumen sind jedoch schon fast verwelkt.

Eddie und Isla stehen dicht neben mir, als ich den Spitzenschleier lüpfe. Die Frau kommt mir bekannt vor, aber das Bild, das ich sehe, ergibt keinen Sinn. Ihr Gesicht wurde sorgfältig geschminkt, die Augenlider sind mit blassgrauem Lidschatten betupft, die Wimpern getuscht, ihr verzogener Mund glänzt von Lippenstift. Wegen ihres gequälten Ausdrucks lasse ich den Schleier schnell wieder sinken. Ich hoffe, unsere neue Kollegin hat nicht genug gesehen, um das Opfer identifizieren zu können.

»Wir sollten auf den Gerichtsmediziner warten«, sage ich. »Haltet Abstand, alle beide.«

Eddie befolgt meine Anweisung, aber Isla kommt näher und flüstert mit merkwürdig unbewegter Miene: »Ich erkenne das Tattoo an ihrem Fuß; das Symbol der Sonne soll Glück bringen. Es ist Sabine, oder, Boss?«

»Ich fürchte, Sie haben recht.«

Das hellorange gehaltene Design auf der Fußhaut der jungen Frau hat seinen Zweck offensichtlich verfehlt. Als ich über ihren Tod nachdenke, bekomme ich Schuldgefühle. Ich habe ein Dutzend Mal mit ihr zusammen trainiert und nie Anzeichen für eine Depression an ihr entdeckt, aber Selbstmorde sind immer schwer vorherzusagen. Meine ehemalige Arbeitskollegin in London hat sich das Leben genommen, nachdem sie bis zum Ende so getan hatte, als ginge es ihr gut.

Ich schiebe meine Gefühle über den Tod der jungen Frau beiseite, rufe mit Eddies Handy auf dem Revier in Hugh Town an und weise Lawrie Deane an, mich sofort abzuholen. Als ich mich aufrichte, erblicke ich ein unverwechselbares gelbes Fahrrad auf der Rasenfläche neben dem Leuchtturm. Auf dem Rahmen steht der Name des *Star Castle Hotels*. Warum sollte Sabine sich wie eine Braut zurechtmachen und dann mitten in der Nacht hierherradeln, anstatt in der Abgeschiedenheit ihres Zimmers eine Handvoll Tabletten zu nehmen? Die Sonne versengt mir den Nacken, als ich mich wieder ihrer Leiche zuwende. Dann bläst plötzlich eine Brise vom Meer her und fährt unter den Schleier. Er zeigt mir erneut das Gesicht der jungen Frau und macht es mir unmöglich, ihrem gequälten Blick auszuweichen.

4

Lily hat die Uniform gegen eine schwarze Hose und eine frische weiße Bluse eingetauscht und sich so in wenigen Minuten vom Zimmermädchen in eine Kellnerin verwandelt. Andere aus dem Team klagen darüber, dass das Hotel sie für viele verschiedene Aufgaben einsetzt, aber Lily mag die Abwechslung. Bis zum Ende ihrer Schicht wird sie den Gästen ihren spätvormittäglichen Kaffee servieren, dann hat sie Zeit, um Harry zu suchen. Lily versucht, sich auf ihre Arbeit zu konzentrieren, anstatt sich Gedanken über die bevorstehende Auseinandersetzung mit ihrem Bruder zu machen.

Das Restaurant gefällt ihr von allen Räumen des Hotels am besten, denn das offene Mauerwerk gewährt mit seinen alten Steinen einen Blick auf die Ursprünge des Star Castles. Einer der Portiers hat ihr erzählt, die Festung sei unter Elisabeth I. erbaut worden; also versteckt sie sich schon seit fünf Jahrhunderten hinter ihren sternförmig angeordneten Umfassungsmauern. Wenn die letzten Gäste sich schlafen gelegt haben, kommt Lily häufig noch mal hierher, um mit den Fingern über das Mauerwerk zu fahren und seine Beständigkeit zu bestaunen. Aber heute ist sie zu verstimmt, um sich an der langen Geschichte des Hotels erfreuen zu können. Außer ihr sind noch zwei andere Kellner eingeteilt, Sabine ist jedoch immer noch nicht aufgetaucht.

Die junge Frau schlüpft mit einer Kaffeekanne in der Hand flink zwischen den Tischen hindurch. Sie schenkt einer Frau nach und quittiert deren gemurmelten Dank mit einem Lächeln, bevor ein männlicher Gast sie zu sich heranwinkt. Lily würde ihm lieber aus dem Weg gehen, aber dazu ist es jetzt zu spät. Der Mann heißt Liam Trewin; er ist Anfang vierzig, und Lily weiß nicht genau, warum es ihr unangenehm ist, in seiner Nähe zu sein. Vielleicht wegen der Direktheit und Intensität, mit der er sie anstarrt; sie fühlt sich dann wie ein Präparat in einem Labor. Alles an ihm stinkt geradezu nach Geld. Sogar sein blondes Haar wirkt teuer; es fällt ordentlich über seine Stirn und rahmt sein Gesicht. Er sieht nicht so gut aus, dass es für Hollywood reichen würde. Seine Augen stehen ein winziges bisschen zu eng zusammen, und die schmalen Lippen verleihen seinem Lächeln einen Zug ins Grausame.

»*Wie geht es Ihnen heute, junge Dame?*«*, fragt er mit seinem breiten amerikanischen Akzent.*

»*Gut, danke, Sir.*«

»*Wie heißen Sie noch gleich?*«

»*Lily.*«

»*Ein hübscher Name für ein hübsches Mädchen.*« *Sein Hochglanzlächeln wirkt unnatürlich fröhlich.* »*Wo ist denn Ihre Freundin Sabine heute Morgen?*«

»*Das weiß ich nicht, Sir.*«

»*Ich dachte, sie hätte heute Dienst.*« *Er zieht die Augenbrauen zusammen.* »*Ich würde später, wenn sie frei hat, gern eine Tour über die Insel mit ihr machen.*«

»*Tut mir leid, ich weiß nicht, wo sie ist.*«

»*Wären Sie so gut, Ihren Chef für mich zu fragen?*«

»*Ja, Sir.*«

Als Lily davoneilt, spürt sie, dass Trewins Blick ihr folgt. Sie weiß, dass Sabine niemals einwilligen würde, ihn allein zu begleiten. Erst gestern hat sie noch über seine armseligen Versuche gespottet, sie mit Geschenken und Wein auf sein Zimmer zu locken. Die junge Frau bekommt eine trockene Kehle, als sie sich einem der Hotelmanager nähert. Lily schwärmt heimlich für Tom Polkerris, obwohl er verheiratet und fast zwanzig Jahre älter ist als sie. Er behandelt sie stets freundlich, aber sie möchte ihre Freundin nicht in Schwierigkeiten bringen, auch wenn sie sie gewarnt hat, dass Harrys Liebschaften nie von langer Dauer sind. Es ist leichter, ihrem Chef etwas vorzulügen, als zuzugeben, dass Sabine sich wahrscheinlich mit ihrem Bruder herumtreibt.

»Sabine ist nicht gekommen, Sir. Mr. Trewin fragt, wo sie ist.«

»Ist sie in ihrem Zimmer?«

»Ich glaube nicht.«

»Belästigt dieser Typ Sie?« *Polkerris lässt seinen Blick durch den Raum wandern, als hätte er gerade erst registriert, dass eine Mitarbeiterin fehlt.*

»Eigentlich nicht, er wollte es nur wissen.«

»Dann sagen Sie ihm bitte, dass sie heute frei hat, Lily. Ich gehe sie mal suchen.«

Trewin wirkt gereizt, als sie zurückkommt, in seinem Kiefer zuckt ein Muskel. »Dann habe ich den Mietwagen völlig umsonst gebucht.« *Sein Blick gleitet wieder über ihren Körper.* »Es sei denn, Sie hätten stattdessen Lust auf einen Ausflug?«

»Tut mir leid, ich habe heute schon was vor.«

Sie zieht sich zurück, und der Mann schaut ihr wütend nach.

5

Ich würde gern bei Sabines Leiche warten, bis der Gerichtsmediziner eintrifft, aber den Luxus einer Totenwache kann ich mir heute nicht leisten. Bis zur Rückkehr des DCI leite ich die Ermittlungen als Commander, und als solcher kann ich mich unmöglich in einem Neoprenanzug und mit einer Taucherbrille in der Hand an einem Tatort sehen lassen. Eddie und Isla bleiben am Pulpit Rock, um Dr. Keillor in Empfang zu nehmen, als Lawrie Deane mich am Mittag im einzigen Wagen der Inselpolizei abholt. Der Sergeant mit dem kurz geschorenen roten Haar ist in seinen Fünfzigern und ein Miesepeter, der permanent finster dreinschaut. Während der Wagen über unebenes Gelände zur King Edward's Road rollt, hält er den Blick starr geradeaus gerichtet. Ich versuche, mich auf die kurze Fahrt in die Stadt zu konzentrieren, um mir nicht vorzustellen, wie Sabine gelitten haben muss, bevor sie starb.

Die an uns vorbeiziehenden Felder auf der Peninnis-Halbinsel sind unbestreitbar schön: Im Vordergrund gelber reifer Weizen und im Hintergrund der endlos weite Atlantik. Je näher man Hugh Town kommt, desto schmaler wird die von Bruchsteinmauern gesäumte Straße. Um den Buzza Tower hat sich eine Gruppe von Touristen geschart und fotografiert die alte Windmühle aus sämtlichen Perspektiven.

Alle Unterkünfte auf St. Mary's sind momentan ausgebucht; dadurch schwillt die Bevölkerung auf mehr als tausend Personen an, was die Untersuchungen nicht gerade erleichtern wird. Als wir Hugh Town erreichen, führt unser Weg zwischen Häusern hindurch, deren Fassaden mit Gestein von der Insel verkleidet sind. Die Gegend am Kai ist überfüllt. Leute in Shorts und Flipflops spazieren durch die Gassen, stöbern im *Mumford's* nach Lektüre oder kaufen sich Picknickzutaten im *Co-op*. Mit der sorglosen Stimmung auf der Insel wird es vorbei sein, sobald sich die Nachricht von Sabines Tod verbreitet.

»Alles okay mit Ihnen, Boss? Eddie hat erzählt, das Mädchen trägt ein Brautkleid.«

»Niemand von uns hat das kommen sehen. Sie muss still gelitten haben.«

»Sind Sie denn sicher, dass es Selbstmord war?«

»Ich glaube, Sabine ist auf einem Fahrrad vom *Star Castle Hotel* zum Kliff gefahren. Wenn noch jemand involviert war, erfahren wir es erst morgen.«

»Keiner von den Insulanern würde einem jungen Mädchen so etwas antun.«

»Brutale Verbrechen hat es hier auch vorher schon gegeben, Lawrie. Bis der Gerichtsmediziner uns das Ergebnis der Obduktion mitteilt, können wir uns über gar nichts sicher sein. Es sieht aus wie Selbstmord, aber sie kann auch Opfer eines Tötungsdelikts sein.«

»Ein Psychokiller auf unserer Insel«, grummelt Deane. »Das hat uns noch gefehlt.«

»Reden Sie mit niemandem über die Details. Nicht mal mit Ihrer Familie. Wenn das bekannt wird, ist es innerhalb von fünf Minuten auf der ganzen Insel rum.«

Der Sergeant bedenkt mich mit einem missbilligenden Blick, weil ich seine Loyalität in Frage gestellt habe. Dean kennt St. Mary's besser als wir alle, denn er lebt schon seit Jahrzehnten auf der Insel. Die Leute von hier unterscheiden sich von denen auf den anderen Inseln, wo es nur wenige Fahrzeuge und noch weniger öffentliche Einrichtungen gibt. Die meisten Bewohner von St. Mary's freuen sich, von Nachbarn umgeben zu wohnen und ein Krankenhaus, ein Sportzentrum und Vereine zu haben, denen man beitreten kann. Sie sind weniger reserviert als meine Nachbarn auf Bryher, die ihren Küstenabschnitt manchmal wochenlang nicht verlassen. Ich habe keine Ahnung, wie der bizarre Tod einer jungen Frau sich auf den unbeschwerten Charakter der Insel auswirken wird.

Wir sind bereits in der Garrison Lane angekommen, in der das Polizeirevier mit seinen Kieselrauputzwänden liegt. Es ist eine der kleinsten Polizeistationen im gesamten Vereinigten Königreich und verfügt über einen Empfangsbereich, ein paar Büros und zwei Zellen. An Tagen wie diesen sehne ich mich nach dem hochmodernen Gebäude der Londoner Polizei in Hammersmith zurück, wo ich zehn Jahre lang als Undercover-Ermittler der Mordkommission tätig war. Dort waren alle Arten von Spezialausrüstung unter einem Dach versammelt, aber dahin führt kein Weg mehr zurück. Auf den Scilly-Inseln geschehen so selten schwere Verbrechen, dass alles andere als das absolute Minimum an Ausrüstung eine Verschwendung von Ressourcen wäre. Auf St. Mary's scheint die Zeit stehengeblieben zu sein; hier gibt es keine Videoüberwachung und, abgesehen von gelegentlichen Schlägereien unter Betrunkenen, normalerweise auch keine brutalen Gewalttaten.

»Könnten Sie einen unserer Hilfspolizisten mit Absperrband und einem Zelt zu Eddie und Isla am Pulpit Rock schicken? Und die beiden möchten sich bestimmt auch was überziehen. Wir können sie nicht vor Hitze umkommen lassen da draußen.«

»Ich kümmere mich darum.« Er setzt eine leidgeprüfte Miene auf.

»Danach rufen Sie bitte das kriminaltechnische Labor in Penzance an und bitten Liz Gannick, in den nächsten Flieger zu steigen.« Es ist nicht ohne Risiko, Hilfe von der Chefkriminaltechnikerin zu erbitten. Mit ihr ist nicht gut Kirschen essen, doch ich möchte unbedingt vermeiden, dass uns irgendwelche Details entgehen, die mit Sabines Tod im Zusammenhang stehen.

Ray muss vor uns am Revier gewesen sein; als wir einparken, sehe ich, dass Shadow draußen angebunden ist. Die Kleider, die ich auf dem Boot gelassen hatte, sind ordentlich gefaltet unter dem Vordach abgelegt worden, das Handy steckt in der Hosentasche meiner Jeans. Es ist eine Wohltat, den feuchten Neoprenanzug ausziehen zu können, sobald wir drinnen sind, aber ich weiß, dass es nur eine Frage der Zeit ist, bis die ersten Leute wissen wollen, warum der Küstenpfad gesperrt ist.

»Nehmen Sie die eingehenden Anrufe entgegen, während ich unterwegs bin, ja, Lawrie? Ich gehe zum *Star Castle Hotel* und lasse den Hund bei Ihnen.«

Der Sergeant setzt sich mit säuerlicher Miene hinter den Empfangstresen und nickt widerstrebend.

Sabines Arbeitsplatz liegt auf dem Garrison, und von der Polizeistation sind es nur fünf Gehminuten bis dorthin. Das felsige Stück Land hat seinen Namen von den wiederholten

Versuchen der britischen Armee, die Insel als Militärstandort und Schutzwall gegen fremde Invasoren zu nutzen. Die Festung *Star Castle* wurde zu einem Luxushotel umgebaut und zieht Touristen an, die seine Architektur bewundern. Auf Luftaufnahmen erinnert es an Weihnachtsdekoration, denn seine sternförmigen Umgrenzungsmauern sind noch perfekt erhalten. Ich gehe durch die engen Straßen des Städtchens und erklimme dann den steilen Weg zu dem Torbogen, durch den früher Soldaten zu Pferd auf das Gelände ritten. Auf den Aussichtsposten werden vor Jahrhunderten Wachleute gesessen und den weiten Blick über Land und Meer genossen haben. Damals galt St. Mary's als wichtiges Territorium, doch wenn ich jetzt nach Osten blicke, gibt es dort außer einer unberührten, durch jahrhundertelange Landwirtschaft geprägten Natur wenig zu verteidigen. Die pittoreske Ansammlung von Fischerhäuschen in Hugh Town würde auf dem Festland als Dorf bezeichnet werden.

Mir fällt es immer noch schwer zu glauben, dass Sabine tot ist, als ich das Hotelfoyer betrete, in dem absolute Stille herrscht. Die meterdicken Mauern der Festung blocken jeden Lärm von außen ab. In der Luft hängt der Duft der üppigen Blumendekoration, und ich höre nur das leise Gemurmel von Gesprächen aus dem Restaurant, wo sich die Hotelgäste zu einem frühen Mittagessen versammelt haben. Die Dame an der Rezeption lächelt mich gleichmütig an, so als ob sie durch nichts aus der Ruhe zu bringen wäre, dann ruft sie telefonisch den Manager herbei. Schon kurz nachdem sie aufgelegt hat, steht Tom Polkerris vor mir, und als er mir die Hand schüttelt, muss ich mich zusammennehmen, um meinen Widerwillen zu verbergen. In meinem Jahrgang auf der Five Island School war er der Klassentyrann, der nichts lieber tat, als anderen Kindern das Leben schwer zu machen. Ich erinnere mich noch gut, dass ich einmal nachsitzen musste, weil ich ihn gegen eine Wand gestoßen hatte, nachdem er einen meiner Freunde gepiesackt hatte. Als Jugendlicher hatte er eine krause Mähne und eine fiese Akne, außerdem war er übergewichtig und nutzte seine Statur dazu, um andere einzuschüchtern. Heute hingegen sieht er exakt so aus, wie man es vom Geschäftsführer eines erstklassigen Hotels erwartet. Meine Ankunft scheint ihn nicht weiter zu beunruhigen, aber auf einer so kleinen Insel entkommt niemand seiner Vergangenheit.

Polkerris ist einen halben Kopf kleiner als ich, muss aber fleißig Sport treiben, denn er wirkt schlank in seinem schicken Anzug. Die Haare sind sorgfältig gestylt, sein Kinn von einem Dreitagebart bedeckt. Als er mich schließlich begrüßt, liegt doch ein besorgter Unterton in seiner Stimme.

»Welch unerwarteter Besuch. Wie kann ich helfen, Ben?«

»Ich müsste dich und Rhianna bitte mal unter vier Augen sprechen.«

»Komm hier entlang. Sie ist in unserem Büro und erledigt Papierkram.«

Ich folge ihm durch einen fensterlosen Flur, der quer durch das Gebäude führt, bis wir in einen lichtdurchfluteten Raum mit Blick auf den Garten eintreten. Auf einem hochflorigen grauen Teppich stehen sich zwei Schreibtische gegenüber. Polkerris' Frau starrt auf ihren Laptop. Rhianna ist ebenfalls auf den Scilly-Inseln geboren, aber wir hatten als Kinder keinerlei Kontakt zueinander. Ihre Eltern haben sie auf ein exklusives Internat auf dem Festland geschickt, und auch in den örtlichen Pubs bin ich ihr nie begegnet. Rhianna ist eine noch elegantere Erscheinung als ihr Mann.

Glattes blondes Haar fließt ihr wellenförmig über den Rücken, als sie sich erhebt, das enge graue Kleid betont ihre gute Figur. Ihre Gesichtszüge erinnern an eine Porzellanpuppe; die grünen Augen sind einen Tick zu weit aufgerissen. In ihr hat Tom Polkerris seine Meisterin gefunden: Dieser Eisklotz lässt sich unter Garantie von niemandem einschüchtern. Sie kann sich kaum ein Lächeln abringen, bevor sie auf einen Platz am Fenster deutet, als würde sie mich in die Büßerecke schicken.

»Ich habe eine Nachricht bezüglich Sabine Bertans zu überbringen«, sage ich zu den beiden.

»Sie hat doch nichts angestellt, oder?« Rhianna wirkt überrascht. »Sie hat alle notwendigen Papiere beigebracht. Wir hatten schon viele Mädchen aus Lettland hier; sie arbeiten hart und wissen sich zu benehmen.«

»Wann war sie zuletzt im Hotel?«

»Sabine hatte gestern Abend Dienst an der Bar«, antwortet Tom. »Sie hatte sich freiwillig für eine zusätzliche Schicht heute Morgen gemeldet, ist aber nicht aufgetaucht.«

»Und warum weiß ich davon nichts?«, giftet seine Frau ihn an. »Ich bin für das Personal zuständig.«

Die Eheleute starren einander derart feindselig an, dass es kurz so aussieht, als würden sie sich in meiner Gegenwart in die Wolle kriegen, aber private Zwistigkeiten gehören jetzt nicht hierher.

»Wir wissen, dass Sabine das Hotel nach dem Ende ihrer Schicht noch einmal verlassen hat«, sage ich.

»Das ist schwer zu glauben«, erwidert Rhianna. »Sie war nicht vor Mitternacht mit der Arbeit fertig. Bitte sagen Sie uns, was los ist.«

»Sabine wurde tot am Pulpit Rock aufgefunden. Ich kann

keine Details nennen, aber wir sind sicher, dass sie es ist. Der Ordnung halber werde ich sie später noch formell identifizieren lassen.«

»Soll das etwa heißen, sie wurde umgebracht?«, fragt Tom Polkerris sichtlich schockiert.

»Tut mir leid, ich kann zum gegenwärtigen Zeitpunkt keine weiteren Angaben machen.«

Ihm weicht alle Farbe aus dem Gesicht, dann sinkt er kraftlos auf einen Stuhl. Von dem Kind, das Spaß daran hatte, seine Klassenkameraden aufzustacheln, ist keine Spur mehr zu sehen. Polkerris steht vor Schreck der Mund offen, aber seine Frau bleibt die Ruhe selbst.

»Wann ist das passiert?« Sie klingt gereizt, so als passte der Tod der jungen Frau ihr nicht in den Kram.

»Wir haben noch kein klares Bild; ich muss ihr Zimmer durchsuchen, bevor ich wieder gehe. Wirkte sie in den letzten Tagen irgendwie niedergeschlagen?«

»Überhaupt nicht. Sie hat ihre Zeit hier genossen«, antwortet Tom Polkerris.

Plötzlich ist es mit der Gelassenheit seiner Frau vorbei. »Unsere Gäste dürfen nichts davon erfahren! Sie kommen schließlich hierher, weil sie Ruhe und Frieden suchen.«

»Halt den Mund, Rhianna«, murmelt Polkerris. »Hast du nicht gehört, was Ben gesagt hat? Eine Mitarbeiterin von uns ist gestorben; alles andere ist im Moment zweitrangig.«

»Sag das mal unseren Aktionären, wenn wir schlechte Bewertungen auf Trip Advisor bekommen.« Sie presst die Lippen zu einer dünnen Linie zusammen, und ich frage mich, welche Gefühle sich wohl in dieser glänzenden Hülle verbergen.

»Wäre es in Ordnung, wenn ich hier später eine öffentliche Versammlung abhalten würde? Ich möchte Sabines Tod bekannt geben, bevor Gerüchte die Runde machen. Ihr Restaurant wäre der ideale Ort dafür.«

»Nicht im laufenden Betrieb«, antwortet Rhianna schnippisch. »Es wäre besser, Sie nutzen den Pfarrsaal dafür.«

Tom sieht aus, als wollte er Einspruch einlegen, hält jedoch den Mund. Unser Gespräch hat Probleme des Paares sichtbar gemacht: Die beiden scheinen im Angesicht einer Krise eher aufeinander loszugehen als zusammenzustehen. Polkerris' Gang ist unsicher, als er mich durch den begrünten Innenhof des Hotels zum Wohntrakt der Angestellten führt. Wie es aussieht, hat er sich heute Morgen schon ein Gläschen gegönnt, aber die frische Luft scheint zu helfen. Als wir das einstöckige Gebäude erreichen, hat er sich wieder stabilisiert.

»Sabine wohnte in Zimmer elf«, sagt er leise. »Die Tür war nicht abgeschlossen, als ich vorhin nach ihr gesucht habe.«

Ich ziehe sterile Handschuhe an, bevor ich die Klinke anfasse. Sollte sich herausstellen, dass Sabine nicht aus freien Stücken aus dem Leben geschieden ist, könnte ich andernfalls wichtige Beweise zerstören; es zahlt sich immer aus, Vorsicht walten zu lassen. Als ich eintrete, liegt der künstliche Duft eines billigen Parfüms in der Luft. Ansonsten könnte es das Zimmer jeder x-beliebigen jungen Frau sein. An der Wand steht ein schmales Bett, auf der Frisierkommode liegen Haarclips, eine Sonnenbrille und loses Kleingeld herum. Sie muss in Eile gewesen sein, als sie ging: Ihre Uniform wurde achtlos über den Stuhl geworfen, so als hätte sie es nicht erwarten können, loszukommen. Wenn sie einen Abschiedsbrief hinterlassen hat, ist davon keine

Spur zu sehen. Mein Blick fällt auf ein rotes Kleid in ihrem Schrank. Sabine ist ein langes Leben mit vielen Anlässen zum Feiern versagt geblieben, und das aus Gründen, die ich nicht kenne. Ich versuche, die Wut zu unterdrücken, die in mir aufsteigt, denn die hat in einer Ermittlung keinen Platz. Seinen Gefühlen kann man sich hingeben, wenn man nicht im Dienst ist, bei der Arbeit verleiten sie nur zu Fehlern.

Ich brauche nicht lange, um unter die Matratze und hinter die Möbel zu schauen und die Taschen ihrer Kleidungsstücke zu durchsuchen. Jedoch ohne jeden Erfolg. Ich benötige dringend Sabines Handy, um rekonstruieren zu können, was in der Zeit vor ihrem Tod geschah, finde aber nur eine große Geldbörse aus Plastik mit einigen Briefen, ihrem Pass und ihren Reiseunterlagen darin. Ich stecke sie in einen Asservatenbeutel. Polkerris lehnt noch immer draußen an der Wand und lässt den Kopf hängen, als wäre er eine schwere Last.

»Alles in Ordnung, Tom?«

Er schließt die Augen. »Glaubst du, sie hat leiden müssen?«

»Es ist noch zu früh, um das sagen zu können.«

»Sie war erst neunzehn.« Auf seiner blassen Haut liegt ein Schweißfilm.

»Konzentrieren wir uns auf die Aufgaben, die vor uns liegen. Ich brauche Sabines Handy. Ich habe sie kürzlich noch damit gesehen. Die Hülle ist knallpink und hat ein Blumenmuster. Kannst du deine Mitarbeiter bitten, im Hotel danach zu suchen?«

»Natürlich.«

»Hatte Sabine einen Freund?«

»Tut mir leid, das weiß ich nicht.«

»Was ist mit Freundinnen? Mit wem hat sie an freien Tagen ihre Zeit verbracht?«

»Das weiß ich auch nicht.« Er zögert, bevor er weiterspricht. »Das Privatleben unserer Angestellten ist für uns tabu.«

»Wie wirkte sie denn gestern Abend auf dich?«

»Entspannt wie immer; sie hat mit den Kellnern herumgealbert. Ich habe von sechs Uhr bis nach Mitternacht gearbeitet und war die ganze Zeit zwischen Restaurant, Bar und Rezeption unterwegs. Wir haben uns noch eine gute Nacht gewünscht, als ihre Schicht zu Ende war.«

»Weißt du irgendwas Privates über sie?«

»Nur, dass sie katholisch war; sie hat mich gefragt, ob es hier eine Kirche gibt.«

»Okay, ich werde dem nachgehen. Mein Team muss noch mal wiederkommen, heute oder morgen.«

»Jederzeit. Einer von uns ist immer da.«

Ich ziehe die Tür zu Sabines Zimmer zu und bitte Polkerris, abzuschließen und mir den Schlüssel zu geben, damit niemand an ihre Sachen herankommt. Als wir gerade gehen wollen, fällt mir eine Gestalt am Ende des Flurs auf; es ist nicht mehr als ein Schatten, und sie huscht davon, bevor ich ihr Gesicht erkennen kann. Das erinnert mich daran, dass Gerüchte die Runde machen werden, wenn wir nicht bald sachliche Informationen zur Verfügung stellen. Polkerris ist zu sehr in Gedanken, um den Lauscher zu bemerken. Als wir durch den Garten zurückgehen, lasse ich meinen Blick über die Blumenbeete gleiten. Die Rosen bieten ein ideales Ambiente für noble Hochzeitsfeiern, die Haupteinnahmequelle des Hotelgewerbes. Hochzeitspaare zahlen viel Geld, um sich ihr Ja-Wort in so einem historischen Gemäuer geben zu können. Als wir am Ausgang ankommen, hat mein ehemaliger Klassenkamerad sich wieder gefasst, und ich frage mich, wo er die Aggressionen gelassen hat, die ihn als Kind angetrieben haben. Er wirkt ruhig und nüchtern, als ich ihn anweise, seine Mitarbeiter nicht über Sabines Tod zu informieren, bevor die öffentliche Versammlung gegen fünfzehn Uhr vorbei ist.

Als ich aufs Revier zurückkehre, klemmt Lawrie Deane noch immer hinter dem Empfangstresen, aber Shadow springt sofort auf, in der Hoffnung, jetzt über den Strand jagen zu dürfen. Lawrie telefoniert gerade mit dem Flugplatz, und das ist die erste gute Nachricht des Tages: Liz Gannicks Flieger von Penzance befindet sich im Landeanflug. Wenn uns das der Wahrheit näherbringt, nehme ich alle Hilfe an, die ich kriegen kann. Als ich mich auf den Weg machen will, um die Kriminaltechnikerin abzuholen, fällt mir plötzlich ein brauner Umschlag auf, der unter der Türmatte hervorlugt. Er wurde offenbar unter der Tür durchgeschoben und ist bis jetzt niemandem aufgefallen. Vorn drauf stehen in unregelmäßigen schwarzen Lettern mein Titel und mein Name: DI Ben Kitto. Ich überlege, ihn auf meinen Schreibtisch zu werfen und erst später hineinzuschauen, doch mein Bauchgefühl rät mir, es gleich zu tun. Der Umschlag enthält ein einzelnes Polaroidfoto, bei dessen Anblick sich mein Magen sofort wieder zusammenzieht. Sabine ist darauf zu sehen, und ihr Gesicht wird von demselben Schleier eingerahmt, den sie auch heute Morgen trug. Hier ist sie allerdings noch sehr lebendig; sie blickt mir als die ungeschminkte, natürliche Schönheit entgegen, als die ich sie in Erinnerung habe, doch aus ihrer Miene spricht der blanke Horror. Wenn sie das Foto selbst aufgenommen hat, bevor sie sich umgebracht hat, ist es eine makabre Art von Selfie. Möglicherweise hat sie den Umschlag ja gestern Nacht unter der Tür durchgeschoben, bevor sie nach Peninnis Head hinausgeradelt ist.

Erst jetzt kommt es so richtig bei mir an, dass die junge Frau, mit der ich geschwommen bin, aus dem Leben gerissen wurde; ganz gleich, auf welche Weise es geschehen ist. Als ich das Foto erneut betrachte, sehe ich, dass es weder Hinweise auf die Zeit noch auf den Ort der Aufnahme enthält. Ich kann nicht wissen, ob es nur Minuten oder Stunden vor ihrem Tod gemacht wurde. Aber als ich es umdrehe, steht mit weißem Marker auf der Rückseite: *Die Braut trägt heute ihr Geschmeide, auf ewig schön im weißen Kleide.* Ich weiß nicht, woher dieser Satz stammt, aber ich muss es herausfinden. Sabine könnte ihn selbst geschrieben haben, in der Gewissheit, dass ein früher Tod ihre Schönheit für immer konservieren wird, aber ich hatte nie den Eindruck, dass sie eitel war. Wenn sie ermordet wurde, haben diese Worte eine andere Bedeutung. Der Killer hat sich nicht damit zufrieden gegeben, eine lebensprühende junge Frau zu töten: Er verhöhnt uns auch noch. Und vielleicht ist der Mistkerl jetzt weniger als eine Meile entfernt und plant bereits die nächste Tat.

6

Um ein Uhr fahre ich, Shadow auf dem Rücksitz, zum Flugplatz im Osten der Insel; das Foto liegt bleischwer in meiner Tasche. Je nachdem, was der Gerichtsmediziner sagt, werde ich die Handschrift identifizieren lassen müssen. Ich fahre auf der Küstenstraße nach Norden und komme an Town Beach vorbei, wo die Fischerboote jetzt bei Ebbe im Schlick liegen. In Porth Mellon bummeln Touristen, Kameras über der Schulter und Eistüten in der Hand, über den Gehsteig. Sie sehen aus, als gehörten sie zu einem Paralleluniversum und wären blind für alle Arten von Gefahr. In den Lower Moors passiere ich Weiden, auf denen Schafe unter hohen Ulmen Schutz vor der heißen Sonne suchen. Die Zufahrtstraße zum Flugplatz säumen eigentlich Blumenfelder, doch die liegen im Moment brach; weit und breit ist nur hellbraune Erde zu sehen. Kaum etwas erinnert daran, dass die gesamte Landschaft hier noch vor wenigen Monaten voller leuchtend gelber Narzissen stand.

Ich komme genau rechtzeitig auf dem Parkplatz an, um zu sehen, wie das Zehnsitzer-Lufttaxi nach einer perfekten Landung über den Asphalt rollt. Sobald es seine Position erreicht hat, lässt der Betriebsleiter mich zu dem Flieger gehen. Die Pilotin, Jade Finbury, springt heraus, ihr Fluggast bleibt drinnen sitzen. Die brünette Frau ist Anfang dreißig und hat ein rundes, freundliches Gesicht, das zum Lächeln bestimmt zu sein scheint. Sie ist vor sechs Jahren gleich nach ihrer Ausbildung zur Pilotin aus London hierhergezogen. Jade hat sich problemlos an das Inselleben angepasst und einen Partner und Freunde in der Gemeinde gefunden. Ich kenne sie nicht näher, aber sie ist gut in ihrem Job; ich bin schon häufig mit ihr geflogen, wenn ich zu Schulungen aufs Festland musste.

»Ihr Gast hat viel Gepäck dabei, Ben. Soll ich einen der Träger holen?«

»Das wäre toll, danke.«

»Ist in meiner Abwesenheit irgendwas passiert?«

»Eine junge Frau ist zu Tode gekommen. Sie haben gerade die Chefkriminaltechnikerin von Cornwall hergeflogen, die uns unterstützen wird.«

Ihr Lächeln verschwindet. »Ist es jemand von St. Mary's?«

»Heute Nachmittag um drei halten wir eine öffentliche Versammlung im Pfarrsaal ab, auf der wir die Einzelheiten bekannt geben.«

Sie schüttelt den Kopf. »Hier passiert nie was Schlimmes.«

»Kommen Sie zur Versammlung, Jade. Bis dahin wissen wir mehr.«

»Okay, ich werde da sein.«

Die Pilotin schaltet wieder in den Profimodus, greift nach ihrem Flughandbuch und überlässt es mir, Gannick in Empfang zu nehmen, während sie eiligen Schrittes zum Flughafengebäude marschiert. Ein kleiner Berg von Kisten und Boxen auf den vorderen Sitzen des Fliegers verdeckt den Blick auf die Chefkriminaltechnikerin. Noch bevor wir uns begrüßt haben, fängt sie an, mir mit ihrem nordenglischen Akzent lauthals Befehle zu erteilen.

»Ich hab unser mobiles Labor mitgebracht. Stehen Sie nicht untätig herum, die Sachen sind tonnenschwer.«

»Schön, Sie zu sehen, Liz. Danke, dass Sie gekommen sind.«

»Warum brauchen Sie Hilfe bei einem Selbstmord, in Gottes Namen?«

»Das Mädchen war neunzehn Jahre alt. Ihre Eltern werden detailliert informiert werden wollen. Ich muss wissen, ob sonst noch jemand involviert war.«

Gannick sucht mein Gesicht nach Anzeichen von Panik ab und bildet sich bereits ein Urteil. Ich kämpfe gegen meinen Impuls an, ihr beim Aussteigen zu helfen, und schaue zu, wie sie sich, ihre Krücken schwingend wie ein Akrobat, leichthändig auf das Rollfeld manövriert. Sie hat mir von ihrer offenen Wirbelsäule erzählt, aber davon lässt sie sich selten bremsen. Sie sieht eher aus wie eine Studentin und nicht wie eine Leitende Tatortermittlerin. Ihre zierliche Gestalt steckt in einer engen Jeans und einem scharlachroten T-Shirt. Bei unserem letzten Zusammentreffen waren ihre kurzen Haare noch blondiert, jetzt sind sie rabenschwarz und, als besonderer Pfiff, mit neonpinken Strähnen durchsetzt. Ihre elfenhaften Gesichtszüge sind so zart und kantig, dass sie auch die einer Zwölfjährigen sein könnten, doch aus ihrem Blick spricht Lebensüberdruss.

»Dann hoffen wir mal, dass ich hier nicht meine Zeit verschwende.« Sie ist jetzt schon zappelig vor Ungeduld. »Worauf warten Sie? Am Tatort werden von Minute zu Minute mehr Spuren verwischt.«

»Es sind nur ein paar Meter von hier.«

»Haben Sie etwa den verdammten Hund im Wagen?«

»Er wird überglücklich sein, Sie zu sehen.«

Gannicks Abneigung gegen Shadow ist nur Show. Sie schimpft zwar über ihn, aber wenn sie sich unbeobachtet wähnt, steckt sie ihm teure Leckerlis zu. Ich habe erst bei einer Ermittlung mit ihr zusammengearbeitet, doch ihr Stil ist unverändert. Außerhalb der Dienstzeiten ist sie sehr gesellig, aber sie arbeitet in einem halsbrecherischen Tempo, und ihr brüskes Kommunikationsverhalten kann zarte Gemüter in Angst und Schrecken versetzen. Während ich dem Träger helfe, ihr Equipment in den Polizeitransporter zu laden, schaut sie mit säuerlicher Miene zu, so als ob die Kisten sich selbst transportieren sollten.

Die Forensikerin setzt sich zu Shadow auf die Rückbank und bombardiert mich während unserer kurzen Fahrt an der Bucht von Old Town vorbei und an der Westküste entlang mit Fragen. Aber als wir uns Peninnis Head nähern, verstummt sie. Das Gebiet wurde mit Polizeiband abgesperrt, und über Sabines Leiche ist ein steriles weißes Zelt errichtet worden. Obwohl meine Fußabdrücke ohnehin schon großzügig auf der Rasenfläche verteilt sind, besteht Gannick darauf, dass ich einen weißen Ganzkörperschutzanzug und Überschuhe anziehe. Der Kunststoff ist an einem so heißen Tag die reinste Strafe – die Sonne brennt auf die felsige Landschaft herab und bleicht das Granitgestein aus. Genau in dem Moment, in dem Gannick wieder neben mir erscheint, sehe ich den Gerichtsmediziner zurück zu seinem Auto gehen.

»Ich bin froh, dass Sie uns unterstützen, Liz. Das Opfer war eine Bekannte von mir.«

»Keine Sorge, ich weiß, was ich tue. Sie haben mir den Chefposten nicht ohne Grund gegeben.«

Ich hatte ganz vergessen, dass Gannick dazu neigt, Komplimente in ihr Gegenteil zu verkehren. Sie duckt sich unter dem Absperrband hindurch, während ich zum Gerichtsmediziner hinübergehe. Gareth Keillor war früher Polizeiarzt; er ist zwar seit Jahren in Pension, aber weiterhin als Gutachter auf den Inseln tätig. Seine spärlichen grauen Haare flattern im Wind, und er beobachtet mich mit seinen durch die starken Brillengläser verkleinerten Augen. Er lädt die Arzttasche schwungvoll in den Kofferraum seines Wagens, als könnte er es gar nicht erwarten, von hier wegzukommen.

»Gott sei Dank begegnet uns diese Todesart nicht häufig«, sagt er. »Furchtbar, wenn das Leben einer jungen Frau so endet.«

»Falls sie umgebracht wurde, muss ich sofort die Insel abriegeln.«

»Ein Selbstmord war das nicht, so viel ist sicher. Die Hautabschürfungen an ihren Handgelenken stammen von einem Seil. Sie wurde gefesselt und dann ermordet, und zwar innerhalb der letzten zwölf Stunden.« Er legt seine Hände auf den Kofferraumdeckel. »Ich kann nicht sagen, ob sie in dieses Braut-Outfit gesteckt wurde, bevor oder nachdem ihr jemand die Blumen ins Haar geflochten hat, aber da hat jemand viel Zeit und Liebe aufgewendet.«

»Sind Sie sicher, dass sie nicht vom Pulpit Rock gesprungen ist?«

»Hundertprozentig.«

»Was ist mit anderen Verletzungen?«

»Ich habe Abstriche fürs Labor gemacht, aber es gibt keine Anzeichen für sexuellen Missbrauch, wenn Sie das meinen.«

»Glauben Sie, sie musste lange leiden?«

Seine Miene drückt Bedauern aus. »Wollen wir es nicht

hoffen. Aber wir werden es herausfinden, wenn ich mir die Leiche genauer ansehe.«

»Danke für Ihre Hilfe, Gareth. Tut mir leid, dass ich Ihr Spiel unterbrechen musste.«

Keillor lacht trocken. »Ich hatte den Sieg schon so gut wie in der Tasche. Aber jetzt will ich nur noch einen starken Drink.«

Der Gerichtsmediziner winkt mir kurz zu, bevor er sich in seinen brandneuen Audi setzt. St. Mary's ist nur fünf Meilen lang; der Luxuswagen scheint ein Ausgleich für die grausigen Pflichten zu sein, die er bei jedem unklaren Todesfall erfüllen muss. Gareth Keillor ist der einzige mir bekannte Gerichtsmediziner, der die Mordopfer, die er untersucht, nicht als Objekte betrachtet, sondern als Menschen. Und er hat meinen Verdacht bestätigt. Ich rufe schnell Lawrie Deane an, um ihm zu sagen, dass er den Reiseverkehr zur und von der Insel mit sofortiger Wirkung stoppen soll.

Liz Gannicks Schatten bewegt sich durch das Innere des Zeltes, das Sabines Leiche abschirmt. Auf der Rasenfläche davor liegt eine Schachtel mit verschiedenen Behältern für die Proben. Eddie und Isla sitzen auf einem Felsen in der Nähe, ihre Neoprenanzüge haben sie vor sich auf den Boden gelegt. Sie werden froh sein, aus der sengenden Hitze rauszukommen, nachdem sie den ganzen Morgen hier aufpassen mussten.

»Sobald ich mit Liz gesprochen habe, können wir zurück aufs Revier fahren«, sage ich zu den beiden.

Gannick wirkt unberührt von dem Anblick einer toten jungen Frau. Sie ist über das Brautkleid gebeugt und zupft mit ihren in Handschuhen steckenden Fingern ruhig und geduldig an dem Stoff herum.

»Keillor sagt, sie wurde umgebracht, Liz.«

»Alles andere wäre auch merkwürdig; ich hab noch nie einen derart aufwendig inszenierten Selbstmord gesehen. Sie können den Schmuck mitnehmen«, sagt sie und zeigt auf einen weißen Plastikkoffer. »Nur den Ring nicht, den hat ihr jemand mit Gewalt über das Fingergelenk geschoben. Ich versuche später, ihn abzukriegen.«

Als ich einen Blick in den Koffer werfe, liegen darin zwei durchsichtige Asservatenbeutel mit Dingen, die ich nicht kenne. Das goldene Medaillon habe ich nie an Sabine gesehen; sein Gehäuse ist stark zerkratzt und trägt eine Gravur. Die Kreolen in dem anderen Beutel scheinen dagegen brandneu zu sein. Ich kann nicht erkennen, ob sie aus purem Gold sind, aber das gelbliche Metall funkelt, als ich mit meinem Handy einige Fotos mache.

Gannick schaut zu mir hoch. »Das ist wie bei diesem alten Hochzeitsbrauch.«

»Etwas Altes und etwas Neues?«

»Wenn's auch noch was Geborgtes und was Blaues gibt, sind Sie der Erste, der's erfährt.«

Eigentlich würde ich ihr gern sagen, dass ich ihre Aufmerksamkeit für Details zu schätzen weiß, aber sie würde das Kompliment mit einer Handbewegung wegwischen. Gannick wird ein bis zwei Stunden brauchen, um Sabines Leiche auf den Transport in dem einzigen Krankenwagen zum Leichenschauhaus der Insel vorzubereiten. Bei dem Transfer darf kein Haar und keine Faser verlorengehen, die Auskunft über die Identität des Mörders geben könnten. Gannick ist so in ihre Arbeit am Tatort vertieft, dass sie gar nicht mitbekommt, dass ich im Aufbruch bin.

Die Keast-Brüder sind gekommen, um hier Wache zu halten. Steve wirkt entspannt, während Paul von einem Fuß auf den anderen tritt. Mir ist schon aufgefallen, dass mein Freund mit den Jahren sensibler geworden ist, aber die emotionalen Auswirkungen des Mordfalls auf andere Menschen haben für mich im Augenblick keine Priorität. Ich kann froh sein, dass die Brüder eingewilligt haben, ihre Pläne für den Moment hintanzustellen, während ich mit Eddie und Isla zurück aufs Revier fahre, um die Beweise zu sichten. Bevor wir zum Wagen gehen, lasse ich meinen Blick noch einmal über den Tatort schweifen. Warum geht ein Mörder das Risiko ein, sein Opfer an einem der beliebtesten und schönsten Flecken auf der Insel zur Schau zu stellen? Abgesehen von dem Zelt wirkt der Ort unberührt. Die wilden Grasflächen und die Heidelandschaft mit ihren Blumen enden abrupt an der Stelle, wo das Kliff zum Meer abfällt; der Leuchtturm blickt über zweitausend Meilen kristallklaren Ozean hinweg.

Lawrie Deane tippt bei unserer Rückkehr eifrig Nachrichten und verlässt nur widerstrebend seinen Computer, als ich ihn für eine Einsatzbesprechung in Madrons Büro rufe. Wenigstens war er so vorausschauend, ein Mittagessen für uns zu bestellen: ein Tablett mit Sandwichs und Kaltgetränken wartet auf uns. Die Gesichter meines Teams sind ernst. Wir versammeln uns um den Tisch. Zwei Sergeants und eine unerfahrene Constable – mehr Personal steht mir nicht zur Verfügung, solange der DCI im Urlaub ist und ein weiterer Officer krankheitsbedingt längere Zeit ausfällt. Vier Vollzeitkräfte reichen unter normalen Umständen vollkommen aus, um in den friedlichen Inselgemeinden mit ihren weniger als zweitausend Einwohnern Recht und Gesetz durchzusetzen. Aber um in der Hochsaison einen grausamen Mord aufzuklären, werde ich vielleicht mehr Leute brauchen. Ich könnte zusätzliche Beamte vom Festland anfordern, aber das würde womöglich mehr schaden als nützen. Hier reden die Leute erst, wenn sie dazu bereit sind, und bis der Täter gefunden ist, wird unsere Hauptaufgabe darin bestehen, unter den Insulanern keine Panik aufkommen zu lassen.

Meine drei Officer schauen mich erwartungsvoll an; ich habe als Einziger hier Erfahrung in der Leitung einer Mordermittlung, und die Hierarchie schreibt vor, dass ich derjenige bin, der alle wichtigen Entscheidungen trifft. Isla ist blasser als zuvor, und sie wirkt angespannt, als ich erkläre, dass der Fall sich nun zu einer Mörderjagd entwickelt hat. Ich ziehe das Polaroidfoto, das in einem Asservatenbeutel steckt, aus der Tasche und reiche es herum.

»So ein krankes Arschloch«, zischt Isla, als sie liest, was auf der Rückseite steht.

»Ganz klar das Werk eines Verrückten«, stimmt Eddie ihr zu. »Wer sonst sollte einer jungen Frau so was antun?«

Lawrie Deanes Reaktion überrascht mich. Normalerweise macht der Sergeant gern auf tough, aber als er mir das Foto zurückgibt, hat er Tränen in den Augen. Da seine Tochter ungefähr im selben Alter ist wie Sabine, ist es jedoch nicht wirklich verwunderlich, dass ihn die Sache mitnimmt.

»Wir suchen also nach jemandem, der psychisch krank ist«, sage ich. »Nur ein Sadist entführt eine junge Frau, steckt sie in ein Braut-Outfit – samt Schminke und Blumenschmuck – und wirft sie dann von einem Kliff herunter. Wir wissen noch nicht, ob es ein Mann oder eine Frau ist, aber es muss jemand sein, der bereit ist, Risiken einzugehen. Persönlich ein Foto zum Polizeirevier zu bringen und die Leiche dann öffentlich zu drapieren, erfordert schon eine Menge

Chuzpe. Der Täter hätte sie auch bei Flut still und heimlich ins Meer werfen können, aber er wollte etwas beweisen. Sagt einem von Ihnen der Satz ›*Die Braut trägt heute ihr Geschmeide, auf ewig schön im weißen Kleide*‹ etwas? Mich erinnert er an irgendwas, aber ich kriege es nicht zusammen.«

Eddie beugt sich über sein Handy. »Im Netz gibt es keinen Treffer.«

»Für den Mörder muss dieser Spruch eine bestimmte Bedeutung haben. Unsere erste Aufgabe wird jedoch sein, herauszufinden, wer Sabine gekannt hat. Sie ist Mitte Juni auf St. Mary's angekommen. Ich möchte alles über etwaige Liebschaften oder One-Night-Stands in diesem Zeitraum erfahren. Wir wissen, dass neunzig Prozent der Gewaltverbrechen an Frauen von Männern verübt werden, mit denen sie eng vertraut sind. Es könnte ein Mann mit einem Fetisch sein oder eine Frau, die stark genug ist, um jemanden, der so fit ist, wie Sabine es war, überwältigen zu können.«

Isla ist inzwischen noch blasser geworden, und ich frage mich, ob sie vielleicht unter Schock steht. »Glauben Sie, dass der Mörder noch hier ist, Boss?«

»Vermutlich schon. Seit gestern Nacht haben keine Fähren abgelegt, und der Hafenmeister hat alle örtlichen Boote überprüft, um sicherzugehen, dass er nicht übers Meer entkommen ist.« Ich lasse den Blick erneut über mein Team gleiten. »Ich will alles über Sabine wissen. Wie hat sie ihre Freizeit verbracht? Wo kommt dieses Kleid her? Und woher der Schmuck? Kleine Details können den Täter verraten. Außerdem müssen wir dringend ihr Handy finden. Lawrie hat für fünfzehn Uhr eine öffentliche Versammlung im Pfarrsaal organisiert. Kann bitte einer von Ihnen dafür sorgen, dass der Termin im Lokalradio bekannt gemacht wird?«

Ich teile jedem Officer einige Aufgaben zu. Isla wirkt auf mich immer noch labil, doch sie scheint sich mit Arbeit ablenken zu wollen. Dann hefte ich Sabines Foto an die Magnetpinnwand, betrachte erneut ihr Gesicht und versuche, meine Wut auf den Mörder in Energie für die Aufklärung der Tat umzulenken, damit Sabine Gerechtigkeit widerfährt. Sie war frei und unabhängig und mutig genug, um allein durch Europa zu reisen und den gesamten Sommer in einem fremden Land zu verbringen. Dennoch war der Mörder darauf aus, sie zu erniedrigen, indem er ihr Gesicht mit Schminke zugekleistert hat, die sie zu Lebzeiten niemals getragen hätte. Und wer weiß, welche anderen Demütigungen sie vor ihrem Tod noch erleiden musste.

Ich schließe mich in Madrons Büro ein, um die schlimmste Aufgabe des Tages hinter mich zu bringen. Hier riecht es immer noch nach seinem altmodischen Aftershave und seiner Stiefelwichse, und es fühlt sich falsch an, seinen Raum in Beschlag zu nehmen, aber es ist der einzige auf dem Revier, in dem man ungestört sein kann. Um noch ein bisschen Zeit zu schinden, ordne ich einige Gegenstände auf Madrons Schreibtisch anders an, dann raffe ich mich schließlich auf und rufe Sabines Eltern in Riga an. Die Mutter klingt zuerst ganz entspannt und neugierig, warum sich jemand aus England meldet, und ich unterbreite ihr die schlechte Neuigkeit so einfühlsam wie möglich. Fünf Sekunden lang herrscht Stille in der Leitung, dann schnappt sie laut nach Luft. Es folgt ein gellender Schrei, der so schrill ist, dass ich mir am liebsten die Ohren zuhalten würde, dann kommt ein Mann ans Telefon. Er bittet mich in gebrochenem Englisch um eine Erklärung, und so bin ich gezwungen, die Nachricht vom Tod seiner Tochter noch einmal zu übermitteln.

7

Lily hat einen trockenen Mund vor Panik, als sie um vierzehn Uhr vom Hotelgelände flüchtet. Sie spürt, dass irgendetwas nicht in Ordnung ist, denn DI Kitto sah sehr ernst aus, als er aus Sabines Zimmer kam. Sie muss mit ihrem Bruder sprechen, auch wenn sie Angst vor ihm hat. Als sie durch Hugh Town geht, liegt eine merkwürdige Stimmung in der Luft. Alle Wege sind verstopft mit Touristen, und über den Kai zieht sich eine lange Schlange von Menschen, die am Ticketschalter für die Fähre anstehen. Eine Frau stößt Lily fast vom Gehsteig, während sie mit hochrotem Gesicht darüber schimpft, dass der Fährbetrieb für den Rest des Tages eingestellt worden sei. Lily eilt auf die niedrigen Steinhäuser zu, die die Strand säumen. Vor dem alten Fischer-Cottage, das ihr Zuhause geworden ist, als sie vor fünf Jahren auf die Insel kam, bleibt sie kurz stehen. Sie hofft noch immer, dass ihre Mutter plötzlich am Fenster erscheint, doch es bleibt leer. Sie schließt die Tür auf und ruft laut nach ihrem Bruder, bekommt aber keine Antwort.

Lily setzt ihre Suche fort; sie geht an der gedrungenen Silhouette des Gemeindezentrums vorbei und schlägt dann den Weg zum Porth Mellon Beach ein. Sie erinnert sich noch, wie aufgeregt sie war, als sie mit dreizehn Jahren auf St. Mary's ankam. Nach all der Zeit in einer Hochhaus-

wohnung fühlt es sich geradezu magisch an, den ganzen Tag das Geräusch der an den Strand schlagenden Wellen zu hören, aber heute kann nicht einmal der Blick aufs offene Meer sie aufmuntern. Ein Dutzend Boote stehen aufgebockt hinter dem Schiffsausrüsterladen, aber es ist niemand zu sehen. Die Sonne brennt am frühen Nachmittag so heiß vom Himmel, dass Lily die Hand über die Augen hält und sich wünscht, sie hätte eine Sonnenbrille dabei. Harry hat einen Sommerjob gefunden; in einem alten Schnellboot, das Paul Keast gehört, bietet er Inselrundfahrten für Touristen an. Jetzt liegt das Boot jedoch auf seinem Trailer, und von ihrem Bruder ist keine Spur zu sehen. Sie dachte, er wäre vielleicht mit Sabine rausgefahren oder würde in der Sonne liegen. Keast ist anscheinend bereit, über Harrys Liebschaften und sein Temperament hinwegzusehen, solange er Profit macht.

Lily lehnt sich mit dem Rücken an die Seite des Bootsrumpfes, die im Schatten liegt, um ihre helle Haut vor der Sonne zu schützen. Nach einer halben Stunde hört sie knirschende Schritte im Sand und richtet sich auf. Harry trinkt Bier aus einer Dose und hat noch zwei weitere Sixpacks in einer Plastiktüte, die er in der Hand schwenkt. Es wäre das Klügste, ihm aus dem Weg zu gehen, aber sie braucht Antworten auf ihre Fragen. Über das Gesicht ihres Bruders huscht ein Ausdruck von Scham, bevor er wieder seine typische Verteidigungshaltung einnimmt.

»Was hab ich diesmal verbrochen?«, fragt er und trinkt einen Schluck.

»Ich brauche deine Hilfe, Harry.«

»Wieso?« Er kommt näher, seine Miene wird weicher. »Du bist aufgeregt. Das sehe ich dir an.«

Lily legt wieder die Hand über die Augen und mustert

ihn. Harry wird bald zwanzig; er ist achtzehn Monate älter als sie, groß und gutaussehend. Die Sonne hat blonde Strähnen in seine hellbraunen Haare gebleicht, und seine Haut ist sonnengebräunt. Er wirkt immer noch wie der prahlerische Angeber, den sie als Kind verehrt hat, aber ihre Beziehung hat sich verändert. Früher hat er sich ihr anvertraut, doch in der Zwischenzeit saß er drei Monate im Gefängnis, und seine Trinkerei ist schlimmer geworden. Harry ist ihr einziger Verwandter auf St. Mary's, allerdings traut sie ihm nicht mehr.

»*Sabine ist gestern Nacht nicht ins Hotel zurückgekommen. Ich dachte, sie wäre bei dir.*«

»*Ich hab sie nicht gesehen.*« *Die Sanftheit schwindet aus seiner Miene.*

Lily zieht das Handy ihrer Freundin aus der Tasche und hält es ihm hin. »*Du hast ihr die ganze Woche Nachrichten geschickt und wolltest sie treffen.*«

Harry starrt sie an. »*Warum hast du ihr Handy?*«

»*Du kannst froh sein, dass ich es eingesteckt habe, bevor die Polizei ihr Zimmer durchsucht hat.*« *Lily tritt näher an ihn heran, obwohl ihr Bauchgefühl ihr rät, Reißaus zu nehmen.* »*Du hast versprochen, sie nicht anzurühren.*«

»*Ich bin ein paarmal mit ihr rausgefahren, das ist alles.*« *Er lächelt schwach.*

»*Du hast gesagt, dass du meine Freundinnen in Ruhe lässt.*«

»*Es ist einfach passiert, Lily. Aber es hat weder ihr noch mir irgendwas bedeutet.*«

»*Warum sprichst du in der Vergangenheit von ihr?*«

»*Weil es vorbei ist. Das ist alles.*«

Lily zieht den Zettel aus der Tasche und hält ihn ihm vor

die Nase. »Den hast du ihr gestern Abend unter der Tür durchgeschoben, stimmt's? Das ist deine Handschrift.«

Er zuckt mit den Schultern. »Ich war mit ein paar Kumpels im Pub und kam dann zu spät zum Leuchtturm – ziemlich betrunken. Es war keiner da. Ich hab ein Auto wegfahren sehen, aber sie hätte sich doch nicht mitnehmen lassen, sie wäre mit dem Rad gekommen. Ich hab mich ins Gras gelegt und auf sie gewartet und bin dabei eingeschlafen. Ein paar Stunden später bin ich wieder wach geworden und allein nach Hause gegangen.«

»Wieso sucht die Polizei nach ihr?«

»Woher soll ich das wissen? Ich hab sie nicht gesehen, und sie hat mir auch keine Nachricht geschickt.« Er runzelt die Stirn.

»Dir ist doch eh scheißegal, ob sie nach Hause gekommen ist oder nicht. Weil du – mal wieder – besoffen bist.«

»Spar dir deine Vorträge. Da hab ich keinen Bock drauf.«

»Bitte sag mir, dass ihr nichts passiert ist, Harry.«

Durch Lilys Körper fährt ein scharfer Schmerz, als er ihren Arm packt und verdreht. Sie hält den Atem an und wartet auf einen Schlag, der jedoch nicht kommt.

»Du bist genau wie alle anderen. Ich hab einmal einen Fehler gemacht, und jetzt bin ich für die ganze Insel der Sündenbock.« Ihr Bruder zerrt noch einmal an ihrem Handgelenk, bis sie aufheult vor Schmerz. »Warum verziehst du dich nicht einfach und lässt mich in Frieden?«

Lilys andere Fragen werden warten müssen. Ein paar Dosen Lagerbier reichen aus, um Harry zu verändern. Sie verfolgt ihre Fußabdrücke im Sand, bis sie wieder an dem Weg ist, dann wirft sie einen Blick zurück. Harry sitzt neben dem Boot, trinkt sein nächstes Bier und versinkt bereits in

Selbstmitleid. Lilys Mutter hat sie vor ihrem Tod angefleht, ihn wieder auf den rechten Weg zu bringen, aber schon wenige Wochen nach der Beerdigung hat sein Jähzorn sie aus ihrem gemeinsamen Zuhause vertrieben. Weil er aggressiv auf ihre Fragen reagiert hat, glaubt sie, dass er ihr etwas verschweigt, das mit Sabines Verschwinden zu tun hat.

Als Lily die Straße erreicht, sind Dutzende Inselbewohner auf dem Weg nach Hugh Town. Sie findet heraus, dass die Polizei für fünfzehn Uhr eine Versammlung anberaumt hat, und da ihr niemand den Grund dafür nennen kann, beschleicht sie ein ungutes Gefühl.

8

Unter normalen Umständen ist der Pfarrsaal von St. Andrew's eine Oase der Ruhe. Der scheunenartige Raum im Herzen von Hugh Town wird normalerweise für Chorproben, Yogakurse und Tai-Chi genutzt, doch heute besteht keine Aussicht auf Entspannung. Freiwillige Helfer leiten Einheimische und Touristen ins Innere. Mein Team hat einhundert Stühle in ordentlichen Reihen aufgestellt, die inzwischen besetzt sind, doch es warten noch weitere Besucher auf Einlass. Wenn man auf derart kleinen Inseln arbeitet, lernt man schnell, dass Neuigkeiten, gute wie schlechte, sich rasch herumsprechen.

Ich warte schweigend, während sich der Saal füllt. In meinem Job als Undercover-Ermittler bei der Mordkommission habe ich gelernt, dass Mörder gern beobachten, wie sich die Dinge entwickeln. Aus diesem Grund halte ich Ausschau nach zerkratzten Armen und Gesichtsverletzungen – also Hinweisen auf erst kurz zurückliegende, körperliche Auseinandersetzungen –, doch ich sehe nur Menschen, die ich schon mein gesamtes Erwachsenenleben hindurch kenne, und einige Touristen. Die Gäste sind gut gebräunt von den vielen Stunden, die sie hier an der frischen Luft verbringen. Verglichen mit ihnen sind die Inselbewohner eher blass von ihrer Arbeit in den Cafés, Pubs und Läden, denn sie müssen das Geld erwirtschaften, das in der Urlaubssaison die Konjunktur auf der Insel ankurbelt. Die Keast-Brüder kommen direkt von ihrem Wachdienst am Tatort hierher und lassen sich in der ersten Reihe nieder. Tom und Rhianna Polkerris vom *Star Castle* sehe ich nicht in der Menge, dafür aber Jade Finbury. Die Pilotin plaudert gut gelaunt mit der Frau rechts von ihr. Mein Onkel Ray steht mit undurchdringlicher Miene ganz hinten im Raum; er wirkt, als könnte ihn nichts mehr überraschen. Shadow sitzt laut winselnd neben ihm. Zum Glück hat Ray ihn an die Leine genommen, sonst würde er zu mir aufs Podium kommen.

Ich trete an den vorderen Rand des Podestes, das im Laufe eines Jahres vielen verschiedenen Zwecken dient. Sänger geben am Valentinstag hier oben Liebeslieder zum Besten, und Comedians nutzen es als Bühne für ihre Stand-up-Programme. Die Leute schauen erwartungsvoll zu mir hoch, so als hofften sie auf einen guten Witz, aber als ich Sabine Bertans Tod und einzelne Details über den Tatort bekannt gebe, verdüstern sich ihre Mienen.

»Wir müssen wissen, ob Sabine aus freien Stücken zum Pulpit Rock gefahren ist oder ob jemand sie dorthin verschleppt hat. Es war eine brutal ausgeführte und vorsätzliche Tat, und wir sind sicher, dass sich der Mörder weiterhin auf St. Mary's aufhält. Ich möchte die letzten Stunden im Leben von Sabine detailliert rekonstruieren. Ihr Handy wird noch vermisst; es hat eine knallpinke Hülle mit Blumenmuster. Sollten Sie es finden, geben Sie es bitte sofort im Polizeirevier ab. Und ich kann Ihnen nicht genug ans Herz legen, auf Ihre Sicherheit zu achten. Bleiben Sie nicht allein und schließen Sie Ihre Türen ab. Bis der Täter gefasst ist, darf niemand die Insel ohne Genehmigung verlassen oder betreten.«

Bei diesem letzten Satz geht ein verärgertes Raunen durch den Saal, was absolut verständlich ist. Hunderte Touristen werden am Montag nicht an ihre Arbeitsplätze zurückkehren können, und die nächsten Besucher dürfen gar nicht erst anreisen.

»Kann ich davon ausgehen, dass Sie alle damit einverstanden sind, dass wir Ihre Häuser durchsuchen, falls es uns erforderlich erscheint? Das würde eine Menge Zeit sparen, da wir ansonsten einzelne Durchsuchungsbeschlüsse erwirken müssten.«

Wie erwartet, nicken die Anwesenden mir zu. Ich bitte sie, auch ihre Nachbarn darüber zu informieren, dass wir vereinzelt Grundstücke durchsuchen und nach Sabines Handy Ausschau halten werden. Dann drücke ich auf eine Taste an meinem Computer, und auf der Wand erscheint ein Foto; es zeigt das goldene Medaillon und die Ohrringe, die die Tote trug.

»Der Schmuck könnte dem Opfer gehören oder aber jemandem von hier. Falls Sie ihn erkennen, sprechen Sie mich bitte heute noch an.«

Als ich Sabines Foto einblende, erhebt sich ein Gewirr von Stimmen. Ich zeige auch den auf die Rückseite gekritzelten Satz, doch niemand kennt ihn oder die Handschrift des Täters. Dass sie ein Brautkleid trug, erwähne ich lieber nicht, denn dieses groteske Detail könnte Panik stiften. Es ist wichtig, die richtige Balance zu finden. Für unsere Arbeit kommt es darauf an, dass die Leute normal weitermachen, zugleich aber akzeptieren, dass sie Gefahren ausgesetzt sind. Ihre Fragen zu beantworten, ohne dabei die ganze Brutalität der Tat offenzulegen, erfordert einiges Fingerspitzengefühl. Zum Ende der Versammlung haben alle eingewilligt, uns ihre Alibis zu liefern, die wir überprüfen müssen, bevor wir irgendjemandem erlauben können, die Insel zu verlassen.

Die Leute stehen bereits Schlange, um mit meinem Team zu sprechen. Eddie Nickell leitet die Operation und stellt sicher, dass Lawrie und Isla die richtigen Details zusammentragen. Sogar mit der Unterstützung der sechs ehrenamtlichen Hilfspolizisten der Insel werden wir Stunden brauchen, um die Alibis einzeln zu kontrollieren. Die sechs Helfer arbeiten während der Festivals und Bootsrennen als Aufseher, aber mit anderen Aspekten der Polizeiarbeit haben sie bislang keinerlei Erfahrung. Den größten Teil der Standardarbeit werden wir also selbst erledigen müssen, und ich möchte unbedingt noch einmal zum *Star Castle*, wo Sabine lange Schichten geschoben hat, um ihr Studium zu finanzieren und ihrer Familie Geld nach Hause zu schicken. Außer dass sie gern geschwommen ist und ein herzlicher, kontaktfreudiger Mensch war, weiß ich kaum etwas über sie und ihr Leben. Ich hätte mehr Zeit mit ihr verbringen sollen, dann hätte ich vielleicht erkannt, in welcher Gefahr sie schwebte.

Ich mache mir immer noch Vorwürfe, eventuell Hinweise im Verhalten der jungen Frau übersehen zu haben, als eine vertraute Gestalt durch den Raum auf mich zueilt. Elaine Rawle ist eine schlanke, mittelgroße Frau mit zurückgekämmten grauen Haaren; sie bewegt sich so flink wie eine alte Tennisspielerin. Ihr elegantes Sommerkleid sticht aus den hier überwiegend vertretenen, knallbunten T-Shirts und Bermudashorts heraus. Elaine ist die Frau des ehemaligen Rektors der Five Island School und leitet seit Jahrzehnten mit ruhiger Effizienz das *Isles of Scilly Museum*. Normalerweise spricht sie auf eine betont vornehme Art, heute sprudeln die Worte jedoch nur so aus ihr heraus und sind vor lauter Hast kaum zu verstehen.

»Das Medaillon stammt aus dem Museum, Ben. Es wurde vor einem *Jahr* zusammen mit anderen Exponaten gestohlen. An das genaue Datum erinnere ich mich nicht mehr, aber das steht ja sicher in den Akten, oder?«

»Langsam, Elaine. Ich habe von dem Diebstahl gehört, aber erzählen Sie das bitte ganz von vorn.«

»Der Dieb hat damals eine Handvoll Schmuck aus einer unserer Vitrinen entwendet. Das Stück, das Sie vorhin gezeigt haben, ist aus kornischem Gold gemacht. Ich weiß nicht viel über dessen Geschichte, aber ich würde es überall wiedererkennen.«

»Der Dieb kam einfach so ins Museum spaziert und hat die Sachen eingesteckt?«

»Unsere Aufsicht war damals hoffnungslos überfordert. Nach dem Diebstahl hat DCI Madron uns gezwungen, bessere Schlösser anzubringen. Komisch war nur, dass der Täter die gesamte Vitrine hätte leer räumen können, aber einige Stücke zurückgelassen hat, die eigentlich noch wertvoller waren.«

»Haben Sie eine Idee, wer es gewesen sein könnte?«

»Das ist ja das Frustrierende. Es war mitten in der Saison und die Insel mit Touristen überflutet. Das klingt jetzt bestimmt unfair, aber ich habe mich damals gefragt, ob Harry Jago vielleicht was damit zu tun haben könnte. Der Junge hat ständig Ärger. Von den anderen Inselbewohnern würde bestimmt niemand so eine Dummheit begehen.«

»Kann ich morgen mal im Museum vorbeikommen, und Sie zeigen mir alles?«

»Jederzeit«, sagt sie. »Es ist ja nicht gerade so, dass ich

übermäßig viel zu tun hätte. Aber wenn Sie mehr über dieses Medaillon wissen wollen, wenden Sie sich am besten an Julian Power, der ist Experte auf dem Gebiet. Er sammelt Schmuckstücke aus der Region und erstellt einen Katalog für uns, damit man sich die Sammlung des Museums in Zukunft auch online anschauen kann.«

Julian Power ist der Inhaber der Isles of Scilly Travel Company. Der Junggeselle ist im mittleren Alter, hat ein etwas gravitätisches Auftreten und nimmt seine Verantwortung, Besucher zu transportieren, sehr ernst. Dass ausgerechnet er Frauenschmuck sammelt, erstaunt mich, und als ich den Blick noch einmal durch den Raum schweifen lasse, ist er nirgends zu sehen. Elaine Rawle verschwindet in der Menge, während ich darüber nachdenke, dass unser Täter theoretisch zugleich ein Dieb und ein Mörder sein könnte. Ich werde dem Hinweis nachgehen müssen, dass Harry Jago eventuell etwas mit der Sache zu tun hat, auch wenn er auf mich weniger gefährlich als vielmehr verloren wirkt. Wer auch immer Sabine getötet hat, muss die Tat schon das ganze Jahr hindurch geplant haben, doch das Dringendste ist jetzt, herauszufinden, wer dem Opfer nahestand. Denn diese Tat war kein willkürlicher Gewaltakt. Der Mörder muss jede einzelne Etappe sorgfältig vorbereitet haben, damit er keine Aufmerksamkeit auf sich ziehen würde.

Ich schlüpfe aus dem Saal, um Sabines Priester einen Besuch abzustatten. Auf der Straße stehen überall Leute, die über den Tod der jungen Frau reden wie über den neuesten Tratsch. Am Rand der Menge erblicke ich eine Frau mit glänzenden schokoladenbraunen Haaren, die mir den Rücken zuwendet. Ich blinzele rasch, wie um eine Geistererscheinung zu vertreiben. Der Stress muss mir arg zusetzen, wenn ich mir schon einbilde, plötzlich eine Gestalt aus meiner Vergangenheit vor mir zu sehen. Doch als ich die Augen wieder aufmache, steht Nina Jackson immer noch da; sie ist absolut real. Es ist das erste Mal seit fast zwei Jahren, dass ich meine Exfreundin sehe – obwohl Exfreundin etwas zu hoch gegriffen ist. Wir waren damals kaum aus dem Stadium einer flüchtigen Affäre heraus, als sie Bryher wieder verließ, was meine Gedanken jedoch nicht davon abgehalten hat, seitdem zahllose Male zu ihr zurückzuwandern. Sie trägt ein türkisfarbenes Shirt, das ihre Bräune betont, und eine ausgeblichene Jeans. Shadow hat sie auch schon bemerkt. Er muss Ray entwischt sein, denn seine Leine schleift hinter ihm her, als er auf sie zuspringt. Die enthusiastische Begrüßung des Hundes gibt mir Zeit, einen weniger schockierten Gesichtsausdruck aufzusetzen, bevor ich sie begrüße. Welche Miene sie macht, ist hinter ihrer dunklen Sonnenbrille nicht zu erkennen; Shadow ist jedenfalls zu sehr damit beschäftigt, ihr die Hände abzulecken, um die gespannte Atmosphäre zu registrieren.

»Lange nicht gesehen, Nina.«

»Ich hatte vor, dich zu kontaktieren. Das mit dem toten Mädchen tut mir leid.«

Ich nicke langsam. »Du hast dir einen schlechten Zeitpunkt für deinen Besuch auf den Inseln ausgesucht. Entschuldige, ich muss weiter. Wir haben alle Hände voll zu tun.«

Shadow ist innerlich zerrissen, als ich weitergehe, und rennt zwischen uns hin und her, weil er sich nicht entscheiden kann, wer ihm wichtiger ist. Am liebsten würde ich ihn am Halsband festhalten. Ich könnte ihn auch für den Rest des Nachmittags an einen Baum binden, aber sein Geheul würde schnell zu einem öffentlichen Ärgernis werden. Am Ende entscheidet er sich für mich. Das Wiedersehen mit Nina hat mir zugesetzt. Sie könnte auch an tausend anderen Orten Urlaub machen, anstatt hierherzukommen und alte Wunden aufzureißen. Inzwischen ist Shadow fünfzig Meter vorausgerannt; er ist sich stets sicher, dass er mein Ziel besser kennt als ich, und diesmal liegt er richtig. Ich folge ihm die Strand entlang; dort steht etwas zurückversetzt die *Church of Our Lady Star of the Sea* mit freiem Blick aufs Meer. Sie erinnert eher an ein im viktorianischen Stil erbautes Haus denn an eine Kirche, aber das Gebäude mit den weiß gekalkten Mauern ist das einzige katholische Gotteshaus der Insel. Von dort aus überblickt man Town Beach, wo auf Trailern stehende Gigboote die Straße säumen. Zwei alte Männer sitzen auf einer Bank und schauen in trauter Schweigsamkeit auf den Atlantik hinaus.

Während ich versuche, jeden Gedanken an Nina aus meinem Kopf zu verbannen, rennt Shadow los, um bei den Rentnern Leckerlis zu schnorren. Als ich die Tür zur Kirche aufdrücke, schlägt mir der Geruch von Kerzenwachs und Weihrauch entgegen. Eine Pinnwand ist über und über mit Zetteln bedeckt, die zur Teilnahme am Chor oder zum Spendenlauf für das Rote Kreuz einladen. Im Inneren ist es unnatürlich still, und ich vermute, dass Pfarrer Michael Trevellyan seine Herde heute woanders hütet. Er ist der einzige katholische Priester auf den Scillys und teilt seine Zeit zwischen den fünf bewohnten Inseln auf.

Erst als ich auf der obersten Treppenstufe ankomme, sehe ich Pfarrer Michael. Da er mit gesenktem Haupt betend vor dem Altar kniet, setze ich mich in eine der Kirchenbänke und warte. Lateinische Wörter dringen leise über seine Lippen. In dem Dachraum gibt es nur einen einfachen Altar und Sitzplätze für ungefähr dreißig Gläubige. Die zwei Buntglasfenster erinnern an die enge Beziehung der Inseln zum Meer. Das eine zeigt Ruderer, die in einem Rettungsboot sitzen und mit den Wellen kämpfen, stammt also aus der Zeit, bevor die Boote der Seenotrettung mit starken Motoren ausgerüstet waren. Auf dem anderen sind Jünger Christi zu sehen, die ein gut gefülltes Fischernetz einholen. Obwohl ich durch und durch atheistisch bin, lösen diese Bilder in mir immer noch etwas aus. Als Junge bin ich, nachdem mein Vater ertrunken war, von Zeit zu Zeit hierhergekommen und habe das Licht bewundert, das durch die bunten Scheiben hereinströmt. Die Motive passen perfekt zu einer Gemeinde, die über die Jahrhunderte mehr an den Ozean verloren hat, als sie an Gewinn aus ihm ziehen konnte.

Pfarrer Michael wirkt erschöpft, als er wieder auf die Füße kommt, und es ist klar, dass er von dem Mord gehört hat. Er trägt ein schlichtes weißes Messgewand, und von nahem ist leicht zu erkennen, welch wechselvolles Leben er vor seiner Priesterausbildung geführt hat. Es heißt, bevor er seine Berufung verspürte, habe er gern und häufig Gebrauch von seinen Fäusten gemacht. Seine gebrochene Nase und sein schiefer Kiefer sind Relikte aus dieser Zeit. Er ist jetzt in seinen Vierzigern und hat die drahtige Figur eines Langstreckenläufers. Sein Haar ist grau meliert, und sein Mienenspiel wird erst lebhaft, wenn er lächelt. Der Priester hat die Inselpolizei in der Vergangenheit schon häufig unterstützt, und vielleicht benötige ich auch diesmal wieder seine Hilfe. Er ist Hilfspolizist wie die Keast-Brüder und in jeder Krise zur Stelle, wenn man ihn braucht.

»Da sind Sie ja, Ben. Ich habe Sie schon erwartet.« Er

spricht mit einem kornischen Akzent, und in jeder Silbe klingt Traurigkeit durch.

»Können wir uns hier unterhalten, Herr Pfarrer?«

»Gott wird uns nicht rauswerfen, was auch immer wir bereden.« Sein Lächeln schwindet schnell. »Ich nehme an, Sie sind wegen Sabine hier.«

»Ich hoffe, Sie können mir ein paar Hintergrundinformationen über sie geben.«

»Sie war eine reizende, sehr liebenswürdige junge Frau.« Er schaut zu Boden, so als versuchte er, sich an jedes Detail zu erinnern. »Sabine war außergewöhnlich offen. Sie hat mir erzählt, dass sie an ihrem Glauben zweifelt; ich glaube, sie kam nur zur Messe, weil ihr das, so weit weg von zu Hause, Trost spendete.«

»Haben Sie häufig unter vier Augen mit ihr gesprochen?«

»Sie kam nur zweimal zur Beichte.« Seine Lippen schließen sich wie ein Buch, das zugeklappt wird.

»Sie dürfen ihre Geheimnisse jetzt nicht mehr für sich behalten, Herr Pfarrer. Ich brauche Details, bevor noch jemand zu Schaden kommt.«

Seine Miene verfinstert sich. »Bei unserem ersten Gespräch schien es ihr gut zu gehen, aber dann hat sich etwas verändert.«

»Wie meinen Sie das?«

»Sie hat jemand Neues kennengelernt und schien Angst vor den großen Gefühlen zu haben, die dieser Mensch in ihr auslöste. Sogar ihrer engsten Freundin hat sie nichts von der Sache erzählt.«

»War der Mann verheiratet?«

»Tut mir leid, sie hat nie einen Namen erwähnt.« Der Priester schüttelt sich leicht, so als würde ein kühler Luftzug durchs Fenster wehen, dabei ist es stickig in dem Raum.

»Ich hoffe, Sie schnappen den Täter bald. Sabines Seele findet keine Ruhe. Ich spüre ihre Präsenz, obwohl ich für einen friedvollen Übergang gebetet habe. Sie muss schrecklich gelitten haben.«

»Wir werden ihn kriegen, machen Sie sich keine Sorgen. Erinnern Sie sich sonst noch an irgendwas aus ihrer Beichte?«

»Nur, dass diese Beziehung sie beunruhigt hat. Ich habe ihr gesagt, dass sie nichts tun soll, was sie bereuen könnte.«

»Sonst gab es nichts?«

»Sabine schien zu glauben, kurze Affären hätten einen befreienden Effekt. Zu Hause hatte sie das Gefühl zu ersticken.«

»Also hatte sie während ihres Aufenthalts hier mehr als einen Partner?«

»Ich glaube, sie wollte vor der Rückkehr zu den strengen Regeln in ihrem Elternhaus etwas über sich selbst herausfinden.« Er hält die Hände hoch, eine Geste der Niederlage. »Mein Bischof vertritt eine unnachgiebige Haltung, was junge Leute mit aktivem Sexleben angeht, aber die Zeiten ändern sich. Ich konnte ihr nur raten, auf sich aufzupassen und um Vergebung zu beten.«

»Darf ich Sie fragen, was Sie letzte Nacht gemacht haben? Wir fragen gerade jeden, wo er sich aufgehalten hat.«

»Meine Antwort ist nicht besonders aufregend, Ben. Ich habe unser wöchentliches Gebet abgehalten, das ungefähr um halb zehn endete. Danach bin ich nach Hause gegangen und hab mich früh schlafen gelegt.«

Als der Priester mir die Hand gibt, fühlt sie sich klamm an. Seine Miene wirkt gequält, und er wendet sich ab, so als würde Sabines Tod ihn zu sehr mitnehmen, als dass er seinen Gemeindemitgliedern gegenübertreten könnte. Shadows lautes Gebell ruft mich zurück nach unten, und als ich mich auf der Türschwelle noch einmal umdrehe, ist Pfarrer Michael schon wieder auf den Knien und schickt mit geschlossenen Augen ein neues Gebet für Sabine Bertans' Seele gen Himmel.

9

Lily ist auf ihrem Bett im Star Castle zusammengebrochen, ihr Kissen feucht von Tränen. Bis jetzt war ihr Zimmer ihre Zufluchtsstätte, doch seit der Veranstaltung im Pfarrsaal fühlt sie sich nirgends mehr sicher. Harrys düstere Stimmung geht ihr nicht aus dem Sinn; wenn er so drauf ist, boxt er gegen Wände und greift aus den nichtigsten Gründen andere an. Als ihr Vater ins Gefängnis musste, weil er einen Mann im Streit so übel zugerichtet hatte, dass er an seinen Verletzungen starb, war niemand ernsthaft überrascht. Ihre Mutter zog danach mit ihnen nach St. Mary's, damit sie neu anfangen konnten, doch Harrys Wut hat sich über die Jahre immer weiter verschlimmert. Lily versteht nicht, warum die Mädchen trotz seiner Rücksichtslosigkeit so auf ihn abfahren. Der Brief, den er Sabine unter der Tür durchgeschoben hat, liegt immer noch auf ihrer Frisierkommode, außerdem hat sie die Nachrichten gelesen, die die beiden sich gegenseitig geschickt haben. Warum hat ihre Freundin ihr nicht erzählt, dass sie sich seit Wochen manchmal heimlich mit ihm traf? Jetzt wird sie den Grund nie erfahren. Lily glaubt nicht, dass Harry Sabine etwas tun würde, aber wenn er so leicht reizbar ist wie im Moment, kann sie nicht zu ihm durchdringen.

Die junge Frau spritzt sich kaltes Wasser ins Gesicht, aber als sie sich im Badezimmerspiegel anschaut, hat sie fleckige Haut, ihre haselnussbraunen Augen sind gerötet, und ihr hellblondes Haar könnte etwas Pflege vertragen. Als plötzlich ein lautes Geräusch ertönt, zuckt sie zusammen. Jemand hämmert gegen ihre Zimmertür, und als sie aufmacht, steht Rhianna Polkerris davor. Die Hotelmanagerin ist perfekt gestylt, ihre Miene ausdruckslos.

»Es ist sechs Uhr, Lily. Warum bist du nicht in der Bar?«

»Tut mir leid, ich war bei der Versammlung, die wegen Sabine ...«

Die Managerin bringt sie mit einem schnellen Kopfschütteln zum Schweigen. »Das sind natürlich traurige Neuigkeiten, aber sie war auch eine Draufgängerin. Wahrscheinlich hat sie sich in Gefahr gebracht.«

»Nein, so war Sabine nicht.«

»Ich kenne sie zufällig ein bisschen besser als du, aber lass uns jetzt nicht streiten. Die Gäste warten darauf, dass sie bedient werden.« *Sie trommelt mit ihren langen Fingernägeln auf den Türrahmen.* »Darf ich kurz reinkommen?«

Lily ist peinlich berührt wegen der Unordnung, die in ihrem Zimmer herrscht, doch die Managerin scheint davon keine Notiz zu nehmen.

»Stell dich hierher, Lily.« *Rhianna dirigiert sie vor den Spiegel und begutachtet ihr Aussehen.* »Ich hab mir neulich mal deinen Lebenslauf genauer angeschaut. Du hast nur gute Noten. Warum gehst du nicht zur Uni?«

»Ich habe kein Studiendarlehen bewilligt bekommen«, *antwortet Lily leise.*

»Du kannst es auch ohne Studienabschluss weit bringen, allerdings solltest du mehr Mühe auf dein Äußeres verwenden.« *Rhianna streicht Lily die Haare aus der Stirn.*

»*Eigentlich hast du ja ein ganz hübsches Gesicht. Du solltest ein bisschen Make-up auftragen und hier und da ein paar Akzente setzen, damit die Leute dir eine Chance geben. Es ist wichtig, dass man das Beste aus sich macht, findest du nicht?«*

Lily nickt, aber sie fühlt sich erbärmlich. Rhiannas Haare glänzen im Spiegel wie Gold, ihre eigenen dagegen sehen kraftlos und matt aus.

»Braves Mädchen, dann mach dich mal an die Arbeit. Du brauchst ein bisschen Rouge, du bist schrecklich blass.« Rhiannas herzförmiger Mund verzieht sich zu einem Lächeln. »Schön, dass wir ein bisschen geplaudert haben.«

Lily hört, wie die Tür sich mit einem Klicken schließt, und sinkt zurück aufs Bett. Die Kritik der Managerin an ihrem Äußeren war wie ein Schlag ins Gesicht, aber immerhin sind ihre Tränen jetzt versiegt. Um Mut zu fassen, betrachtet sie eines der Fotos auf Sabines Handy. Es zeigt ihre Freundin jung und sorglos am Strand; ihr Lächeln ist wie eine Einladung an den Betrachter, ihr Glück zu teilen.

»Was soll ich tun?«, fragt Lily leise, aber Sabines Miene auf dem Display bleibt unverändert.

Lily lässt das Handy zurück in ihre Tasche gleiten wie einen Talisman, bevor sie sich erneut dem Spiegel zuwendet.

10

Als wir wieder im Polizeirevier sind, rollt Shadow sich unter meinen Schreibtisch zusammen und ignoriert die hektische Aktivität um ihn herum. Madrons Büro wirkt überfüllt, als meine drei Officer um neunzehn Uhr hereinkommen, damit wir uns noch ein letztes Mal für heute auf den neuesten Stand bringen können. Obwohl Eddie pausenlos gearbeitet hat, seit wir Sabine am Morgen gefunden haben, ist er immer noch engagiert bei der Sache. Er hat den ganzen Nachmittag versucht, ihr Handy zu orten, während Lawrie und Isla dabei sind, die Liste der potenziellen Verdächtigen zu reduzieren. Die Statistik besagt, dass Morde in der Regel von Männern zwischen achtzehn und fünfundvierzig begangen werden, die häufig bereits wegen früherer Gewalttaten vorbestraft sind. Auf St. Mary's gibt es allerdings wenige offensichtliche Kandidaten. Wenn Sabine einen Freund hatte, wie der Pfarrer behauptet, dann hat sie die Beziehung gut verborgen. Weil ihre Leiche als Braut ausstaffiert war, mit Make-up und allem Drum und Dran, frage ich mich, ob nicht auch eine Frau mit Liebe fürs Detail die Mörderin sein könnte. Die Tat war komplex und perfekt organisiert. Wer auch immer sie begangen hat, hat letztes Jahr bereits einen Diebstahl in einem winzigen Museum riskiert – und zwar am 3. August laut unserer dünnen Akte zu dem Fall – und dann genau ein Jahr abgewartet, bis er Sabine umgebracht hat. Das Datum muss etwas zu bedeuten haben, aber ich komme nicht dahinter, was.

Eddie zeigt uns aufgeregt eine Karte auf seinem Laptop. Er hat die GPS-Koordinaten des Mobilfunknetzes und die Position der Mobilfunkmasten auf der Insel genutzt, um Sabines Handy mittels Triangulation zu orten.

»Es muss angeschaltet sein, sonst würde es nicht angezeigt. Ihr Handy befindet sich definitiv auf dem Garrison, aber der Ort kann nicht punktgenau lokalisiert werden. Es kann im Hotel oder in dessen Außenanlagen liegen; sie könnte es verloren haben, als sie das Gebäude verließ. Wir müssen es finden, bevor der Akku vollständig leer ist.«

Der junge Sergeant sprudelt die Details so begeistert hervor, als wäre die Mörderjagd der Höhepunkt seines Berufslebens. Ich bitte ihn, das Gebiet heute Abend noch vor Anbruch der Dämmerung mit einigen vertrauenswürdigen Helfern abzusuchen. Diese Aufgabe duldet keinen Aufschub: Wenn der Akku einmal leer ist, können wir das Handy nicht mehr aufspüren.

Als Lawrie Deane uns die neuesten Informationen vorträgt, klingt es, als wäre seine Zunge bleischwer. Er spricht schleppend und mit einem derart breiten kornischen Akzent, als hätte er mit Clotted Cream gegurgelt. Deane hat zwanzig Jahre gebraucht, um zum Sergeant aufzusteigen, und er bewegt sich ungefähr genauso langsam, wie seine Karriere voranschreitet, aber er ist ein großes Organisationstalent. Er hat bereits Unterkünfte für mich, Eddie und Liz Gannick aufgetan. Da eine Hochzeitsfeier abgesagt wurde, haben Tom und Rhianna Polkerris noch reichlich Platz im *Star Castle Hotel* und stellen uns die Zimmer kostenlos zur Verfügung. Ich bin froh, dass wir an Sabines Arbeitsplatz unterkommen, denn ich muss dringend herausfinden, womit genau sie dort ihre Zeit verbracht hat.

Isla hat einen dicken Stapel von Zetteln dabei, so als hätte sie sich den ganzen Tag lang Notizen gemacht. Sie ist gleich nach Abschluss ihres Jurastudiums in den Polizeidienst eingetreten und wollte lieber zurück auf die Scilly-Inseln, als ihre juristische Ausbildung fortzusetzen, obwohl sie als Anwältin in Zukunft sicher besser verdient hätte. Sie lauscht die ganze Zeit schweigend, als würde sie eine Meisterklasse besuchen. Die Ereignisse des Tages haben ihren Tribut von ihr gefordert, denn sie sieht müde aus, als ich sie um ihr Update bitte.

»Das Kleid ist aus einem Laden namens *Bridal Harmony* in Truro. Es wurde vor drei Jahren hergestellt, weshalb davon auszugehen ist, dass der Täter es secondhand gekauft hat. Falls er es über eBay erstanden hat, müsste ich rausfinden können, wer der Käufer ist.« Sie blättert durch ihre Zettel. »Bei den Ohrringen hatte ich mehr Glück. Sie sind vergoldet – ein Mann namens Liam Trewin hat sie vor drei Tagen in dem Geschenkartikelladen an den Abbey Gardens gekauft und mit Kreditkarte bezahlt.«

»Er ist noch hier?«

Sie nickt. »Er wohnt im *Star Castle*. Nach dem, was man so hört, ist er ein ziemlicher Idiot.«

»Sagt wer?«

»Die Ladeninhaberin beschrieb ihn als Widerling. Er hat sich an die Kellnerinnen im Café rangeschmissen und mit seiner Herkunft von den Inseln geprahlt.«

»Gute Arbeit, Isla. Ich werde ihn noch heute aufsuchen. Sabine und du, ihr standet euch nahe, oder?«

Sie senkt den Blick und starrt auf die polierte Oberfläche von Madrons Schreibtisch. »Wir waren ein paarmal zusammen im *Atlantic*, was trinken. Das war ihre Idee, nicht meine. Sie studierte Sprachen in Riga und wollte sich gern mit Muttersprachlern unterhalten, um ihr Englisch zu verbessern.«

»Hatte sie einen Freund?«

»Sie war nicht auf der Suche.« Islas Stimme schwankt. »Sabine wollte einfach ihren Spaß haben.«

»Hat sie Ihnen denn nichts Privates erzählt?«

»Irgendein Typ im Hotel hat sie bedrängt, aber sie hat seinen Namen nie erwähnt.«

»Vielleicht war es Trewin. Tom Polkerris wusste nichts Privates über sie. Hatte sie mit irgendwem von der Arbeit engeren Kontakt?«

»Sabine mochte Lily Jago sehr gern, dabei sind die beiden ziemlich gegensätzlich. Sabine war die Stimmungskanone, Lily ist dagegen superschüchtern.«

Mit Lilys Bruder Harry hatte ich schon häufiger zu tun. Der junge Mann hat wenig Freunde auf der Insel; er bekommt immer wieder Ärger wegen Trunkenheit und Ruhestörung, aber seine Schwester scheint die Reifere von beiden zu sein. Islas Sitzhaltung verrät eine große innere Anspannung, und ich bin davon überzeugt, dass sie etwas weiß, was sie in großer Runde nicht sagen will. Also bitte ich sie, nach der Besprechung noch kurz dazubleiben. Sie rutscht unbehaglich auf ihrem Stuhl herum, während ich warte, bis sich die Tür geschlossen hat.

»Sabine und Sie müssen doch auch über persönliche Dinge gesprochen haben, Isla. Erinnern Sie sich nicht mehr, was sie gesagt hat?«

»Sie hat hauptsächlich von ihrem Leben zu Hause und von den Orten gesprochen, an denen sie schon war. Und sie wollte Infos über Jobmöglichkeiten im Vereinigten Königreich.«

»Machte sie nie den Eindruck, verängstigt zu sein?«

Isla schüttelt heftig den Kopf. »Sabine war super unbeschwert; ich glaube, sie hat überall, wo sie hinkam, sofort Leute kennengelernt.«

»Wenn Ihnen noch irgendwas einfällt, lassen Sie uns morgen früh noch mal sprechen. Jetzt ist es Zeit, dass Sie nach Hause kommen. Sie haben zwölf Stunden durchgearbeitet.«

Die Polizistin erhebt sich widerstrebend, so als würde sie lieber weiter nach dem Mörder ihrer Freundin suchen, aber draußen setzt die Dämmerung ein.

»Wie kommen Sie zurück nach Old Town?«

Islas Familie wohnt eine halbe Meile weiter die Küste hoch, aber sie schaut mich verdutzt an. »Zu Fuß, wie immer.«

»Ich bringe Sie.«

»Nein, danke, Sir. Die Bewegung wird mir guttun.«

»Das ist eine Anweisung, kein Angebot. Sabines Mörder läuft noch immer frei herum, und es wird bald dunkel.«

»Ich habe drei Selbstverteidigungskurse absolviert.« Sie schaut mich an, als wäre ich der Schlimmste aller Väter.

»Super, aber wir nehmen trotzdem den Transporter. Sie können gern fahren, wenn Ihnen das lieber ist.«

Sie nickt widerstrebend. »Sie glauben, es passiert wieder, oder, Sir?«

Sabines verängstigtes Gesicht auf dem Polaroidfoto hat sich in mein Gedächtnis eingebrannt wie ein schlechtes Tattoo. »Möglich wäre es. Wenn wir nicht bald herausfinden, wer es war. Nach allem, was wir wissen, sucht der Täter nach einem passenden Bräutigam für seine Braut.«

»Männer sind also auch in Gefahr?«

»Bis wir den Mörder gefunden haben, sollte jeder gut auf sich achtgeben.«

Als wir das Gebäude verlassen, sieht Isla noch immer unangenehm berührt aus. Mir würde es an ihrer Stelle nicht anders gehen, aber eine junge Polizistin nach einem brutalen Mord allein nach Hause laufen zu lassen, das wäre fahrlässig. Sie sagt kein Wort, während wir Richtung Old Town fahren, und ich sehe davon ab, ihr weitere Fragen zu stellen. Ich werde warten müssen, bis sie mir von selbst sagt, was ihr auf der Seele liegt. Sturheit ist ein weit verbreiteter Charakterzug auf der Insel; die alte Gewohnheit, für uns selbst zu sorgen, führt dazu, dass wir zögern, Geheimnisse preiszugeben.

Als sie vor ihrem Zuhause anhält, verspüre ich einen Anflug von Neid. Islas Eltern besitzen ein schönes freistehendes Haus am Strand von Old Town. Es ist im typischen Architekturstil der Inseln und aus regionalem Gestein erbaut, mit seinen bunten Fensterläden und dem Schieferdach aber in einem weitaus besseren Zustand als mein Haus auf Bryher. Im Vorgarten wächst ein Meer von Blumen, das bis auf den Fußweg schwappt. Die Bank neben der Haustür ist der ideale Ort, um auf den Ozean zu schauen und Leute zu beobachten, wenn im Sommer Hunderte Spaziergänger mittags in dem örtlichen Café einkehren, bevor sie weiter Richtung Norden an der Küste entlanglaufen.

Isla murmelt einen knappen Abschiedsgruß, und ich will schon losfahren, als ihre Mutter auf der Treppe vor dem Haus erscheint. Ich sollte eigentlich zurück aufs Revier fahren, um das morgige Arbeitspensum zu planen, doch meine gute Erziehung zwingt mich jetzt, wenigstens kurz auszusteigen. Ginny Tremayne wirkt erstaunt, als ihre Tochter ohne ein Wort an ihr vorbeistürmt, aber Isla wird heute Abend sicherlich noch mit ihrer Mutter sprechen. Ginny ist gut darin, andere zu trösten, nicht nur in ihrem Job als Ärztin, sondern bei allen, die sie trifft. Sie macht einen weitaus entspannteren Eindruck als ihre Tochter. Sie ist füllig, hat graues, hochgestecktes Haar und trägt ein ausgeblichenes Sommerkleid. Ihre Haut ist von stundenlanger Gartenarbeit gebräunt. Zaghaft erkundigt sie sich nach dem Fall.

»Tut mir leid, dass ich nicht bei der Versammlung war; ich hatte Dienst im Krankenhaus und kam nicht weg.« Ginny leitet, seit ich denken kann, das kleine Ärzteteam der Insel.

Ich erzähle ihr, dass Isla sich gut schlägt; sie nimmt ihren Job ernst, und ihre Aufmerksamkeit für Details macht sie zur idealen Polizistin. Ginny hört mit einigem Stolz, dass ihre Tochter die neue Aufgabe bestens bewältigt. Ihr Ehemann ist Ingenieur und arbeitet für einige Wochen auswärts, aber sie will ihn später anrufen, um ihm zu erzählen, was passiert ist. Als ich mich verabschiede, erblicke ich in einem der Erdgeschossfenster des Nachbarhauses ein bekanntes Gesicht. Jeff Pendelow wohnt dort schon seit dreißig Jahren, ist aber allein, seit seine Ehefrau vor drei Monaten ins Krankenhaus aufs Festland musste. Er war ein alter Freund meines Vaters und hat bis zu seiner Pensionierung Anfang des Jahres als Psychologe gearbeitet. Er winkt mir zu und wendet sich dann wieder seinem Notebook zu, in das er etwas eintippt.

»Jeff würde sich sicher über einen Besuch von Ihnen freuen«, sagt Ginny. »Der arme Kerl hängt zu Hause fest.

Er kann nicht mal spazieren fahren. Seit seine Frau krank ist, geht's ihm nicht besonders, und jetzt hat er auch noch üble Rückenschmerzen.«

»Wann kommt Val denn wieder nach Hause?«

Es entsteht eine Pause, bevor sie antwortet: »Sie hat ein frühes Stadium von Alzheimer. Jeff wollte sie unbedingt bei sich behalten, aber sie braucht fachärztliche Betreuung und wird dauerhaft in einem Pflegeheim in Penzance bleiben müssen.«

Ich würde heute Abend lieber keine Krankenbesuche mehr machen, aber nach dieser Nachricht kann ich nicht einfach weiterfahren, als wenn nichts wäre. Höflichkeit ist das Lebenselixier der Insel und sorgt zu neunzig Prozent dafür, dass nachbarschaftliche Beziehungen intakt bleiben. Nachdem ich mich von Ginny verabschiedet habe, gehe ich auf Jeffs Grundstücks hinüber, wobei mir auffällt, dass der Vorgarten von Unkraut überwuchert ist. Seine Tamarisken haben bereits die Ausmaße von Bäumen. Als ich an die Tür klopfe, schwingt sie von selbst auf. Wie die meisten Inselbewohner ist Jeff nicht um seine Sicherheit besorgt, da hier so gut wie nie eingebrochen wird. Pendelows Flur offenbart die Kluft zwischen seinem Berufs- und seinem Privatleben. An der Wand hängen akademische Zeugnisse und Urkunden, die seine Eignung zum Psychologen belegen, neben einer Reihe von Fotos, die auf seinen Hochseeangelreisen entstanden sind. Schon in meiner Kindheit war er ein begeisterter Angler. Er ist jahrelang zwischen der Insel und dem Festland gependelt, wo er unter der Woche am Plymouth Hospital arbeitete. Die größten Fotos zeigen jedoch seine Frau, und plötzlich stürmen viele Erinnerungen auf mich ein. Valerie Pendelow mochte ich als Kind ausnehmend gern. Sie arbeitete als Köchin im *Old Town Inn* und hat meinen Bruder und mich immer mit den tollsten Kuchen und Keksen verwöhnt. Zusammen mit meinem Vater haben wir viele Nachmittage in diesem Haus verbracht. Die beiden Männer tranken dann Bier und spielten Schach, während mein Bruder und ich am Strand Drachen steigen ließen oder im Garten Fußball spielten. Ich bekomme ein schlechtes Gewissen, weil ich nicht einmal wusste, dass Val die Insel für immer verlassen hat.

Jeff ist auf St. Mary's geboren und tief hier verwurzelt. Er singt im Gemeindechor, doch heute zittert seine Stimme, als er mich aus dem Wohnzimmer zu sich ruft. Als ich eintrete, liegt er mit seinem Notebook auf dem Schoß auf der Couch. Er ist gealtert seit unserer letzten Begegnung. Ich erinnere mich an Jeff als kräftigen, bärenstarken Typen, der gern lange Spaziergänge unternahm, doch der Schmerz hat ihm tiefe Furchen ins Gesicht gezeichnet. Seine Haare und sein Bart sind bereits schlohweiß, obwohl er nicht viel älter als sechzig sein kann. Mein Vater schwärmte oft von seinem tollen Sinn für Humor, aber davon ist heute nichts zu spüren. Die Halbbrille auf seiner Nase lässt ihn wie einen alten Bibliothekar aussehen.

»Bleib liegen, Jeff. Ich wollte nur schnell Hallo sagen.«

»Schickt Ginny dich, um mich zu bemitleiden? Wenn du sehen würdest, wie ich die Treppe hochgehe, würdest du dich totlachen. Ich brauche zehn Minuten bis zum ersten Absatz.« Sein Gesicht zeigt ein müdes Lächeln, so als wäre sein Gesundheitszustand nicht mehr als ein schlechter Witz.

»Wie ich höre, hängst du hier zu Hause fest.«

»Val war die Autofahrerin, nicht ich. Ich hab nicht mal

einen Führerschein.« Er zuckt vor Schmerz zusammen, als er seine Position verändert.

»Hast du was gegen die Schmerzen?«

»Ginny hat mir drei verschiedene Sorten Tabletten gegeben, aber wahrscheinlich ist das ja eh psychosomatisch.«

»Weil du Val vermisst?«

»Solange der Ischias nicht besser wird, kann ich nicht mal aufs Festland fahren, um sie zu besuchen.« Seine Augen werden feucht, doch er blinzelt die Tränen weg. »Wenigstens habe ich eine Menge zu tun. Ich muss mich einen ganzen Monat lang auskurieren, da komme ich endlich dazu, mein Buch fertig zu schreiben.«

»Wovon handelt es denn?«

»Psychosen. Ich habe viele Jahre Patienten mit komplexen Persönlichkeitsstörungen und Wahnvorstellungen behandelt. Der National Health Service hat mir ein Abschiedsgeschenk gemacht, als ich in Pension ging. Sie haben mir den Auftrag erteilt, ein Handbuch für Fachkräfte zu schreiben, die psychische Krankheiten behandeln und zum ersten Mal mit Psychosen zu tun haben.«

»Werden solche Patienten denn je wieder gesund?«

»Dagegen ist kein Kraut gewachsen, aber mit der richtigen Unterstützung und Medikation können sie ihre Symptome regulieren.« Er klingt nüchtern, als er weiterspricht: »Ich habe im Radio gehört, dass eine junge Frau umgebracht wurde. Warst du es, der sie heute Morgen gefunden hat?«

»Ja, aber mein Team war bei mir.«

»Das muss sehr hart gewesen sein für euch alle.« Der ruhige Blick des Psychologen prüft mich auf Anzeichen von Stress.

»In meiner Londoner Zeit hab ich Schlimmeres gesehen.«

»Du bist gut darin, deine Gefühle zu verdrängen wie alle Kittos.« Er lacht und betrachtet mich dann erneut. »Ist schon ein bisschen unheimlich, wie ähnlich du deinem Dad siehst. Ich muss in letzter Zeit häufig an ihn denken.«

Die nächsten zehn Minuten tauschen wir Neuigkeiten aus. Jeff gelingt es, seine Trauer über Vals Abwesenheit zu verbergen, und seine Ruhe und Klugheit sorgen dafür, dass die Anspannung des Tages von mir abfällt. Als mein Blick zum offenen Fenster wandert, geht die Sonne gerade unter. Von der Bucht von Old Town aus blickt man meilenweit aufs offene Meer hinaus; bis nach Land's End stellt sich den Wellen nichts in den Weg. Diese Aussicht erlaubt es Pendelow, die Gezeiten genau zu studieren, doch jetzt, wo er allein ist, muss die Schönheit des Meeres ihm bedeutungslos erscheinen. Als ich durch ein Fenster auf der anderen Seite des Zimmers schaue, sehe ich, dass im Garten hinter dem Haus schulterhohe Brombeersträucher vor sich hin wuchern; die Natur erobert sich ihren Platz zurück. Er war in der letzten Zeit vermutlich zu sehr damit beschäftigt, seine Frau zu pflegen, um seine Zeit draußen zu verbringen.

»Ich muss los, Jeff. Ich hab noch einiges zu tun, bevor ich für heute Schluss machen kann.«

»Arbeite nicht zu viel«, ermahnt er mich. »Und denk an mich, wenn mal einer aus deinem Team Unterstützung braucht.«

»Danke, Jeff. Vielleicht komme ich darauf zurück.«

»Auch große Kerle wie du können ohne die richtige Therapie in die Knie gehen. Viele Polizisten und Militärangehörige leiden an arbeitsbedingtem Stress.«

»Ich passe auf mich auf, keine Sorge.«

Schließlich entspannt sich seine sorgenvolle Miene. »Dein

Vater wäre stolz auf dich, Ben. Das ist dir hoffentlich klar, oder?«

Auf dieses Lob war ich nicht gefasst, und einen Moment lang weiß ich nicht, was ich sagen soll. Mein Blick wandert zu dem Holzkruzifix über dem Kamin. Als Kind ist es mir nie aufgefallen, aber das Symbol ergibt durchaus Sinn: Hinter Pendelows Wunsch, Menschen in verzweifelten Situationen zu helfen, muss ein starker Glaube stecken. Ich fühle mich ruhiger nach unserem Gespräch, aber die Realität holt mich ein, als ich einige Feriengäste am Sandstrand sehe, die zuschauen, wie die Sonne hinter dem Horizont versinkt. Der Frieden auf der Insel ist eine Illusion. Wenn ich meinen Job nicht gut mache, könnte jeder Urlauber, der hier gerade sein Handtuch und seine Flipflops einpackt, das nächste Opfer des Mörders werden.

11

Es ist bereits stockdunkel, als ich das Polizeirevier abschließe und den Hügel zum *Star Castle Hotel* hinaufgehe. Seit den Sandwichs am Mittag habe ich kaum etwas gegessen, aber ich muss mit Liz Gannick sprechen, bevor ich daran etwas ändern kann. Die Chefkriminaltechnikerin hatte viele Stunden Zeit, um allein zu arbeiten, und sie wird Neuigkeiten vom Tatort haben. Shadow rennt voraus, wartet aber am Eingang zum Hotelgelände. Ich binde ihn draußen an und hoffe, dass er nicht die ganze Nacht aus Protest heult.

Die Hotelangestellten müssen inzwischen über Sabines Tod informiert worden sein, aber es sieht so aus, als hätte man ihnen aufgetragen, sich nichts anmerken zu lassen, damit der Mordfall die Gäste nicht verängstigt. Der Hotelportier begrüßt mich mit einem entspannten Lächeln. Er fragt mich nach meinem Gepäck, aber ich habe nicht mal eine Zahnbürste dabei, geschweige denn saubere Kleider. Ray hat versprochen, Eddie und mir morgen ein paar Sachen vorbeizubringen, da wir St. Mary's nicht verlassen können, bevor der Mörder gefunden ist. Der Portier sagt wenig, während er mich den Flur hinunterführt. Mein Zimmer im ersten Stock ist mit einem Himmelbett und Antiquitäten und der Aussicht auf den endlos weiten Ozean, auf dem schon das Sternenlicht funkelt, großzügig ausgestattet. Vor Hunderten von Jahren haben die Wachen unter diesen Dachsparren wahrscheinlich auf dem blanken Boden geschlafen. Sie wurden dafür bezahlt, die Insel vor Gefahren von außen zu beschützen, mein Job erfordert jedoch eine andere Art von Navigation. Es wird nicht leicht sein, die Insulaner dazu zu bringen, ihre Geheimnisse mit mir zu teilen, aber um den Mörder finden zu können, werde ich sie aus der Reserve locken müssen. Als ich noch einen Blick aus dem Fenster werfe, brennen im Hafen von Hugh Town Lichter; ein Dutzend Hummerboote liegen auf dem Wasser. Die Menschen bezahlen viel Geld für solche pittoresken Aussichten auf das Fischerstädtchen, und doch gibt es jemanden, der die auf der Insel herrschende Ruhe um jeden Preis stören will.

Durch die Wand dringt laute Motown-Musik und erinnert mich daran, dass Liz Gannick nebenan wohnt und sich um die friedliche Atmosphäre im Hotel offenkundig keinen Deut schert. Zu Hause höre ich auch oft Musik, vom Rock der Neunziger, mit dem ich aufgewachsen bin, bis hin zu Jazz und klassischer Musik, aber Gannicks Geschmack ist auch nicht schlecht. Stevie Wonder singt »Uptight«, und der Song erscheint passend. Als sie an die Tür kommt, stützt sie sich schwer auf ihre Krücken, aber ihr Blick ist noch immer hellwach und steht voller Fragen. Die Kriminaltechnikerin hat ihre Suite in ein wissenschaftliches Labor verwandelt, inklusive Arbeitstisch, Mikroskop und Fläschchen mit Pulvern und Flüssigkeiten. In der Luft hängt der Geruch von Chemikalien, der mich an die todlangweiligen Chemiestunden in der Schule erinnert.

»Sie hören Ihre Musik offenbar gern laut, Liz. Ich wette, Sie stehen auf Northern Soul.«

»Tun wir das nicht alle?« Sie blickt mich schelmisch an, bevor sie die Musik leiser dreht. »Ich kann Ihnen den Namen jeder einzelnen Backgroundsängerin nennen, die für diese Musik ausgenutzt wurde.«

»Das will was heißen.«

»Wo haben Sie den ganzen Tag gesteckt? Am Schreibtisch gesessen und Zigarren geraucht?«

»Die Kleinigkeit einer Mordermittlung hat mich auf Trab gehalten. Wir kommen nur langsam voran. Eddie hat mit einigen Freiwilligen den Garrison Hill den ganzen Nachmittag lang nach dem verschwundenen Handy durchkämmt, aber leider vergeblich.« Ich lasse mich auf einen Stuhl am Fenster fallen. »Was haben Sie gefunden?«

Sie reicht mir einen Asservatenbeutel. »Ich hab eine ganze Weile gebraucht, um den da vom Ringfinger der jungen Frau abzukriegen; ihr Knöchel ist stark geschwollen.«

Der Beutel enthält einen goldenen Ehering mit einer Punze auf der Innenseite.

»Er muss alt sein, genau wie das Medaillon«, sagt Gannick. »Und er ist voller Kratzer und Dellen. Aber der Täter war clever und hat keine Spuren hinterlassen. Ich habe jeden Zentimeter dieses Kleides mit UV-Licht abgesucht und absolut nichts gefunden. Es wurde mit Chemikalien aus einer Textilreinigung durchtränkt, so dass es darauf weder ein Haar noch irgendeine Faser von seinen Kleidern gibt. Wahrscheinlich trug er einen Overall und Maske, als er an die Arbeit ging. Ich brauche das Labor in Penzance, um zu überprüfen, ob das Blut auf den Ärmeln des Hochzeitskleids von Sabine stammt; es könnten Reibungsverbrennungen von dem Seil sein. Ansonsten gibt es kaum Flecken.«

»Und welche Spuren gab es am Tatort?«

Sie schüttelt den Kopf. »Ich hoffe, das Labor findet was in den Proben, die ich genommen habe. Ich möchte das Kleid morgen rüberfliegen lassen, damit es untersucht werden kann. Heutzutage können wir auch von Stoffen Fingerabdrücke nehmen, aber nicht mit der Basisausrüstung, die ich hier habe.«

»Und wie funktioniert das?«

»Durch Bedampfung mit Jod. Die Chemikalie wird erhitzt, so dass Dämpfe abgegeben werden, die sich an die fettigen Substanzen von Fingerabdrücken anlagern, welche auf diese Art sichtbar werden und fotografiert werden können.«

»Wenn der Täter so vorsichtig ist, wird es keine Spuren geben, hab ich recht?«

»Dermaßen sauber und ordentlich arbeitet niemand.«

Ich schaue in den funkelnden Nachthimmel über uns. »Der Mistkerl ist fest entschlossen, sich nicht erwischen zu lassen, und ich wette, Sabines Handy wurde irgendwo vergraben.«

Gannick ist zu beschäftigt, um mir zu antworten. »Auf dem Kleid ist noch ein anderer Fleck. Eine Spur von Motoröl.«

»Und das bedeutet – was?«

»Sie wurde in den Kofferraum eines Autos geladen. Ich könnte mir vorstellen, dass er mit einer Plastikfolie ausgelegt war, aber der Saum ist am Kofferraumdeckel hängen geblieben.«

»Er hat also am Leuchtturm auf sie gewartet?«

»Das kann ich noch nicht beweisen. Es sieht so aus, als hätte der Täter sie in einer sauberen Umgebung ausstaffiert – ich habe an ihrem Kleid weder Spuren von Erde noch von Gras finden können.«

Das fügt Sabines Leiden noch einen weiteren Aspekt hinzu. War sie tot oder lebendig, als dieser Kofferraumdeckel nur wenige Zentimeter über ihrem Gesicht zuschlug? Sie könnte stundenlang um Hilfe geschrien haben. Ich füge die Details zusammen, während Gannick mir Fotos von undeutlichen Fußspuren am Tatort zeigt, die wertvolle Beweise sein oder aber von Touristen stammen können, die in den letzten Tagen über den Küstenpfad gelaufen sind. Wie es aussieht, hat der Täter Sabine überwältigt und an einen sauberen Ort gebracht, um ihr das Brautkleid anzuziehen. Wer auch immer es war, er tut alles dafür, um seine Identität geheim zu halten, aber einige Aspekte seiner Persönlichkeit treten bereits zutage. Der Mörder ist geübt darin, seine Spuren zu verwischen. Von keinem der Inselbewohner oder Hotelgäste wurde irgendein verdächtiges Verhalten berichtet. Ich habe keine Ahnung, ob der Täter auf Sabine fixiert war oder ob er sein perverses Ritual auch an jedem anderen weiblichen Opfer durchexerziert hätte.

Gannick ist wieder über ihr Mikroskop gebeugt und untersucht Erdkörnchen vom Tatort. Sie presst entschlossen die Lippen aufeinander, während die *Supremes* das nächste Lied schmettern. Normalerweise bekomme ich von der schwungvollen Musik Lust, aufzustehen und zu tanzen, vorzugsweise, wenn es niemand sieht, doch heute Abend erinnert sie mich nur daran, wie viele Partys Sabine Bertans verpasst, weil ihr Leben zu früh beendet wurde.

Es ist zweiundzwanzig Uhr, als ich die Bar im Kellergeschoss des Hotels betrete. Der niedrige Raum hat heute nur noch wenig Ähnlichkeit mit einem Verlies, aber in elisabethanischer Zeit haben hier Gefangene darauf gewartet, dass in einem Schnellverfahren über sie gerichtet wurde. Hier unter der Erde ist die drückende Hitze, die draußen herrscht, nicht zu spüren. Der Raum steht voller Sofas und Sessel, und ungefähr zwanzig Gäste haben sich um die Tische versammelt, um noch einen Absacker zu trinken. Als sie mich sehen, werden ihre Gespräche leiser. Ich erkenne einige Gesichter von der Versammlung wieder, und die Mienen sind bang, so als würden die Leute mit weiteren schlechten Nachrichten rechnen. Das Restaurant hat seit einer Stunde geschlossen, aber eine Kellnerin bringt mir Ciabatta, Oliven und ein paar Scheiben kaltes Fleisch, alles hübsch auf einem Teller arrangiert. Das ist zwar nicht mit den Fish and Chips aus dem *The Mermaid Inn* zu vergleichen, das eigentlich mein Stammlokal auf St. Mary's ist, aber sobald ich mich an einem Ecktisch niedergelassen habe, ist meine Tarnung perfekt. Nun bin ich ein ganz gewöhnlicher Gast, der ein spätes Mahl zu sich nimmt, und kann mir anhören, worüber die anderen reden. Der Mord wird ein paarmal erwähnt, aber die meisten Gäste scheinen ganz zufrieden zu sein, länger auf der Insel bleiben zu können; einige wissen allerdings noch nicht, ob ihre Versicherungen bereit sind, für die Kosten aufzukommen. Zum Glück ahnen sie alle nichts von der Brutalität, mit der Sabine ermordet wurde.

Mein Blick bleibt an einem blonden Typen auf der anderen Seite der Bar hängen. Er tut so, als würde er Zeitung lesen, um sein Interesse an der Kellnerin zu verschleiern. Der Mann verwickelt die junge Frau in ein Gespräch, aber obwohl sie bald wieder in der Küche verschwindet, scheint ihre Zurückweisung ihn nicht zu entmutigen. Bei der nächsten Kellnerin, die zu ihm geht, um ihm einen Brandy zu servieren, versucht er es erneut auf dieselbe Tour. Ich wende immer die umgekehrte Strategie an. Zwar bin ich durchaus selbstbewusst im Umgang mit Frauen, aber ich mache nie den ersten Schritt, wenn ich mich nicht ehrlich zu ihnen hingezogen fühle. Dieser Typ hingegen scheint alle junge Frauen, die seinen Weg kreuzen, für Freiwild zu halten. Ich würde jede Wette eingehen, dass er der Widerling ist, von dem Isla erzählt hat. Also nehme ich mein Bier und gehe zu ihm hin.

»Darf ich mich zu Ihnen setzen?«, frage ich. »Ich trinke nur sehr ungern allein.«

»Natürlich, mein Freund, aber ich wollte eigentlich gleich schlafen gehen.«

Er hat einen gepflegten amerikanischen Akzent mit einem britischen Einschlag, was so klingt, als wäre nicht ganz klar, wo seine Loyalität liegt. Seine kurzen Haare sind so sauber, dass sie glänzen. Erst bei genauerem Hinsehen fällt mir auf, dass er eine kosmetische Operation hinter sich hat. Seine Haut sitzt straff auf den Wangenknochen, und seine Stirn weist nicht eine Falte auf.

»Ich bin DI Ben Kitto, und Sie sind Mr. Trewin. Hab ich recht?«

Er blickt mich erstaunt an. »Sagen Sie Liam. Es hat mir sehr leidgetan, zu hören, dass Sabine nicht mehr lebt.«

»Aber auf meiner Versammlung waren Sie nicht.«

»Ich habe eine Inselrundfahrt gemacht. Ein anderer Hotelgast hat mir heute Nachmittag davon erzählt.«

»Wie gut kannten Sie Sabine?«

»Nicht besser als die anderen.« Seine Hand legt sich so fest um das Brandyglas, dass seine Fingerspitzen weiß werden. »Mit den meisten Angestellten hier bin ich per Du. Ich war letztes Jahr schon mal hier – ich liebe dieses Hotel.«

»Als sie tot aufgefunden wurde, trug sie die Ohrringe, die Sie ihr geschenkt haben.«

»Wie furchtbar.« Seine Augenlider flattern. »Kurz nach meiner Ankunft erwähnte sie, dass sie Geburtstag hatte. Manchmal mache ich kleine Geschenke, statt Trinkgeld zu geben – das fühlt sich persönlicher an.«

»Haben Sie ihr sonst noch was geschenkt?«

»Nichts von Wert.« Als er weiterspricht, scheint er sich noch unbehaglicher zu fühlen. »Nur ein paar Blumen und eine Flasche Champagner.«

»Sind Sie verheiratet, Liam?«

»Warum fragen Sie?«

»Ich kann es leicht nachprüfen.«

Seine Miene verfinstert sich. »Ich bin seit letztem Jahr geschieden.«

»Tut mir leid, das zu hören. Nur eine Frage noch, dann lasse ich Sie in Ruhe. Wann haben Sie Ihren Mietwagen abgeholt?«

»Gestern, und heute Nachmittag wieder zurückgebracht.« Endlich schaut er mir in die Augen. »Das klingt jetzt wahrscheinlich herzlos, aber wissen Sie schon, wann ich nach Hause fliegen kann? Ich hab zu Hause in Florida was Geschäftliches zu erledigen.«

»Eine junge Frau, die Sie mit Geschenken überhäuft haben, wurde gerade ermordet, Mr. Trewin. Ich fürchte, ich kann Ihnen da keinen genauen Zeitpunkt nennen.«

Er sagt nichts mehr, aber auf seiner Oberlippe haben sich Schweißperlen gebildet. Als ich ihm eine Gute Nacht wünsche, reagiert er kaum, und als ich mich noch mal nach ihm umdrehe, hat sich seine Körpersprache verändert. Trewin hält den Kopf gesenkt und zeigt kein Interesse mehr an den Kellnerinnen. Ich habe keine Ahnung, warum ein relativ junger Mann sich liften lässt, es sei denn, er hasst sein Aussehen. Der Frust über zu viele Zurückweisungen könnte sich in einem Gewaltakt entladen haben, aber wie sollte ein Tourist einen ritualisierten Mord begehen, ohne irgendwelche Spuren zu hinterlassen?

Als ich aus der Bar hochkomme, entdecke ich Lily Jago auf einer niedrigen Mauer neben dem Hoteleingang. Ihr Gesicht wird vom Licht ihres Handydisplays erhellt, und sie trägt eine Arbeitsuniform. Die zierliche junge Frau hat die Schultern hochgezogen, ihr Bob fällt ihr unordentlich ins Gesicht. Mit unglücklicher Miene liest sie ihre Nachrichten. Als sie mich sieht, lässt sie fast das Handy fallen und steckt es dann schnell ein. Ich erinnere mich noch, wie ängstlich sie schien, als ihr Bruder nach seiner Haftentlassung zu seinem ersten Bewährungsgespräch kam. Sie war damals derart um sein Wohl besorgt, dass ich den einzigen hauptberuflichen Sozialarbeiter der Insel gebeten habe, die beiden zu Hause zu besuchen. Aber auch jetzt wirkt sie sehr verletzlich auf mich. Ihre angespannte Körpersprache weckt mein Mitgefühl. Sie hatte ein schlechtes Jahr, seitdem ihre Mutter an Krebs gestorben ist: Ihr Vater verbüßt eine lange Haftstrafe auf dem Festland, auf Harry ist kein Verlass, und jetzt wurde auch noch eine gute Freundin von ihr ermordet. Sie steht eilig auf, als sie mich sieht, und wirkt wie ein gehetztes Reh.

»Sie brauchen nicht wegzulaufen, Lily. Ich bin nicht hier, um Sie festzunehmen.«

»Meine Pause ist vorbei, ich sollte wieder an die Arbeit gehen.«

»Bitte bleiben Sie, nur ganz kurz. Wie ich höre, waren Sie

mit Sabine Bertans befreundet. Haben Sie eine Idee, wer ihr das angetan haben könnte?«

»Sie hatte keine Feinde hier.«

»Hatte sie denn einen Freund? Oder mehrere?«

Die junge Frau streicht sich eine Locke aus dem Gesicht, ihre Hand zittert. »Sabine war Single. Sie wusste ja, dass sie bald wieder nach Hause fliegt.«

Ich reiche ihr meine Karte. »Wenn Ihnen noch was einfällt, rufen Sie mich an. Sie möchten doch sicher, dass wir den Mörder Ihrer Freundin finden, oder?«

»Ja, unbedingt.« Ihr stehen Tränen in den Augen, als sie sich abwendet.

Lily verschwindet im Gebäude, und zurück bleibt nur der Geruch von Angst und der Duft eines billigen Shampoos. Ich bin mir fast sicher, dass sie diejenige war, die sich im Flur versteckt hat, als ich Sabines Zimmer durchsucht habe. Ihre Nervosität könnte ein Zeichen dafür sein, dass sie etwas verbirgt; oder aber sie ist zu erschüttert, um über den Tod ihrer Freundin sprechen zu können. Ich habe das Gefühl, dass sie kollabieren würde, wenn ich sie unter Druck setze.

Als ich wieder in mein Zimmer komme, blinkt mein Bildschirm, und nachdem ich auf den Skype-Button geklickt habe, erscheint das Gesicht meines Bosses. DCI Madrons einziges Zugeständnis an die Ferienstimmung ist, dass er statt Anzugjacke und Krawatte ein bis oben hin zugeknöpftes Polohemd trägt. Seine grauen Haare sind so ordentlich gekämmt, dass der Scheitel mit einem Lineal gezogen worden sein könnte. Am liebsten würde ich ihm gar nichts von dem Mord an Sabine erzählen, aber die Zeitungen werden morgen darüber berichten. Er klingt total wütend, als er schließlich reagiert.

»Warum warten Sie den ganzen Tag, bis Sie mich anrufen, Kitto?«

»Wir hatten sehr viel zu tun, Sir. Ich wollte es morgen früh gleich nachholen.«

»Ich sollte über jeden Schritt informiert werden.«

»Wir befolgen alle Vorschriften, das kann ich Ihnen versichern.«

»Vergessen Sie unsere Hilfspolizisten nicht, wenn Sie zusätzliches Personal brauchen.« Alan Madron betrachtet mich kritisch. »Und rasieren Sie sich, um Himmels willen, bevor Sie morgen wieder an die Arbeit gehen. Warum sollten die Leute einem Kerl vertrauen, der wie ein Landstreicher aussieht?«

Seit der DCI mich im letzten Jahr zu seinem Stellvertreter ernannt hat, beklagt er sich ständig über meine Weigerung, Uniform zu tragen. Die nächsten zehn Minuten quält er mich mit verfahrenstechnischen Fragen, bevor er schließlich einlenkt.

»Ich will nicht, dass Sie irgendwelche Abkürzungen nehmen, Kitto, und vor allem sorgen Sie für die Sicherheit der Insulaner!«

Wutschnaubend fahre ich den Computer herunter. Es nervt mich zu Tode, dass mein Boss bei jeder Gelegenheit auf die Bremse tritt. Liz Gannicks Musik ist zu einem dezenten Geräuschpegel heruntergedreht, und leise Bässe sickern durch die Wand. Ich würde jede Wette eingehen, dass sie auch um Mitternacht noch über ihrem Mikroskop hängt und nach vereinzelten Molekülen sucht, die die Identität des Mörders verraten. Als ich gerade unter die Bettdecke kriechen will, dringt das nächste unliebsame Geräusch an mein Ohr: Shadow heult aus Leibeskräften. Es ist ein wolfsähnlicher Ton, den man eigentlich nur bei Vollmond und in den Wäldern von Wyoming erwarten würde. Ich bin gezwungen, nach unten zu gehen und ihn durch den Hintereingang hereinzuschmuggeln, und fluche leise vor mich hin.

Der Hund wirft mir einen unschuldigen Blick zu, bevor er sich zufrieden auf einer Decke in der Ecke zusammenrollt und kurz darauf zu schnarchen beginnt. Als ich das Licht ausschalte, ist es still geworden im Hotel, aber meine Augen bleiben offen. Nur in Momenten wie diesen wird mir meine Einsamkeit bewusst. An entspannten Tagen, wenn das Alleinsein sich manchmal wie ein Luxus anfühlt, kann ich sie leicht ignorieren, aber heute Nacht ist sie ein unliebsamer Gast. Nach Ninas Abreise fühlte ich mich monatelang allein und verlassen, und jetzt, wo ich sie fast vergessen hatte, taucht sie plötzlich wieder auf. Ich kann meinem Leben als Single durchaus etwas abgewinnen, aber heute Nacht könnte ich jemanden gebrauchen, der sich meine Ängste anhört. Durch die Vorhänge dringt schwaches Sternenlicht, und das Wissen, dass Sabines Mörder immer noch auf der Insel herumläuft, liegt mir wie ein Bleigewicht mitten auf der Brust.

12

Montag, 5. August

Es ist schon drei Uhr in der Nacht, aber Lily kann immer noch nicht schlafen. Obwohl das Fenster weit offen steht, ist es stickig in ihrem Zimmer, und sie kommt einfach nicht zur Ruhe. Sie hat ein schlechtes Gewissen, weil sie Ben Kitto nicht erzählt hat, dass sie Sabines Handy hat, und als sie es wieder einschaltet, sind neue Nachrichten aus Lettland gekommen. Auf einem Foto sieht man eine Gruppe junger Leute in einer Bar, die ihre Biergläser prostend in die Kamera halten. Darunter steht auf Englisch »Wir vermissen dich!«. Sabines Freunde wissen noch nicht, dass sie nie mehr zurückkehren wird. Lily scrollt noch einmal durch die Nachrichten, bis sie zu denen kommt, die Harry verschickt hat. Deren intimer Ton ist ihr unangenehm. Er hat Sabine eingeladen, noch mal mit ihm aufs Meer rauszufahren, und versprochen, ihr die ganze Insel zu zeigen. In der Nacht ihres Todes enden die Nachrichten abrupt.

Lily lässt das Telefon auf ihr Bett fallen. Sie sollte es morgen der Polizei übergeben, aber dann würde Harry Ärger bekommen. Sie kann sich immer noch nicht sicher sein, dass ihr Bruder nichts mit Sabines Tod zu tun hat. In betrunkenem Zustand wird er zu einem anderen Menschen und neigt zu schrecklichem Jähzorn. Jeder auf der Insel weiß, dass er unzuverlässig ist. Wenn er im Pub war, fängt er Streit an, und auch wenn er sich später meistens entschuldigt, spielt sich immer wieder die gleiche Geschichte ab. Lily würde gern die Uhr zurückdrehen, zu einer Zeit, in der alles noch einfacher war, aber ihre und Harrys Kindheit ist vorbei. Morgen muss sie herausfinden, warum Sabine gestorben ist, ganz gleich, vor welche Herausforderungen sie das stellt.

13

Kurz nach Tagesanbruch rasiere ich mich gründlich. Zu den Toilettenartikeln in meinem gut ausgestatteten Hotelbadezimmer gehört auch ein Rasierer, trotzdem sehe ich wütend aus, als ich mich im Spiegel betrachte. Sabines Tod und die Nörgeleien des DCI machen mich missmutig, und meine grünen Augen blicken mich so finster an, als könnte der schwarzhaarige Riese in dem Spiegel jede Sekunde durch das Glas boxen. Ich zwinge mich zu einem schnellen Work-out und mache Push-ups, bis meine Muskeln brennen, denn bis zur Aufklärung des Falles werde ich kaum mehr Zeit für Sport haben. Als ich die Vorhänge zurückziehe, ist der Himmel postkartenblau, und auf Round Island in der Ferne scheint die Sonne. Die Cottages von Hugh Town ziehen sich in grauen Reihen bis zum Hafen hinunter, wo Krabbenfischer gerade ihren Fang ausladen. In einer idealen Welt könnte ich hier stehen bleiben und zusehen, wie das Wasser zurückweicht, aber Shadow kann es kaum erwarten, an die frische Luft zu kommen. Mir würde es auch nicht schaden, eine große Runde zu joggen, aber ich habe keine Zeit, ein bisschen mehr von dem Adrenalin zu verbrauchen, das meinen Körper seit Sabines Tod flutet. Ich muss früh auf dem Revier sein, um die Aufgaben meiner Mitarbeiter zu planen, bevor das Team kommt.

Aus den anderen Hotelzimmern dringen nur wenige Geräusche, als Shadow über die Hintertreppe nach unten flitzt. Sobald wir draußen sind, rennt der Hund in seiner üblichen Begeisterung voraus. Ich mache einen schnellen Umweg über den Kai, wo die Fischer Reusen und Hummerkörbe aufgestapelt haben. Die Luft ist warm, es stinkt nach Fischeingeweiden, Salzwasser und Algen, und Shadow ist in seinem Element. Erst als ich die Tür zum Polizeirevier aufschließe, kreuzt er wieder auf und bettelt um Futter, doch über die trockenen Hundekuchen, die ich in seinen Napf im Hof schütte, rümpft er angeekelt die Schnauze.

»Du bist kein Mensch, schon vergessen? Also erwarte nicht, dass du ständig Beefsteak bekommst«, rate ich ihm, bevor ich wieder hineingehe.

Die Magnettafel hängt voller Fotos vom gestrigen Tatort, aber welchen Sinn das Ganze haben soll, lässt sich einfach nicht erkennen. Irgendjemand auf der Insel hat Sabine genügend gehasst, um sie auf bizarre, ritualisierte Weise zu töten, zu fotografieren und in ein Brautkleid zu zwängen. Ich verstehe nicht, warum die Leute, die sie am besten kannten, nicht reden wollen. Sie hat ihrem Pfarrer anvertraut, dass sie einen neuen Partner hatte, seine Identität jedoch nicht preisgegeben. Es ist noch unklar, ob der Mörder jemand ist, mit dem sie geschlafen hat, oder ein Psychopath mit einer seltsamen Obsession. Wenn er schon immer auf den Inseln lebte, könnte er ihre Unabhängigkeit und Furchtlosigkeit besonders gehasst haben. Die einzigen Beweisstücke, die er hinterlassen hat, sind ihr Schmuck, ein einzelnes Polaroidfoto und eine seltsame Gedichtzeile. Als ich mir das Foto noch einmal anschaue, bemerke ich, dass Sabines Haut im Blitzlicht der Kamera fast farblos wirkt. Der Täter muss viel

Zeit darauf verwendet haben, Lippenstift und Lidschatten auf ihr Gesicht aufzutragen, wie ein Bestatter, der eine Leiche herrichtet.

Als Nächstes gehe ich die Papiere und Zettel durch, die ich aus Sabines Zimmer mitgenommen habe. Darauf stehen mit blauer Tinte die Flugdaten ihrer Heimreise ab London und eine Liste mit Orten, die sie während ihrer letzten Woche im Land noch besuchen wollte, unter anderem die Tate Gallery und den Buckingham Palast. Ganz unten in dem Stapel liegt eine Postkarte an ihre Eltern in Riga. Ihre Sätze klingen fröhlich und zuversichtlich, dann folgt eine Reihe von Küssen, aber irgendetwas an dieser Karte lässt mich stutzen. Als ich Sabines Schrift mit der auf dem Umschlag des Mörders und auf der Rückseite des Polaroidfotos vergleiche, sehen sie identisch aus. Vielleicht wurde Sabine ja gezwungen, den Satz »*Die Braut trägt heute ihr Geschmeide, auf ewig schön im weißen Kleide*« irgendwo abzuschreiben und dann den Umschlag mit knallrotem Filzstift zu beschriften, was aussieht, als hätte sie ihren Stift in Blut getaucht.

»Du kranker Mistkerl«, murmele ich leise.

Shadow winselt, er hat den Kopf schiefgelegt und schaut mich aufmerksam an. Ich weiß nicht, ob ich es toll oder nervig finden soll, dass er immer genau versteht, in welcher Stimmung ich gerade bin. Ich bedeute ihm, sich hinzulegen, und wende mich dem Schmuck zu, der bei Sabine gefunden wurde. Ich weiß inzwischen, dass die Ohrringe, die sie trug, ein Geschenk von Liam Trewin waren und dass das Medaillon aus dem hiesigen Museum gestohlen wurde. Woher der Ehering stammt, den der Täter ihr mit Gewalt an den Finger gesteckt hat, bleibt jedoch ein Rätsel. Die Gegenstände könnten eine symbolische Bedeutung haben, die mit dieser makabren Hochzeitszeremonie zusammenhängt. Ich habe Lawrie Deane gebeten, die Personenstandsregister der Insel auf Geburten, Eheschließungen und Todesfälle an einem 3. August zu durchforsten, damit wir herausfinden, ob es mit diesem Datum für einen der Einwohner eine besondere Bewandtnis hat, doch bislang hat er nichts gefunden. Wir können noch nicht wissen, ob der Mörder zu dem Zeitpunkt, als er das Medaillon stahl, bereits den Plan gefasst hatte, eine junge Frau umzubringen. Ich muss wesentlich mehr über den Diebstahl herausfinden.

Das *Isles of Scilly Museum* liegt wenige Fußminuten vom Polizeirevier entfernt an der Church Street. Der Hund läuft voraus und unternimmt, wann immer er etwas Interessantes erschnuppert, Streifzüge in irgendwelche Vorgärten. Die Straße ist mit den für die Inseln typischen niedrigen Reihenhäusern aus grauem Gestein gesäumt. Früher gehörten sie Fischern, doch heute werden sie zu enormen Preisen an Rentner vom Festland verkauft. Elaine Rawle und ihr Mann Frank wohnen schon seit Jahrzehnten gegenüber vom Museum. Ihr Haus ist größer als die Häuser der Nachbarn und durch einen gepflegten Vorgarten von der Straße getrennt; die Haustür erstrahlt im Glanz eines frischen Anstrichs. Ich drücke auf die Klingel.

Der Mann, der mir öffnet, hat früher sämtliche Kinder der Inseln in Angst und Schrecken versetzt, mich eingeschlossen: Frank Rawle war bis zu seiner Pensionierung vor zwei Jahren der Rektor der Five Islands School. Schon zu meiner Schulzeit führte er dort ein strenges Regiment. Bis zum Verbot der Prügelstrafe stand er in dem Ruf, großzügig von seinem Stock Gebrauch zu machen, aber auch danach fürchteten die Schüler sich noch vor ihm. Ich erinnere mich, dass ich einmal in sein Büro zitiert wurde, weil ich mir in allen Fächern außer Englisch und Sport nicht genug Mühe gab. Er sprach mir gegenüber eine strenge Verwarnung aus und riet mir, mehr Rugby zu spielen, was sich als guter Rat erwies. Auch heute scheint mein ehemaliger Rektor noch sehr rüstig zu sein; er hält sich kerzengerade und hat die kurzen grauen Haare aus der Stirn gekämmt, wie eh und je. Allerdings bin ich nun derjenige von uns beiden, der die mächtigere Position bekleidet. Bei größeren öffentlichen Veranstaltungen auf der Insel fungieren er und seine Frau als Hilfspolizisten und müssen meine Anweisungen befolgen. Rawle ist zwar großgewachsen, aber er überragt mich heute nicht mehr, trotzdem wirkt sein faltiges Gesicht immer noch ehrfurchtgebietend. Bevor er mir die Hand gibt, mustert er mich kritisch, so als hätte ich die Schule geschwänzt. Sein schwarzer Labrador taucht neben ihm auf, und unsere Hunde beschnüffeln sich mit der gleichen Vorsicht wie wir.

»Schön, Sie zu sehen, junger Mann. Bringen Sie Shadow mit rein, wenn Sie wollen.«

»Heute nicht, danke, Frank, ich möchte Ihre Frau sprechen. Sie hat mir eine Führung durchs Museum versprochen.«

»Elaine ist gerade drüben. Geht es um den Tod von diesem Mädchen?«

»Ich hoffe auf Informationen über den gestohlenen Schmuck.«

Rawle scheint meine Antwort nicht gehört zu haben. »Welcher Verrückte tut einer Frau so was an? Wenn Sie Hilfe brauchen, bin ich gern zur Stelle.«

»Danke, Frank; kann gut sein, dass ich darauf zurückkomme.«

»Ich habe Eddie geholfen, nach dem Handy der Toten zu suchen, aber das Grundstück rund ums *Star Castle* ist sauber. Wir haben unter jedem Strauch nachgesehen.«

»Danke, Frank. Die Suche wird heute im Innern des Hotels fortgesetzt.«

»Möchten Sie, dass ich mit ins Museum komme? Ich kenne es wie meine Westentasche.«

Er tritt bereits aus dem Haus und will die Führung übernehmen, wie in alten Zeiten, doch ich bremse ihn höflich aus. »Elaine kann mich auch rumführen, danke. Es wird nicht lange dauern.«

Frank Rawle sieht enttäuscht aus, so als wäre ihm langweilig, wenn seine Frau nicht da ist. Es fühlt sich eigenartig an, ihn mit dem Vornamen anzusprechen, nachdem ich so lange »Sir« sagen musste, aber er ist auf seine alten Tage ein wenig nachsichtiger geworden. Er bleibt auf seiner Veranda stehen und schaut mir nach, als ich die Straße zum Museum überquere. Das Gebäude sieht von außen recht anonym aus; an der Tür klebt ein Werbeplakat, das jedem, der hier seine Wurzeln hat, Hilfe bei der Rückverfolgung seines Stammbaums anbietet. Elaine ist weit und breit nicht zu sehen, und die Sicherheitsmaßnahmen sind trotz des Diebstahls im vergangenen Jahr immer noch ziemlich nachlässig. Die Träger des Museums haben bisher keine Alarmanlage bewilligt.

Das Erdgeschoss des Museums wirkt verlassen. Es riecht nach Staub, feuchtem Segeltuch und Putzmitteln wie an Deck einer gerade frisch gereinigten Yacht. Zeugnisse der Seefahrergeschichte der Inseln zieren die Wände. Vitrinen präsentieren Gegenstände, die von Schiffswracks geborgen wurden – Münzen, Schachteln mit Feuersteinen und rostende Musketen. Eine Schauwand zeigt die Geschichte der Seenotrettung von St. Mary's von den Ursprüngen, in denen die Retter sogar bei Windstärke neun zu gestrandeten Schiffen hinausruderten, bis heute. Das teuerste Exponat ist jedoch der lebensgroße Nachbau eines viktorianischen Segelschiffs, dessen Rumpf im Keller des Museums steht und dessen Mast und Segel durch das offene Zentrum des Gebäudes aufragen. Als ich mich über das Geländer beuge, um es zu bewundern, sehe ich Elaine gerade einen der Schränke im Untergeschoss polieren. Sie schaut mich an, als wäre sie von meiner Ankunft überrascht, lächelt aber, als ich nach unten gehe.

»Sie sind früh dran«, sagt sie. »Wir öffnen erst um neun.«

»Frank hat mich hergeschickt. Könnten Sie mir zeigen, wo der Schmuck lag, Elaine?«

»Natürlich, die Vitrine steht gleich hier.«

Elaine führt mich an den Auslagen vorbei, die sich seit meiner Kindheit kaum verändert haben. Für eine Frau in den Sechzigern geht sie flott an den zahlreichen Zeugnissen des Lebens auf den Scilly-Inseln seit Beginn der Aufzeichnungen vorbei. Faustkeile und Messer aus der Bronzezeit konkurrieren mit römischen Schwertscheiden um den Platz in den Schränken, und ausgestopfte Seevögel beobachten uns mit glänzenden Augen, als wir vor einer kleinen Glasvitrine stehen bleiben.

»Der Dieb muss genau gewusst haben, was er wollte«, sagt Elaine. »Ich verstehe immer noch nicht, warum nur sechs Stücke gestohlen wurden. Warum hat er nicht alles mitgenommen?«

»Erinnern Sie sich noch daran, was geklaut wurde?«

»Drei Medaillons und drei goldene Ringe. Ich glaube, sie

waren alle hier hergestellt worden, aber Julian Power wird mehr darüber wissen. Wir haben Glück, dass ein Experte in unserem Stiftungsrat sitzt.«

»Können Sie mir ein paar der Dinge zeigen, die der Dieb nicht mitgenommen hat?«

Sie holt einen kleinen Goldanhänger in der Form eines Segelschiffs heraus, in den hinten der Name eines Mannes eingraviert ist.

»Hübsch, oder?«, murmelt Elaine. »Die Gravur ist sehr grazil.«

»Warum stiehlt ein Mörder etwas mit so einer langen Geschichte?«

»Das ergibt keinen Sinn.«

»Tut mir leid, ich habe nur laut nachgedacht.«

Ihre Augen sind feucht, als unsere Blicke sich treffen. »Frank und ich sind Sabine ein paarmal begegnet, wenn wir im *Star Castle* zu Abend gegessen haben. Sie war so ein nettes junges Mädchen.«

»Eine Tragödie für ihre Familie.«

»Sie war noch jünger als unsere Leah.« Elaines Stimme ist nur ein leises Flüstern.

»Ihre Tochter?«

»Ja; wir haben sie vor vielen Jahren verloren.«

»Tut mir leid, das wusste ich nicht.«

»Sie brauchen sich nicht zu entschuldigen, Ben, Sie waren damals ja noch ein Kind. Sie war zwanzig, als sie starb. Von einem Moment auf den anderen. Erst schien noch alles gut zu sein, und dann war sie plötzlich tot.«

Als ich Elaine an der Schulter berühre, schafft sie es, zu lächeln, doch ihre Miene wird bald wieder angespannt, so als könnte sie diesen großen Verlust auch heute noch nicht begreifen. Sabines Tod scheint ihrer Trauer neue Nahrung zu geben, und ich nehme an, dass es vielen Insulanern ähnlich ergeht. In einer kleinen Gemeinde sind die Leben so eng miteinander verwoben, dass Nachbarn einem wie Verwandte erscheinen, weil man sie jeden Tag sieht.

Ich bleibe noch ein paar Minuten, um das Untergeschoss abzusuchen, und stelle mir vor, wie der Täter die Auslagen durchstöbert hat. Er muss da gestanden haben, wo ich jetzt stehe, und den Geruch der alten Bücher, der Politur und der Putzmittel eingeatmet haben. Es gibt nicht viel zu überprüfen außer einem alten Lagerraum mit Mopps, Besen und Regalen voller alter Ausgaben der Wochenzeitschrift *The Cornishman*. Mein Blick verharrt auf einem Stapel Pappkartons in einer Ecke des Erdgeschosses, der fast bis zur Decke reicht. Einem Aufkleber entnehme ich, dass die Kartons Gegenstände enthalten, die für eine anstehende Ausstellung über das Leben auf der Insel gespendet wurden, doch sie sind so verstaubt, dass sie dort auch schon gestanden haben könnten, als der Mörder hier war, um den Schmuck zu stehlen. Da das Museum sehr überschaubar ist, ist der Dieb ein gewaltiges Risiko eingegangen und muss entsprechend motiviert gewesen sein.

Ich werfe auch einen Blick in die Besucherzählung, blättere zum 3. August des letzten Jahres zurück und sehe, dass an diesem Tag Dutzende Besucher hier waren; es muss also ständig jemand in den Räumen gewesen sein. Elaine hat eine Strichliste geführt, die Namen der Gäste aber nicht notiert. Wahrscheinlich ist der Mörder mehrfach hier gewesen, um den Diebstahl zu planen, aber sie kann sich an keine speziellen Details mehr erinnern. Sie musste an dem Tag eine Pressemeldung über eine neue Ausstellung lokaler Fotokunst schreiben und hat den Einbruch in die Vitrine erst bemerkt, als sie das Museum um siebzehn Uhr schloss.

»Julian spricht für sein Leben gern über die Exponate«, sagt sie, als ich ihr danke und mich kurz vor zehn Uhr verabschiede. »Er freut sich bestimmt, wenn Sie ihn besuchen.«

Elaine wirkt noch immer traurig, als ich gehe, aber ihr Rat, die Hilfe eines Experten zu suchen, klingt vernünftig. Der Täter hat Sabine das gestohlene Medaillon aus einem bestimmten Grund um den Hals gehängt, und dessen Herkunft könnte uns neue Erkenntnisse verschaffen. Die Tatsache, dass der Diebstahl sich an einem 3. August ereignete und Sabine genau ein Jahr später sterben musste, nagt an mir, doch das Datum hat bisher keine offensichtliche Bedeutung. Shadow tänzelt – unbekümmert um die Gedanken, die mir im Kopf herumgehen – auf dem Gehsteig neben mir her.

Julian Powers Haus liegt nur einen Steinwurf vom Kai von Hugh Town entfernt. Das hohe georgianische Gebäude umweht ein Hauch alter Grandezza, und es wirkt viel düsterer als das *Tregarthen's Hotel* daneben, das – seit ein pensionierter Seekapitän sein Haus vor gut zweihundert Jahren in einen Gewerbebetrieb umwandelte – zahlende Gäste aufnimmt. Power macht auf mich einen zwielichtigen Eindruck, als er schließlich an die Tür kommt, und Shadows Reaktion ist auch nicht gerade hilfreich. Der Hund begegnet ihm spontan mit Abneigung und schnappt nach ihm, so dass ich ihn schnell am Halsband zurückziehe. Warum Power solche Aggressionen in ihm auslöst, ist nicht ganz nachvollziehbar. Seine sehr aufrechte Haltung lässt mich vermuten, dass er früher bei der Armee war; er ist um die fünfzig, untersetzt, hat kurzes dunkles Haar und einen gepflegten Schnauzbart. Er weicht trotz Shadows wütendem Gekläffe nicht von der

Stelle und behält mich mit seinen grauen Augen genau im Blick. Als ich ihn bitte, mir bei der Bestimmung der gestohlenen Gegenstände aus dem Museum zu helfen, entspannt sich seine Miene.

»Wenn der Hund draußen bleibt, können wir uns gern unterhalten, aber ich fürchte, ich kann Ihnen auch nicht viel mehr sagen als Elaine. Über die Schenkungen wurde nie Buch geführt. Ich weiß nur sicher, dass die Sachen auf der Insel hergestellt wurden, gegen Ende des neunzehnten Jahrhunderts.«

»Jede Information kann uns nützlich sein.«

Shadow benimmt sich immer noch daneben, als ich ihn am Geländer festbinde. Er heult ohne erkennbaren Grund aus Leibeskräften. Ich weiß wenig über Power; nur, dass seine Familie in zweiter Generation hier lebt und er einer der reichsten Männer von St. Mary's ist. Er hat vor zehn Jahren das Unternehmen *Isles of Scilly Travel* gekauft, über das der gesamte Fähr- und Flugverkehr mit dem Festland abgewickelt wird. Es ist auf den ersten Blick erkennbar, dass sein Interesse als Sammler weit über einheimischen Schmuck hinausgeht: Die Wände seines Flurs hängen voller alter Seestücke; sie sind alle in demselben realistischen Stil gemalt und zeigen Galeonen, die in wilden Taifunen ums Überleben kämpfen. Im Wohnzimmer stehen Regale voller Glasfiguren und eine französische Kommode, auf der antike Zierteller präsentiert werden.

»Wie lange sammeln Sie schon?«

Er lächelt verlegen. »Solange ich denken kann. Es hat mit Briefmarken und Münzen angefangen und ist dann außer Kontrolle geraten. Aber das ist meine einzige Sucht.«

»Besser als Drogen und Alkohol.«

»Stimmt, geht aber ganz schön ins Geld. Letzte Woche habe ich eine römische Münze für achthundert Pfund erstanden.«

»Ist sie aus Gold?«

»Großer Gott, nein. Die meisten davon befinden sich im British Museum. Es handelt sich um einen Aureus aus Bronze; so einen wollte ich schon seit Jahren haben.«

Diese neueste Erwerbung bringt endlich Leben in ihn, seine Augen leuchten vor Stolz. Er kramt eine Holzschachtel hervor und reicht sie mir. Darin liegen auf schwarzem Samtfutter zahlreiche funkelnde Schmuckstücke.

»Die sind aus kornischem Gold wie die Stücke, die aus dem Museum gestohlen wurden. Fischer haben sie vor hundert Jahren auf St. Mary's als Talismane für ihre Bräute gekauft. Die Juweliere nannten sie ›Seemannsglücksbringer‹, aber sie haben nicht immer nur Glück gebracht.«

Ich nehme eines der Medaillons heraus. In die Rückseite ist ein Datum eingraviert, und hinter dem Glas befindet sich eine Haarlocke. Ich kann verstehen, warum Fischer ihren Frauen so intime Erinnerungsstücke geschenkt haben für den Fall, dass sie auf See blieben.

»Wurde in Cornwall viel Gold geschürft?«

Power schüttelt den Kopf. »Hauptsächlich Zinn und Kupfer; kornisches Gold ist eine große Rarität. Es ist wirklich ein Jammer, dass der Dieb einige der wichtigsten Stücke der Sammlung entwendet hat. Ich verstehe nicht, warum sie im Bestandsbuch nicht aufgeführt sind, aber sie wurden möglicherweise bereits vor hundert Jahren gestiftet. Erbschaften wie diese werden nur selten zum Kauf angeboten. Ich weiß vom Hörensagen, dass das Medaillon, dass Sie am Pulpit Rock gefunden haben, eine tragische Geschichte hat.

Offenbar ist der Mann, der es seiner Frau geschenkt hat, kurz nach der Heirat ertrunken.«

Diese Erklärungen bringen mich für eine Weile zum Schweigen. Viele Familien auf den Scilly-Inseln haben Verwandte an das Meer verloren, auch meine. Mein Vater schenkte meiner Mutter häufig Blumen, bevor er hinausfuhr, um Fische zu fangen – bis sein Trawler eines Tages in der Keltischen See, dem Atlantik, unterging. Im selben Sturm kam auch der Vater der Keast-Brüder ums Leben, was uns zu Mitgliedern eines Clubs machte, dem niemand angehören möchte.

»Wir haben das Medaillon bei der Leiche gefunden«, sage ich.

Power schüttelt mit nachdenklicher Miene den Kopf. »In diesen Seemannsglücksbringern stecken so viel Hoffnung und Zärtlichkeit; es ist ein Jammer, dass der Mörder sie befleckt hat.«

»Drei Ringe fehlen ebenfalls in der Sammlung, oder?«

»Ich glaube, das waren einfache goldene Eheringe hier aus der Gegend, aber auch sie stehen nicht im Bestandsbuch des Museums.«

»Elaine sagte, Sie arbeiten an einem Online-Katalog?«

Er zuckt zusammen. »Das wird nicht einfach; das Bestandsbuch reicht einhundertfünfzig Jahre zurück. Ich wünschte, ich hätte mir das gar nicht erst aufgehalst.«

»Würden Sie bitte mal in dieses Buch schauen und nachsehen, ob da verzeichnet ist, welche Familie dem Museum die gestohlenen Gegenstände überlassen hat? Ich glaube, sie haben eine besondere Bedeutung für den Täter.«

»Bis wann brauchen Sie das?«

»Sobald wie möglich, bitte.«

»Ich werde sehen, was ich tun kann.«

»Wie lange wird das dauern?«

»Ich kann keine Wunder vollbringen. Die Aufzeichnungen sind schwer zu entziffern, aber ich fange gleich an.«

»Könnten Sie mich bitte anrufen, sobald Sie etwas wissen?«

Ich zeige Power den Ehering, der an Sabines Finger steckte, und er bestätigt anhand der Punze, dass er wahrscheinlich zu dem Diebesgut aus dem Museum gehört. Powers feierliches Benehmen kommt mir seltsam vor; seine Miene ist so unbewegt, als würde er glauben, dass Lächeln weh tut.

»Könnten Sie mir bitte sagen, wie Sie den gestrigen Tag verbracht haben, Julian?«

Er schaut mich verdutzt an. »Ich bin der jungen Frau, die gestorben ist, nie begegnet. Das dürfte Ihnen doch klar sein, oder?«

»Ich fürchte, es ist mein Job, diese Fragen trotzdem zu stellen.«

»Ich war zu Hause und habe mit meinem Computer gekämpft. Unser Buchungssystem ist letzte Woche zusammengebrochen, und ich habe versucht, es wieder zum Laufen zu bringen. Abends war ich dann im Museum. Ich habe mir gegen zwanzig Uhr von Elaine Rawle den Schlüssel geliehen und war zu den Nachrichten um zweiundzwanzig Uhr wieder zu Hause.«

»Waren Sie allein?«

»Ich lebe seit Jahren allein.«

»Macht es Ihnen etwas aus, mir den Grund dafür zu nennen?«

Er verschränkt die Arme vor der Brust. »Ich bin seit fünf Jahren geschieden, aber das Geschwätz der Leute hört nie auf, vor allem im Winter, wenn sie wenig zu tun haben. Ich bin lieber allein, als mein Liebesleben im Pub analysieren zu lassen.«

»Sie müssen sich doch manchmal einsam fühlen.«

»Nein, ganz und gar nicht. In meinem Haus herrschen Frieden und Stille; ich muss niemals irgendwen beschwichtigen, sondern kann tun und lassen, was ich will.«

Die präzise Ausdrucksweise des Mannes erinnert mich an das systematische Vorgehen des Mörders, auch wenn ich keinerlei konkreten Hinweis darauf finde, dass Power etwas mit Sabines Tod zu tun haben könnte. Er scheint entschlossen zu sein, seine Mitmenschen, so gut es geht, zu ignorieren und das Sammeln in den Mittelpunkt seines Lebens zu stellen. Bevor ich ihm für seine Hilfe danke und gehe, muss ich an das sorgfältig aufgetragene Make-up auf Sabines Gesicht und an die Blumen denken, die ihr ins Haar geflochten worden waren. Die Persönlichkeit des Mörders scheint zwei Seiten zu haben. Wer auch immer dieses Verbrechen begangen hat, ist zu demselben Zartgefühl fähig, das Power gezeigt hat, als er mir seine Raritäten präsentierte, und doch wurde Sabines Leiche brutal von einem Felsen gestoßen und wie eine kaputte Puppe ausgestellt. Meine Gedanken kehren zu den Seemannsglücksbringern zurück, und mir wird klar, dass es einen Grund dafür geben muss, dass der Mörder mehr als einen davon gestohlen hat.

Deshalb bin ich bereits auf einen Anruf gefasst, in dem man mir mitteilt, dass ein weiteres Opfer verschleppt wurde.

14

Mein nächster Besuch wird mich erheblich mehr belasten als eine Lehrstunde in antikem Schmuck. Ich muss dabei sein, wenn Dr. Keillor um elf Uhr Sabines Leichnam im Leichenschauhaus untersucht. Trotz meiner langjährigen Arbeit in der Mordkommission machen mir tote Körper mehr zu schaffen, als ich zugeben will. Shadow bleckt die Zähne, bevor ich ihn losbinde; er ist offensichtlich nicht bereit zu vergessen, dass er in der letzten halben Stunde hier draußen gefangen gehalten wurde. Die morgendliche Hitze erreicht den Höhepunkt, als ich durch die Church Road in Richtung Krankenhaus gehe. Shadow verschwindet aus meinem Blickfeld, und ich beneide ihn. Nur zu gern würde ich die vor mir liegende Pflichtübung zugunsten eines Sonnenbads mit einem kühlen Drink in der Hand ausfallen lassen.

Hugh Town ist so klein, dass hier alle Einrichtungen nahe beieinander liegen; die Einwohnerzahl ist niedrig, aber die Hälfte der ständigen Bewohner der Insel haben sich hier niedergelassen. Das Krankenhaus setzt sich aus einigen einfachen, sorgfältig weiß gekalkten Häusern zusammen, mit einer Grünfläche außen herum. Es steht oben auf dem Carn Gwaval, wo Hugh Town in die ungezähmte Heidelandschaft von Peninnis Head übergeht; die Patienten haben von hier aus eine gute Sicht über das Kleingartengelände der Insel bis zum hellen Sand von Porthcressa Beach. Ich überquere den Parkplatz, um zum Leichenschauhaus hinter dem Krankenhaus zu gelangen. Die Fensterscheiben des Gebäudes sind mattiert, um die Privatsphäre der Toten zu wahren. Gareth Keillor ist bereits da. Er trägt blaue OP-Kleidung und legt Skalpelle, Messer und Schalen auf einem Tablett bereit. Er begrüßt mich mit einem Nicken, bevor er sein Aufnahmegerät startet und dem über dem OP-Tisch hängenden Mikrophon den Beginn seiner Untersuchung verkündet.

Als er das schwarze Tuch zurückschlägt, füllt sich der Raum mit dem Geruch von Chemikalien und Verwesung. Sabines Hals weist dunkelrote Hämatome auf, ihre Schminke ist nicht verwischt. Die geschlossenen Augen ziert grauer Lidschatten, blassrosa Lippenstift den Mund. Die Girlande in ihren Haaren ist verschrumpelt, nur die Kornblumen haben ihre Farbe noch nicht verloren. Sie könnten überall auf St. Mary's gepflückt worden sein. Auf dem übrigen Körper sind nur wenige Verletzungen erkennbar. Es fühlt sich falsch an, ihre exponierten Brüste und ihre athletische Figur anzustarren; die Muskeln, die sie beim Distanzschwimmen entwickelt hat, sind gut zu erkennen. Keillor lässt sich Zeit. Als Erstes kratzt er mit einer Nadel Schmutz unter ihren Fingernägeln heraus und lässt ihn in Probenröhrchen aus Plastik fallen. Dann murmelt er bedächtig seine Befunde ins Mikrophon. Sabines Familie hat einer umfassenden Autopsie noch nicht zugestimmt, trotzdem führt er ein Saugröhrchen in ihren Mund ein und dreht sie dann auf die Seite, um ihren Hals zu untersuchen.

»Halswirbelfraktur zwischen C6 und C7, Ödem rund um die gebrochene Wirbelsäule«, sagt er und wendet sich dann mir zu: »Das müssen Sie sich ansehen, Ben.«

Als ich einen Schritt vortrete, rieche ich es bereits: Die Leiche der jungen Frau strömt den Gestank von Ammoniak und von etwas Schärferem, Ätzenderem aus.

»Was sagt Ihnen die Verfärbung oberhalb ihres Schlüsselbeins?«, fragt er. »Kommt Ihnen daran irgendwas merkwürdig vor?«

Rings um ihren Hals sieht man dunkelrote Seilverbrennungen, aber da sind noch kleinere violette Flecken, die keinen Sinn ergeben.

»Wo kommen diese runden Flecken her?«

»Sie weisen auf eine Strangulation hin. Oft hinterlassen die Fingerspitzen der Mörder Blutergüsse, weil sie so fest zudrücken. Dabei reicht eigentlich schon ein leichter Druck auf die Halsschlagader aus, um kein Blut mehr ins Hirn fließen zu lassen, was die meisten Täter aber nicht wissen. Sie versuchen, ihren Opfern die Luftzufuhr über die Luftröhre abzuschneiden.«

Der Gerichtsmediziner setzt seine Arbeit schweigend fort, bis er eine Viertelstunde später die Handschuhe abstreift und seine Hände mit einer Seife wäscht, die seine Haut grellgelb färbt. Er sieht müde aus, als er sich mir wieder zuwendet.

»Ich sollte meine Gutachtertätigkeit aufgeben und endlich richtig in den Ruhestand gehen, Ben. Fälle wie diese bringen meinen Glauben an die Menschheit ins Wanken.«

»Geht mir nicht anders. Haben Sie etwas Neues herausgefunden?«

Er nickt langsam. »Die Hämatome an der Schädelbasis stammen von einem stumpfen Gegenstand. Jemand hat von hinten auf sie eingeschlagen, mit einer Brechstange oder einem Knüppel. Danach wird sie einige Stunden bewusstlos gewesen sein. Davon abgesehen weist ihr Körper bis auf die Strangulationsmale so gut wie keine Verletzungen auf.«

»Glauben Sie, dass Sabine bereits tot war, als sie am Pulpit Rock aufgehängt wurde?«

»Sie wurde niedergeschlagen und dann erwürgt. Danach hat er sie zum Pulpit Rock geschafft. Ihr Genick ist gebrochen, als er sie vom Kliff stieß.«

»Warum hat er sie nicht einfach am Strand abgelegt und von der Flut wegtragen lassen?«

»Für die Motive sind Sie zuständig, Ben.« Er schaut noch einmal auf das Gesicht der jungen Frau hinab. »Aber ich würde sagen, der Mörder ist ein Angeber. Ihre Leiche wurde an einem der berühmtesten und schönsten Flecken der Insel aufgehängt. An der Stelle wurden schon immer gern Hochzeitsfotos gemacht; meine Frau und ich haben uns vor dreißig Jahren auch dort ablichten lassen.«

»Ich verstehe immer noch nicht, warum sie wie eine Braut gekleidet war. Der Mörder scheint auf so was zu stehen: die Verkleidung, die Blumen, der Lippenstift. Wie ein Kind mit einer Kostümkiste.«

»Es könnte eine Art Fetisch sein, aber es gibt an der Leiche keine sichtbaren Anzeichen dafür, dass das Ganze sexuell motiviert war. Die größten Chancen, eine DNA-Spur vom Täter zu finden, haben wir in dem Material, das unter ihren Fingernägeln war. Sie war jung und fit und hat ganz bestimmt um ihr Leben gekämpft. Wenn es eine körperliche Auseinandersetzung mit ihrem Angreifer gab, wird das Labor Hautzellen finden.«

»Danke für Ihre Hilfe, Gareth.«

»Viel Glück bei der Suche nach ihm.« Er schaut mich an. »Die Sache geht Ihnen nahe, stimmt's? Wenn das hier vorbei ist, sollten Sie mit dem Golfspielen anfangen. Über das Fairway zu gehen ist ein tolles Mittel gegen Stress. Ich gebe auch gern eine Zeitlang Ihren Coach.«

»Eine Runde Golf könnte ich jetzt echt gut gebrauchen, Gareth, aber das wird warten müssen.«

Als ich das Leichenschauhaus verlasse, ist schon wieder eine Stunde vorbei, und Sabine Bertans' Leiche ist unter einem sauberen weißen Tuch verborgen. Ihr kurzes Leben entgleitet bereits unserem Blick.

15

Lily kann sich nicht entscheiden, wie sie ihren freien Nachmittag verbringen will. Sie fühlt sich noch immer wie benommen und registriert die warme Brise kaum, als sie den Mitarbeitertrakt verlässt. Sie ist angezogen wie eine Touristin, mit T-Shirt, Jeansshorts und Espadrilles, aber viel zu aufgewühlt, um zum Sonnenbaden zum Porthcressa Beach zu fahren. Sabines Handy steckt noch immer in ihrer Tasche. Es drückt gegen ihre Haut und erinnert sie daran, weiter nach dem Mörder ihrer Freundin zu suchen.

Als sie an der Küche vorbeikommt, riecht es nach Frittierfett und abgestandenem Kaffee. Einer der Köche, ein Mann mittleren Alters, lehnt an der Mauer und macht gerade eine Zigarettenpause. Er ruft sie, als sie vorbeigeht.

»Ich hab das von deiner Freundin gehört. Tut mir echt leid, Lily.«

»Fühlt sich immer noch irreal an«, sagt Lily und bleibt neben ihm stehen. »Ich denke die ganze Zeit, sie kommt jeden Moment durchs Tor reinspaziert.«

»Wie alt war Sabine?«

»Sie ist vor ein paar Wochen neunzehn geworden.«

»O Gott, sie war ja fast noch ein Kind.« Er tritt die Kippe mit dem Absatz seines Schuhs aus. »Am Ende war's immer der Freund, oder? Mit wem war sie denn zusammen?«

»Mit niemandem.«

Die Augenbrauen des Kochs schießen nach oben. »Wahrscheinlich gab's mehrere.«

Lily starrt ihn an. »Wie meinst du das?«

»Sie hat ständig mit den Jungs aus der Küche geflirtet.« Er zuckt verlegen mit den Schultern. »Mädchen wie sie ziehen die falsche Art von Aufmerksamkeit auf sich.«

»Du solltest nicht schlecht von ihr reden; sie kann sich nicht mehr verteidigen.«

»Tut mir leid, Kleine, aber hier denken alle so.« Er hebt die Hände hoch, als würde sie mit einer geladenen Waffe auf ihn zielen.

»Sabine war einfach nur ein freundlicher Mensch. Und netter als ihr alle zusammen«, gibt sie gereizt zurück.

Der Koch grinst und pfeift dann bewundernd durch die Zähne. »Und ich dachte immer, du wärst ein Mäuschen. Dabei bist du eine richtig harte Nuss, was?«

»Niemand kannte sie so gut wie ich. Ihr anderen solltet einfach die Klappe halten!«

Lily geht zitternd weg. Sie verlässt rasch das Hotelgrundstück, damit ihr nicht noch irgendjemand ungefragt seine Meinung mitteilt. Es ist so heiß, dass sie kaum atmen kann. Als sie am Polizeirevier vorbeikommt, überlegt sie kurz, Sabines Handy abzugeben, aber es ist die letzte Erinnerung, die sie mit ihrer Freundin verbindet. Lily kehrt zu dem Haus zurück, in dem sie früher gewohnt hat. Das einfache zweistöckige Gebäude hat schon bessere Tage gesehen, heute ist das einzig Schöne daran, dass man von dort aus durch ein Gässchen den Porth Minick Beach und seinen sauberen Sand sehen kann.

Die Haustür ist nicht verschlossen, im Flur riecht es nach

verschüttetem Bier. Lily geht ins Wohnzimmer und ruft nach ihrem Bruder, doch sie bekommt keine Antwort. Angeekelt schüttelt sie den Kopf. Ihre Mutter hat immer dafür gesorgt, dass es hier sauber und ordentlich war und Wildblumen in einer Vase auf dem Tisch standen. Harry vernachlässigt das Haus seit Monaten. In der Küche stapelt sich das Geschirr in der Spüle, der abgenutzte Linoleumboden ist voller Flecken, und auf den Möbeln liegen überall Kleider und Zeitungen. Sie sinkt in einen Sessel und ist einen Moment lang unfähig, sich zu bewegen, doch dann fällt ihr Blick auf ein Foto, das aus einer achtlos über die Lehne geworfenen Jacke ihres Bruders gerutscht ist. Es ist ein Polaroidfoto und zeigt Sabine, die flehentlich in die Kamera schaut. In ihrem Blick steht so viel Angst, dass Lily die Augen schließt, um sie nicht mehr sehen zu müssen.

»Was hast du getan, Harry?«, flüstert sie und presst eine Hand auf den Mund.

16

Im Polizeirevier riecht es nach Kaffee und Stress. Fünf Einwegbecher und ein halbes Dutzend Baguettes vom *Strudel's Café* haben den Weg in Madrons Büro gefunden, und der Espressoduft hebt meine Stimmung. Der DCI wäre entsetzt, wenn er sehen könnte, dass sein glänzender Mahagoni-Schreibtisch als Picknickunterlage missbraucht wird, aber nur hier ist genug Platz für das gesamte Team. Liz Gannick kommt als Letzte und lässt ihre Krücken an der Tür stehen, als meine Einsatzbesprechung beginnt. Der finstere Blick der Chefkriminaltechnikerin erinnert mich daran, dass sie lieber selbständig operiert und es hasst, wenn sie Anweisungen bekommt. Draußen vor dem Fenster zum Hof döst Shadow auf einer Insel aus Sonnenlicht. Er hat den Kopf auf die Pfoten gelegt und kümmert sich ausnahmsweise mal um seinen eigenen Kram, interne Machtkämpfe brauchen ihn nicht zu interessieren. Eddie und Isla beobachten gespannt, wie ich meine Notizen ordne; sie scheinen zu erwarten, dass ich die Lösung des Falls aus dem Ärmel schüttele. Lawrie Deane und Liz Gannick sind lange genug dabei, um zu wissen, dass Mordfälle langwierig sind, auch wenn sie sich auf einer kleinen Insel abspielen – es sei denn, man hat Glück. Erst als sie hören, dass Sabine erwürgt wurde, bevor man sie am Pulpit Rock aufgehängt hat, kommt Leben in sie.

»Der Mistkerl wollte sie wohl aus nächster Nähe sterben sehen«, grummelt Gannick. »So brutale Verbrechen begehen nur Männer; Frauen erwürgen ihre Opfer so gut wie nie.«

»Aber was ist das Motiv?«, fragt Eddie. »Der kornische Ehering an ihrem Finger muss doch was zu bedeuten haben. Ich hab auch schon überall rumgefragt wegen des Textes auf der Rückseite des Fotos, aber niemand kennt ihn. Für mich klingt er wie der Anfang eines Gedichts.«

»Haben Sie irgendwas wegen des Datums rausfinden können, Lawrie?«

Der Sergeant schüttelt den Kopf. »Die Suche im Archiv des Standesamtes hat nichts gebracht. Zwei Inselbewohnerinnen wurden an einem dritten August geboren, aber sie sind beide über siebzig.«

»Dann müssen wir uns an die Seemannsglückbringer halten. Durch das Medaillon um ihren Hals wurde Sabine zu einer echten kornischen Braut. Vielleicht wollte der Täter nicht, dass sie wieder weggeht, auch wenn sie nie vorhatte zu bleiben.« Ich lasse meinen Blick von einem zum anderen wandern. »Wir sollten heute damit anfangen, die Touristen, die ein wasserdichtes Alibi haben, nach Hause zu schicken. Wir wissen, dass der Mörder ein Auto zur Verfügung hat, womit die meisten von ihnen durchs Raster fallen. Wir müssen die Personenzahl auf der Insel verringern, damit der Täter sich nirgendwo mehr verstecken kann. Die *Scillonian* wartet am Kai; sie kann heute Nachmittag bis zu fünfhundert Leute nach Penzance bringen und leer wieder zurückkommen, um morgen den Rest zu holen. Bedenken Sie, dass die Insel noch immer für Besucher gesperrt ist, es sei denn, sie haben eine Sondergenehmigung.«

Eddie meldet sich wieder zu Wort. »Das Seil um Sabines Hals war gestohlen. Letzte Woche wurde eine Rolle davon vor dem Haus der Seenotrettung vergessen, und am Morgen war sie verschwunden. Die Royal National Lifeboat Institution benutzt Seile in exakt dieselben Stärke wie das, das wir am Tatort gefunden haben.«

»Unser Mörder hat also offenbar Spaß daran, Sachen mitgehen zu lassen. Fragen Sie mal in Hugh Town herum, ob irgendwer jemanden gesehen hat, der sich nachts am Haus der Seenotrettung rumgetrieben hat.« Als Nächstes wende ich mich Isla zu. »Gibt's was Neues über die Herkunft des Hochzeitskleides?«

»Ich habe jede Menge E-Mails verschickt, aber keiner der Secondhandläden kann mir irgendwas dazu sagen«, erwidert sie, Bedauern im Blick.

»Versuchen Sie es weiter, es kann sich trotzdem noch was ergeben.« Ich schaue auf meine handschriftlichen Notizen. »Liam Trewin, dieser Gast aus den USA, hat zugegeben, Sabine die Ohrringe geschenkt zu haben, die sie bei ihrem Tod trug. Aber bislang haben wir nichts gegen ihn in der Hand. Der Mörder kann sich ganz schön was auf sich einbilden. Wir wissen nicht mal, ob wir es mit einer Frau oder einem Mann zu tun haben, aber dem Täter oder der Täterin ist es gelungen, in einer kleinen Gemeinde ein komplexes Verbrechen zu begehen und dabei eine so seltsame Vorgehensweise zu wählen, dass er am Ende in einem True-Crime-Buch landen könnte. Auch über das Opfer wissen wir noch viel zu wenig. Sabine war intelligent genug, um einen Studienplatz an einer der besten Universitäten Lettlands zu ergattern und sich einen Ferienjob im *Star Castle* zu organisieren, um ihr Englisch zu verbessern. Ihre Familie ist katholisch, aber laut

Pfarrer Michael ging Sabine eher aus Gewohnheit als echter Gläubigkeit in die Kirche.«

»Und wir wissen auch noch nicht, ob sie zum Pulpit Rock verschleppt oder dorthin gelockt wurde«, wirft Liz in gereiztem Ton ein. »Ich sollte sofort ihr Zimmer durchsuchen, bevor noch mehr Beweismittel verlorengehen.«

»Sie können gleich los, das verspreche ich«, erwidere ich ruhig. »Aber wir sollten koordiniert vorgehen. Wir wissen, dass Sabines Mörder ein Auto oder einen Lieferwagen benutzt hat, um ihre Leiche zu transportieren, deshalb sollten wir heute alle Fahrzeuge überprüfen.«

»Das wird ewig dauern«, antwortet Gannick.

Ich schüttele den Kopf. »Es gibt hier mehr als vierhundert Autos in Privatbesitz, aber nur drei Mietwagen. Die möchte ich heute Nachmittag gern als Erste untersuchen. Die meisten Feriengäste bewegen sich auf Fahrrädern oder mit Golfbuggys über die Insel. Könnten Sie sich jetzt gleich den Wagen vornehmen, den Liam Trewin gemietet hatte, Liz, und überprüfen, ob Sabines Leiche darin gelegen hat? Wir wissen, dass er auf sie stand, aber vielleicht hat er auch einfach nur eine plumpe Art zu flirten.« Gannick stößt ein verächtliches Zischen aus. »Der Täter kann sich in einer entlegenen Ecke der Insel verstecken oder sich direkt vor unserer Nase aufhalten, aber ich vermute, dass er es wieder versuchen wird. Wie wir wissen, werden die meisten Gewaltverbrechen von Männern zwischen achtzehn und fünfundvierzig begangen, deshalb sollten wir zwar in alle Richtungen denken, uns aber vorrangig die Inselbewohner dieser Kategorie vornehmen, die Sabine gekannt haben. Die Namen bleiben auf unserer Verdächtigenliste, bis wir ihre Schuld ausschließen können. Unser Mörder geht äußerst zielgerichtet vor; er hat Schmuck aus dem Museum gestohlen, um ihn ein ganzes Jahr später am Tatort zurückzulassen. Also ist es möglich, dass das erst der Anfang ist und er weitere Morde plant.«

Gannick schaut mürrisch drein vor Ungeduld, als ich Aufgaben verteile und mein Team über die Bestätigung des Polizeigraphologen unterrichte, dass die Handschrift auf der Rückseite des Fotos die von Sabine ist. Der Mörder war klug genug, uns keine Kostprobe seiner eigenen Schrift zu geben. Ich möchte, dass wir unsere Liste von über vierhundert Insulanern mit Zugang zu einem Wagen zügig eingrenzen, damit wir vorankommen.

»Eddie und ich werden heute Nachmittag das *Star Castle* absuchen. Die Staatsanwaltschaft hat uns einen offenen Durchsuchungsbeschluss für Garagen, landwirtschaftliche und Betriebsgebäude genehmigt. Sie brauchen also nur dann die Erlaubnis der Hausbesitzer, wenn Sie Privatgebäude durchsuchen. Falls die Erlaubnis verweigert wird, dauert es Stunden, einen entsprechenden Beschluss zu erwirken.«

Deane beauftrage ich damit, die Besucher mit wasserdichten Alibis aufzusuchen und ihnen zur Abreise zu raten. Eddies wichtigste Aufgabe wird nach unserer gemeinsamen Suche darin bestehen, mit den übrigen Insulanern zu reden und ihnen zu versichern, dass sie in Sicherheit sind. Als ich diese Anweisung erteile, fällt mir Nina wieder ein. Ich weiß nach unserem kurzen Gespräch nicht einmal, ob sie allein hierhergereist ist oder in einer Gruppe.

Liz Gannick ist sofort auf den Beinen, als die Besprechung endet. Ich will ihr folgen, um sie zum *Star Castle* zu begleiten, aber Isla stellt sich mir in den Weg.

»Kann ich Sie kurz unter vier Augen sprechen, Sir?«

Die Miene meiner Constable ist so angespannt, dass ich Eddie bitte, Gannick zum Hotel zu bringen, und sofort in Madrons Büro zurückkehre.

»Was ist los, Isla?«

»Es gibt da was, was ich Ihnen eigentlich besser sofort gesagt hätte.« Ihr scheinen die Worte zu fehlen, was mich erstaunt. Normalerweise ist die junge Frau offen und geradeheraus.

»Setzen Sie sich und geben Sie sich einen Ruck.«

Sie setzt sich und verschränkt die Hände, als wollte sie beten. »Sabine hat gern gefeiert und viel getrunken, wenn sie einen Abend freihatte. Sie war manchmal ganz schön wild drauf.«

»Und?«

»Wir haben mal eine Nacht miteinander verbracht, nachdem wir zusammen was trinken waren. Sie hat mich in ihr Zimmer eingeladen, aber ich bin vor Tagesanbruch wieder von da weg.«

Ich habe mir über Islas sexuelle Vorlieben bislang keinerlei Gedanken gemacht, doch sie sieht ängstlich aus, als sie weiterspricht, so als fürchtete sie, jetzt entlassen zu werden. »Das war kurz nach ihrer Ankunft, Ende Juni.«

»Aber es wurde keine Beziehung daraus?«

»Das war ihre Entscheidung, nicht meine. Sie wollte keine Komplikationen.«

»Und wie ging es Ihnen damit?«

»Zuerst hat es weh getan, obwohl ich ja wusste, dass sie hetero ist. Wahrscheinlich wollte sie nur deshalb mit einer Frau schlafen, um diese Erfahrung von der Liste der Dinge streichen zu können, die sie unbedingt ausprobieren wollte.

Ich glaube nicht, dass sie vorher schon mal eine Frau gut fand.« Die Constable ist knallrot geworden.

»Wer weiß darüber Bescheid?«

»Sie wird es niemandem erzählt haben, allenfalls vielleicht Lily Jago. Und ich prahle nicht mit meinen Eroberungen.«

»Aber Sie beide schienen sich recht nahezustehen.«

»Wir haben uns danach kaum mal allein getroffen, aber wir waren nicht zerstritten.« Islas Blick ist starr auf den Linoleumboden vor ihren Füßen gerichtet. »Werde ich jetzt von dem Fall abgezogen?«

»Sie kennen die Vorschriften, was Beziehungen von Polizeibeamten und Opfern angeht. Normalerweise bedeutet das zwingend, dass sie von der Ermittlung ausgeschlossen werden. Aber vielleicht bekomme ich eine Sondergenehmigung. Möchten Sie denn weiter an dem Fall arbeiten?«

»Natürlich, Boss.« In ihrer Miene wetteifern Hoffnung und Beklommenheit.

»Gut, dann rede ich mit DCI Madron und der Polizeibehörde.« Ich blicke sie direkt an. »Was haben Sie Samstagnacht gemacht?«

Isla fährt mit den Fingern durch ihre raspelkurzen Haare. »Ich war zu Hause und hab mit Mum ferngesehen. Ich war lange schwimmen gewesen und darum zu müde zum Ausgehen.«

»Kann Ginny das bestätigen?«

Sie nickt unglücklich. »Jetzt werden es alle erfahren, oder?«

»Wir suchen nach jemandem, mit dem Sabine Zeit verbracht hat, egal, ob männlich oder weiblich. Da können wir nichts vertraulich behandeln.«

»Meine Freunde wissen, dass ich was mit ihr hatte, aber

ansonsten weder die Kollegen noch die Familie. Die wissen nicht mal, dass ich lesbisch bin.« Sie betupft ihre Augen und wischt sich Tränen weg.

»Das ist nichts, wofür Sie sich schämen sollten, und es war gut, dass Sie es mir erzählt haben. Vielleicht wird es ja gar nicht so schlimm.«

»Dann rede ich jetzt mit Lawrie.« Isla steht umständlich auf. »Danke fürs Zuhören, Sir.«

»Es war richtig, ehrlich zu sein. Warten Sie beim nächsten Mal nicht so lange.«

»Soll ich denn weiter nachforschen, wer das Brautkleid gekauft hat?«

Ich nicke energisch. »Ja, versuchen Sie es noch eine Stunde lang. Den restlichen Nachmittag möchte ich Sie draußen auf Streife sehen. Versichern Sie den Insulanern, dass wir Fortschritte machen. Einige von ihnen werden Panik bekommen. Und bitte nehmen Sie Shadow mit. Es wäre ein Fehler, ihn allein hier drinnen zu lassen.«

»Warum?«

»Er würde die Möbel, die Teppiche und die Tapete ruinieren.«

»Klingt, als wäre er ein Krimineller.«

»Mein Sofa hat er schon auf dem Gewissen. Dafür hat er eigentlich eine Freiheitsstrafe verdient, finden Sie nicht?«

Sie lächelt zaghaft, bevor sie den Raum verlässt. Die Wände des Polizeireviers sind so dünn, dass ich hören kann, wie sie Lawrie Deane von ihrer Nacht mit Sabine erzählt. Die meisten Inselbewohner nehmen, was das Sexleben ihrer Mitmenschen angeht, eine Haltung ein, die man am besten mit »leben und leben lassen« beschreiben kann, aber vielleicht ist Deane da eine Ausnahme. Ich bereite mich darauf vor, rauszugehen und ihn abzumahnen, wenn er unangemessen reagiert. Der Sergeant reagiert auf neue Informationen eigentlich grundsätzlich mit Kritik, aber diesmal fällt seine Antwort mild aus. Er scherzt leise, dass er Isla ja mal seiner Nichte vorstellen könne, denn die suche schon seit Jahren nach der Richtigen.

Ich bin froh, dass unsere neue Kollegin mir die Wahrheit gesagt hat, auch wenn der Fall dadurch noch komplizierter wird. In London würde Isla wegen ihrer Verbindung zum Opfer sofort von dem Fall abgezogen, aber ich brauche alle Officer, die ich kriegen kann. Ich werde hart um sie kämpfen und Madron und die Polizeibehörde überzeugen müssen, damit ich sie im Team behalten kann. Ich hoffe, dass sich der Aufwand lohnt. Je mehr ich über Sabine erfahre, desto facettenreicher kommt sie mir vor. Bewunderer aller Couleur scheinen auf die junge Frau geflogen zu sein wie Motten ins Licht.

17

Eddie wartet um halb drei an der Rezeption des Hotels auf mich. Der junge Sergeant wirkt mit seiner schlecht sitzenden Uniform deplatziert zwischen all den vornehmen Möbeln und den Blumenarrangements, doch als ich komme, hellt seine Miene sich auf. Aus unserer gemeinsamen Arbeit weiß ich, dass er Herausforderungen liebt, ganz im Gegensatz zu Lawrie Deane, der lieber bequem am Schreibtisch sitzt. Mein Blick fällt auf Rhianna Polkerris, die mit frostiger Miene die Bar durchquert, bevor sie sich abwendet.

»Die sieht irgendwie nicht echt aus«, flüstert Eddie.

»Wie meinen Sie das?«

»Rhianna lächelt nie. Sie ist wie eine Wachsfigur bei Madame Tussauds.«

»Wahrscheinlich ist sie sauer wegen der finanziellen Einbußen. Bis wir das Embargo aufheben, steht die Hälfte ihrer Zimmer leer.« Ich schenke der unterkühlten Art der Hotelmanagerin weiter keine Beachtung. »Haben Sie den Generalschlüssel?«

Er zieht ihn aus der Tasche. »Hiermit kommen wir in sämtliche Räume. Die verbliebenen Gäste haben uns erlaubt, ihre Zimmer zu durchsuchen.«

»Dann lassen Sie uns mit Liam Trewin anfangen, er bewohnt den West Room.«

In den sternförmigen Mauern der Festung gibt es in allen vier Himmelsrichtungen Aussichtstürme. Vor Hunderten von Jahren saßen Wachposten darin, heutzutage dienen sie jedoch als luxuriöse Hotelzimmer. Von dem nach Westen führenden Zimmer aus hat man einen einmaligen Blick auf den Atlantik, elisabethanische Soldaten kann ich mir in dieser prachtvollen Umgebung jedoch beim besten Willen nicht vorstellen. Zur hochwertigen Ausstattung gehören die bestickte seidene Bettwäsche, eine Chaiselongue und ein moderner Fernseher.

Eddie pfeift leise, als er sich in Trewins Unterkunft umschaut. »Michelle wäre begeistert von all diesen kostbaren Details. Vielleicht sollte ich mich nicht lumpen lassen und sie zum Geburtstag mal hierher einladen.«

»Vergessen Sie die Möbel, Eddie. Die Mordwaffe werden wir hier wahrscheinlich nicht finden, aber möglicherweise ist ja Sabines Handy irgendwo versteckt. Wenn Sie es finden, spendiere ich Ihnen beiden eine Nacht in der Honeymoon Suite.«

Liam Trewin hatte vierundzwanzig Stunden Zeit, verräterische Spuren zu verwischen, aber weil der Amerikaner Sabine belästigt hat, ist er für uns von besonderem Interesse. Ich höre, wie Eddie das Spiegelschränkchen im En-Suite-Badezimmer durchsucht, während ich den Kleiderschrank öffne. Als ich die Taschen von Trewins Ralph-Lauren-Hemden und Jacketts abtaste, weht mir ein penetranter Aftershavegeruch entgegen. Entweder hat der Typ zu viel Geld, oder er will auf Teufel komm raus Eindruck schinden. Ich finde auf seiner gesamten Garderobe nicht einen einzigen Fleck, und seine Lederschuhe glänzen frisch poliert. Wenn er Sabine Bertans umgebracht hat, dann nicht in diesem makellosen Zimmer. Selbst seine Ferienlektüre ist so ausgewählt, dass sie unschuldig wirkt. Ein Buch über kornische Kirchen liegt aufgeschlagen auf seinem Nachttisch.

»Hier ist es allzu sauber«, murmele ich leise.

»Das Bad ist auch makellos«, erwidert Eddie. »Das hier ist das Einzige, was ich gefunden habe.«

Er reicht mir ein Tablettenfläschchen, auf dem Etikett steht »Vicodin«. Mein Deputy sucht bereits mit dem Handy nach Information über das Medikament.

»Ein stark süchtig machendes Opioid. Hierzulande wird Ärzten geraten, so starke Schmerzmittel nicht zu verschreiben.«

»Überprüfen Sie mal, ob Trewin in den Vereinigten Staaten irgendwelche Vorstrafen hat, sobald Sie zurück auf dem Revier sind. Er war auch im letzten Jahr, als der Schmuck gestohlen wurde, hier, und er hatte in der Tatnacht Zugang zu einem Mietwagen. Könnten Sie auch Gareth Keillor anrufen und ihn nach den toxikologischen Befunden fragen? Wenn er Vicodin in Sabines Blutbahn gefunden hat, wäre das eine direkte Verbindung. Außerdem warten wir immer noch auf die Untersuchungsergebnisse der Partikel unter ihren Fingernägeln.«

»Sie sind hier nicht in London, Boss«, antwortet Eddie mit einem entschuldigenden Lächeln. »Das Labor braucht oft achtundvierzig Stunden für einfache Tests.«

Wir brauchen zwei Stunden, um die zwölf Hotelzimmer zu durchsuchen, die bis vor kurzem bewohnt wurden. Die Putzfrauen haben sie blitzsauber hinterlassen, und es gibt dort absolut nichts mehr, was einen Verdacht auf einen der Bewohner lenken könnte. Es ist durchaus möglich, dass der Täter irgendwie mit dem *Star Castle* in Verbindung steht, aber schlau genug ist, alle Hinweis auf Gewaltausübung zu kaschieren. Obwohl wir Sabines Handy nicht gefunden haben, wirkt Eddie noch immer so aufgeregt wie ein Aufsichtsschüler bei einem exotischen Klassenausflug. Sein Lächeln verschwindet erst, als ich ihn damit beauftrage, den Mitarbeitertrakt des Hotels zu durchsuchen.

»Kann ich Sie vorher noch was fragen, Boss?«

»Na klar.«

»Isla hat mich vorhin angerufen. Finden Sie das mit ihr und Sabine nicht seltsam?«

»Wieso?«

»Sie tritt ihre Stelle an, und kurz darauf geschieht ein Mord, und dann ist das Opfer auch noch jemand, den sie sehr gut kannte.«

»Wie meinen Sie das?«

Er zögert. »Ich hatte in der Schule nicht viel mit ihr zu tun, aber sie konnte manchmal ganz schön anstrengend sein. Sie fühlte sich schnell angegriffen, verstehen Sie? Freundinnen hatte sie auch nicht viele. Wenn Sabine sie nach einem One-Night-Stand absurviert hat, hatte sie doch Grund, sauer auf sie zu sein, oder?«

»Sie ist entlastet, Eddie. Ginny hat mir bestätigt, dass sie den ganzen Abend zusammen zu Hause waren.«

»Gott sei Dank. Das hat mir seit dem Anruf keine Ruhe gelassen. Vielleicht werde ich schon paranoid.« Jetzt lächelt er wieder. »Befragen wir auch die Mitarbeiter, wenn wir schon mal hier sind? Ich habe eine Liste der Namen ausgedruckt.«

Ich überfliege die Liste und reiße sie dann in der Mitte durch, um die Arbeit unter uns aufzuteilen, doch die Frage meines Deputys beschäftigt mich, während ich das Hotel durchquere. Islas ernste Art kann einen verunsichern. Unsere neue Constable wird eine Weile brauchen, um in einem so kleinen Team akzeptiert zu werden.

Ich werfe noch mal einen Blick auf die Namensliste und beschließe, bei Sally Carnforth anzufangen. Sie arbeitet schon so lange als Hausdame im *Star Castle*, dass sie bestimmt über jeden Mitarbeiter bestens Bescheid weiß. Ich finde Sally in der Waschküche, wo sie vor sich hin summt, während sie Bettlaken in einen riesigen Wäschetrockner steckt.

Die kräftige Frau mit den zum Pferdeschwanz gebundenen, gefärbten blonden Haaren erledigt die Hausarbeit des Hotels effizient. Als ich eintrete, arbeitet sie weiter, als könnte nichts und niemand sie aus dem Tritt bringen. In dem Raum herrscht eine Bullenhitze, an den Innenseiten der Fensterscheiben läuft Kondenswasser herab. Sally trägt einen blauen Kittel und hat einen roten Kopf von der schweren körperlichen Arbeit an so einem heißen Tag.

»Wenn Sie etwas über Sabine wissen wollen, sind Sie bei mir an der falschen Adresse. Ich bin natürlich traurig, dass sie tot ist, aber ich habe keine Ahnung, wieso es dazu kommen konnte.« Sie bückt sich, um noch mehr Wäsche in den Trockner zu stopfen.

»Kam Ihnen irgendwas an ihr seltsam vor, Sally?«

»Die jungen Frauen aus dem Ausland bekommen oft Heimweh. Viele weinen sich dann an meiner Schulter aus, aber Sabine war unabhängig und auch ein bisschen eingebildet. Was ihre Arbeit angeht, hatte ich keine Klagen, es war eher der Einfluss auf die anderen Mitarbeiter, der mir Sorgen gemacht hat.«

»Wie meinen Sie das?«

»Sie war so hübsch und selbstbewusst, dass sie hier einigen den Kopf verdreht hat. Die Jüngeren träumen ja oft davon, die Inseln hinter sich zu lassen und die Welt zu bereisen. Ich glaube, einige waren neidisch auf sie.«

»Hatte Sabine mit irgendwem Streit?«

»Nicht, dass ich wüsste.« Sie dreht sich um und nimmt die nächste Ladung Wäsche in die Arme. »Lily Jago müsste so was wissen, die beiden waren dick befreundet.«

»Ich hab schon kurz mit ihr gesprochen, aber vielleicht sollte ich es noch mal tun. Arbeitet sie heute?«

»Sie hat ihren freien Nachmittag und ist bestimmt bei ihrem nutzlosen Bruder.«

Sallys Wortwahl beweist, dass viele Insulaner Harry Jago bereits abgeschrieben haben. Ich hatte gehofft, seine kurze Zeit im Gefängnis würde ihm eine Warnung sein, aber er macht nach wie vor Ärger. Jago hat zu Beginn des Jahres drei Monate wegen Diebstahls gesessen, nachdem er wiederholt Alkohol aus dem *Co-op*-Laden gestohlen hat. Seitdem bekam er bereits mehrere Verwarnungen wegen Trunkenheit und Ruhestörung. Bei seiner schlimmsten Prügelei hat er einem Fischer zwei blaue Augen geschlagen und danach versucht, die Schuld einem anderen in die Schuhe zu schieben, weshalb ihm nun niemand mehr glaubt. Er gehört zu der verschwindend kleinen Zahl von Inselbewohnern, die einen Hang zu Gewalt zeigen. Wenn Lily eng mit Sabine befreundet war, muss ich ihn sehr bald aufsuchen, um herauszufinden, ob sie sich auch mit ihm getroffen hat.

Ich will gerade nachschauen, wie weit Liz Gannick in Sabines Zimmer ist, als mein Handy in der Tasche vibriert.

Lawrie Deane klingt besorgt, als ich abnehme.

»Eine Frau ist in Schwierigkeiten, Boss. Sie hat von dem Strand unten am Halangy Down einen Notruf abgesetzt.«

»Ist sie verletzt?«

»Was sie gesagt hat, ergab irgendwie keinen Sinn, aber ich glaube, sie wurde überfallen. Ich hab schon im Krankenhaus angerufen, der Krankenwagen kann allerdings nicht bis runter an den Strand fahren.«

»Sag ihr, dass Hilfe kommt. Ich nehme das Motorrad.«

Ich renne los zum Polizeirevier und komme an zwei älteren Hotelgästen vorbei, die im Garten in der Sonne liegen. Wenn es sie beunruhigt, einen zerzausten Riesen über das Hotelgelände laufen zu sehen, sind sie zu höflich, um es zu zeigen. Es dauert nur ein paar Minuten, bis ich am Revier bin und den Sturzhelm hole. Ein Vorteil meines Jobs ist, dass ich mit dem Motorrad über die Insel fahren darf, aber die Maschine ist leider sehr unzuverlässig. Ich muss den Kickstarter der alten Yamaha dreimal runtertreten, bevor sie stotternd zum Leben erwacht. Damit mich unterwegs niemand anhält, um zu fragen, ob es schon etwas Neues gibt, nehme ich die Umgehungsstraße um das Stadtzentrum.

Die Fahrspur schlängelt sich durch die Lower Moors, wo Klatschmohn in den Ritzen der Bruchsteinmauern blüht. Zwischendurch muss ich anhalten und eine Gruppe Vogelfreunde über die Straße lassen, die einem Naturlehrpfad zu einer alten Vogelbeobachtungshütte folgen. Als ich auf die Telegraph Road abbiege, brennt die Spätnachmittagssonne durch mein Hemd. Von dem Krankenwagen ist noch nichts zu sehen, und Lawrie hatte recht: Den Weg hinunter zum Strand könnte kein vierrädriges Fahrzeug bewältigen. Der Pfad aus Schotter und Gestein windet sich in Haarnadelkurven hinunter zum Halangy Porth, und es kostet mich eine Menge Geduld, im Schritttempo zu fahren, während unten das Opfer eines Überfalls liegt. Als mein Blick über die Bäume gleitet, die bis hinunter zum Strand den Weg säumen, sieht die Gegend verlassen aus. Am Horizont sind verschwommen die Umrisse von Samson zu erkennen. Die Flut rollt schnell heran, Brecher schlagen gegen die verstreut am Strand liegenden Felsbrocken. Ich höre das Stöhnen der Frau, noch bevor ich sie in der Nähe des Flutsaums entdecke; die Wellen überspülen ihre Wanderstiefel, und sie hält noch immer ihr Handy umklammert. Sie ist in den Dreißigern und zierlich. Aus ihren kurzen blonden Haaren sickert Blut und tropft auf ihr T-Shirt. Sie schaut mich ängstlich an, als wäre ich womöglich der nächste Angreifer.

»Ich bin Ben Kitto von der Inselpolizei.« Ich zeige ihr meinen Ausweis, bevor ich mich neben sie hocke. »Wie heißen Sie?«

»Hannah. Ich dachte schon, mich würde hier niemand finden«, antwortet sie mit einem weichen deutschen Akzent. Sie ist unnatürlich blass, schafft es aber, ihre blauen Augen offen zu halten.

»Sie sind jetzt in Sicherheit, machen Sie sich keine Sorgen. Was ist denn passiert?«

»Jemand hat mich von hinten angegriffen.«

»Ein Mann oder eine Frau?«

»Ich weiß es nicht, die Sonne hat mich geblendet.«

»Können Sie aufstehen, Hannah? Ich muss Sie zum Arzt bringen.«

Als ich ihr den Arm um die Taille lege, kommt sie schwankend auf die Beine. Da ich nicht ausschließen kann, dass sie erneut das Bewusstsein verliert, kann ich sie nicht auf dem Soziussitz mitfahren lassen.

»Ich bringe Sie zum Krankenwagen, okay?«

Ich lag falsch, als ich dachte, bei der Arbeit an dem Fall keine Zeit mehr für einen Work-out zu haben. Eine knapp sechzig Kilo schwere Frau einen steilen Hügel hinaufzutragen ist genug Herz-Kreislauf-Training für die ganze restliche Woche. Ich versuche, sie unterwegs am Reden zu halten, damit sie nicht wieder ohnmächtig wird, aber sie antwortet nur einsilbig. Ich erfahre lediglich, dass sie allein reist und in *Juliet's Garden* wohnt – einer kleinen Ferienhaussiedlung etwas weiter südlich von hier. Hannahs Lider flattern, aber sie bemüht sich, die Augen offen zu halten, während sie gegen den Schock und ihre Erschöpfung ankämpft. Ich werde warten müssen, bis sie sich erholt hat, bevor ich mehr über ihren Angreifer in Erfahrung bringen kann. Die Erleichterung auf ihrem Gesicht, als sie den Krankenwagen am Straßenrand stehen sieht, ist eine gerechte Entlohnung für die große körperliche Anstrengung.

Als der Krankenwagen sich auf den Weg zurück nach Hugh Town macht, verschnaufe ich erst mal. Es ist jetzt kurz nach fünf Uhr, doch die sengende Hitze lässt nicht nach. Ich hätte Lust, in eine Viehtränke am Straßenrand zu springen, begnüge mich aber damit, mir Wasser daraus ins Gesicht und über den Kopf zu schütten. Ich versuche, das Blut der Frau aus meinem Ärmel zu waschen, doch als ich wieder nach unten an den Strand gehe, prangt immer noch ein dunkler Schatten auf dem Stoff. Von dem Mörder ist keine Spur zu sehen. Er könnte von *Juliet's Garden* aus nach Norden gewandert sein und Hannah dabei im Schutz der Bäume immer im Blick behalten haben. Mein Frust wächst, als ich feststelle, wie gut der Angreifer seine Spuren verwischt hat, indem er Treibholz über den Sand gezogen hat und dann in den Wald verschwunden ist. Aber wie kommt Hannah zu dem Glück, überlebt zu haben, während Sabine den Kampf verloren hat? Vielleicht kam ein Boot zu dicht am Strand vorbei, oder das Geräusch eines Autos auf der Straße oben hat den Täter aufgeschreckt und dafür gesorgt, dass er von seinem Plan abließ.

Ich wende mich wieder dem Flutsaum zu und sehe, dass Hannahs Körper einen Abdruck im Sand hinterlassen hat und auf einem Gesteinsbrocken Blut klebt. Aber die nächste hohe Welle schwemmt alles davon.

18

Ich habe Lawrie Deane bereits gebeten, die Hotels zu ermahnen, für die Sicherheit ihrer Gäste zu sorgen, aber jetzt werden wir gezielter vorgehen müssen. Nach dem zweiten Anschlag des Täters möchte ich, dass sie vor allem auf alleinreisende Frauen ein Auge haben. Wer auch immer die deutsche Touristin angegriffen hat, ist selbstbewusst genug, am helllichten Tag eine Wanderin zu überfallen. Also herrscht Alarmstufe Rot. Möglicherweise hat Hannah so viel Zeit allein verbracht, dass sie gar nicht wusste, dass eine Frau ermordet worden ist, als sie zu ihrer Wanderung aufbrach. Ich blicke zum Halangy Down hinauf, während ich das Motorrad wieder starte. Mein Bruder und ich haben hier als Kinder manchmal in der Dämmerung gespielt und so getan, als wären die langen Schatten uralte Geister, die von den Gräbern auf der Hügelkuppe herunterflogen, um ihre alten Häuser zu besuchen. Die Siedlung aus der Bronzezeit ist eine der größten in Europa, und ihre steinernen Umgrenzungen erstrecken sich, so weit das Auge reicht.

Lawrie klingt genervt, als ich telefonisch nachhake, ob alle Mieterinnen von Ferienhäusern inzwischen darüber informiert sind, dass sie nicht allein bleiben sollen.

»Ich hab's ja versucht, Boss, aber dauernd rufen Leute

an, um zu fragen, ob's was Neues gibt, und blockieren die Leitung.«

»Arbeiten Sie so schnell wie möglich, Lawrie. Ich fahre jetzt zum Krankenhaus und erkundige mich, wie es dem Opfer geht.«

Er seufzt mir ins Ohr. »Bei einer Nummer hab ich's schon sechsmal probiert. Die Frau wohnt im Watermill Cottage.«

»Da kann ich unterwegs vorbeifahren. Wie heißt sie?«

»Nina Jackson.«

Ich verabschiede mich verärgert. Es ist meine Pflicht, sie aufzusuchen, aber ich würde es lieber nicht tun. Wir haben zuletzt miteinander geredet, als sie die Fähre zurück aufs Festland genommen hat, ohne unserer Beziehung Zeit und damit eine echte Chance zu geben. Ich beiße die Zähne zusammen und brause um achtzehn Uhr die Watermill Lane entlang, in der Hoffnung, dass dieses heutige Treffen unser letztes vor ihrer Abreise sein wird. Die Landschaft hier ist sehr reizvoll, bei Trenoweth bilden Ulmen ein Laubdach über der Straße, doch selbst die malerische Umgebung kann mich jetzt nicht aufheitern. Meine Miene ist immer noch finster, als ich in den Weg zu einer der schönsten Buchten der Inseln einbiege.

Das Watermill Cottage steht isoliert am Ende eines Fischerpfades, der zum Strand hinunterführt. Das traditionelle zweistöckige Gebäude ist aus Gestein von der Insel errichtet und hat Sturmklappen, die es vor den Winterstürmen schützen. Nur jemand, der gern allein ist, würde hier wohnen wollen, auch wenn es offensichtliche Vorzüge hat. Ich kann von hier aus die Eastern Isles auf der anderen Seite des Crow-Sunds sehen, und die höchsten Punkte von St. Martin's und Tresco liegen schimmernd in der Ferne.

Als ich meinen Sturzhelm abnehme, ruft Nina meinen Namen.

»Nicht übel, die Aussicht, oder?«

Sie steht auf der Veranda. Ihre braunen Haare glänzen in der Sonne; sie sind länger geworden und wehen über ihre Schultern, als sie auf mich zukommt. Auf ihrer olivfarbenen Haut ist keine Spur von Make-up zu sehen. Ihr Sommerkleid reicht bis zur Mitte der Schenkel und gibt den Blick auf lange, gebräunte Beine und nackte Füße frei. Bei ihrem Anblick verschlägt es mir die Sprache. Plötzlich wird mir schmerzhaft bewusst, dass meine Kleider schmutzig sind und meine Haare noch nass von der Erfrischung vorhin. Sie erwischt mich immer auf dem falschen Fuß, wie ein Schlag aus heiterem Himmel.

Nina betrachtet mich schweigend und sagt dann: »Du siehst immer noch eher wie ein wilder kornischer Schmuggler aus, nicht wie ein Polizist.«

»Kann gar nicht sein. Meine Vorfahren waren über fünf Generationen gesetzestreue Fischer«, erwidere ich und achte darauf, auf Abstand zu bleiben. »Hattest du vor, mir die ganze Woche aus dem Weg zu gehen, Nina?«

»Ich wusste, dass sich unsere Wege irgendwann kreuzen würden.« Ihre Stimme klingt ein bisschen heiser, so als hätte sie gerade ein Glas Cognac getrunken.

»Ich bin überrascht, dass du überhaupt hier bist.«

»Diese Landschaft kann man nur schwer vergessen. Und wie gesagt, ich hatte vor, dich anzurufen, aber im Augenblick hast du ja viel zu tun.«

»Heute Nachmittag ist wieder eine Frau attackiert worden. Warum gehst du nicht an dein Telefon?«

»Ich war schwimmen.« Sie blickt mich besorgt an mit

ihren bernsteinfarbenen Augen, ihre Miene zeigt jedoch keinerlei Anzeichen von Panik. »Geht es der Frau gut?«

»Ich bin auf dem Weg ins Krankenhaus, um das herauszufinden.«

»Trink erst mal was – die Hitze ist mörderisch.«

Mein Plan, dieses Treffen kurz zu halten, gerät ins Wanken, als ich das Cottage betrete. Große Fenster fluten die Zimmer mit Licht, und es duftet nach ihr: Jasmin, Seesalz und Moschus. Am liebsten würde ich fliehen, bevor meine Erinnerungen mich in die falsche Richtung lenken. Nina hat sich bereits häuslich eingerichtet, auf dem Sofa liegt ein Roman von Jane Austen, ihr Geigenkasten lehnt an der Wand. Durch das offene Fenster sehe ich einen einzelnen Liegestuhl auf der Terrasse, also ist sie ohne Begleitung angereist. Offenbar ist sie immer noch lieber allein, als jemanden um sich zu haben. Nina wendet mir den Rücken zu, während sie den Kühlschrank öffnet und Saft aus einer Karaffe in ein Glas gießt. Dann reicht sie mir das Glas, und ich lasse die eiskalte Flüssigkeit im Stehen durch meine Kehle rinnen. Auf dem Küchentisch liegt ein Stapel Bücher, deren Titel ich gut lesen kann: *Personenzentrierte Therapie*, *Das Drama der Kindheit*, *Posttraumatische Belastungsstörung*.

»Sind das deine?«

Sie grinst, bevor sie antwortet: »Ich mache eine Ausbildung zur Therapeutin und lerne gerade für eine Prüfung.«

»Noch eine berufliche Neuorientierung.« Ich stelle das leere Glas auf den Tisch. »Du wohnst hier viel zu abgelegen, Nina. Du solltest in der Stadt bleiben, bis wir den Mörder geschnappt haben.«

»Mir passiert hier nichts, die Besitzer haben mir ihr Auto geliehen.«

»Trotzdem bist du hier nicht sicher.«

Sie zeigt auf die doppelverglasten Fenster. »Ich kann mich nachts einschließen. Dieses Haus ist quasi wie Fort Knox.«

»Du hast dich nicht verändert. Du konntest noch nie Hilfe annehmen.«

»Ich reise am Sonntag ab. Bis dahin pass ich auf mich auf, versprochen.«

Ich hatte vergessen, wie stur und unabhängig sie ist und wie gleichgültig sie auf mögliche Gefahren reagiert. Damals hat mich ihr Stärke angezogen, aber jetzt frustriert sie mich nur. Ich gehe zur Tür.

»Ich werde zu Protokoll geben, dass du meine Aufforderung ignoriert hast.«

Ihre Miene bleibt neutral. »Komm noch mal vorbei, wenn du Lust zu reden hast, Ben.«

Ich setze meinen Sturzhelm wieder auf, ohne mich zu verabschieden. Früher hat Ninas Eigensinn mich fasziniert, heute verdirbt er mir jedoch nur noch weiter die Laune. Verärgert setze ich meinen Weg fort. Die Uhr scheint rückwärts zu laufen, während ich mich auf die Gegenwart konzentrieren sollte.

Ich bin erleichtert, als die weiße Silhouette des Krankenhauses in Sicht kommt, doch die Dame am Empfang wirkt abgelenkt, als sie mich bittet, Platz zu nehmen. Ich warte auf dem Flur und lese die Nachrichten, die ich vom Polizeirevier aufs Handy bekommen habe, bis plötzlich Ginny Tremayne vor mir steht. Sie hat ihre grauen Locken zu einem unordentlichen Knoten zusammengesteckt, in der Tasche ihres weißen Kittels konkurrieren eine ganze Reihe Kugelschreiber um den wenigen Platz. Islas Mutter behandelt alle gleich, die ihr Krankenhaus betreten, und versorgt ihre Patienten nicht nur mit Medikamenten, sondern auch mit freundlichen Worten. Ich bin froh, dass sie heute Dienst hat; bei ihr ist das Opfer in guten Händen.

Ihr Lächeln ist verhalten. »Hannah klagte über Übelkeit, als sie hier ankam, und sie war nicht ansprechbar. Das ist ein schlechtes Zeichen bei Kopfverletzungen.«

»Ich hatte den Eindruck, dass es ihr schon besser ging.«

»So ein Schädel-Hirn-Trauma ist unberechenbar, Ben. Patienten, die eben noch mit dir geplaudert haben, können im nächsten Moment schon um ihr Leben kämpfen.« Ginny mustert mich über den Rand ihrer Brille hinweg. »Wissen Sie, wie Hannah mit Nachnamen heißt? Ich würde mir gern ihre Krankenakte ansehen.«

»Ich werde mich erkundigen und sage Ihnen dann Bescheid. Was passiert denn jetzt?«

»Sie liegt im Koma; in solchen Fällen kann dieser Zustand lange anhalten. Wenn die Schwellung des Gehirns zurückgeht, können wir sie in die Unfallklinik in Penzance fliegen.«

Ich lasse die schlechte Nachricht auf mich wirken, aber wegen meines Gesprächs mit Eddie kommt mir noch eine andere Idee. »Ich wollte Sie bitten, mir detaillierter zu erzählen, wie Sie und Isla den Samstagabend verbracht haben.«

»Das habe ich Ihnen doch am Telefon schon gesagt.« Der plötzliche Themenwechsel scheint sie zu überraschen. »Wir haben uns *The Notebook* auf Netflix angesehen, zu viel Popcorn gegessen und uns entspannt.«

»Und danach?«

»Isla ist noch mal kurz raus, um einen letzten Blick aufs Meer zu werfen; das ist so eine Art Ritual von ihr. Ich bin gegen elf ins Bett gegangen und sofort eingeschlafen.«

»Haben Sie sie zurückkommen hören?«

»Daran erinnere ich mich nicht. Aber spielt das eine Rolle?«

»Wir müssen genau nachvollziehen, wo sich alle in der Tatnacht aufgehalten haben, mein Team eingeschlossen.« Mir kommt der Gedanke, dass Isla zum Leuchtturm gefahren sein kann, ohne dass ihre Mutter davon etwas mitbekommen hat. Es gibt keinen stichhaltigen Beweis dafür, dass sie Sabine nicht doch dafür bestrafen wollte, dass sie ihr Interesse nicht erwidert hat. Ihre Mutter scheint von dem Verdacht, der mir durch den Kopf schießt, nichts zu ahnen.

»Vielen Dank übrigens dafür, dass Sie Isla ermutigt haben, sich zu outen. Ich weiß seit Jahren, dass sie lesbisch ist, aber sie musste es mir selbst sagen.«

»Freut mich, dass ich helfen konnte.«

Als ich Ginnys entspanntes Lächeln sehe, frage ich mich, wie es ihr gehen würde, wenn sie wüsste, dass Isla mit dem Mordopfer geschlafen hat und vielleicht von dem Fall abgezogen werden muss.

»Darf ich die Patientin jetzt sehen?«

Hannah atmet unregelmäßig, als ich ihr Zimmer betrete. Ihr Gesicht hinter der Sauerstoffmaske sieht so zerbrechlich aus, als wäre es aus Glas. Erst jetzt wird mir die Trostlosigkeit ihrer Situation richtig klar. Der Mörder hat sich erneut eine einsame junge Frau ausgesucht, neben deren Bett niemand Wache hält. Ich greife instinktiv nach ihrer Hand, und dabei fällt mir etwas ins Auge. Der Täter hatte zwar keine Zeit, sein Hochzeitsritual zu vollenden, aber seine Visitenkarte hat er dennoch hinterlassen. Der goldene Ring an Hannahs Ringfinger passt zu dem von Sabine. Als ich ihren

Namen sage, während ihre Hand schlaff in meiner liegt, zucken nicht einmal ihre Augenlider. Ich kann nur hoffen, dass sie die Kraft hat, durchzukommen, sonst wird der Mörder die zweite Braut für sich reklamieren.

Teil 2

»So ruh' ich denn, bis der Morgen graut,
Allnächtlich bei meinem Liebchen traut
In des schäumenden Grabes Näh,
An der See, an der brandenden See.«

Edgar Allan Poe, *Annabel Lee*

19

Als es Abend wird, schrubbt Lily auf allen vieren den Küchenboden ihres ehemaligen Zuhauses. Sie tut es nicht Harry zuliebe, sondern um das Andenken ihrer Mutter zu ehren. Die körperliche Arbeit beruhigt sie jedoch nicht, in ihrem Kopf jagt noch immer ein Gedanke den nächsten. Sie sitzt wie auf glühenden Kohlen, als ihr Bruder endlich zur Tür hereingeschlendert kommt. Wenigstens ist er nüchtern. Von dem gefährlichen Funkeln in seinen Augen, das ihr signalisiert, dass sie sich in Sicherheit bringen sollte, ist nichts zu sehen.

»Du lebst in einem Saustall, Harry.«

»Geh mir bitte nicht auf den Wecker. Das kann ich heute nicht gebrauchen.« Er klingt sanfter als beim letzten Mal. Er sieht erschöpft aus und so, als fürchtete er sich vor etwas, was er nicht benennen will.

»Wovor hast du solche Angst?«

»Vor gar nichts. Ich hab letzte Nacht schlecht geschlafen, das ist alles.«

Sie steht auf und zeigt ihm das Polaroidfoto von Sabine. »Warum war das in deiner Jackentasche?«

»Du sollst nicht in meinen Sachen rumwühlen!«

»Hab ich auch nicht. Es lag auf dem Boden.«

Harrys Miene verfinstert sich, als sie ihm das Foto über-

reicht. Er hält es vorsichtig zwischen den Fingerspitzen, als könnte er sich daran verätzen. »Das ist nicht von mir.«
»Aber du hast eine Polaroidkamera, oder?«
»Die ist kaputt. Schon seit Jahren.«
Lily packt sein Handgelenk und zwingt ihn, sie anzuschauen. »Sabine ist tot, Harry. Du warst mit ihr zusammen. Warum hast du mir das nicht gesagt?«
»Das fing erst vor zwei Wochen an. Sie wollte nicht, dass es eure Freundschaft beeinträchtigt, wenn es zwischen uns nicht gut ausgeht. Hör zu, ich weiß, gestern habe ich gesagt, dass es nichts zu bedeuten hatte, aber ich hatte sie gern, Lily. Ich wollte sie in Riga besuchen.«
»Dann erklär mir, was passiert ist.«
»Das Foto hat jemand unter der Tür durchgeschoben, in einem Umschlag mit meinem Namen drauf.« Er schaut sie traurig an, aber er weint nicht. Er hat schon seit Jahren nicht mehr geweint. Selbst bei der Beerdigung ihrer Mutter hat er nicht eine einzige Träne vergossen. »Ich muss die ganze Zeit an den Wagen denken, den ich am Pulpit Rock gesehen hab. Vielleicht gehörte er ja dem Mörder. Es war ein SUV, aber ich kann mich nicht an die Farbe erinnern. Ich hab ihn schon überall gesucht.«
»Du kannst ihn nicht auf eigene Faust suchen – am Ende stößt dir noch etwas zu. Warum erzählst du es nicht der Polizei?«
»Die würden mich festnehmen. Ich bin hier doch eh für alles der Sündenbock. Dabei hab ich noch nie einer Frau was getan. Das weißt du doch, oder?«
»Allerdings prügelst du dich ständig im Mermaid Inn.«
Er schaut auf seine Hände. »Es tut mir leid, okay? Ich hab Dads Blut in den Adern. Ich kann nichts dagegen

machen, aber ich schwöre, dass ich ihr nie weh getan habe.«

»Du hast was gesehen am Pulpit Rock, hab ich recht? Darum hast du auch wieder angefangen zu saufen, bevor irgendwer wusste, dass sie tot war.«

»Ich war betrunken, als ich dort ankam, das habe ich dir ja schon gesagt. Ich kann mich an nichts mehr erinnern, außer, dass dieser SUV weggefahren ist.«

Harry sackt auf seinem Stuhl zusammen und lässt den Kopf hängen. »Ich kann nicht noch mal ins Gefängnis gehen. Das überlebe ich nicht.«

Lily bekommt Mitgefühl, doch sie vertraut ihm nicht. Nach so vielen falschen Versprechen, nüchtern zu bleiben, klingen seine Beteuerungen nicht mehr wahr.

20

Die Entscheidung der Polizeibehörde von Cornwall bezüglich der Sache mit Isla bekomme ich um siebzehn Uhr auf mein Handy, bevor ich das Krankenhaus verlasse. In der E-Mail steht, dass sie weiter an dem Fall arbeiten darf, wenn ich in einer Stellungnahme ihre Unschuld bestätige. Zwar würde ich gern wissen, was sie in der Tatnacht gemacht hat, nachdem ihre Mutter schlafen gegangen war, doch bislang erscheint mir Islas Verhalten unverdächtig. Da sie zum Zeitpunkt des Angriffs auf Hannah zu Fuß auf Streife war, kann sie damit nichts zu tun haben. Das wird mir bei meinem nächsten Gespräch mit Madron den Rücken stärken. Wenn es so wirkt, als wäre die ganze Angelegenheit bereits so gut wie erledigt, ist es wahrscheinlicher, dass Madron ebenfalls seinen Segen gibt.

Als ich mich mit dem Motorrad auf den Weg zu *Juliet's Garden* mache, geht die Sonne gerade unter. Am Strand von Porth Mellon entspannen sich die Leute in Liegestühlen, und die Kinder bauen vor dem Schlafengehen ihre letzten Sandburgen, als wäre die Insel ein einziger großer Spielplatz. Ich komme an der Farm der Keast-Brüder in Porthloo vorbei, wo einer meiner Freunde gerade das Scheunentor aufschiebt. Ob es Steve ist oder Paul, kann ich in der Dämmerung nicht erkennen, aber die schlanke Gestalt winkt mir zu.

Juliet's Garden ist eine leicht erhöht liegende Gruppe von weiß getünchten Cottages, direkt südlich von Carn Morval. Juliet May hat viel Zeit und Geld in den Umbau der alten Fischerhäuser in Feriencottages und in die Eröffnung eines Restaurants gesteckt, in das die Gäste den ganzen Sommer über in Scharen strömen. Einer der Mitarbeiter schließt mir das Häuschen auf, das Hannah gemietet hat. Darin sieht es überall aufgeräumt aus, abgesehen vom Schlafzimmer, wo Hausschuhe auf dem Boden herumliegen und Zeitungen und Bücher über die Frisierkommode verstreut sind. Hannah scheint mit leichtem Gepäck unterwegs zu sein, denn in ihrem Schrank liegen außer Shorts, Jeans und T-Shirts nur wenige Sachen. In einem kleinen Koffer finde ich ihre Reiseunterlagen. Sie heißt mit vollem Namen Hannah Weber und ist in Berlin geboren.

Ich rufe im Krankenhaus an, um diese Informationen weiterzugeben, aber ansonsten verraten die Dokumente wenig Neues. Hannah ist Journalistin und unverheiratet. Ihr ausgedruckter Reiseplan zeigt, dass sie auf dem Landweg durch Frankreich und dann durchs Vereinigte Königreich getourt ist. Die Scilly-Inseln sind ihre letzte Station vor der Heimreise. Das einzige andere Interessante ist ein Büchlein mit handgeschriebenen Notizen, aber meine Deutschkenntnisse beschränken sich auf die Wochentage und darauf, wie man ein Bier bestellt. Es könnte ein Tagebuch sein oder ein Reisebericht. Ich nehme es mit, in der Hoffnung, dass mir jemand die letzten Seiten übersetzen kann, damit ich sehe, ob sie die Identität des Angreifers offenbaren.

Ich überprüfe alle Räume gründlich, bevor ich wieder gehe. Von diesem Cottage hat man einen schönen Blick auf den Strand von Hugh Town, wo nach und nach die Lichter in den Fischerhütten angehen. Im Westen liegt die menschenleere Insel Samson, und die Hügel von Tresco bilden eine schwarze Silhouette am Horizont. Mit der Taschenlampe suche ich das Grundstück außerhalb des Häuschens ab. Der Küstenweg führt, von Bäumen umgeben, geradewegs daran vorbei. Hannahs Angreifer könnte sich dort unbemerkt versteckt und sie beobachtet haben, ohne Verdacht zu erregen. Frustriert trete ich erneut den Kickstarter des Motorrads. Der Mörder scheint ein Problem mit unabhängigen weiblichen Reisenden zu haben. Hinterhältige Attacken auf Frauen haben häufig einen sexuellen Hintergrund, aber keines der Opfer wurde vergewaltigt. Der einzige gemeinsame Nenner ist, dass sie allein auf Reisen waren und nicht vorhatten, dauerhaft auf den Scilly-Inseln zu bleiben. Der Mörder erhebt Anspruch auf sie, indem er ihnen mit Gewalt kornische Eheringe ansteckt.

Im Polizeirevier herrscht immer noch hektische Aktivität, als ich zurückkomme. Sabines Tod hat das gesamte Team mobilisiert; niemand scheint bereit zu sein, das Gebäude zu verlassen, solange nicht alle Aufgaben erledigt sind. Isla und Eddie tippen fleißig Informationen in ihre Laptops. Selbst Lawrie Deane macht Überstunden. Üblicherweise neigt er eher dazu, das Revier um Punkt siebzehn Uhr zu verlassen, aber heute sitzt er noch an seinem Platz. Die klebrige Hitze macht ihm zu schaffen, auf seiner teigigen Haut glänzen Schweißperlen, obwohl der Ventilator auf der höchsten Stufe läuft. Der Sergeant überreicht mir schwer atmend einen Stapel neuer Zeugenaussagen. Erst als ich ihm sage, dass ein Übersetzer gebraucht wird, der Hannah Webers Notizen übersetzen kann, belebt sich seine Miene.

»Haben Sie als Kind nicht mal eine Zeitlang in Deutschland gewohnt, weil Ihr Vater dort stationiert war?«, fragt Eddie ihn.

Deane nickt langsam. »Wir haben vier Jahre da gelebt, und als wir zurückkamen, konnte ich Deutsch einigermaßen fließend sprechen.«

»Könnten Sie da mal einen Blick reinwerfen?«, frage ich.

»Ich bin ziemlich aus der Übung, aber ich kann's ja mal versuchen.«

Der Sergeant beugt sich mit konzentrierter Miene über das Notizbuch und liest einige Sätze in akzentfreiem Deutsch vor. »Sie schreibt übers Alleinreisen in Europa. Vor allem darüber, wo sie überall war und ob sie dort nett behandelt wurde. Sie arbeitet freiberuflich für den *Spiegel*.«

»Erwähnt sie irgendwo, dass sie bedrängt wurde?«

»Nein, nirgends.« Er blättert zur letzten Seite. »Doch, Moment, hier schreibt sie, am Vortag hätte sich ihr ein Fremder genähert, in der Nähe von Toll's Island. Er hat ihr solches Unbehagen eingeflößt, dass sie froh war, als er wieder weg war.«

»Schreibt sie sonst noch was über ihn?«

Er schüttelt den Kopf. »Nur, dass sie Angst hatte.«

»Das ist doch schon mal ein Anfang, Lawrie. Ich hatte ja keine Ahnung, dass Sie so sprachbegabt sind.«

»Ich kann versuchen, das ganz zu übersetzen, wenn Sie wollen.«

Als ich Deanes triumphierenden Blick sehe, bekomme ich ein schlechtes Gewissen. Bislang habe ich ihn immer als Aktenschieber abgestempelt, der nie über den Tellerrand hinausblickt. Er könnte die Welt in einem Einbaum bereist haben, aber ich bin zu borniert, um etwas davon mitzukriegen. Er hat weit mehr als wir anderen über den Tag vor der Attacke auf Hannah Weber herausgefunden.

Der Mörder scheint Frauen gern an die Ränder der Insel zu folgen. Toll's Island ist eine Felsnase an der nordöstlichen Küste, wo es weit und breit kein Haus gibt, nur Ruinen einer alten Geschützstellung aus dem Englischen Bürgerkrieg. Vielleicht wollte Hannah über die historischen Stätten auf der Insel berichten und hat sich in Gefahr gebracht, weil sie allein dort hingegangen ist.

Eddie stößt einen Triumphschrei aus, als ich an seinem Schreibtisch vorbeikomme, und grinst dann zu mir hoch. »Liam Trewin hat Dreck am Stecken. Er hat letztes Jahr in Florida eine Frau belästigt, kam aber laut Aktenlage mit der Zahlung einer saftigen Geldstrafe davon.«

»War das seine Exfrau?«

»Das Opfer arbeitet als Kellnerin in einem Café in der Nähe der Spedition, die er betreibt.«

»Was für ein Arsch«, sagt Isla, die Eddie über die Schulter schaut. »Er sucht sich gezielt Frauen, die sich sein unterirdisches Verhalten gefallen lassen müssen.«

»Gibt es sonst noch was?«

»Über seine Familie findet man einiges auf Wikipedia. Sein Vater kommt aus Cornwall; der Alte hat in New York als Finanzguru Millionen gemacht, aber sein jüngster Sohn ist nie in das Unternehmen eingestiegen. Sieht so aus, als wäre er das schwarze Schaf der Familie.«

»Liz Gannick kann sich morgen früh gleich mal Trewins Hotelzimmer vornehmen. Vielleicht findet sie Beweise, die uns entgangen sind.«

»Sein Mietwagen ist sauber. Sie sagt, dass es darin keinerlei Blutspuren gab.«

»Ich möchte ihn trotzdem vernehmen. Bestellen Sie ihn bitte für morgen früh um zehn hierher. Ich fahre jetzt zurück zum Krankenhaus. Gannick kann schon mal anfangen, die Fahrzeuge der Inselbewohner zu untersuchen, die wir noch nicht von der Liste streichen konnten, aber es wird Zeit, dass ihr anderen jetzt nach Hause geht.« Ich schaue aus dem Fenster in den leeren Innenhof hinter dem Revier. »Hat jemand Shadow gesehen?«

»Tut mir leid, Boss, er hat sich unten am Kai losgerissen«, sagt Isla. »Ich hab versucht, ihn wieder einzufangen, aber er ist über den Strand weggerannt.«

»Der kommt zurück, wenn er Hunger hat.« Ich schaue sie an. »Kann ich Sie kurz sprechen, Isla?«

Die Constable folgt mir in Madrons Büro. Sie macht einen entspannten Eindruck auf mich, als ich sie eingehender zu dem Samstagabend befrage. Ich möchte von ihr wissen, wie lange sie noch draußen war, nachdem ihre Mutter ins Bett gegangen ist. Sie behauptet, es seien nicht einmal zehn Minuten gewesen. Seit ihrer Kindheit macht sie jeden Abend noch einen kurzen Spaziergang zum Strand, um vor dem Schlafengehen einen letzten Blick aufs Meer zu werfen. Nach unserem Gespräch bin ich beruhigt, weil ihre Geschichte exakt mit der ihrer Mutter übereinstimmt – wieder ein Argument, das ich Madron gegenüber ins Feld führen kann. Obwohl unsere Versuche, auf sie aufzupassen, ihr nach wie vor gegen den Strich zu gehen scheinen, willigt sie ein, sich von Eddie nach Hause fahren zu lassen.

Shadow ist nirgends zu sehen, als ich das Polizeirevier gegen einundzwanzig Uhr abschließe. Wahrscheinlich ruft morgen früh einer der Bauern von der Insel bei mir an, um sich zu beschweren, weil mein Hund Schafe gejagt hat. Die

Hitze hat ein wenig nachgelassen. Ich biege in die Church Street ab. Am *St. Mary's Hall Hotel* sitzt ein halbes Dutzend Paare bei einem späten Abendessen und einem Glas Wein unter einer Akazie; es ist schwer vorstellbar, dass hier irgendjemand ein Verbrechen verüben könnte.

Im Krankenhaus ist es still, als ich ankomme. Die Abendschicht geht gerade zu Ende, und meine Lunge füllt sich mit den Gerüchen von Jod, Krankheit und Bohnerwachs. Ich hoffe auf die Nachricht, dass Hannah Webers Zustand sich verbessert hat. Ich habe mir nicht verziehen, dass ich zu spät kam, um Sabine zu helfen, aber vielleicht erholt sich ja wenigstens das zweite Opfer wieder. Ich spähe durch die Glasscheibe in Hannahs Zimmer und sehe einen Mann an ihrem Bett sitzen. Pfarrer Michael wirkt überrascht bei meinem Eintreten; auf seinem Schoß liegt eine Bibel. Der angespannte Ausdruck in seinem Gesicht verschwindet, als ich ihn begrüße.

»Schön, Sie hier zu sehen, Herr Pfarrer.«

Sein Lächeln offenbart gelbe Zähne, so als hätten endlos viele Tassen Tee von Gemeindemitgliedern seinen Zahnschmelz angegriffen. »Ich komme hier meistens abends kurz vorbei, um zu sehen, ob die Patienten irgendetwas brauchen. Eine der Schwestern erzählte mir, die junge Frau sei überfallen worden.«

»Ja, heute Nachmittag. Ihr Name ist Hannah.«

»Die Arme muss schreckliche Angst gehabt haben.« Seine Miene wird ernst. »Als ich vor ein paar Tagen mit ihr sprach, schien sie sich hier sehr wohlzufühlen.«

»Wo haben Sie sie denn getroffen?«

»In der Nähe von Toll's Island, bei meinem Morgenspaziergang.«

Ich versuche, mir nichts anmerken zu lassen. Der Pfarrer könnte also derjenige sein, der Hannah Angst gemacht hat.

»Sie hat ihren Besuch dort in ihrem Tagebuch festgehalten. Haben Sie lange mit ihr gesprochen?«

Der Pfarrer schaut mich irritiert an. »Nur ein paar Minuten. Ich habe ihr von unserem samstäglichen Morgenkaffee erzählt, eine Wohltätigkeitsveranstaltung zugunsten des Kirchendachs. Weil sie sagte, sie sei allein unterwegs, dachte ich, sie würde sich vielleicht über ein bisschen Gesellschaft freuen.«

»Das war sehr nett von Ihnen. War dort sonst noch jemand unterwegs?«

»Nicht, dass ich mich erinnern kann, aber ich musste auch zurück. Ich hatte noch Besuche bei einigen Gemeindemitgliedern vereinbart, die auf mich warteten.« Er hat seine Aufmerksamkeit bereits wieder auf die bewusstlose Frau gerichtet, was mir die Gelegenheit gibt, ihn genauer zu betrachten. Pfarrer Michael wirkt stets zufrieden mit seiner seelsorgerischen Aufgabe, und er hat eine offene, freundliche Art, aber vielleicht hat die Sprachbarriere dafür gesorgt, dass Hannah Weber seine Einladung missverstanden hat.

»Ich wünschte, ich könnte mehr für sie tun«, murmelt er.

»Mehr als ein bisschen Gesellschaft braucht sie im Augenblick nicht. Haben Sie ein Gebet für sie gesprochen?«

»Ich war gerade dabei, ein paar Psalmen vorzulesen. Die Patienten sagen immer, dass sie das beruhigt. Vielleicht ist es meine ruhige Stimme, die diese Wirkung hat, aber ich glaube, die Botschaften helfen auch ein bisschen.« Er schaut mich direkt an. »Würden Sie gern Psalm achtundzwanzig hören?«

»Ich bin nicht gläubig, Herr Pfarrer.«

»Das ist egal.« Sein kluger Blick verharrt auf mir. »Vielleicht spendet er Ihnen trotzdem Trost.«

Ich setze mich auf den Stuhl gegenüber. »Legen Sie los.«

Der Pfarrer muss die Textstelle auswendig kennen, denn sein Blick wandert von seiner Bibel zu Hannahs Gesicht. *»Der Herr ist meine Kraft und mein Schild, mein Herz vertraut ihm. Mir wurde geholfen. Da jubelte mein Herz; ich will ihm danken mit meinem Lied.«*

Ich weiß nicht, ob Hannah Weber zuhören kann oder nicht, aber er spricht mit solcher Überzeugung, dass ich ihn um seinen Glauben beneide. Seine Worte begleiten mich noch, als ich wieder auf den Flur hinaustrete, wo Ginny Tremayne wartet, um mich auf den neuesten Stand zu bringen. Sie erklärt mir, dass sich Hannahs Vitalparameter und Reflexe seit ihrer Einlieferung nicht verbessert haben.

»Wie es mit ihr weitergeht, ist völlig offen«, sagt sie. »Ich bin froh, dass Michael bei ihr ist; die Patienten sprechen immer gut auf seine Liebenswürdigkeit an.«

Bevor ich noch eine weitere Frage stellen kann, ist Ginny schon wieder verschwunden, doch als ich erneut in Hannahs Zimmer spähe, macht der Pfarrer keinerlei Anstalten, nach Hause zu gehen, obwohl es bald zweiundzwanzig Uhr ist. Er murmelt weiter seine Beschwörungsformeln, und ich kann nur hoffen, dass sein Glaube Wunder wirkt. Hannah Weber schwebt noch immer zwischen Leben und Tod, ihre Haut ist bleich wie Kerzenwachs.

21

Dienstag, 6. August

Die erste Stunde des Tages geht für die Verhandlungen mit der Polizeibehörde drauf. Die DCI in Penzance hat einen Anruf von Madron erhalten, der sie offenbar gebeten hat, ein Team von erfahrenen Polizisten nach St. Mary's zu entsenden, um die Ermittlungen zu unterstützen. Sie erklärt, dass ihr Revier unterbesetzt sei, da gerade viele ihren Jahresurlaub machen; sie wird uns nicht aushelfen können. Diese Antwort löst in mir gemischte Gefühle aus: Die Inselbewohner sind schon nervös genug; ein Dutzend uniformierter Officer würde ihre Panik nur noch steigern. Ich danke ihr für ihren Anruf und fluche laut, nachdem ich aufgelegt habe. Ich könnte ein paar zusätzliche Kräfte durchaus gebrauchen, aber die Einmischung von meinem Boss bringt mich auf die Palme. Ich kann nicht fassen, dass er hinter meinem Rücken Kontakt zur Behörde auf dem Festland aufgenommen hat.

Bis Liam Trewin um zehn Uhr auf dem Revier erscheint, habe ich mich wieder beruhigt. Da die Sonne aufs Dach knallt, steigt die Temperatur im Gebäude stetig, aber die Kleidung des Amerikaners ist makellos, seine blauen Shorts und sein Polohemd sind frisch gebügelt. Ich muss mich daran erinnern, dass es außer seiner Angewohnheit, Kellnerinnen zu belästigen, keinerlei Hinweis darauf gibt, dass er in Sabines Tod verwickelt sein könnte. Allerdings gibt es noch ein paar unschöne Details von seiner Scheidung. Trewin erstarrt, als Eddie sich zu uns gesellt, und wieder fällt mir auf, wie unnatürlich das Gesicht das Mannes wirkt. Seine Haut ist straff über seine Wangenknochen gespannt. Ich warte noch eine Weile, bis ich meine erste Frage stelle; die Arbeit als Mordermittler hat mich gelehrt, wie wertvoll Stille in Vernehmungen sein kann. Durch Schweigen entstehen Lücken im Gespräch, die zu füllen Verdächtige sich verpflichtet fühlen.

»Worum geht's hier eigentlich?«, ereifert er sich. »Ich sollte draußen sein und meine Ferien genießen.«

»Entschuldigung, Mr. Trewin. Wir möchten bloß wissen, wo Sie sich in den letzten Tagen aufgehalten haben.«

»Was ist mit meinem Recht auf einen Anwalt?«

»Sie sind nicht verhaftet. Das hier gehört nur zu unserer routinemäßigen Ermittlungsarbeit. Würden Sie uns sagen, was Sie gestern gemacht haben?«

»Um neun Uhr habe ich auf meinem Zimmer gefrühstückt«, antwortet er und errötet. »Ungefähr eine Stunde später habe ich das Hotel verlassen. Da schönes Wetter war, bin ich zur Pelistry Bay gelaufen, um zu schwimmen. Dort habe ich dann den Vormittag verbracht. Danach bin ich zu einem späten Mittagessen nach Old Town spaziert und anschließend zurück ins Hotel.«

»Sie waren zu keinem Zeitpunkt an der Ostküste der Insel?«

»Es war zu heiß. Vielleicht mache ich das mal wann anders.«

Pelistry liegt etwa zwei Meilen vom Halangy Beach entfernt, aber vielleicht hat Trewin sich die ganze Geschichte auch nur ausgedacht.

»Haben Sie irgendwen getroffen?«

»Es war niemand da, als ich das Hotel verlassen habe.«

»Haben Sie auf Ihrem Spaziergang irgendwelche Fotos gemacht?«

Er zögert und schüttelt dann den Kopf. »Ich hatte nur eine Flasche Wasser, mein Portemonnaie und meine Schwimmsachen dabei.«

»Schade, denn die Bilder hätten beweisen können, dass Ihre Geschichte stimmt. Haben Sie mit irgendwem gesprochen?«

»Ich habe keine Gesellschaft gesucht. Und mir sind weder am Porthcressa Beach noch auf dem Küstenweg zum Hotel irgendwelche Leute aufgefallen.«

»Haben Sie im letzten Jahr das Museum in Hugh Town besucht?«

»Ja, sogar mehrmals. Ich mag die Ausstellungen, die es dort über die Zeit gibt, als meine Vorfahren hier gelebt haben. Ich finde es unglaublich, wie die Bewohner es geschafft haben, eine so entlegene Insel nur durch Blumenanbau und Fischfang zu einem florierenden Ort zu machen.«

»Und durch Schmuggel«, fügt Eddie hinzu. »Das war über drei Jahrhunderte hinweg unsere Haupteinnahmequelle.«

»Ich hoffe, meine Verwandten waren gesetzestreu«, erwidert er mit einem gezwungenen Lächeln.

»Sie sind selbst schon mal mit dem Gesetz in Konflikt geraten, stimmt's? Würden Sie uns sagen, warum Sie im letzten Jahr vor Gericht standen?«

Trewin schnappt nach Luft wie ein Fisch auf dem Trockenen. »Eine Frau, mit der ich zusammen war, hat mich erpresst. Sie hat sogar unsere Beziehung bestritten.«

»Und das Gericht hat ihr das auch geglaubt, oder? Sie sind ihr mehrfach abends von der Arbeit nach Hause gefolgt. Das klingt für mich nach Stalking.«

»Das hat sie sich bloß ausgedacht.«

»Haben Sie gedacht, Sabine Bertans wäre einfacher zu kontrollieren?«

Er fährt hoch. »So einen Schwachsinn muss ich mir nicht anhören.«

»Wir haben in Ihrem Zimmer starke Schmerzmittel gefunden. Wozu brauchen Sie die?«

»Für meine Migräne. Ich leide unter der Art, die einen tagelang völlig ausknockt.«

»Drei von diesen Tabletten würden eine Frau von Sabines Statur ausknocken. Bitte sagen Sie uns, was Sie Samstagnacht gemacht haben.«

»Ich habe einen Absacker in der Hotelbar getrunken und bin dann schlafen gegangen.«

Ich werfe einen Blick auf meine Notizen. »Mein Kollege sagt, der Nachtportier hätte Sie gegen Mitternacht auf dem Parkplatz gesehen.«

Trewin blinzelt schnell. »Ich hab noch eine letzte Runde über das Hotelgrundstück gedreht, damit ich besser einschlafen konnte.«

»Das ist schon ein großer Zufall, dass eine Frau in Florida Sie wegen Belästigung anzeigt und Sabine nur Tage, nachdem Sie sie bedrängt haben, tot aufgefunden wird.«

»Ich habe Sie doch nur umworben.«

»Aber Ihre Geschenke haben keine Wirkung gezeigt, stimmt's? Sie wollte trotzdem nichts von Ihnen wissen.« Er schweigt. »Das wäre für heute alles, Mr. Trewin. Sie können jetzt zurück ins Hotel gehen. Tut mir leid, wenn Ihr Zimmer gestern unordentlich war; wir haben es einer kriminaltechnischen Untersuchung unterzogen, aber es kann sein, dass wir noch weitersuchen müssen.«

»Sabine hat fast jeden Tag dort sauber gemacht; dabei wird sie jede verdammte Oberfläche berührt haben«, erwiderte Trewin mit kalter Wut in der Stimme.

Der Amerikaner sieht so aus, als würde er mir gern eine reinhauen. Sein Selbstbewusstsein ist verschwunden. Er scheint sich nicht mehr sicher zu sein, dass die Dinge in seinem Sinne laufen. Er grummelt, dass er sich beschweren wird, und verlässt dann mit gesenktem Kopf den Raum. Sobald er gegangen ist, kommt das Team zusammen, und wir tauschen uns aus. Die isolierte Lage des Hotelzimmers unseres Verdächtigen kann es ihm ermöglicht haben, das Grundstück in seinem Mietwagen zu verlassen, ohne dass es jemand mitbekommen hat.

Isla sieht frustriert aus, als sie von dem Stapel mit Berichten aufblickt. »Zwei andere Frauen aus dem Hotel geben an, er hätte direkt nach Sabines Tod mit ihnen geflirtet. Wenn er schuldig ist, hat er nicht lange damit gewartet, sich ein neues Opfer zu suchen.«

»Wir haben keinerlei Beweise gegen ihn«, sagt Eddie. »Vielleicht ist er nur einsam.«

Der Kommentar des Sergeant erinnert mich daran, dass einiges im Verhalten von Trewin auf unangenehme Art meinem eigenen ähnelt. Ich lebe seit fünf Jahren allein und gehe häufig in den Pub meiner Patentante auf Bryher, um nicht allein essen zu müssen, aber wenigstens stalke ich keine Kellnerinnen.

»Der Typ ist voll widerlich«, grummelt Isla.

»Da stimme ich Ihnen zu, aber mit Bauchgefühlen erreicht man keine Verurteilung. Eddie, können Sie rausfinden, ob Trewin gestern Morgen von irgendwem gesehen wurde? Wenn er gegen zehn Uhr über den Porthcressa Beach gegangen ist, könnte Linda Thomas ihn bemerkt haben, als sie die Bibliothek aufgeschlossen hat. Sie ist sehr umsichtig. Ich wette, sie erinnert sich noch an ihn – sofern er die Wahrheit sagt.«

Lawrie Deane geht Hannahs Notizbuch auf der Suche nach Informationen über ihre Aktivitäten in den letzten Tagen noch einmal durch. Er ist so darauf konzentriert, dass er kaum hochschaut, während er mir eine Nachricht ausrichtet.

»Ihr Onkel hat vorhin angerufen, Boss. Er hat gefragt, ob Sie zum Kai runterkommen können.«

Mein Onkel darf sich frei bewegen, weil er ein wasserdichtes Alibi hat: Es gibt Leute, die bezeugen, dass sein kleines Boot in der Tatnacht am Church Quay auf Bryher festgemacht war. Ich bin froh über den Vorwand, das Revier verlassen zu können. Der Frust und die Mittagshitze haben das Gebäude in einen Dampfkochtopf verwandelt. Auf meinem Weg die High Street hinunter sehe ich nur wenige Menschen; die meisten Touristen sind inzwischen abgereist. Der Mörder muss sich exponiert fühlen, seit die Bewohnerzahl deutlich geschrumpft ist und er weniger Möglichkeiten hat, um sich zu verstecken.

Als ich am Hafen ankomme, ist Ray an Bord seines Bootes, eines Kabinenkreuzers mit zwei Kojen, bei dessen Bau ich ihm in meiner Jugend geholfen habe. Sogar aus der Ferne ist erkennbar, dass mein Onkel ein Meister der Stille ist. Während andere mit ihren Handys herumspielen, kann Ray stundenlang reglos dasitzen und aufs Meer schauen. Er bewegt sich erst, als ich näher komme; er dreht seinen Kopf in meine Richtung, aber weil er eine Sonnenbrille trägt, kann ich seine Augen nicht sehen. Ich habe keine Ahnung, was ihn hierherführt, zumal in seiner Werft ein Klinkerboot auf einen neuen Anstrich wartet.

»Maggie schickt dir ein paar Vorräte«, sagt er.

»Das ist nicht nötig. Es gibt rund um das Polizeirevier jede Menge Cafés.«

»Sie fürchtet aber, du könntest ohne ihr selbst gekochtes Essen verhungern.« Er studiert meine Miene. »Wie kommt ihr in dem Fall voran?«

»Um ehrlich zu sein, nicht sonderlich gut.«

Mein Onkel überreicht mir zwei mit Essenspaketen gefüllte Tüten. Meine Patentante Maggie betreibt das Pub auf Bryher und ist davon überzeugt, dass ein Mann meiner Körpergröße nicht ohne ständige Nahrungszufuhr auskommt. Sie hat genug Vorräte für eine kleine Armee herübergeschickt.

»Ich kann nicht lange bleiben, Ray. Wir arbeiten unter Hochdruck.«

»Mach mal kurz Pause, um einen klaren Kopf zu kriegen.«

Als Ray mir bedeutet, an Bord zu kommen, betrete ich ohne weitere Widerrede das Boot. Gegen seine stille Autorität kommt man nur schwer an, selbst wenn einem seine Anweisungen gegen den Strich gehen. Mein Onkel hat es nicht eilig, mir mitzuteilen, was er mir sagen will, sondern schaut erneut aufs Wasser. Der Horizont ist ein türkisblauer Strich; da, wo Himmel und Meer verschmelzen, sind die Wellen vollkommen flach. Als ich den Kopf in den Nacken lege, ist auch der Himmel vollkommen klar; nur eine einzelne Seeschwalbe nutzt weit über uns den Aufwind, um durch die Luft zu segeln. Nachdem wir fünf Minuten zusammen geschwiegen haben, lässt die Anspannung des Tages allmählich nach.

»Besser?«, fragt Ray.

»Absolut«, antworte ich und klettere zurück auf den Kai.

Jetzt steht auch mein Onkel auf und schiebt ein paar Hummerkörbe durch die Ladeluke. »Wusstest du, dass Nina hier Urlaub macht?«

»Warum fragst du?«

»Sie kam vor ein paar Tagen zur Werft. Ich hab ihr was zu essen gemacht und sie dann zurück zur Watermill Cove gebracht.«

Ich schaue ihn verdutzt an. »Wie lange ist sie geblieben?«

»Den ganzen Nachmittag.«

Meine Verwunderung wächst. Rays Redebeiträge sind stets kurz und einsilbig, es sei denn, er unterhält sich mit einem alten Freund oder Verwandten. Nina muss Zauberkräfte besitzen.

»Und es ist dir nie in den Sinn gekommen, mir einen Wink zu geben?«

»Das ist ihre Sache, nicht meine.« Er rollt seine Halteleine auf und lässt den Motor wieder an. »Achte in den nächsten Tagen auf das Wetter. Wir kriegen kräftigen Regen.«

»Es ist kein Wölkchen am Himmel.«

»Nicht mehr lange. Pass auf, dass dich das Unwetter nicht draußen erwischt.«

Endlich erscheint das charakteristische träge Lächeln auf seinem Gesicht, dann schippert er ohne ein weiteres

Wort davon. Ich bleibe noch fünf Minuten am Kai stehen und schaue seinem kleinen Boot nach, das den Hafen verlässt und über einen Teppich aus Blau in Richtung Bryher tuckert. Rays Mitteilung ist ein typisches Beispiel für das Verhalten der Menschen auf den Inseln. Sie sind von Natur aus verschlossen, was mich daran erinnert, vor welcher Herausforderung ich stehe. An einem so kleinen Ort muss es jemanden geben, der weiß, wer der Mörder ist, doch er ist nicht bereit, mir seinen Namen zu nennen.

22

Lily kehrt, froh der Gesellschaft ihres Bruders entkommen zu können, rechtzeitig für die Nachmittagsschicht zurück ins Hotel. Sie fürchtet, dass er das Gesetz in die eigene Hand nehmen wird, weiß aber, dass es keinen Sinn hat, ihn aufhalten zu wollen. Jetzt steht sie vor dem Spiegel und versucht, Rhianna Polkerris' Rat zu befolgen, bevor sie um vierzehn Uhr ihren Dienst in der Küche antritt.

Die junge Frau hat die Schminktasche ihrer Mutter von zu Hause mitgebracht, und als sie den Reißverschluss aufmacht, werden Erinnerungen in ihr wach. Maiglöckchenduft beschwört das Bild ihrer Mutter herauf, wie sie im Flur steht, sich Parfüm hinters Ohr tupft und dann violetten Lippenstift aufträgt. Als Lily genau das auch macht, sieht sie aus wie ein Clown. Die kräftige Farbe betont ihre Blässe und lässt sie noch braver aussehen.

Lily betrachtet das Beauty-Kit, das ihre Mutter täglich benutzt hat. Sie öffnet die altmodische Puderdose, der Inhalt ist längst bröselig geworden. Sie schließt die Augen, atmet tief ein und hofft, dass sie ihre Mutter erneut vor sich sieht, aber stattdessen erscheint Sabine vor ihrem inneren Auge. Ihre Freundin sucht sie heim und fordert die Gerechtigkeit ein, die sie verdient.

Plötzlich fühlt die Hitze sich so überwältigend an, dass Lily das Fenster aufreißt, sich ans Fensterbrett klammert und nach Luft schnappt. Als sie sich schließlich zwingt, das Zimmer zu verlassen, zittern ihr immer noch die Beine.

23

Isla und ich treffen uns um vierzehn Uhr dreißig an der Zufahrt zum *Star Castle Hotel*. Die junge Constable schaut mich neugierig an, als sie neben mir steht.

»Ich brauche Ihre Hilfe bei der Befragung von Lily Jago. Sie wird jetzt wieder bei der Arbeit sein.«

Isla wirkt verunsichert. »Wird das nicht unangenehm, wenn sie über mich und Sabine Bescheid weiß, Sir?«

»Sie sind nun mal meine einzige weibliche Kollegin. Außerdem wird Lily sich mehr öffnen, wenn Sie dabei sind, ganz gleich, was sie erfährt.«

Die Situation ist natürlich nicht ideal, aber in einer so kleinen Gemeinschaft ist es unvermeidlich, dass die Polizisten mit den Leuten auf der Insel familiär oder freundschaftlich verbunden sind. Isla legt ein flottes Tempo vor, als wir auf das Hotelgebäude zugehen. Auch wenn ihr die Sache widerstrebt, bleibt sie ruhig, obwohl sie unter Druck steht.

Die Manager des *Star Castle* stehen beide an der Rezeption, als wir eintreten. Tom Polkerris lächelt zur Begrüßung, aber seine Frau blickt uns kühl an, so als ob sie uns lieber des Grundstücks verweisen würde. Als ich mich nach Lily erkundige, verweist Tom uns an die Küche, während Rhianna die Lippen aufeinanderpresst.

Die Hotelküche liegt versteckt im hinteren Teil des Gebäudes. Ihre meterdicken Wände sind geweißt, um den Raum heller zu machen, trotzdem strömt er das Fluidum eines Verlieses aus. Die Mitarbeiter schrubben die riesigen Herde, bis sie glänzen. Da momentan nur wenige Gäste zu bekochen sind, hält der Küchenchef sie mit Reinigungsarbeiten auf Trab.

»Wie soll ich mich verhalten?«, fragt Isla mich leise.

»Ich stelle die Fragen, keine Bange. Bislang war Lily sehr verschlossen. Wir müssen dafür sorgen, dass sie sich entspannt.«

Ich erspähe die junge Frau am anderen Ende der Küche. Sie poliert, über die Arbeitsfläche gebeugt, mit mechanisch wirkenden Bewegungen Besteck und lässt die Teile dann einzeln zurück in eine Holzkiste fallen. Ihr weißer Kittel scheint mehrere Nummern zu groß zu sein. Als wir sie aus dem Küchenteam herausgreifen, reagiert sie ängstlich, als würde sie am liebsten durch die Hintertür davonlaufen. Es kommt mir ungewöhnlich vor, dass ein extrovertierter Mensch wie Sabine ein so scheues Wesen zu ihrer Verbündeten gemacht hat. Als wir in den Garten hinaustreten, blinzelt Lily ins Sonnenlicht wie ein Maulwurf, der zum Luftholen hochkommt. Bis auf das leise Zischen des Rasensprengers, der das Gras smaragdgrün hält, ist es still in den Grünanlagen. Die junge Frau setzt sich auf eine Bank und schaut auf ihre verschränkten Hände hinab. Mir fällt auf, dass ihre Lippen knallpink geschminkt sind, was so gar nicht zu ihrem ansonsten eher unscheinbaren Äußeren passt.

»Bitte erzählen Sie uns noch ein bisschen von Ihrer Freundschaft zu Sabine, Lily.«

»Warum fragen Sie mich? Sie war bei allen beliebt.«

»Aber irgendwer hat sie so sehr gehasst, dass er sie töten wollte.«

Lily zuckt verlegen mit den Schultern. »Ich muss ständig darüber nachdenken, aber das alles ergibt überhaupt keinen Sinn. Sie hätte es mir erzählt, wenn irgendwas los gewesen wäre.«

»Könnten Sie uns Sabine mit eigenen Worten beschreiben?«

»Sie war freundlich und witzig. Sabine hat immer Späße gemacht bei der Arbeit. Dann gingen sogar die langweiligen Arbeiten schnell vorbei. Das mochte ich mit am liebsten an ihr …« Sie verstummt.

»Wir wissen, dass sie vor kurzem eine neue Beziehung eingegangen ist. Sie haben nichts zu befürchten, aber wenn Sie wissen, wer derjenige ist, sagen Sie es uns.«

Die junge Frau schaut Isla fragend an und lässt dann den Blick sinken. »Ich glaube nicht, dass es irgendwer aus dem Hotel ist. Mr. Trewin hat ihr zwar Geschenke gemacht, aber sie hat versucht, sie ihm zurückzugeben.«

Isla beugt sich vor. »Wir wissen, dass er ihr Ohrringe geschenkt hat, gab es außerdem noch was?«

»Parfüm, glaube ich, und Riesentrinkgelder. Sie hat die Sachen draußen vor seine Tür gelegt, aber er hat sie ihr zurückgegeben, obwohl sie ihn nicht ausstehen konnte.«

»Was hat Sabine an dem Tag, an dem sie starb, gemacht?«

»Das weiß ich nicht genau, wir waren in unterschiedlichen Schichten eingeteilt.« Ihr verkrampfter Körper lässt sie sehr zerbrechlich aussehen, so als könnte ein kräftiger Windstoß sie davonwehen.

»Wir suchen nach Sabines Handy. Wissen Sie, wo es ist?«

Sie schüttelt den Kopf, und ihr steigen Tränen in die Augen.

»Wir müssen herausfinden, warum sie gestorben ist. Hat Ihr Bruder Sabine gekannt?«

»Sie haben sich nur ein paarmal getroffen.«

Als Isla Lily leicht am Arm berührt, sinkt sie still weinend an ihre Schulter. Ich bin froh, dass meine neue Mitarbeiterin menschliche Wärme ausstrahlt. Ich bin nicht sonderlich gut darin, Hinterbliebenen Trost zu spenden, denn ich habe immer schnell Angst, übers Ziel hinauszuschießen. Als Lily sich schließlich von Isla löst, ist ihr Gesicht gerötet, doch sie hat ihre Gefühle wieder im Griff. Die nächsten Fragen beantwortet sie ruhig. Sie behauptet, Sabine hätte nie mit ihr über ihr Liebesleben gesprochen, was schwer zu glauben ist. Eine junge Frau müsste schon ziemlich tough sein, wenn sie sich so weit weg von zu Hause niemandem anvertraute. Ich würde zu gern wissen, warum Lily Jago so wortkarg ist, kann sie heute aber unmöglich noch weiter bedrängen. Ich bin schon drauf und dran, sie zu ihren Pflichten zurückgehen zu lassen, als sie schließlich doch noch etwas sagt.

»Ein Mann hat Sabine gleich bei ihrer Ankunft zum Essen eingeladen. Sie fand, dass er sauer wirkte, als sie Nein gesagt hat.«

»Wer war das?«, frage ich.

»Der Chef von meinem Bruder.«

»Paul Keast?« Ich weiß, dass mein Freund das alte Schnellboot renoviert hat, mit dem Harry Jago Fahrten zu den örtlichen Buchten unternimmt.

Als Lily nickt, muss ich meine Verblüffung verbergen. Paul hat nie erwähnt, dass er auf Sabine stand, dabei haben wir beim Training für den Schwimmwettbewerb alle viel Zeit miteinander verbracht. Ich kann mich nicht erinnern, wann er zuletzt eine ernsthafte Beziehung hatte. Ich habe immer vermutet, dass er lieber allein ist, aber mein Job ist es, prinzipiell jedem zu misstrauen, auch alten Freunden.

Als wir zurück zum Polizeirevier laufen, stellt Isla mir viele Fragen zu dem Fall; sie möchte unbedingt verstehen, wie Mordermittlungen ablaufen. Ich erkläre ihr, dass man seine Methoden der jeweiligen Situation anpassen muss, und sie saugt meine Antworten auf wie ein Schwamm. Ihr Wissensdurst bestärkt mich in der Überzeugung, dass sie eine gute Polizistin wird, doch ich bin zu sehr in Gedanken, um ihr weitere Auskünfte zu geben. Ich versuche, mich zu erinnern, wie Paul sich in Sabines Gegenwart benommen hat, doch seine Schüchternheit führt häufig dazu, dass er in Gesellschaft von Frauen befangen ist. Nachdem ich Isla am Revier abgeliefert habe, damit sie telefonisch überprüft, ob alle Insulaner in Sicherheit sind, wächst mein Unbehagen noch mehr. Liam Trewin zu verhören war einfach, aber wenn ich einen alten Freund wegen eines brutalen Mordes befragen muss, bewege ich mich weit außerhalb meiner Komfortzone.

24

Von Shadow ist immer noch keine Spur zu sehen, als ich mich zur Keast-Farm aufmache. Ich gehe zu Fuß, weil ich hoffe, durch die Bewegung einen klaren Kopf zu bekommen. Es herrscht gerade Ebbe, und sobald ich an der High Street bin, laufe ich unten am Strand weiter, um neugierigen Fragen der Inselbewohner aus dem Weg zu gehen. Ich halte mich dicht an der Hafenmauer, damit ich nicht über die Halteleinen stolpere, die sich quer über den nassen Sand ziehen. Ich bin erst ungefähr fünf Minuten unterwegs, als eine große Gestalt in einem adretten Trainingsanzug auf mich zugetrabt kommt. Der ehemalige Rektor meiner Schule, Frank Rawle, dreht eine nachmittägliche Runde mit seinem Labrador, wobei der Hund mit Vorliebe durch die Pfützen aus Meerwasser springt. Rawle ist in seinen Sechzigern, aber, wie sein Tempo zeigt, glänzend in Form. Im hellen Sonnenlicht sieht sein Gesicht so zerklüftet und wettergegerbt aus, als wäre es aus dem Hang von Mount Rushmore gemeißelt. An seinem interessierten Blick erkenne ich gleich, dass er auf Informationen hofft.

»Ben«, ruft er, »wie geht's mit den Ermittlungen voran?«

»Ganz gut, danke, lassen Sie sich nicht von mir aufhalten.«

»Ich bin froh über eine Atempause. Sind Sie auf dem Weg

zu einem Verhör?« In seinen Augen steht brennende Neugier, aber vielleicht ist er einfach so sehr daran gewöhnt, immer die dominierende Rolle zu spielen, dass er auch diese Situation kontrollieren will.

»Ich mache einen Hausbesuch, reine Routine, aber wir kommen voran.«

»Mein Hilfsangebot steht, falls Sie Unterstützung brauchen. Ihr Hund war übrigens vorhin oben am Shooters' Pool. Wussten Sie, dass er frei herumläuft?«

»Er hat sich gestern losgerissen. Shadow hasst es, eingesperrt zu sein.«

»Sie müssen ihn abrichten, das ist das A und O.« Rawle steuert auf mich zu, als wollte er seinen Rohrstock schwingen. »Zeigen Sie ihm, wer der Boss ist, sonst untergräbt er Ihre Autorität.«

»Ich hab noch nie welche besessen. Ich hab den Hund von einer Freundin geerbt, die gestorben ist. Sie hat seinen Hang zu Unabhängigkeit immer gefördert.«

»Man kann jeden Fehler korrigieren. Denken Sie dran: Ich bin da, wenn Sie etwas brauchen.«

Er steht jetzt so dicht vor mir, dass ich die vielen geplatzten Äderchen in seinen Augen sehen kann. Es erscheint mir ein bisschen seltsam, dass er uns so häufig seine Unterstützung anbietet. Vielleicht hat Sabines Tod bei ihm Erinnerungen an den Verlust seiner Tochter heraufbeschworen, die im selben Alter war, als sie starb. Ich bedanke mich für seine Hilfsbereitschaft, und er joggt weiter, aber seine Kontrollsucht beschäftigt mich noch eine Weile, während ich dem Küstenweg nach Norden folge.

Mein Spaziergang führt mich an touristischen Attraktionen vorbei, die eigentlich im Sommer stets sehr gut besucht, heute aber verlassen sind. Niemand steht Schlange, um Harry's Walls zu sehen, die Überreste eines Forts aus dem sechzehnten Jahrhundert. Und selbst bei den Künstlerateliers am Porth Mellon herrscht jetzt, da die Sommergäste abgereist sind, Stille. Die Insulaner werden, meinem Rat folgend, in der Gemeinschaft Schutz suchen, anstatt einsame Spaziergänge zu unternehmen. Als ich über den Sandstrand laufe, ist niemand zu sehen, obwohl die Sonne noch heiß genug scheint, um auf der Haut zu brennen. Das Farmhaus der Keast-Brüder steht direkt oberhalb der Porthloo Bay mit Blick auf die Granitblöcke, die über den Strand verteilt sind. Der Hof sieht aus wie aus einem Bilderbuch über das Landleben; Hühner picken auf dem mit Heu bestreuten Boden herum, ein halbes Dutzend Schweine steht in einem Pferch, und durch eine Stalltür späht ein geschecktes Pferd. Ein schlanker Mann mit braunen, bis zum Hemdkragen reichenden Haaren tritt gerade mit Eimern voller Viehfutter aus der Scheune, als ich auf der Farm ankomme. Nach so langer Zeit kann ich die beiden Brüder an der Art, wie sie sich bewegen, auseinanderhalten. Steves Selbstbewusstsein äußert sich in einem forschen Gang, während Paul langsamer und bedächtiger ist.

»Steve«, rufe ich.

Er stellt die Eimer an der Wand ab und grinst. »Hallo, Fremder. Was willst du denn hier?«

»Ich muss kurz mit euch sprechen. Ist Paul auch da?«

»Er prüft den Boden oben auf der Weide. Der braucht Stickstoff.«

»Was auch immer das bedeutet.«

»Bleib mal bei der Polizeiarbeit, Ben. Du wärst ein schlechter Bauer, aber komm doch rein.«

Steve zieht auf der Veranda erst einmal gemächlich die schmutzigen Gummistiefel aus, und kaum bin ich im Haus, verlangsamt sich mein Puls. Nach den Rugbyspielen in unserer Schulzeit, aber auch als Erwachsener habe ich so viel Zeit in der altmodischen Küche der Brüder verbracht, dass mir hier jeder Gegenstand vertraut ist. Der Tisch aus Kiefernholz, die abgewetzten Bodenfliesen und der gusseiserne Herd sind unverändert, seit die alte Mrs. Keast aufs Festland gezogen ist, um dort ihren Ruhestand zu genießen, und ihren Söhnen die Farm überlassen hat. Das gerahmte Foto von Pat, dem Vater der Brüder, erinnert mich an die schlimmste Zeit unserer gemeinsamen Geschichte. Unsere Väter sind bei derselben Fangfahrt ertrunken, und der Verlust, den die Keast-Brüder erlitten haben, war noch grausamer als meiner, weil er vermeidbar gewesen wäre. Mein Vater war ein professioneller Trawlerfischer, ihrer ist jedoch nur gelegentlich mit rausgefahren, wenn das Geld gerade knapp war. Mein Bruder und ich haben die Keasts nach dem Unglück so oft besucht, dass sie für uns irgendwann nicht mehr nur Freunde waren, sondern eher wie Cousins. Dass wir alle dasselbe Schicksal erlitten hatten, hat uns damals zusammengeschweißt. Wir standen derart unter Schock, dass wir monatelang wie benommen waren, und die Trauer, die uns einte, war uns allen ins Gesicht geschrieben.

Steve stellt zwei Kaffeetassen auf den Tisch und setzt sich dann entspannt auf den Stuhl gegenüber. Er ist achtunddreißig, nur zwei Jahre älter als ich, aber die Arbeit unter freiem Himmel hat seine Haut vor der Zeit altern lassen. Krähenfüße verlaufen strahlenförmig von seinen äußeren Augenwinkeln zu den Schläfen, und Lachfalten umrahmen seine Mundwinkel. Zu lächeln ist seine übliche spontane Reaktion auf alles, was ihm begegnet, und mein plötzliches Auftauchen bildet da keine Ausnahme. Ich habe ihn in der letzten Zeit nicht mehr oft gesehen, weil er neuerdings mit einer Frau aus Plymouth zusammen ist, aber auf St. Mary's ist sie bis jetzt noch nicht gewesen.

»Wann kommt deine neue Freundin denn mal her?«

»Such dir selbst eine, Kumpel«, sagt er mit einem amüsierten Funkeln in den Augen. »Soll ich dich verkuppeln?«

»Woher weiß ich denn, dass deine Freundin nicht nur erfunden ist?«

»Du hast doch das Foto gesehen. Ich hätte es ja gern, dass sie kommt, aber sie arbeitet als Krankenpflegerin und kriegt nur selten frei.« Seine Miene wird ernst. »Wenn Paul wüsste, dass ich überlege, aufs Festland zu ziehen, würde er austicken.«

»Ach, der ist tougher, als man denkt.« Ich trinke einen Schluck Kaffee.

»Glaub ich nicht. Seit Dads Tod war er nie mehr derselbe.«

»Wir haben das alle unterschiedlich verarbeitet.« Mein Bruder hat die Rolle des Mannes im Haus übernommen, auf unsere Mum aufgepasst und sich immer angestrengt, um gute Noten zu schreiben, wohingegen ich meine Zuflucht in der Lektüre von dicken amerikanischen Romanen gesucht habe, nach denen ich seitdem süchtig bin.

»Wir entwickeln uns auseinander«, murmelt Steve. »Ich sage ihm dauernd, er soll mal eine Therapie machen, aber er weigert sich.«

»Glaubst du, er ist depressiv?«

»Weiß der Himmel, was ihm fehlt. An manchen Tagen kriegt er kaum ein Wort raus.«

»Vielleicht geht das ja wieder vorbei. Wie läuft's denn mit Harry Jago? Der macht doch Bootsfahrten für ihn.«

»Bist du deshalb hier? Paul hat ihm nur Arbeit gegeben, weil seine Mum bei uns geputzt hat. Er hat ein weiches Herz.«

»Nein, ich bin nicht deswegen hier. Ich muss mit euch beiden über Sabine sprechen: Ihr kanntet sie ziemlich gut, oder?«

»Wir haben mit ihr trainiert wie du, aber eigentlich war's das auch schon.«

»Irgendwer muss wissen, warum sie ermordet wurde.«

»Ich jedenfalls nicht, so viel steht fest. Ich kapiere das einfach nicht, aber Paul macht die Geschichte total zu schaffen.«

»Wie kommt's?«

»Wie ich schon sagte, er ist sensibel.«

Als wir Kinder waren, stand ich Paul am nächsten, aber er hat sich im Laufe der Jahre unbestreitbar immer mehr in sich zurückgezogen. »Mir hat jemand erzählt, er hätte sie um ein Date gebeten.«

»Soll das ein Witz sein? Das hätte er sich nie getraut.«

Bevor Steve mehr dazu sagen kann, kommt Paul zur Tür herein. Ich weiß nicht, ob sich die beiden unbewusst oder mit Absicht fast gleich kleiden, auf jeden Fall betont das ihre Ähnlichkeit noch. Erst als Paul neben seinem Bruder Platz nimmt, werden die Unterschiede deutlich. Er ist schmaler, und seine tiefliegenden Augen sind mehr schwarz als braun; insgesamt wirkt er eher wie ein Dichter als wie ein Bauer. Die beiden Männer sitzen so nahe beieinander, dass sich ihre Schultern fast berühren, so als wären sie durch eine Nabelschnur verbunden.

»Ben ist wegen Sabine hier«, sagt Steve. »Er will wissen, ob wir sie häufig gesehen haben.«

»Nur beim Schwimmen.«

»Hab ich auch gesagt.«

Ich beuge mich vor, um Pauls Blick einzufangen. »Aber du hattest eine Schwäche für sie, oder?«

»Ich wette, das ging jedem Typen hier auf der Insel so.« Er errötet. Er hat es schon immer gehasst, in Verlegenheit gebracht zu werden. »Sie war zu jung für mich.«

»Aber ausgehen wolltest du trotzdem mit ihr.«

»Das war im Juni, seitdem ist eine Menge passiert.« Er wendet den Kopf ab. »Ich wusste gar nicht, dass das allgemein bekannt ist.«

»Jetzt bin ich aber platt«, unterbricht Steve ihn. »Du hast mir nie was erzählt.«

»Als wenn ich deinen Segen bräuchte«, fährt Paul ihn genervt an. »Es hätte auch eh nicht funktioniert, selbst wenn sie gewollt hätte. Sie war ja nur auf der Durchreise.«

»Was hast du denn gemacht, als sie Nein gesagt hat?«

»Distanz gehalten, nehme ich an.«

»Wann hattest du zuletzt eine Beziehung?«

»Worum geht's hier eigentlich, Ben? Ich brauche von dir keine Ratschläge in Beziehungsfragen.« Paul spricht nur äußerst ungern über sich selbst und lenkt das Gespräch immer schnell auf jemand anders.

»Seine Ex ist jetzt mit dem Inselspinner zusammen«, sagt Steve. »Die hat ihm wirklich das Herz gebrochen, ist aber schon ein paar Jahre her.«

»Das ist eine uralte Geschichte«, sagt Paul noch gereizter. »Lass mich gefälligst für mich selbst sprechen.«

Die Wut, mit der er seinen Bruder anschaut, lässt darauf

schließen, dass zwischen den beiden bereits seit Jahren ein Konflikt schwelt. Mein Unbehagen wächst. Die Kehrseite von Pauls Schüchternheit könnte aufgestauter Frust über die Nachteile sein, die sie mit sich bringt, und darüber, dass viele junge Frauen für ihn unerreichbar bleiben.

Die Großvateruhr in der Ecke tickt plötzlich zu laut. Sie erinnert mich daran, dass Hannah Weber um ihr Leben kämpft, während der Mörder frei herumläuft und den Sonnenschein genießen kann.

»Was habt ihr beiden denn am Samstagabend gemacht?«

»Ist das dein Ernst?«, fragt Steve. »Du glaubst doch wohl nicht, dass wir ihr was angetan haben.«

Paul klingt bitter, als er wieder spricht. »Viel Vertrauen scheinst du ja nicht gerade in uns zu haben.«

»Ich muss jeden Einzelnen überprüfen. Glaubt mir, das ist nichts Persönliches.«

»Herrgott noch mal, du kennst uns, seit wir auf der Welt sind!« Paul steigert sich in seine Wut hinein, bis Steve ihm eine Hand auf den Arm legt.

»Wir waren am Samstag zum Abendessen im *Atlantic*«, erklärt Steve. »Gegen dreiundzwanzig Uhr sind wir zurück nach Hause gelaufen. Ich bin dann direkt ins Bett, weil ich morgens das Vieh versorgen musste.«

»Habt ihr irgendwen am Strand getroffen?«

»Nein, niemanden.« Paul klingt missmutig. »Ich bin kurz nach Steve ins Bett.«

»Darf ich mich mal umschauen? Wir durchsuchen alle Grundstücke auf St. Mary's.«

Die Brüder nicken, doch ihre Mienen sind ernst, unser Vertrauensverhältnis hat Kratzer bekommen. Ich fühle mich unbehaglich, während ich ihr Haus absuche. Das alles erinnert mich erneut daran, dass die Leben aller Inselbewohner wie durch unsichtbaren Kitt miteinander verbunden sind, ob es uns gefällt oder nicht. Ich höre die Brüder unten miteinander tuscheln, während ich ihre Zimmer in Augenschein nehme, Schränke durchstöbere und unter die Betten schaue. Die altmodische Tapete blättert von den Wänden ab, aber Hinweise auf Gewaltanwendung kann ich keine entdecken. Die beiden Schlafzimmer liegen direkt nebeneinander und haben denselben blassblauen Anstrich, an den ich mich noch aus unserer Schulzeit erinnere. In den Regalen stehen Andenken an unsere Ausflüge ins Fußballstadion, wo wir uns die Spiele von Plymouth Argyle angesehen haben. Letztlich verstehe ich, warum Steve nicht viel über seine neue Beziehung spricht. Die Leben der Brüder sind so eng miteinander verzahnt, dass es grausam wäre, wenn er sein Glück gegenüber dem ohnehin verletzlicheren Jüngeren herauskehren würde. Sollte er irgendwann aufs Festland ziehen, muss die Farm womöglich verkauft werden.

Ich lasse mir Zeit bei der Überprüfung der Scheunen und Außengebäude, finde jedoch lediglich wohlgenährtes Vieh, einen verrostenden Traktor und vor der Mauer gelagerte Pflugschare. Auch hier deutet absolut nichts auf irgendeine Gewaltanwendung hin, trotzdem hält mein Unbehagen an. Lily Jago hat behauptet, Paul wäre sauer über Sabines Ablehnung gewesen. Er hat sein ganzes bisheriges Leben auf St. Mary's verbracht. Für den Fall, dass er jemandem etwas antun wollte, würde er hier jede Höhle kennen, die die Winterwinde in die Kliffs gegraben haben. Der Angriff auf Hannah Weber erfolgte in der Nähe der Farm – Paul könnte locker in einer halben Stunde zum Halangy Down und zurück gegangen sein, ohne dass seine Abwesenheit bemerkt wurde.

25

Als der Abend anbricht, ist Lily noch in der Hotelküche und hilft bei der Zubereitung des Essens für die wenigen Gäste, die noch da sind. Sie leistet ihren Dienst lieber hier ab als im Service, denn wenn die Arbeit zur Abendessenszeit Fahrt aufnimmt, geht es in der Küche zu wie bei einem Ballett. Die Souschefs bewegen sich wie graziöse Tänzer zwischen den Öfen, Kühlschränken und stählernen Arbeitsflächen hin und her. Lilys Aufgabe ist die Herstellung einer Salatbeilage, die frisch und verführerisch aussehen muss. Sie ist froh, die polizeiliche Vernehmung vergessen zu können, denn sie hat immer noch ein schlechtes Gewissen, weil sie wegen des Handys gelogen hat. Sie darf nicht zulassen, dass die Ermittler das mit Harry und Sabine herausfinden. Ihr Bruder hat solche Angst, wieder im Gefängnis zu landen, und sie möchte ihn keinen Verdächtigungen aussetzen. Niemand sonst wird ihn vor der Gefahr schützen.

Als Lily von ihrem Schneidebrett hochblickt, dämmert es bereits. Sie legt das Messer einen Moment zur Seite, um den Hotelgarten zu bewundern. In den Bäumen hängen bunte Lichterketten und japanische Lampions, die Rosen verteilen ihre Blütenblätter auf dem Rasen, und die Grünanlage sieht aus wie ein verzaubertes Königreich. Plötzlich erblickt sie einen Mann, der mit finsterer Miene auf sie zukommt. Liam

Trewin bleibt vor dem Fenster stehen und schaut sie an, als wäre sie sein ärgster Feind. Lily möchte zurückweichen, aber der Küchenchef würde sauer werden, wenn sie nicht weiterarbeitet. Sie senkt den Blick, und als sie noch einmal hinausspäht, ist der Mann verschwunden, aber ihre Angst ist noch da.

Lily erschrickt sich fast zu Tode, als ihr jemand auf die Schulter tippt. Doch als sie sich umdreht, steht Tom Polkerris neben ihr und lächelt zaghaft. Sie mag ihn so gern, dass sie vor Verlegenheit errötet.

»Alles in Ordnung, Lily?«

»Ja, danke, Sir.«

»Die Polizei hat heute Nachmittag mit Ihnen gesprochen, oder?«

»Tut mir leid, dadurch habe ich eine Weile nicht arbeiten können.«

»Entspannen Sie sich, ich wollte nur nachfragen, ob es Ihnen gut geht. Sie waren eng mit Sabine befreundet, stimmt's?«

»Ich vermisse sie schrecklich«, sagt Lily, nach Luft schnappend.

»Ja, es ist schwer, zu akzeptieren, was passiert ist. Aber für Sie ist es bestimmt noch schlimmer. Was wollte die Polizei denn von Ihnen?«

»Sie wollten wissen, ob Sabine einen Freund hatte.«

»Und? Hatte sie einen?«

»Nein, Sir. Ich glaube nicht.«

Seine Miene entspannt sich. »Nichts von all dem ergibt einen Sinn, nicht wahr? Denken Sie daran, dass Sie immer mit mir sprechen können, wenn es Ihnen nicht gut geht. Sie können jederzeit in mein Büro kommen.«

Polkerris' Hand streift erneut ihre Schulter. Seine Berührung hat etwas Tröstliches, ganz im Gegensatz zu dem Blick, mit dem seine Frau sie immer bedenkt. Lily fühlt sich schon etwas ruhiger, als sie sich wieder ihrer Arbeit zuwendet und auf jedem Teller aus dem Salat ein Kunstwerk macht.

26

Um zwanzig Uhr schicke ich das letzte Mitglied meines Teams nach Hause, und das kalte Hühnchen mit Nudelsalat, das Maggie mir von Ray bringen ließ, ist so gut wie aufgegessen. Eddie wirkt enttäuscht, dass er gehen soll, aber er muss morgen unbedingt fit sein. Ich werde noch eine letzte Aufgabe hinter mich bringen, bevor ich mich mit Liz Gannick im Hotel treffe. Als ich die Nummer von meinem Boss in Frankreich wähle, knistert es in der Leitung. DCI Madron lauscht mir schweigend, während ich ihn auf den neuesten Stand bringe. Wenn er enttäuscht ist zu hören, dass eine weitere Frau attackiert wurde, behält er es für sich. Auf meine Schilderung unserer Bemühungen, die Insulaner zu schützen und eine Verbindung zwischen den Opfern zu finden, folgt von ihm zustimmendes Grummeln, aber als ich von Islas One-Night-Stand mit Sabine Bertans erzähle, ist er weniger erfreut. Erst als ich ihm sage, dass die Polizei von Cornwall Islas weiteren Einsatz befürwortet, akzeptiert er, dass sie an den Ermittlungen teilnimmt. Er bietet an, früher zurückzukommen, aber ich lehne ab. Seine Neigung zu einem autoritären, detailversessenen Führungsstil würde die Ermittlung nur behindern.

Als ich mich verabschiede, tun mir die Schultern weh, die Anspannung des Tages hat sich in meinem Körper festgesetzt. Ich schreibe eine persönliche Empfehlung, in der ich bestätige, dass Isla in meinem Team bleiben soll, dann sehe ich zufällig mein Spiegelbild: Aus dem dunklen Fenster starrt mir ein finster dreinschauender, schwarzhaariger Goliath entgegen, der über eine Mappe mit Zeugenaussagen gebeugt ist. Sabine Bertans' Ermordung hat in den drei Tagen, die seither vergangen sind, einen großen Stapel Papier produziert, trotzdem sind wir noch kein Stück weitergekommen. Ich betrachte die Häuser gegenüber, deren Lichter durch die Dunkelheit dringen. Der Mörder ist womöglich mitten unter uns und doch unsichtbar; er könnte sogar verheiratet sein und die Fähigkeit eines Psychopathen besitzen, ein Doppelleben zu führen.

Meine Sorge wächst beständig. Sabines Mörder hat nur achtundvierzig Stunden gewartet, bis er sich ein neues Opfer gesucht hat, und mir ist wieder eingefallen, was ich während meiner Ausbildung in der Vorlesung eines Kriminalpsychologen gelernt habe. Der hat damals erklärt, über die Abstände zwischen den Taten könne man auf die psychische Verfassung eines Mörders schließen. Eine kurze Zeitspanne dazwischen zeige Selbstbewusstsein an und einen starken Drang, anderen Schmerz zuzufügen. Ich reibe mir den Nasenrücken, um die Anspannung wegzumassieren, aber in meinem Kopf arbeitet es pausenlos weiter. Ich kann nicht vergessen, dass der Mörder jetzt wahrscheinlich gemütlich zu Hause vor dem Fernseher sitzt und die Füße hochgelegt hat.

Den Weg zum Hotel laufe ich extra schnell zurück, aber auch das reicht nicht aus, um mich zu entspannen. Als ich an Liz Gannicks Tür klopfe, läuft andere Musik. Die Motown-Hits von gestern sind einer englischen Ballade gewichen, und Scott Matthews eindringliche Stimme hallt durch den Flur. Gannick ist über ihr Mikroskop gebeugt, als ich eintrete, und zu konzentriert, um aufzublicken. Sie starrt noch eine ganze Weile auf ihren Objektträger, bis sie schließlich eine Begrüßung murmelt.

»Auf dem Tisch steht Wein, aber lassen Sie noch was für mich übrig.«

»Dann versuche ich, nicht gleich die ganze Flasche auszutrinken.«

Ich trinke lieber Bier, aber heute Abend ist mir das egal. Der Rioja schmeckt grün und sauer beim ersten Schluck, aber ich nehme ihn ein wie Medizin und sinke dann auf einen Stuhl. Irgendwann lässt Gannick ihre Arbeit ruhen und schwingt sich auf ihren Krücken durchs Zimmer. Ihre körperliche Fitness beschämt mich. Es ist fast zweiundzwanzig Uhr, aber sie sieht immer noch hellwach aus, so als wäre Schlaf nur etwas, das Normalsterbliche brauchen.

»Ich hoffe, Sie bringen gute Nachrichten«, presst sie hervor.

»Warum?«

»Der Innenraum von Liam Trewins Mietwagen wurde gleich nach der Rückgabe gereinigt. Die Leute von der Mietwagenfirma sagen, ihnen wäre nichts Ungewöhnliches aufgefallen, als er ihn zurückbrachte. Bei einer einfachen Reinigung werden nicht unbedingt die Art von Spuren entfernt, die ich finden kann, aber es gab in dem Kofferraum kaum eine Faser, die da nicht hingehörte, und das Wageninnere war auch blitzsauber.«

»Was ist mit seinem Zimmer?«

»Da konnte ich mit meiner UV-Lampe auch nichts entdecken. Allerdings kann er sie ja auch woanders umgebracht haben, oder?«

»Er ist erst seit wenigen Wochen hier. Wie soll er da abgelegene Verstecke kennen? Es muss ewig gedauert haben, sie in dieses Brautkleid zu kriegen und zu schminken. Draußen wäre das noch mühsamer gewesen.«

»Was ist mit aufgegebenen landwirtschaftlichen Gebäuden?«

»Die meisten davon sind in Ferienhäuser umgewandelt worden. Man müsste sich hier schon sehr gut auskennen, um ein leerstehendes Gebäude zu finden.«

»Gareth Keillor hat mir die toxikologischen Befunde durchgegeben. Außer Spuren von Alkohol war nichts in Sabines Blut; wahrscheinlich hat sie bei ihrer Arbeit hinter dem Tresen ein Glas Wein getrunken. Vicodin konnte keines nachgewiesen werden. Ich hatte gehofft, Hautzellen unter ihren Nägeln zu finden, aber nichts deutet darauf hin, dass sie sich gegen ihren Angreifer gewehrt hat. Deshalb gehe ich davon aus, dass sie von hinten niedergeschlagen wurde und ihr die Hände gefesselt wurden, während sie bewusstlos war.«

»Trewin betrachtet Frauen als Beute, die es zu erlegen gilt.« Ich reibe mir wieder den Nacken, um die Verspannung zu lösen. »Aber das macht ihn noch nicht zum brutalen Mörder.«

»In einem Zimmer habe ich ein paar Haare auf dem Teppich gefunden. Sie sind lang und dunkel wie die von Sabine, aber ich mache noch einen DNA-Test, um sicherzugehen.«

»Damit kriegen wir ihn nicht. Die Hotelangestellten sind jeden Tag für andere Aufgaben eingeteilt, und Sabine hat morgens meistens als Zimmermädchen gearbeitet.«

Gannick seufzt laut. »Die Manager sind ganz schöne Ausbeuter, oder? Ich wette, die jungen Leute kriegen alle nur den Mindestlohn.«

»Haben Sie sonst noch was gefunden?«

»Vier unterschiedliche Fingerabdrücke in Sabines Zimmer. Werden schon auf Treffer in der Datenbank überprüft.«

»Ich lasse morgen vom gesamten Hotelpersonal Fingerabdrücke nehmen. Wir wissen, dass sich mindestens eine Freundin gelegentlich nach der Arbeit in Sabines Zimmer aufgehalten hat, aber einen Versuch ist es wert.« Ich trinke mein Glas aus. »Ein Freund von mir hat das Opfer kurz nach seiner Ankunft zum Essen eingeladen. Sie hat ihm eine Abfuhr erteilt, womit wir also eine neue Spur haben, der wir nachgehen können.«

»Was wollen Sie denn jetzt machen?«

»Ihn erst mal nur überwachen. Paul ist hochangesehen bei den anderen Insulanern. Er gehört zur Crew der Seenotrettung und ist seit einem Jahr oder so Hilfspolizist.«

»Selbst Helden begehen Verbrechen.« Gannicks elfenhaft zartes Gesicht sieht älter aus, als sie fortfährt: »Ich fürchte, was das Brautkleid angeht, habe ich ebenfalls schlechte Nachrichten. Die Behandlung mit dem Joddampf hat zwar Fingerabdrücke zutage gefördert, aber die sind zu unscharf, als dass man sie richtig erkennen könnte. Bislang konnte ich erst fünf Autos von denen, die auf der Verdächtigenliste stehen, auf Blutspuren untersuchen. Und die waren sauber. Morgen nehme ich mir dann den Rest vor.«

»Wir kriegen ihn, Liz. Ihre makellose Erfolgsbilanz wird nicht getrübt.«

Sie lacht auf. »Ihre Weste kriegt Flecken, wenn wir's nicht schaffen, nicht meine. Hatten Sie denn wenigstens bei der Suche nach dem Handy Glück?«

»Es lässt sich nicht mehr orten. Da wir die gesamte Gegend um den Garrison schon zweimal ohne Ergebnis abgegrast haben, konzentriere ich mich jetzt auf die Beweise, die wir vor uns haben.«

»Verstehe.« Dann weist sie abrupt mit dem Kopf auf die Tür. »Und jetzt raus mit Ihnen. Lassen Sie mich den Wein austrinken. Meine Augen schmerzen von dem verdammten Mikroskop.«

»Dann bestellen Sie sich aber was zu essen dazu, sonst geht's Ihnen morgen dreckig.«

»Hören Sie auf, mich zu bemuttern. Sie klingen schon wie mein Mann.«

Gannick verrät so selten etwas über ihr Privatleben, dass ich völlig perplex bin. »Ich wusste gar nicht, dass Sie verheiratet sind.«

»Der arme Kerl hält's schon seit fünfzehn Jahren mit mir aus.«

»Wo ist Ihr Ring?«

»Wer braucht denn so was? Ob ich verheiratet bin oder nicht, das geht andere einen Scheiß an.«

»Sie sind wirklich ausnehmend charmant, Liz.« Ich grinse zum Abschied. »Ihr Mann kann sich glücklich schätzen.«

Scott Matthews Stimme dringt mit jedem Ton klarer durch die Wand zwischen uns. Unsere Zusammenarbeit hat Gannick und mich in die gleiche räumliche Nähe gezwungen wie die Keast-Brüder. Als Kinder schienen sie es toll zu finden, immer zusammen zu sein. Aber inzwischen zeigen sich Risse in ihrem Verhältnis, und Pauls Wut dringt zu guter Letzt doch noch an die Oberfläche.

Ich reiße das Fenster auf, in der Hoffnung, mit dem Geruch nach Möbelpolitur und neuem Teppich auch einen Teil meines Frusts loszuwerden. Mein Blick gleitet suchend über das Hotelgelände, aber Shadow ist nirgends zu sehen. Nach dem Tod meiner ehemaligen Kollegin ging er mir zuerst höllisch auf die Nerven, aber trotzdem konnte ich mich nicht überwinden, ihn ins nächste Tierheim zu bringen. Und seitdem ist er mir ans Herz gewachsen; auch wenn seine Ausgelassenheit anstrengend sein kann, bin ich gern mit ihm zusammen. So lange ist er bislang noch nie weggeblieben.

»Wo, zum Teufel, steckst du?«

Ich beuge mich aus dem Fenster und schaue zu, wie der Leuchtturm alle neunzig Sekunden eine neue weiße Linie übers Meer zieht. Vielleicht ist Shadow am Strand von der Flut überrascht worden, nachdem er den ganzen Tag Fischkadaver ausgegraben und picknickende Touristen angeschnorrt hat. Ich ziehe ein Sweatshirt über und gehe wieder nach unten. Bei einem Spaziergang kann ich zwei Fliegen mit einer Klappe schlagen, nämlich die aufgestaute Energie des Tages loswerden und zugleich nach Shadow suchen.

Die Treppe, die vom Hotelgarten zum Strand hinunterführt, wird von elektrischen Lichtern erhellt, doch kaum bin ich unten angekommen, verschluckt mich die Dunkelheit. Auf den Scilly-Inseln gibt es so gut wie keine Lichtverschmutzung. Der Nachthimmel sieht aus wie eine Stoffbahn aus Samt mit Millionen von winzig kleinen Sternen. Sie werfen ein fahles Licht auf die Landzunge, wo die Flut bereits einen Großteil des Strands für sich in Anspruch nimmt und nur noch einen schmalen Streifen Kies übrig gelassen hat. Außer den ausrollenden Brechern und dem angehaltenen Atem der Flut ist kein Laut zu hören. Ich bleibe stehen und rufe nach meinem Hund, da bemerke ich Schritte. Irgendjemand geht schnell über den Kies. Die Lichter des Hotels liegen hinter mir, und die Dunkelheit ist noch undurchdringlicher geworden. Das Einzige, was ich sehe, sind die

Schaumkronen auf den Scheiteln der Wellen in der Ferne, die vom Mondlicht versilbert werden.

»Wer ist da?«, rufe ich.

Von der Felswand über mir wird Stille zurückgeworfen. Vielleicht habe ich mir die Geräusche eingebildet, weil angesichts unseres schleppenden Vorankommens die Nerven mit mir durchgehen. Aber als die Schritte wieder zu hören sind, sind sie schneller als zuvor, und es klingt, als würde jemand über den Strand vor mir davonrennen. Nach den schnellen, leichten Schritten zu urteilen, ist es jemand, der gut in Form zu sein scheint. Da ich nichts sehen kann, hat es jedoch keinen Sinn, die Verfolgung aufzunehmen.

»Du verdammter Feigling!«

Ich schreie die Worte nur für mich selbst in die schwarze Nacht hinaus. Ich bin sicher, dass derjenige, der mir gefolgt ist, sich dazu entschieden hat, nicht anzugreifen. Vielleicht hat meine Körpergröße mir ausnahmsweise einen Vorteil verschafft: Wenn der Mörder vorhatte, mich bewusstlos zu schlagen wie seine weiblichen Opfer, hätte er einen langen Arm haben müssen. Nach und nach gewöhnen sich meine Augen an die Finsternis, und ich erkenne am Horizont die scharfen Spitzen der Serica Rocks. Mein Verfolger ist weg, und das Einzige, was geblieben ist, ist meine zunehmende Gewissheit, dass Sabines Mörder die Gegend kennt wie seine Westentasche.

27

Mittwoch, 7. August

Es ist nach Mitternacht, als Lily aus einem Albtraum erwacht. Sie hat Sabine im Meer schwimmen sehen, hohe Wellen zogen ihre Freundin unter Wasser, während sie selbst nur zuschauen konnte. Zitternd setzt Lily sich auf und greift instinktiv zu ihrem Handy. Sie muss jetzt eine vertraute Stimme hören, die ihr sagt, dass sie in Sicherheit ist, doch ihr Bruder klingt wütend, als er endlich drangeht.
»Warum rufst du so spät noch an?«
»Ich hatte einen schlimmen Traum wegen Sabine.«
Sie hört ihn leise fluchen. »Dann versuch, Schafe zu zählen, aber lass mich in Ruhe.«
»Wusstest du, dass am Montag wieder eine Frau attackiert wurde?«
Es entsteht eine Pause, bevor er antwortet: »Ich hab wirklich größere Sorgen, Lily.«
Als sie genauer hinhört, fällt ihr auf, dass sie nicht nur die Stimme ihres Bruders, sondern auch Wellenrauschen und Seewind hört. »Wo bist du?«
»Zu Hause im Bett.«
»Du lügst. Du suchst nach dem Auto, das du gesehen hast, stimmt's?«

»*Halt du dich da raus.*«
»*Geh nach Hause, bevor dir was passiert, Harry!*«
Lily hört ihn wieder fluchen, dann ist die Leitung tot. Als sie erneut Harrys Nummer wählt, landet sie gleich auf der Mailbox, und ihre Hände zittern noch mehr als vorher. Sie versucht, sich zu beruhigen. Sie steckt in einem Loyalitätskonflikt, fühlt sich ihrer Freundin genauso verpflichtet wie ihrem Bruder. Sie sollte den Zettel, den er Sabine unter der Tür durchgeschoben hat, am Morgen zum Polizeirevier bringen, aber dann wäre Harry mit Sicherheit stocksauer. Ihr schlechtes Gewissen lässt ihr keine Ruhe. Sie legt sich wieder hin, und als draußen vor ihrem Fenster die ersten Seemöwen schreien, ist Lily noch immer hellwach.

28

Ich erwache mit Spannungskopfschmerzen, die hinter meinen Augen pulsieren. Wenn ich noch in London wäre, würde mein Chef darauf bestehen, dass das Team seine Erlebnisse mit einem Psychologen bespricht; schließlich waren wir alle mit einem bizarren Tatort konfrontiert. Aber hier gibt es keinen offiziellen Support. Sobald der Fall abgeschlossen ist, werde ich Jeff Pendelow bitten, mit allen Mitglieder meines Teams Einzelgespräche zu führen. Aber ich muss unbedingt mit irgendjemandem sprechen, bevor ich zur Arbeit gehe. Meinen Bruder Ian in New York kann ich nicht anrufen, denn dort herrscht gerade finstere Nacht, aber in Indien ist es jetzt mitten am Tag, und meine beste Freundin wird schon seit Stunden auf den Beinen sein. Ich nehme meinen Laptop, starte via Skype einen Videoanruf in Mumbai und bin sofort erleichtert, als Zoes sorglose Miene auf meinem Bildschirm erscheint. Die Anspannung in meinen Schultern löst sich. Zoe sieht aus wie die junge Marilyn Monroe und könnte mit ihrem Lächeln einen ganzen Raum erhellen. Als Jugendlicher war ich total in sie verknallt, aber aus der Verliebtheit hat sich eine lebenslange Freundschaft entwickelt.

»Hallo, großer Mann, du lebst ja doch noch. Warum hast du nie zurückgerufen?«

»Ach, hier herrscht gerade absolutes Chaos.«

Letzten Monat habe ich fast meinen ganzen Jahresurlaub verpulvert, um zu ihrer Hochzeit nach Indien zu reisen. Eigentlich wollte ich den Mann ja hassen, der ihr Herz während ihres Aufenthalts als Musiklehrerin in Mumbai im Sturm erobert hat, aber Devs freundliches Lächeln machte das unmöglich. Die aufwendige Hochzeitszeremonie hat mir noch einmal klargemacht, wie weit meine Freundin jetzt von den Scilly-Inseln entfernt ist, aber das Grinsen auf ihrem Gesicht beweist, dass sie die richtige Entscheidung getroffen hat. Sie beugt sich zum Bildschirm vor und beäugt mich kritisch.

»Was ist los? Du rufst doch sonst nie so früh an.«

»Ich habe einen anstrengenden Fall. Ich wollte nur mal deine Stimme hören.«

»Na dann, schieß los. Was ist passiert?«

»Eine Mitarbeiterin des *Star Castle*, die nur für den Sommer hier war, ist ermordet worden.«

Zoes Augen weiten sich. »Ist der Mörder noch auf St. Mary's?«

»Definitiv.«

»Und auf deinen Schultern lastet mal wieder der gesamte Druck.«

»Yup.«

»Kein Wunder, dass du angespannt bist. Aber dich bedrückt noch was anderes, oder?« Sie beugt sich noch näher heran, als hätte sie vor, durch meinen Bildschirm zu springen.

»Die Arbeit ist im Augenblick ein echter Stress, das ist alles.«

»Es muss was Privates sein – spuck's aus, sonst singe ich Kylie-Minogue-Songs, und zwar so laut ich kann.«

»O nein, bitte nicht.«

Sie schmettert die erste Zeile eines kitschigen Pop-Songs und zwingt mich so zur Kapitulation. »Nina Jackson ist gerade auf St. Mary's.«

Ihr Lächeln wird breiter. »Hast du sie eingeladen?«

»Um Himmels willen, nein! Warum sollte ich?«

»Sie hat es geschafft, in deinem kugelsicheren Herzen ein paar Dellen zu hinterlassen. Sonst kommst du immer unbeschadet davon, aber bei Nina hast du Federn lassen müssen.«

»Vergiss es. Wie waren deine Flitterwochen?«

»Toll, danke. Warum lädst du sie nicht mal zum Essen ein?«

»Gott, du bist ja wirklich gnadenlos.«

»Reserviere einen Tisch im *Ruin Beach Café* und lass deinen männlichen Charme spielen.«

»Kann ich nicht. Es gibt keinen Fährverkehr nach Tresco, und mein Charisma hat beim letzten Mal auch nicht viel ausrichten können.«

»Die Frau muss doch sehen, dass du eine Mischung aus Chris Hemsworth und Ryan Gosling bist.«

»Vielleicht geht sie nicht ins Kino.«

»Es war schon beim ersten Mal verrückt von dir, sie ziehen zu lassen. Versprich mir, dass du sie zumindest besuchst.« Zoe kann immer noch meine Gedanken lesen, obwohl sie fünftausend Meilen entfernt ist. »Du willst doch eine eigene Familie, oder?«

»Ja, eines Tages.«

»Das passiert aber nicht durch Zauberei, Ben. Du musst die richtige Frau finden.«

»Echt jetzt? Das wusste ich nicht.«

Zoe ignoriert meinen Sarkasmus und bearbeitet mich weiter, von sanften Sticheleinheiten bis zu hin zu unverhohlener emotionaler Erpressung, aber irgendwann geht sie dann doch dazu über, mir von ihren Flitterwochen in Kerala zu erzählen. Ihre Schilderungen von verlassenen Stränden, dem azurblauen Meer und faulen Tagen in der Hängematte erfüllen mich mit Neid. Als ich durch die Vorhänge nach draußen spähe, ist der Himmel von fedrigen Zirruswolken durchzogen, die den Atlantik perlgrau erscheinen lassen. Hier wechselt das Wetter manchmal von einem Moment auf den anderen und liefert einem alle vier Jahreszeiten an einem Tag. Am Ende unseres Gesprächs bin ich guter Dinge, doch während Zoe in erster Linie mein Liebesleben in Ordnung bringen will, ist meine oberste Priorität die Mordermittlung. Und selbst wenn ich mal freihätte – warum sollte ich jemandem nachstellen, der es vorzieht, allein zu sein?

Ich denke noch über Zoes Ratschlag nach, als eine Nachricht aus dem Krankenhaus eintrifft. Hannah Webers Zustand bleibt ernst, ist aber stabil, über Nacht gab es keinerlei Veränderung. Ich habe Isla damit beauftragt, Hannah Webers Verwandte ausfindig zu machen, aber das ist offenbar gar nicht so einfach.

Um sieben Uhr gehe ich nach unten in den noch menschenleeren Speiseraum. In der Küche wird mit Töpfen geklappert, es dauert jedoch noch eine ganze Stunde, bis das Frühstück serviert wird. Ich würde vor der Arbeit gern etwas essen, aber bevor ich dem Koch einen Toast aus den Rippen leiern kann, erscheint plötzlich Rhianna Polkerris in der Tür. Ihre grünen Augen schauen ausnahmsweise mal nicht durch mich hindurch, sondern ihr Blick durchbohrt mich geradezu. Ihr Erscheinungsbild ist von den blonden

Haaren, die ihr über den Rücken fallen, bis zum blutroten Lippenstift auf Perfektion getrimmt, das Seidenkleid sitzt wie angegossen. Ich bin überrascht, als sie sich herablässt, mit mir zu sprechen, denn bis jetzt hat die Frau mich wie einen Schubabtreter behandelt.

»Setzen Sie sich, Ben. Ich organisieren Ihnen ein Frühstück.«

»Das wäre toll, danke.«

Rhianna stolziert durch den Speisesaal und signalisiert durch ihre Körpersprache, dass das Hotel ihr eigenes Reich ist, was Tom bestimmt ärgert, da die beiden um die Macht wetteifern. Wenig später kommt sie mit einer Kaffeekanne und zwei Porzellantassen zurück.

»Sie sind meine Rettung«, sage ich zu ihr, und das ist kaum übertrieben. Ich brauche riesige Mengen Koffein, um richtig wach zu werden.

»Stört es Sie, wenn ich mich zu Ihnen setze?« Bevor ich antworten kann, sitzt sie schon auf dem Platz gegenüber. »Ich sollte mich entschuldigen, dass ich so entnervt war, als Sie uns erzählt haben, was mit Sabine passiert ist. Das Hotel wird nächsten Monat für die British Travel Awards bewertet, und wir haben uns alle schwer ins Zeug gelegt, damit hier alles tipptopp ist.«

»Ich bin sicher, Sie werden gut abschneiden. Das Haus ist beeindruckend.«

»Wenn man im Hotel arbeitet, bekommt man schnell einen Tunnelblick.« Ihre Tonlage ist sanfter als zuvor. »Ich kann immer noch nicht glauben, dass Sabine wirklich tot sein soll.«

Jetzt zeigen sich Gefühle auf ihrem Gesicht, und mir wird klar, dass sie vielleicht doch nicht so stahlhart ist. In ihren

Porzellanpuppenaugen stehen Tränen, die sie aber schnell wegblinzelt.

»Die ganze Gemeinde steht unter Schock, und die Zusammenarbeit mit Tom ist sicher nicht jeden Tag ein Zuckerschlecken. Ich wette, die meisten Ehepaare zerstreiten sich irgendwann.«

Sie blickt stirnrunzelnd auf den diamantenen Verlobungsring und den breiten goldenen Ehering an ihrem Finger. »Wir haben gerade mal zehn Jahre geschafft.«

»Hatten Sie eine große Hochzeit?«

»Ja, mit allem Drum und Dran. Sogar mit Blumenmädchen und einem weißen Rolls Royce. Ich hab früher als Hochzeitsplanerin gearbeitet, aber auch eine märchenhaft schöne Trauung ist keine Garantie dafür, dass es gut geht.«

»Ich kann nicht nachvollziehen, warum es reizvoll sein sollte, seine gesamten Ersparnisse an einem einzigen Tag rauszuhauen.«

»Ich habe Jahre gebraucht, um das zu realisieren.« Sie umfasst ihre Tasse mit beiden Händen. Es erstaunt mich, dass sie einem Fremden ihre Ehezwistigkeiten offenbart. »Mir ist noch was zu Sabine eingefallen, es kann aber auch sein, dass es ohne Bedeutung ist. Ich hab sie an ihrem freien Nachmittag letzten Donnerstag in der Porthloo Bay auf einem Motorboot gesehen. Es fuhr so schnell, dass ich stehen geblieben bin, um es zu beobachten. Harry Jago saß am Steuer.«

»Interessant.«

»Das ist mir eben erst wieder eingefallen. Die ganze Geschichte hat mich so durcheinandergebracht, dass ich es vergessen habe.« Sie nippt vorsichtig an ihrem Kaffee. »Wie kommen Sie denn mit der Ermittlung voran?«

»Es gibt einige konkrete Anhaltspunkte, denen wir nachgehen.«

»Und Verdächtige?«

»Ich fürchte, Details darf ich Ihnen keine verraten.«

Sie errötet. »Tut mir leid, wir warten nur so dringend auf Neuigkeiten.«

»Werden Sie bald bekommen, versprochen. Ich muss heute Morgen von allen, die hier arbeiten, Fingerabdrücke nehmen lassen. Ich hoffe, das ist okay.«

»Auch von mir und Tom?«

»Ja, bitte.«

»Gut, ich sorge dafür, dass alle Bescheid wissen. Sie können das gern oben in der Lounge machen.« Sie steht auf und streicht ihr Kleid glatt.

»Sie haben nicht zufällig meinen Hund gesehen, oder?«

»Montagabend war er draußen vor der Küche, aber danach hab ich ihn nicht mehr gesehen.«

»Würden Sie mich bitte anrufen, wenn er wieder auftaucht?«

»Natürlich, wir haben Ihre Nummer ja in unserem System.« Sie schaut genau in dem Moment auf die Uhr, als die Kellnerin eine riesige Platte mit Essen hereinträgt. »Ich wünsche Ihnen guten Appetit.«

Unsere Unterhaltung gibt mir zu denken, während ich Bacon, Eier und Würstchen in mich reinschaufele. Ich muss dringend mit Harry Jago sprechen – und mein Hund meidet mich aus unerfindlichen Gründen. Rhiannas Verhalten ist mir ebenfalls ein Rätsel. Anscheinend liebt sie ihren Mann nicht mehr, und außerdem war sie zu neugierig, was den Fall angeht, aber vielleicht will sie nur schnellstmöglich wissen, wann der normale Hotelbetrieb weitergehen kann.

Als ich das Hotel verlasse, ist es immer noch früh. Ich suche die engen Straßen von Hugh Town nach Shadow ab, doch er ist nirgends zu sehen. Bis zur Öffnung der Läden wird es hier ruhig sein. Die wenigen verbliebenen Urlauber stehen wahrscheinlich eher spät auf und verlassen ihre Hotels und Gästehäuser erst irgendwann im Laufe des Vormittags. Mein kurzer Spaziergang führt mich in die Strand. Harry Jago wohnt im letzten Haus der Straße. Es ist ein Mietshaus, und obwohl auf der Fußmatte »Willkommen« steht, wirkt es wenig einladend. Ich klopfe an die Tür. Sie ist nicht verschlossen, und als sie aufschwingt, wehen mir warme Luft und der Gestank des Essens von gestern entgegen. Der Couchtisch im Wohnzimmer steht voller leerer Bierflaschen und Pizzakartons. Ich habe keine Ahnung, wovon Harry seit dem Tod seiner Mutter die Miete bestreitet. Seine Tage verbringt er damit, Touristen zu den örtlichen Buchten zu schippern, aber im Winter, wenn es deutlich weniger Gelegenheitsjobs gibt, wird sein Einkommen drastisch sinken. Ich rufe noch einmal laut nach Harry, doch es dringt nur die nörgelnde Stimme eines alten Mannes durch die Wand zu mir.

»Können Sie nicht mal mit dem Radau aufhören?«

Kurz darauf steht Stuart Helyer im Flur. Seit er vor vierzig Jahren als Hummerfischer gearbeitet hat, wohnt er mit seiner Frau Esme im Haus nebenan. Aber Helyer ist schon Rentner, solange ich auf der Welt bin. Er behauptet, der älteste Bewohner von St. Mary's zu sein, ist aber in einer zu guten Verfassung, um wirklich so alt sein zu können. Er trägt noch Pyjama und Morgenmantel und mustert mich ruhig mit seinen wässrigen Augen. Seine weißen Haare stehen ihm in dicken Büscheln vom Kopf ab.

»Tut mir leid, wenn ich Ihren Schönheitsschlaf gestört habe, Stuart.«

»Ich brauche nicht mehr viel Schlaf, Esme aber schon.«

»Haben Sie Harry in letzter Zeit mal gesehen?«

Er seufzt laut, bevor er mir antwortet. »Seit gestern nicht mehr. Der Junge ist eine echte Plage. Er bringt Mädchen mit nach Hause, trinkt und dreht die Musik zu laut auf. Die meisten Leute machen einen Bogen um ihn, aber seine Mutter war ein Schatz. Ich hoffe, der Vermieter schmeißt ihn nicht raus.«

»Sehen Sie ihn denn häufig?«

»Wenn er nüchtern ist, ist er ein feiner Kerl. Er kümmert sich um unseren Garten und will nie einen Penny dafür haben. Esme bringt ihm als Dankeschön hin und wieder eine warme Mahlzeit rüber. Es ist wirklich ein Jammer, dass er den Alkohol nicht verträgt.«

»Noch was anderes, Stuart. Haben sie schon mal irgendwo den Satz ›*Die Braut trägt heute ihr Geschmeide, auf ewig schön im weißen Kleide*‹ gehört?«

Der alte Mann spricht die Worte noch einmal nach. »Klingt wie der Anfang von einem alten Hochzeitslied aus meiner Jugend, aber ich bezweifele, dass Sie davon heute noch irgendwo den Text finden. Ich wünschte, ich könnte mich daran erinnern, wie das Lied weitergeht, aber mein Gedächtnis taugt nichts mehr.«

»Kein Problem, Stuart. Sagen Sie Harry bitte, dass er aufs Revier kommen soll. Ich muss ihn noch heute sprechen.«

Er steckt meine Karte in die Tasche seines Morgenmantels, doch ich bezweifle, dass er je davon Gebrauch machen wird, denn in seiner Miene steht Argwohn. Die meisten Insulaner lösen Konflikte lieber ohne fremde Einmischung.

Einige betrachten es als persönliches Scheitern, wenn die Behörden sich einschalten. Ich werde noch mal hierherkommen müssen, um herauszufinden, wie gut Harry Sabine kannte.

Als ich das Haus verlasse, klingelt mein Telefon. Der Sicherheitschef des Flugplatzes ist dran, und er spricht hastig. Der letzte Flug zum Festland wurde abgesagt, weil einer der Piloten nicht zur Arbeit erschienen ist. Es ist das erste Mal in den sechs Jahren ihrer Beschäftigung, dass Jade Finbury einen Flug verpasst hat, und sie geht auch nicht an ihr Handy. Ich denke an das kurze Gespräch, das ich am Sonntag mit der Pilotin geführt habe, nachdem sie Liz Gannick von Penzance hierhergeflogen hatte. Sie wirkte freundlich und entspannt. Was auch immer passiert ist, ich muss sie schnell finden. Mir fällt auf, dass das Meer zum ersten Mal seit Tagen seine Farbe von Türkis zu Kobaltblau ändert. Wie es aussieht, lag Ray goldrichtig, was den Wetterwechsel angeht. Als ich meinen Blick über den Town Beach schweifen lasse, kommt mein ehemaliger Schulleiter in Sicht. Er absolviert mal wieder seine morgendliche Joggingrunde, diesmal zusammen mit seiner Frau Elaine, und der Labrador läuft hinterher. Das Paar überquert den nassen Sand in einem Tempo, das viele jüngere Läufer alt aussehen lassen würde. Auch ich bewege mich weitaus weniger elegant, während ich zurück zum Revier eile.

29

Jade Finbury wohnt nur wenige Minuten von Hugh Town entfernt in Porth Minick. Eddie begleitet mich, und wir fahren mit dem Transporter am verlassen daliegenden Old Town Beach vorbei. Jade hat mir mal erzählt, wegen ihrer Leidenschaft fürs Fliegen hätte sie das Haus gekauft, das dem Flugplatz am nächsten liegt, und das war nicht gelogen. Von der Doppelvilla aus hat man einen direkten Blick auf die Start- und Landebahn, die abrupt endet, kurz bevor das Kliff ins Meer abfällt. Jades roter Mini steht in der Einfahrt. Durch die Latten in ihrem Gartenzaun quillt der auf der Insel heimische Agapanthus, alle Fenster sind strahlend sauber.

Auf mein Klingeln reagiert nur eine Katze, die miauend danach verlangt, herausgelassen zu werden. Mein Deputy sieht besorgt aus, als er durch den Briefkastenschlitz in der Tür späht. Er muss Dutzende Male mit Jade zum Festland geflogen sein, wie ich auch. Sie ist eine mitteilsame, beliebte Frau, die den Eindruck macht, dass sie nichts zu verbergen hat.

»Wie lange wird sie schon vermisst?«, fragt Eddie.

»Seit einer Stunde, die Meldung ist eben erst reingekommen.«

Ich schaue durchs Fenster in ihr Wohnzimmer, kann aber

nichts Ungewöhnliches entdecken. Die vielen bunten Kissen auf dem Sofa strahlen Behaglichkeit aus. »Versuchen wir's mal hinten.«

Eddie folgt dicht hinter mir, als ich um das Haus herumgehe. Jade hat unsere Sicherheitshinweise genauestens befolgt: Beide Türen sind abgeschlossen. Aber wenn eine gewissenhafte Pilotin nicht zur Arbeit erscheint, muss es dafür einen Grund geben. Sollte ihr bei ihrer Rückkehr nach Hause ein Eindringling aufgelauert haben, kann niemand ihre Hilferufe gehört haben. Das Ferienhaus nebenan steht seit Monaten leer, weil es renoviert werden muss.

»Wir müssen da rein«, murmele ich.

»Oben steht ein Fenster einen Spaltbreit offen. Soll ich es da mal versuchen?«

»Wie denn?«

»Machen Sie mir die Räuberleiter, dann schaue ich, was ich tun kann.«

Mit wachsender Bewunderung beobachte ich, wie er über das flache Dach läuft, ein Regenrohr hinaufklettert und dann durch das offene Fenster hineinspringt. Nur wenige Augenblicke später öffnet er mir unten die Tür.

»Spiderman ist nichts gegen Sie.«

Sein Chorknabengesicht verzieht sich zu einem Lächeln. »Turnen war mein bestes Schulfach.«

Meine größte Angst ist, dass wir Jade in demselben Zustand finden wie Sabine, aber das Haus ist leer, ihre Küche makellos. Als ich aus dem Fenster sehe, steht das Flugzeug, mit dem sie von Penzance gekommen ist, noch auf seiner Parkposition neben der quadratischen Silhouette des Flughafengebäudes. Auf dem Tisch liegen einige Briefe, die fertig zum Verschicken sind. Jade hat eine gut lesbare Handschrift mit leicht nach rechts geneigten Buchstaben, die so wirken, als hätten sie es eilig, die Zeile zu füllen.

»Aber sie würde doch niemals einfach so blaumachen, oder?« In Eddies Gesicht flackert Panik auf.

»Wenn sie hier überwältigt wurde, ändert der Täter seine Methode. Die anderen beiden Frauen wurden an abgelegenen Orten attackiert, nicht direkt auf ihrer Türschwelle, in Sichtweite anderer Häuser.«

»Vielleicht wird er selbstbewusster.«

»Wir müssen nachsehen, ob sie bei Leo Kernick ist.«

Jades Freund ist der einzige professionelle Fotograf auf der Insel. Kernick wurde auf St. Mary's geboren, war aber viele Jahre als Paparazzo unterwegs und hat Promis dabei fotografiert, wie sie sich an weit entfernten Stränden in der Sonne aalten, bevor er in seine Heimat zurückkehrte. Ich habe ihn und Jade im Laufe des letzten Jahres häufig zusammen gesehen, aber das Paar wohnt weiterhin in getrennten Wohnungen. Als wir vor Kernicks Fotostudio in der Nähe von Porth Mellon halten, ist es gerade mal neun Uhr. Das Gebäude ist ein besserer Schuppen mit einem rostigen Dach, die Fensterläden sind fest verschlossen.

Ich klopfe an die Tür. Ein Mann weist uns barsch an, draußen zu warten. Als der Fotograf uns kurze Zeit später aufmacht, schlägt uns der Gestank von Chemikalien entgegen, und drinnen herrscht ein schummriges rotes Licht. Kernicks Erscheinungsbild erinnert mich daran, warum die Leute über seine Beziehung tratschen. Er ist zwanzig Jahre älter als Jade und sieht mit seiner grau melierten Lockenmähne aus wie ein alternder Rockstar. Er trägt eine enge Jeans, und sein Hemd ist mit einer Flüssigkeit bekleckert, so als hätte er sich mit Champagner übergossen. Fehlt nur noch ein bisschen schwarzer Eyeliner, dann wäre er ein Ebenbild von Jack Sparrow in den *Pirates of the Caribbean*-Filmen, die ständig im Fernsehen wiederholt werden.

»Tut mir leid, dass Sie warten mussten, aber ich war gerade dabei, die Bilder von gestern zu entwickeln.« Er lächelt nur knapp zur Begrüßung, das lebenslange Rauchen lässt seine Stimme rau klingen.

»Dürfen wir reinkommen, Leo?«

Er blockiert noch immer die Tür. »Wenn's um meine Kfz-Steuer geht, brauchen Sie mich nicht festzunehmen. Ich kann sie heute noch überweisen.«

»Es liegt nichts gegen Sie vor, wir haben nur ein paar Fragen.«

Der Fotograf drückt auf einen Schalter, und das Licht in seiner Dunkelkammer verändert sich von Rot zu Weiß. An einer Leine sind Dutzende von monochromen Fotos zum Trocknen aufgehängt. Sie zeigen die Fischerboote im Hafen von Hugh Town und Nahaufnahmen von Fischern, die ihre Fangkörbe entladen. Die Männer sehen so entspannt aus, als würden sie gar nicht mitkriegen, dass sie fotografiert werden.

Kernick bemerkt, dass ich die Bilder betrachte. »Ich porträtiere die Hummerfischer das ganze Jahr hindurch.«

»Wie kommt's?«

»Das ist das Ende einer Ära. Die meisten dieser Männer sind in der vierten oder fünften Generation Fischer, aber ihr Wissen über das Meer geht verloren. Ihre Kinder sind weggezogen, weil sie sich hier keine Häuser leisten können. Ich hätte die Porträts auch mit der Digitalkamera machen können, doch bei einem so fragilen Gegenstand fühlt Film sich authentischer an.«

»Sie haben sie perfekt eingefangen«, antworte ich und trete einen Schritt näher. »Wann haben Sie Jade zuletzt gesehen, Leo?«

»Gestern Abend.« Er räumt einen Stapel Fotopapier von einer Bank, damit wir uns setzen können. »Wir haben bei mir zu Abend gegessen, dann ist sie nach Hause gefahren.«

Leos Körpersprache ist entspannt. Ich kann nicht sagen, ob er mir aus Schüchternheit oder aus Unbehagen nicht in die Augen sieht.

»Haben Sie heute schon mit ihr gesprochen?«

»Wir hatten gestern Abend eine kleine Meinungsverschiedenheit. Ich warte jetzt erst mal, bis sie sich wieder abgeregt hat.«

»Jade ist nicht zur Arbeit erschienen. Könnten Sie sie bitte für uns anrufen?«

Kernick greift, ohne zu zögern, nach seinem Handy. Sein Gesicht ist bleich, als er den Anruf beendet. »Sie geht nicht dran. Sind Sie deshalb hier?«

»Wir machen uns Sorgen, dass sie in Gefahr sein könnte.«

»Wo steht denn ihr Auto?«

»In ihrer Einfahrt. Um wie viel Uhr ist sie hier weg?«

»Gegen zehn, glaube ich. Vielleicht geht's ihr nicht gut; ich sollte mal zu ihr fahren.« Seine Körpersprache ist unverändert, doch ich höre ein Zittern in seiner Stimme.

»Sie ist nicht zu Hause. Haben Sie sie gestern gebeten, über Nacht bei Ihnen zu bleiben?«

»Das war der Grund, warum wir uns gestritten haben. Ich möchte, dass wir zusammenziehen, aber sie hat gern ihren Freiraum. Ich bin hier geblieben, nachdem wir uns so einiges an den Kopf geschmissen hatten.« Er zieht ein Päckchen Zigaretten aus der Tasche, lässt es zu meiner Erleichterung dann aber auf den Tisch fallen. Die Luft hängt so voller Chemie, dass bestimmt ein einziger Funke ausreicht, um das ganze Haus in Flammen aufgehen zu lassen.

»Wer kann das bestätigen?«

»Meine Nachbarn werden gehört haben, wie sie gegangen ist – und wie wir uns gefetzt haben.«

»Streiten Sie sich häufig?«

»Nein, eigentlich fast nie. Die meiste Zeit verstehen wir uns sehr gut.«

»Hatte Jade jemals mit irgendwem auf St. Mary's Probleme?«

»Nein, sie hat nie was erwähnt. Es muss eine einfache Erklärung geben.«

»Besitzen Sie eine Polaroidkamera, Leo?«

»Nein, seit meiner Kindheit nicht mehr«, sagt er und schaut mich amüsiert an. »Meine billigste Kamera ist eine alte Nikon.«

»Haben Sie jemals Sabine Bertans im *Star Castle* getroffen?«

»Dort bin ich nie. Das ist nicht meine Preisklasse.«

»Darf ich Sie um Ihre Schlüssel bitten? Ich fürchte, Sie können erst wieder in Ihre Wohnung, wenn sie durchsucht wurde.«

Widerstrebend zieht er seinen Schlüsselbund aus der Tasche. »Jade und ich sind seit zwei Jahren zusammen. Warum, in Gottes Namen, sollte ich ihr etwas tun?«

»Wir werden Sie später kontaktieren. Danke für Ihre Hilfe.«

Eddie schaut mich verblüfft an, als wir wieder in den Wagen steigen. Wegen seiner ruhigen Art kann man sich Leo

Kernick nur schlecht als Mörder vorstellen, doch er hat zugegeben, gestern Streit mit Jade gehabt zu haben. Erst wenn wir seine Wohnung gründlich überprüft haben, wird klar sein, ob seine Entspanntheit nur gespielt ist.

30

Die Mienen meiner Mitarbeiter werden ernst, als ich ihnen erkläre, dass Jade Finbury vermisst wird, und dann noch hinterherschicke, dass ich gestern Nacht am Strand verfolgt wurde. Ich ermahne alle, auf ihre Sicherheit zu achten, wenn sie Streife gehen. Der Mörder könnte jeden von uns ins Visier nehmen, weil wir ihm in die Quere kommen, auch wenn er anscheinend eine Vorliebe für junge Frauen hat. Ich erzähle von Stuart Helyers Vermutung, der Satz hinten auf Sabines Foto könnte aus einem alten Volkslied stammen, aber für mich steht momentan die Suche nach der verschwundenen Pilotin an erster Stelle. Uns rinnt die Zeit durch die Finger. Ich möchte, dass am Abend, wenn der Täter offenbar am aktivsten ist, die Küste von St. Mary's abgesucht wird.

Liz Gannick nickt, als ich sie bitte, die Überprüfung der restlichen Fahrzeuge aufzuschieben und sich stattdessen zuerst Leo Kernicks Wohnung vorzunehmen und anschließend Jades Haus und Grundstück kriminaltechnisch zu untersuchen. Ich bin fast sicher, dass die Pilotin verschleppt wurde, aber sie könnte auch verletzt irgendwo liegen. Lawrie und Isla sollen die Fingerabdrücke der Leute im *Star Castle* nehmen und dann durch Haus-zu-Haus-Befragungen herausfinden, wo Jade zuletzt gesehen wurde.

»Wenn der Mörder sie in seine Gewalt gebracht hat, bleibt uns nicht viel Zeit. Sabine wurde in der Nacht ihres Verschwindens getötet.« Ich zeige auf ihr Foto an der Magnetwand. »Diesmal weiß der Mörder, dass wir die Augen offen halten; das könnte erklären, warum Jade von zu Hause verschleppt wurde. Er versucht, uns zu irritieren, indem er anders vorgeht als die letzten beiden Male.«

»Glauben Sie, es kommt wieder ein Foto?«, fragt Eddie.

»Ich denke, schon«, antworte ich. »Der Täter berauscht sich an dem Gefühl, die Kontrolle zu haben. Wir müssen die Verbindung zwischen den Opfern finden.«

»Sie sind alle der gleiche Typ Frau«, sagt Isla.

»Wie meinen Sie das?«

»Sie sind alle superunabhängig. Sabine und Hannah hatten nie vor, hierzubleiben, und sie waren allein unterwegs. Jade war zudem in einer Männerdomäne erfolgreich. Sie ist durch die ganze Welt geflogen, bevor sie den Job auf St. Mary's bekam.«

»Worauf wollen Sie hinaus, Isla?«

»Vielleicht will der Mörder nicht, dass die Frauen wieder gehen.«

»Die Antwort könnte sogar noch einfacher sein. Leo Kernick möchte, dass Jade mit ihm zusammenlebt, aber sie weigert sich beharrlich. Könnte sein, dass er deshalb Aggressionen gegen Frauen entwickelt hat.«

»Leo kann nichts mit dieser Sache zu tun haben«, sagt Lawrie Deane und schüttelt heftig den Kopf. »Meine Frau hat ihm letztes Jahr den Auftrag gegeben, auf der Feier zu unserem Hochzeitstag zu fotografieren. Das ist ein netter Typ – der tut keiner Frau was zuleide – und schon gar nicht Jade. Er ist verrückt nach ihr.«

»Lassen Sie persönliche Loyalitätsgefühle außen vor, Lawrie. Wir alle haben Freunde auf der Liste der Verdächtigen, und sie bleiben so lange da drauf, bis wir Gründe haben, ihre Namen zu streichen. Nach allem, was wir wissen, hat Jade letzte Nacht mit ihm Schluss gemacht, und er ist ausgerastet. Wir müssen Verbindungslinien zwischen den Angriffen finden. Versuchen Sie, Zeugen aufzutreiben, wenn Sie von Haus zu Haus gehen. Hat noch jemand was?«

Isla hebt die Hand. »Ich habe weiter nachgeforscht, woher das Kleid kommt, das Sabine anhatte. Die letzte Besitzerin hat es vor zwei Jahren in Penzance gekauft. Sie hat es eine ganze Weile aufgehoben, dann aber letzten Monat zu Oxfam gebracht.«

»Hat der Oxfam-Laden nähere Informationen über den Käufer?«

Isla verzieht frustriert das Gesicht. »Sie konnten mir nur sagen, wann es gekauft und dass es bar bezahlt wurde. Der Mörder hat es sich letzten Mittwoch besorgt, vier Tage vor Sabines Tod. Die Frau, die den Laden ehrenamtlich betreibt, ist schon etwas älter und hatte an dem Tag viel zu tun. Sie konnte sich nicht mehr erinnern, ob es an einen Mann oder eine Frau ging, und die Überwachungskamera ist ausgefallen.«

»Zumindest wissen wir jetzt, dass der Mörder letzten Mittwoch in Penzance gewesen sein muss. Bevor wir uns Kernicks Wohnung vornehmen, frage ich bei Julian Power nach, wer dort hin- und rechtzeitig wieder zurückgereist ist, um die Tat ausführen zu können.« Jetzt, wo wir eine konkrete Spur haben, kommt neue Energie in mein Team. »Sollte einer von Ihnen es mit jemandem zu tun bekommen, von dem er vermutet, dass er in die Sache verwickelt ist, sind

Sie autorisiert, dessen Haus oder Wohnung zu durchsuchen. Es sei denn, derjenige verweigert seine Zustimmung. Wenn das der Fall ist, rufen Sie direkt bei der Staatsanwaltschaft an, um einen Durchsuchungsbeschluss zu erwirken. Und denken Sie daran, Isla: Ich möchte nicht, dass Sie allein arbeiten.« In der Miene der jungen Constable flackert Verärgerung darüber auf, dass ich sie als Einzige herausgegriffen habe, aber das kommt für mich nicht überraschend. Wenn ich von jemandem bevormundet werden würde, würde ich auch ein finsteres Gesicht ziehen. »Außerdem ändere ich meine Richtlinien zum Schutz alleinstehender Frauen auf der Insel. Ich möchte, dass sie bis zum Einbruch der Nacht in Hotels und Gästehäusern in Hugh Town untergebracht sind. Wie viele Frauen wohnen hier momentan allein?«

Deane blättert durch seine Notizen, dann antwortet er: »Dreiundzwanzig, aber einige davon sind schon vorübergehend zu Verwandten oder Freunden gezogen.«

»Dann suchen Sie die restlichen bitte auf und akzeptieren Sie kein Nein.«

»Was, wenn Sie sich weigern?«

»Dann nehmen Sie sie zu ihrer eigenen Sicherheit in Schutzhaft.«

Deane wirkt besorgt, als er mit Isla aufbricht. Insulaner neigen dazu, ihre Unabhängigkeit hochzuhalten, denn schließlich sind sie seit vielen Jahren auf sich selbst gestellt. Manche Frauen werden vielleicht Einwände geltend machen und zu Hause bleiben wollen, doch Jade Finburys Verschwinden beweist, dass wir kein Risiko eingehen dürfen.

Ich schaue durchs Fenster in den Hof, sehe aber nur nackten Beton und das sonnenbeschienene Fleckchen, wo

Shadow gelegen hat. Mir kommt die Idee, dass derjenige, den wir suchen, meinen Hund entführt haben könnte, um mir eine brutale Botschaft zu übermitteln. Das Schicksal des Tieres ist jetzt nicht so wichtig, wie Jade Finbury zu finden, aber die Sache geht mir trotzdem nicht aus dem Kopf. Der Gedanke, Shadow könnte für immer verloren sein, setzt sich in mir fest wie eine Klette, die man nicht loswird.

Ich rufe Frank Rawle an und bitte ihn, Liz Gannick zu Kernicks Wohnung zu begleiten und dann draußen Wache zu halten. Mein alter Schulleiter erscheint fünf Minuten später zum Dienst, ein Lächeln belebt sein kantiges Gesicht, die nur noch selten getragene Uniform ist makellos. Er wirkt überglücklich darüber, nun endlich in den Fall einbezogen zu werden, und seine Unterstützung erlaubt es Eddie und mir, sofort zum Kai aufzubrechen. Unter normalen Umständen macht mir das permanente Geplapper meines Deputy nichts aus, aber heute brauche ich Zeit zum Nachdenken. Es muss eine Gemeinsamkeit zwischen Sabine Bertans, Hannah Weber und Jade Finbury geben. Die Frauen waren im Alter zwischen neunzehn und vierunddreißig und selbstbewusst genug, um die Welt zu bereisen und ihre eigenen Ambitionen zu verfolgen. Aber warum sollten sie wegen ihrer Unabhängigkeit ein Angriffsziel für den Mörder darstellen? Ich muss herausfinden, weshalb er die Leichen seiner Opfer mit kornischen Eheringen und Goldmedaillons ausstattet, die die Fischer von St. Mary's ihren Frauen geschenkt haben, denn ich glaube noch immer, dass seine Visitenkarten uns seine Motive vermitteln können. Er ist auf keinen Fall lediglich ein Gelegenheitstäter; den Taten eines Serienmörders liegt stets ein gemeinsames Thema zugrunde.

Der Kai ist normalerweise voll mit Besuchern, die auf die

kleinen, zwischen den Inseln pendelnden Fähren warten, um zu den Abbey Gardens auf Tresco oder den unberührten Stränden von St. Martin's zu gelangen. Doch heute ist der Coffee-Shop leer; nur einige wenige Insulaner beobachten, wie die Schiffe im Hafen auf den Wellen schaukeln. Zwei Kapitäne nähern sich uns mit finsteren Mienen, um sich über die Einstellung des Fährverkehrs zu beschweren. Sie werden langsam nervös, und wenn man, wie ich, eins dreiundneunzig groß und von kräftiger Statur ist, kann man sich nicht so leicht verstecken. Viele Familien hier sind abhängig von dem Geld, das die Touristen bringen. Trotzdem können die Schiffe erst wieder zwischen den Inseln verkehren, wenn der Mörder gefunden ist. Ich achte darauf, ruhig zu sprechen, während ich den Leuten erkläre, dass der Fall schneller gelöst wird, wenn sie uns unsere Arbeit tun lassen.

Die Stimmung scheint kurz vor dem Siedepunkt zu stehen wie die Sommerhitze, aber sie treten widerstrebend zurück und lassen Eddie und mich das Büro der Isles of Scilly Travel Company betreten. Auch hier herrscht für gewöhnlich hektische Aktivität, weil Reisende für die dreistündige Fahrt nach Penzance mit der *Scillonian* anstehen oder Inselbewohner auf Waren vom Festland warten, doch heute ist es hier menschenleer. Julian Power starrt auf seinen Computerbildschirm, als würde er in einen Abgrund schauen.

»Bitte sagen Sie mir, dass das Reiseverbot aufgehoben wurde«, sagt er. »Die Leute laden all ihren Frust bei mir ab, als könnte ich was dafür. Die wenigen Touristen, die noch hier sind, haben Probleme, weil ihre Versicherungen nicht für ihre Hotelrechnungen aufkommen wollen.«

»Sagen Sie ihnen, dass sich bald wieder alles normalisieren wird«, erwidere ich. »Können wir bitte mal Ihre Passagierlisten von letzter Woche sehen? Ich muss wissen, wer nach Penzance gefahren ist.«

»Ich fürchte, mein IT-System ist noch nicht wieder fit. Ich kann Ihnen die Anzahl der Reisenden pro Überfahrt nennen, allerdings keine Namen und Kontaktdaten. Die sind gelöscht worden, zusammen mit der Hälfte meiner Adressliste.«

»Sie können die Informationen nicht wieder herstellen?«

»Glauben Sie mir, ich habe es versucht, aber der Großteil unserer Software ist mit einem Virus infiziert.«

Er sieht verzagt aus. Ich kann allerdings nicht sicher sein, dass er die Wahrheit sagt. »Und was ist mit Ihnen, Julian? Waren Sie letzte Woche auf dem Festland?«

»Ich war zu Hause. Mein Assistent hat mich vertreten, während ich versucht habe, die IT wieder auf Vordermann zu bringen.«

Auf den Scilly-Inseln kommt es häufig vor, dass Internetverbindungen nicht funktionieren oder Rechner ausfallen, aber das jetzt ist eine Katastrophe. Jade Finbury könnte irgendwo auf der Insel versteckt sein, und wir sind unserer besten Chance, den Mörder zu finden, beraubt.

»Haben Sie denn inzwischen herausfinden können, welche Familie dem Museum die Seemannsglücksbringer gestiftet hat?«

»Ich habe das komplette Archiv durchforstet und keinen Hinweis gefunden; die Einträge sind genauso ein Chaos wie dieses verdammte Computersystem. Ich werde es noch mal versuchen müssen.«

»Wenn möglich bitte noch heute Abend, Julian. Ich brauche diese Information dringend.«

Ich danke Power, bevor wir wieder gehen, obwohl er uns

schlechte Nachrichten im Doppelpack serviert hat. Draußen lehnt Eddie sich kraftlos ans Geländer, unfähig, irgendetwas anderes zu tun, als zu warten, während ich am Flugplatz anrufe, um zu überprüfen, welche Inselbewohner letzte Woche nach Penzance geflogen sind. Im Sommer verlässt täglich ein halbes Dutzend Flieger St. Mary's mit Ziel Land's End, Newquay oder Exeter, doch die Liste der Fluggäste bringt uns nur bedingt weiter. Wenn der Mörder per Schiff zum Festland gereist ist, um das Brautkleid zu kaufen, befindet er sich im Moment außerhalb unserer Reichweite.

Während der Flughafenmanager seine Listen durchgeht, fällt mein Blick auf die glitzernde Meeresoberfläche. Auf einem Felsvorsprung neben der Bucht bewundert eine Gruppe von Spaziergängern das Gebäude der Seenotrettung, Möwen kreisen langsam über ihren Köpfen. Der Anblick ist so friedlich, als handelte es sich um eine Illustration in einer der Tourismusbroschüren für Cornwall, dabei wird die Schönheit der Insel gerade von erschreckend brutaler Gewalt befleckt. Der Flugplatzmanager leiert eine Reihe von Namen herunter, die ich in mein Notizbuch schreibe und dann Eddie zeige. »Diese Leute waren in Penzance, als das Kleid gekauft wurde, und rechtzeitig zurück, um die erste Tat ausführen zu können.«

Isla Tremaynes Name steht ganz oben auf der Liste, und ich frage mich sofort, ob es falsch war, unsere neue Constable im Team zu belassen. Tom Polkerris, der Hotelmanager, ist ebenfalls unter den Insulanern, die zum Festland geflogen sind, aber auch Steve und Paul Keast und Leo Kernick, der Fotograf. Als ich die Namen noch einmal durchgehe, sehe ich nur noch einen, den ich kenne: Elaine Rawle, die Frau meines ehemaligen Schulleiters. Jetzt, wo ich weiß, dass der

Mörder das Kleid letzte Woche gekauft hat, werde ich jeden Einzelnen nach den Gründen für seinen Flug aufs Festland befragen müssen. Mich befällt Unbehagen, als mein Blick erneut auf die Namen der Keast-Brüder fällt. Ich werde sie erneut aufsuchen müssen, was unsere Freundschaft noch weiter belasten wird. Aber mein Hauptaugenmerk liegt noch immer darauf, Jade Finbury zu finden, bevor es zu spät ist.

Eddie wirkt erleichtert, als wir zu Leo Kernicks Wohnung aufbrechen, um nachzusehen, wie Gannick vorankommt – das ist eine klar umrissene Aufgabe, die zu einem Ergebnis führen wird. Seine Miene ist nachdenklich, während wir zum Haus des Fotografen in der Pilot's Retreat gehen. Die Straße hat ihren Namen von den Seefahrern, die fremde Schiffe früher für Geld an den verborgenen Riffs rund um die Scilly-Inseln vorbeigelotst haben. Diese »pilots« genannten Lotsen wetteiferten um jeden einzelnen Job; sie ruderten, so schnell sie konnten, zu den wartenden Schiffen hinaus, und nur der Sieger kam zum Zug. Deshalb war eine Wohnung in der Nähe des Kais eine Grundvoraussetzung für diesen Beruf. Die Häuser der Lotsen haben sich in den letzten zwei Jahrhunderten kaum verändert. Sie sind aus dunklen Steinen erbaut und stehen dicht beieinander wie alte Frauen beim Tratschen. Frank Rawle hat sich mit durchgedrücktem Rücken vor Kernicks Haus postiert wie ein Wachsoldat im Dienst. Er sieht enttäuscht aus, als ich ihm für seine Hilfe danke und ihn nach Hause schicke; offenbar widerstrebt es ihm, ins Zivilleben zurückzukehren.

Die Wohnung im Erdgeschoss des Hauses verschafft Leo Kernick eine ideale Position zum Auskundschaften von Opfern; durch die Fenster kann er die Passanten sehen, die zum

Old Town Beach oder zum Pulpit Rock unterwegs sind. Obwohl wir nur einen schnellen Blick ins Kernicks Haus werfen wollen, ziehen Eddie und ich uns sterile Schutzanzüge an und warten draußen, bis Gannick Plastikfolie auf dem Boden ausgelegt hat. Durch den Flur dringen seltsame Gerüche zu uns. Zigarettenrauch vermischt sich mit demselben Chemiegestank, den wir schon aus der Dunkelkammer des Fotografen kennen.

»Fassen Sie nichts an!«, befiehlt Gannick, als sie uns schließlich eintreten lässt. »Ich käme schneller voran, wenn Sie mich in Ruhe lassen würden.«

»Sie sind uns in zehn Minuten wieder los.«

Kernicks Flur macht einen unauffälligen Eindruck; er ist mit einem fadenscheinigen Läufer ausgelegt, an der Wand hängt ein Fahrrad. Auch das Schlafzimmer ist, abgesehen von seiner Kargheit, nicht weiter bemerkenswert. Darin stehen lediglich ein ungemachtes Doppelbett und ein Schrank, sonst kaum noch was. Aber als wir ins Wohnzimmer kommen, klappt mir die Kinnlade herunter. Zwei Wände sind vom Boden bis zur Decke mit Hunderten, sich teilweise überlappenden Fotografien behängt. Sie wirken erdrückend, und ich verstehe gut, warum Jade Finbury hier nicht wohnen will, auch wenn ihr lächelndes Gesicht das Erste ist, was mir ins Auge fällt. Auf den Bildern sind alle Hochzeiten und Taufen abgebildet, für die Kernick als Fotograf engagiert worden war. Auf Dutzenden Hochzeitsfotos sieht man Bräute und Bräutigame steif posieren. Einige wurden in den Kirchen der Insel aufgenommen, die Mehrzahl jedoch an schönen Flecken wie Holy Vale oder dem *Star Castle*. Ich bin noch ganz in diesen Anblick vertieft, als Eddie mich zur anderen Seite des Raums ruft.

»Schauen Sie mal hier, Boss!«

Er zeigt auf ein Bild von Hannah Weber. Die Journalistin blickt direkt in die Kamera, ihre Miene wirkt misstrauisch, so als wäre das Porträt gegen ihren Willen gemacht worden. Ich erkenne die Umgebung auf einen Blick. Diese Aufnahme wurde in der Nähe von Toll's Island gemacht, aber ich weiß nicht, ob das Bild vor und nach ihrer Begegnung mit Pfarrer Michael entstanden ist.

»Vielleicht hasst er es, Hochzeiten zu fotografieren, weil Jade ihm immer wieder eine Abfuhr erteilt«, sagt Eddie.

»Haben Sie auch Bilder von Sabine entdeckt?«

Ich richte meine Aufmerksamkeit auf den Rest des Raumes, während er weiter die Bilder betrachtet. Das Zimmer ist ein wenig verwahrlost, aber sauber, ein Regal quillt über von Kunstzeitschriften und Biographien berühmter Fotografen wie Cartier-Bresson und Annie Leibovitz. Für einen Mann, der gutes Geld mit dem Verkauf von Fotos an die Klatschpresse verdient haben muss, ist die Wohnung erstaunlich klein. Wegen der geschlossenen Fenster ist es hier drinnen heiß und stickig. Die Küche sieht ebenfalls ordentlich aus. Kernick hat die Oberflächen abgewischt, bevor er heute Morgen in sein Studio gefahren ist. Abgesehen vom Fotografieren scheint er ein ruhiges Leben zu führen und seine Zeit ganz der Kunst zu widmen, die er liebt. Liz Gannick wirkt betrübt, als ich sie frage, was sie gefunden hat.

»Ich brauche noch eine Stunde, aber bislang ist alles sauber«, sagt sie.

Während ich Kernicks Bad inspiziere, schreit Eddie plötzlich auf. Als ich zu ihm ins Wohnzimmer zurückgehe, zeigt er mit triumphierender Miene auf ein Foto, das fast vollständig unter einem größeren verborgen ist. Es ist eine Aufnahme von Sabine, die sie am Strand zeigt. Mit dem Polaroidbild, das ich von dem Mörder bekommen habe, hat es aber nichts gemeinsam: Die Nachmittagssonne scheint auf Sabines Gesicht, und ihre Miene ist vollkommen sorglos. Der einzige Hinweis, dass Leo Kernick irgendetwas mit den Verbrechen zu tun haben könnte, ist die Tatsache, dass er alle drei Opfer fotografiert hat. Hannah Weber hat es wohl am meisten widerstrebt, dass er ein Porträt von ihr gemacht hat. Sie steht mit dem Rücken zum Meer, ihre kurzen blonden Haare sind vom Wind zerzaust, und sie lächelt gequält.

31

Lily serviert einer Handvoll Gästen im Hotelrestaurant das Mittagessen. Im Speisesaal ist es kühler als draußen, weil die dicken Mauern der Festung die Wärme abhalten, trotzdem fühlen ihre Kleider sich eng und unbequem an. Da Liam Trewin nirgends zu sehen ist, kann sie an den einzelnen Tischen bedienen, ohne das Gefühl zu haben, dass er jede ihrer Bewegungen mit seinen intensiven Blicken verfolgt. Die Zeit vergeht wie im Flug, während sie hin und her eilt, doch ihre Gedanken wandern immer wieder nach draußen, und sie ist erleichtert, als die Gäste mit dem Dessert fertig sind. Jetzt kann sie endlich mit Tom Polkerris sprechen. Lily steht zögernd vor seinem Büro und probt, was sie ihm sagen will, bevor sie anklopft.

Polkerris ruft sie herein. Er scheint verlegen zu sein und klappt abrupt seinen Laptop zu, bevor sie sehen kann, woran er arbeitet. Erst als er aufsteht, wirkt er wieder ruhig. Er kommt auf sie zu und schaut sie besorgt an. Lily riecht sein teures Aftershave.

»Alles in Ordnung, Lily?«

»Ja, danke, Sir, aber ich möchte einen Tag freinehmen.«

Er ist überrascht. »Aber es ist noch gar kein freier Tag fällig. Strengt die Arbeit Sie so an?«

Vor lauter Angst kribbeln ihr die Handflächen. »Mein Bruder braucht meine Hilfe.«

»Macht er wieder Ärger?«

Sie senkt den Blick. Die Insel ist so klein, hier bleibt nichts verborgen. »Er hat sich das ganze Jahr bemüht.«

»Sie brauchen mir nichts zu erklären.« Polkerris' Stimme klingt jetzt sanfter als zuvor. »Wie viele Tage wollen Sie denn freinehmen?«

»Bis morgen Abend, bitte.«

»Rhianna wird nicht erfreut sein, aber meinen Segen haben Sie. Können Sie heute am Abend bleiben und am Freitag früh den Dienst in der Küche übernehmen? Wenn die Fähren wieder verkehren, werden wir ein volles Haus haben.«

Lily strahlt ihn an. »Ich bin zur Frühschicht wieder da, Sir.«

»Es ist nett, dass Sie Ihrem Bruder helfen wollen, wenn andere ihn schon abgeschrieben haben. Das zeigt, dass Sie ein gutes Herz haben.« Polkerris kommt einen Schritt näher, sein Blick sucht ihr Gesicht ab. »Ich habe an Sie gedacht, Lily.«

»Bitte?«

»Warum habe ich mir nicht so eine liebevolle Frau wie Sie gesucht?« Er berührt ihr Kinn mit der Fingerspitze und schaut auf ihre Lippen. »Sie sollten lieber gehen, bevor ich noch eine Dummheit begehe.«

Polkerris' Verhalten verwirrt Lily. Auch wenn sie schon das ganze Jahr in ihn verknallt ist, würde sie sich niemals in die Ehe von jemandem einmischen, und warum sollte er etwas für sie übrighaben, da er doch eine so schöne Frau hat? Sie verdrängt seine Worte und eilt zurück zu ihren Pflichten, *auch wenn sie sich wünscht, sofort gehen zu können. Sie weiß, dass ihr Bruder versucht, Sabines Mörder zu finden, und sie möchte ihm helfen, damit sie wieder schlafen kann, ohne schlecht zu träumen.*

32

Leo Kernick fängt sofort an, sich zu verteidigen, als ich ihn am Telefon zu den Fotos von Sabine und Hannah Weber befrage. Er behauptet, dass es seine große Leidenschaft sei, das Inselleben zu dokumentieren, und er deshalb eine Art visuelles Tagebuch führe; er fotografiere jeden, dem er auf St. Mary's begegne. Als ich mich erkundige, warum er letzte Woche aufs Festland geflogen ist, will er eine Galerie in Penzance besucht haben, die gerade Werke von ihm ausstellt. Der Fotograf bestreitet, Hannahs Namen zu kennen oder länger als ein paar Sekunden mit ihr gesprochen zu haben. Nach dem Telefonat bin ich frustriert; ich habe keinen konkreten Beweis für seine Verwicklung in den Fall, es steht lediglich sein Wort gegen meines. Möglicherweise ist er einfach ein Besessener, der sein ganzes Leben der Fotografie unterordnet. Als Nächstes rufe ich bei Isla an, die mir erklärt, dass sie in Penzance beim Kieferorthopäden war, was ich leicht überprüfen kann. Das Fehlen einer fachärztlichen Versorgung gehört zu den Beschränkungen, die das Inselleben mit sich bringt. Wenn man zum Zahnarzt oder Optiker gehen will, kann einen allein die Fahrt bis dorthin leicht ein paar hundert Pfund kosten.

Als Eddie und ich durch die Pilot Retreat zurücklaufen, fliegt eine Drohne über uns. Sie ist groß und sieht technisch hochwertig aus, weshalb ich vermute, dass sie für die Presse spioniert und von einer der anderen Insel gesteuert wird. Laut brummend und mit rot blinkenden Lichtern schwebt sie auf Höhe der Dächer vorbei. Am liebsten würde ich ihr mit der Faust drohen, stattdessen wende ich mich ab, denn ich habe keine Lust, mein Gesicht auf allen Nachrichtenseiten im Internet zu sehen. Bald darauf schwirrt die Drohne zu ihrem nächsten Ziel davon, aber ihr sirrendes Motorengeräusch bleibt mir im Ohr. Ich denke noch eine Weile über unseren Besuch in Leo Kernicks Wohnung nach. Dass der Mann seinen Beruf liebt, ist offensichtlich, und er scheint zu sehr in seine Freundin vernarrt zu sein, um es auf andere Frauen abgesehen zu haben.

Während ich mit Eddie zur Küstenstraße hinuntergehe, rufe ich Lawrie Deane an und sage ihm, dass wir am Abend die Insel nach Jade absuchen müssen, weil alle Übergriffe in den Abend- oder Nachtstunden passiert sind. Die Sonne wird erst gegen einundzwanzig Uhr untergehen, also haben wir noch Zeit, weitere Befragungen durchzuführen.

Am Fuß des Hügels lasse ich meinen Blick schweifen. Die vorgelagerten Inseln liegen flackernd hinter einem Hitzeschleier. Mitglieder der Seenotrettung schippern mit dem Rettungsboot am Hugh Town Beach vorbei zu einer Einsatzübung. Bei ihrem Anblick bekomme ich Sehnsucht nach einem Job mit klar definierten Grenzen. Im Augenblick würde ich nur zu gern mit ihnen tauschen. Sie nehmen bei der Bergung havarierter Schiffe zwar hohe Risiken auf sich, werden aber dadurch belohnt, dass sie Leben retten. Mein Job ist weniger heroisch, vor allem, da nicht jeder Mörder geschnappt wird. Eddie wirkt geistesabwesend, als wir die Strand hinuntergehen. Die Luft wird zunehmend feucht, und über unseren Köpfen kreischen Tordalken. Plötzlich bleibe ich stehen, weil ganz andere Geräusche zu mir her dringen.

»Was ist das?«, frage ich.

»Das sind nur die Vögel, sie streiten sich ums Futter.« Doch als erneut ein lautes Stöhnen erklingt, verändert sich auch seine Miene.

Wir rennen auf die Häuser zu. Das Ächzen wird lauter, als wir uns Harry Jagos Adresse nähern. Ich blicke hoch zu seinem Schlafzimmerfenster, aber die Vorhänge sind zugezogen.

»Das kommt aus dem Gässchen«, sagt Eddie.

Er rennt in den schmalen Durchgang neben dem Haus, wo ein Mann vorgebeugt an der Mauer sitzt. Jagos Gesicht ist zerschunden, über seine Wange ziehen sich tiefe Schrammen, und sein linkes Auge ist zugeschwollen. Ich kann nicht sagen, ob er zusammengeschlagen wurde oder letzte Nacht so viel getrunken hat, dass er auf sein Gesicht gefallen ist und nach Hause kriechen musste.

»Was für ein Gestank«, grummelt Eddie. In der Luft hängt der saure Geruch von Alkohol, an der Backsteinmauer kleben Schimmel und Urin.

»Können Sie aufstehen, Harry?« Da er sich nicht regt, sind Eddie und ich gezwungen, ihn hochzuziehen. »Sie müssen zum Arzt.«

»Verpisst euch, alle beide.« Er fuchtelt mit seinen Fäusten herum, trifft aber nicht.

»Beruhigen Sie sich, sonst wandern Sie in eine Zelle. Als Erstes brauchen Sie mal Wasser und Seife.«

Noch bevor Jago antworten kann, sackt er gegen meine Schulter. Stuart Helyer steht glotzend an seiner Haustür, als Eddie und ich den jungen Mann nach drinnen schleppen. Nachdem wir ihn aufs Sofa gelegt haben, wächst mein Mitgefühl mit ihm. Er ist weiß wie die Wand, die Blutergüsse um sein Auge und an seinem Kiefer schimmern rot und blau. Jago stemmt sich selbst in eine aufrechte Position hoch, seine Augen sind trüb.

»Wer hat Sie so zugerichtet, Harry?«

»Niemand«, antwortet er lallend. »Raus aus meinem Haus.«

»Das ist eine nette Art, uns danke zu sagen.« Aber er grinst nur selbstgefällig zu mir hoch. »Sabine Bertans war letzte Woche auf Ihrem Boot, wie ich hörte. Dabei dachte ich, Sie würden sich kaum kennen?«

Der junge Mann ist nicht dazu in der Lage, mit uns zu reden. Der Schlaf übermannt ihn, und sein Kopf kippt nach hinten. Es könnte Stunden dauern, bis er meine Fragen beantworten kann. Ich schaue auf die Uhr. Uns läuft die Zeit davon, und solange Jade Finbury vermisst wird, darf ich sie nicht damit vergeuden, mich um einen jungen Typen zu kümmern, der unerbittliche Selbstzerstörung betreibt.

Ich lasse Jago in Eddies Obhut zurück und gehe zu der katholischen Kirche auf der anderen Straßenseite hinüber. Sie ist leer, aber an dem Geruch von frischem Weihrauch erkenne ich, dass der Pfarrer heute mindestens eine Messe gelesen hat. Pfarrer Michael sieht aus wie jeder x-beliebige Mann mittleren Alters, als er an die Tür kommt. Er trägt Jeans, Sneakers und ein kurzärmeliges Hemd und hält einen Becher Kaffee in der Hand. Sein Priesterkragen ist das Einzige, was auf seinen Beruf hinweist. Die Frömmelei, die mich an den meisten Religionen abschreckt, zeigt sich bei ihm nicht mal im Ansatz. Er stellt seinen Becher auf dem

Flurtisch ab und eilt hinaus, als ich ihm sage, dass Jago seine Hilfe braucht.

»Harry hat ein sehr schlechtes Jahr«, erklärt er. »Seine Mutter hat ihn und Lily früher mit in die Messe gebracht, aber seit sie tot ist, habe ich ihn nie wieder hier gesehen.«

»Harry will nicht zum Arzt. Könnten Sie Eddie helfen, ihn auszunüchtern?«

»Ich werde mich bemühen.«

Der Pfarrer verzieht keine Miene trotz des Gestanks von Erbrochenem und abgestandenem Alkohol, der uns aus Jagos Wohnzimmer entgegenschlägt. Der junge Mann schwankt gewaltig, als er Eddie anschreit, er solle verschwinden. Erst als Pfarrer Michael hereinkommt, wird er ruhig. Es sieht aus, als würde er ohnmächtig, aber Eddie packt ihn gerade noch rechtzeitig und setzt ihn zurück auf das Sofa. Jagos Gesicht ist so verquollen, dass ich seine Reaktion auf den Geistlichen nicht richtig erkennen konnte, aber wenigstens beruhigt er sich. Pfarrer Michael kniet sich vor ihn und reinigt ihm mit dem Tuch und dem warmem Wasser, das Eddie geholt hat, die Wunden. Mein Deputy wirkt erleichtert über die Unterstützung. Der Pfarrer spricht besänftigend auf den jungen Mann ein, während er ihm das getrocknete Blut von den Wangen wischt. Irgendetwas an der ganzen Situation erfüllt mich mit Unbehagen. Vielleicht liegt es einfach an meinen eigenen Vorurteilen, weil ich weiß, dass Harry Jago zu der kleinen Schar bereits vorbestrafter Insulaner gehört. Aber Rhianna Polkerris hatte keinen Grund, mich anzulügen, als sie mir erzählte, dass sie Sabine in Harrys Boot gesehen hat. Es ist möglich, dass er überhaupt nichts mit den Vorfällen zu tun hat, aber ich brauche schnellstens ehrliche Antworten von ihm.

Liz Gannick hat mir eine Nachricht geschickt, dass Isla sie von der Pilot's Retreat zu Jade Finburys Haus gefahren habe. Ich beschließe, zu Fuß dorthin zu gehen, um einen klaren Kopf zu bekommen, und wähle den direkten Weg am Buzza Tower vorbei übers offene Gelände. Der Turm wird heute als Camera Obscura verwendet, die im Inneren des Gebäudes ein Umkehrbild der umliegenden Landschaft an die Wand wirft. Ich wünschte, ich könnte das Gesicht des Mörders genauso scharf vor mir sehen. Das Land öffnet sich auf einen Flickenteppich aus winzigen Feldern, die von Bruchsteinmauern umgeben sind und voller spätblühender Nelken stehen, die hier für die Blumenmärkte auf dem Festland angebaut werden. Die Farmer werden, wie die Fischer, meinen Kopf fordern, wenn ich den Mörder nicht bald finde. Die Insel ist abhängig vom Export ihrer Erzeugnisse, aber ich kann das Embargo nicht aufheben, solange mehr als vierzig Inselbewohner kein solides Alibi für die Tatnacht vorweisen können.

Gannick verschwindet fast in ihrem weißen Arbeitsoverall und scheint über mein Eintreffen verärgert zu sein. Als ich ebenfalls in einen sterilen Anzug und Überschuhe schlüpfe, fühle ich mich wie in Frischhaltefolie eingeschweißtes Fleisch, das in der Nachmittagssonne vor sich hin rottet.

»Nicht Sie schon wieder!«, blafft Gannick mich an. »Ich bin doch gerade erst angekommen.«

»Es ist aber dringend, Liz. Eine Frau ist verschwunden.«

»Wie man hört.« Sie wirft mir erneut einen wütenden Blick zu. »In Kernicks Wohnung war nichts, keine Blutspuren, keine potenziellen Waffen oder Anzeichen für Gewaltanwendung. Das hier ist was anderes. Ich zeige Ihnen die

Küche, danach wäre ich Ihnen dankbar, wenn Sie mir Zeit geben würde, meine Arbeit zu machen.«

Gannick schwingt sich über den Holzboden; das Klicken ihrer Krücken klingt wie eine Schrotflinte. Jades Küche wirkt unverändert. Auf einer ihrer Arbeitsflächen steht eine teure Kaffeemaschine, der Esstresen ist sauber. Ich sehe weit und breit keine belastbaren Beweise, bis Gannick mit ihrem UV-Strahler auf den Linoleumboden leuchtet. Plötzlich erscheint in der Nähe der Hintertür ein dunkler Fleck von mehr als dreißig Zentimetern Größe.

»Das Blut muss frisch sein, wenn man es so deutlich sieht«, sagt die Leiterin der KTU.

»Wie lange wird es dauern, bis wir wissen, ob es von Jade stammt?«

»Transportieren Sie meine Proben noch heute nach Penzance, dann kann das Labor es uns morgen früh sagen.«

»Ich bezahle jemanden, der es mit dem Boot hinbringt.«

Gannick lässt den Strahl ihrer Leuchte erneut über den Fleck gleiten. »Mit dem UV-Licht kann man kleinste Rückstände sichtbar machen, aber da hat jemand seine Spuren gründlich verwischt. Mit meinem Lackmustest habe ich Ammoniak und Eisenoxid bestimmen können.«

»Der Täter hat Bleichmittel verwendet?«

»Und einen Topfreiniger, um den Fleck wegzuwischen. In der Spüle habe ich ebenfalls Spuren gefunden. Es muss eine tiefe Wunde gewesen sein; die Tropfen führen direkt zur Hintertür.«

Gannick leuchtet die Spüle an und enthüllt eine diagonale Linie tränenförmiger Flecken, doch als sie die Leuchte ausschaltet, sieht das hölzerne Abtropfgitter sauber und unschuldig aus. Die Chefin der Kriminaltechnik ist so auf ihre Arbeit konzentriert, dass sie meine Anwesenheit vergisst, und ich kann sie nur bewundern, als sie den Strahl des UV-Lichts über die Sachen der Pilotin gleiten lässt. Gannick muss schon über etwa tausend schmutzige Fußböden gekrochen sein, aber diese lästige Seite ihres Berufs scheint sie nicht zu stören. Sie führt jede Aufgabe mit derselben Entschlossenheit aus. Heute könnte ich auch ein bisschen was von ihrem Selbstvertrauen gebrauchen. Es sieht ganz so aus, als wäre Jade Finbury nur achtundvierzig Minuten nach unserem letzten Gespräch aus ihrem eigenen Haus entführt worden.

33

Als ich Jade Finburys Haus verlasse, umfängt mich klebrige Hitze, und über mir schwirrt die nächste Drohne vorüber. Ich beiße die Zähne zusammen, als ich das wilde Klicken der aufmontierten Kamera höre. Die Presse muss stinksauer sein, weil sie von der Insel ausgesperrt ist. Der Tod einer hübschen jungen Osteuropäerin in einer entlegenen Ecke der Britischen Inseln weckt zwangsläufig ihre Neugier, und sie wird ihre mechanischen Spione zu Aufklärungsflügen hierherschicken, bis sie die Bilder hat, die sie sich so dringend erhofft.

»Blutsauger«, zische ich leise.

Das Medieninteresse an dem Fall ist meine geringste Sorge. Ich marschiere zurück nach Hugh Town und halte dabei erfolglos nach Shadow Ausschau. Das Meer ist unschuldig pastellblau, als ich die Küstenstraße erreiche; einigen fröhlich lachenden Kindern wird gerade beigebracht, wie man eine Eskimorolle macht. Die drückende Hitze bringt mich in Versuchung, ebenfalls ins Wasser zu waten, aber bis der Mörder gefunden ist, bleibt mir keine Zeit zum Schwimmen.

Bei meiner Ankunft im Revier ist Lawrie gerade dabei, Zeugenaussagen durchzusehen, und Isla kommt gerade von ihrer Fußstreife zurück. Vielleicht hätte ich sie doch von dem Fall abziehen sollen, nachdem sie mir von ihrer Nacht mit Sabine erzählt hat, um uns beide unangenehme Situationen zu ersparen. Ich möchte sie nicht noch einmal befragen, aber mir bleibt keine andere Wahl. Als ich sie um die Nummer ihres Kieferorthopäden bitte, leitet sie sie mir ohne ein Wimpernzucken von ihrem Handy weiter. Sie steht noch immer auf der Liste der Verdächtigen, die ich im Kopf mit mir herumtrage, und die stimmt nicht ganz mit der Liste von drei Dutzend Insulanern ohne wasserdichtes Alibi überein, die ausgedruckt an unserer Tafel hängt.

Das Team hört schweigend zu, als ich von Harry Jagos Weigerung erzähle, mir zu sagen, wer ihn attackiert hat. Der junge Mann bleibt für uns eine Person von besonderem Interesse, aber nur weil Rhianna Polkerris berichtet hat, Sabine kurz vor ihrem Tod in seiner Begleitung gesehen zu haben. Viele Leute auf der Insel scheinen ihn für gefährlich zu halten, aber ich habe keinen konkreten Beweis dafür, dass er in den Fall involviert ist.

»Bei dem Chaos, das in Harrys Leben herrscht, bezweifle ich, dass er solche komplexen Verbrechen begehen könnte.«

Deane schüttelt den Kopf. »Ich hab ihn im Mai mal wegen einer Schlägerei festgenommen. Als ich ihn am nächsten Morgen wieder aus der Zelle gelassen habe, war er immer noch betrunken.«

»Was wollen Sie damit sagen, Lawrie?«

»Der Kerl ist völlig außer Rand und Band. Ich wette, er ist gewalttätig genug, um jemanden umzubringen.«

Isla fragt: »Wo sollte er denn das Geld für ein schickes Brautkleid her haben?«

»Es wäre nicht das erste Mal, dass er was klaut«, antwortet Deane. »Vielleicht hat er es ja einfach mitgehen lassen. Der Junge ist so verkorkst, der würde auch ohne guten Grund um sich schlagen.«

»Wir haben keinerlei Beweis gegen ihn.« Plötzlich kommt mir eine andere Idee. »Aber es stimmt natürlich, dass Jago unser einziger verurteilter Dieb ist. Vielleicht hat der Mörder ihn dafür bezahlt, dass er den Schmuck aus dem Museum stiehlt.«

Ein Typ wie Julian Power könnte so wild darauf sein, seine Sammlung zu erweitern, dass er auch für Diebesgut bezahlt. Aber warum sollte ein so pingeliger Typ wie Power Jade Finbury überfallen und ihr Blut auf ihrem Küchenboden verteilen? Ich muss Power bald noch mal zu Hause besuchen, damit ich diesen Gedanken zu den Akten legen kann. Ich bitte Isla, weitere Freiwillige für die Suche nach Jane Finbury zusammenzutrommeln, die um achtzehn Uhr beginnen soll, und dann zu überprüfen, ob alle alleinstehenden Frauen auf der Insel an einem sicheren Ort untergebracht sind.

»Es sind nur noch zwei Namen auf der Liste, Sir.«

Mein Mut sinkt, als sie mir ihren Zettel reicht. Die eine Frau ist eine ältere Witwe, die seit dem Tod ihres Mannes allein lebt, und die zweite ist, wie ich befürchtet habe, Nina Jackson.

Lawrie und Isla organisieren eifrig den Suchtrupp, als ich genervt in den Transporter steige. Ich bin immer noch verärgert, als ich in nördlicher Richtung an den gepflegten Weiden von Trewince vorbeifahre und die Schafe vor dem Lärm des Wagens fliehen. Die alte Dame wohnt auf dem höchsten Punkt der Insel, gegenüber vom Telegraph Tower. Das Gebäude hat mich als Kind fasziniert, weil es aussieht wie ein im Landesinneren gelegener Leuchtturm. Vor hundert Jahren war der Turm der einzige Ort, an dem die Telegrammsignale empfangen werden konnten, heute beherbergt er den örtlichen Radiosender, dessen DJ das Kunststück gelingt, genügend Ortsnachrichten auszugraben, um die zweitausend Bewohner der Scilly-Inseln die ganze Woche damit zu versorgen.

Am späten Nachmittag halte ich vor dem Haus der Witwe. Sie schaut mich verdutzt an, als sie an die Tür kommt. Ihr Hörgerät ist kaputt, was erklärt, warum sie nicht ans Telefon gegangen ist. Es dauert nicht lange, bis sie einwilligt, ein paar Sachen zu packen und mit dem Taxi zum *Star Castle* zu fahren. Tom und Rhianna nehmen Insulaner für eine Nacht umsonst auf, und die alte Dame steigt freudig ins Taxi, so als wäre es schon lange ihr Traum gewesen, einmal in einem Luxushotel zu übernachten.

Dass Nina auch so begeistert reagieren wird, ist kaum zu erwarten. Als ich die Watermill Cove erreiche, ist sie nirgends zu sehen, aber ich werde von vertrauten Klängen empfangen. Ein Teil meiner Anspannung löst sich, als ich Shadows Knurren erkenne. Er steht an der Hintertür und bellt aus Leibeskräften, dann rennt er über den Rasen auf mich zu und springt mich an, als hätten wir uns ein ganzes Jahr nicht gesehen.

»Warum läufst du erst weg, wenn du dich doch freust, mich zu sehen, du Höllenhund?«

Der Hund winselt laut, als versuchte er, es mir zu erklären, bis Nina erscheint. Grinsend beobachtet sie, wie Shadow schwanzwedelnd vor mir steht und sich dann auf den Rücken rollt, damit ich ihm die Brust kraule.

»Shadow ist gestern Nacht hier aufgekreuzt«, sagt sie. »Er hat sich seltsam aufgeführt und mich angeknurrt, sobald ich mich der Haustür genähert habe. Erst heute Morgen hat er mich rausgehen lassen.«

»Warum hast du mich nicht angerufen?«

»Ich hatte mein Handy im Auto vergessen, aber er hat jedes Mal, wenn ich die Hintertür aufmachen wollte, wie verrückt gebellt.«

»Klingt, als hätte er Wachdienst gehabt.«

Jetzt, wo er mich begrüßt hat, stellt der Hund sich wieder neben Nina. Sie war schon während unserer kurzen Beziehung sein Liebling, aber wie hat er sie bloß gefunden? Wenn er nicht so launenhaft wäre, wäre er ein hervorragender Spürhund. Ich wappne mich für einen Streit, als ich Nina eröffne, dass sie in die Stadt ziehen soll, bis der Mörder gefunden ist. Sie schaut mich zerstreut an; ihr blassgrünes Sommerkleid betont ihre Bräune, das Sonnenlicht setzt Glanzlichter auf ihr Haar. Es entsteht eine lange Pause, während sie über meine Aufforderung nachdenkt.

»Ich muss meine Wanderschuhe einpacken, damit ich heute Abend bei der Suche helfen kann.«

»Heißt das, du hast nichts dagegen?«

»Warum sollte ich? Du hast mir doch gerade erzählt, dass eine andere Frau überfallen wurde, als sie allein zu Hause war. Ich bin zwar gern allein, aber ich bin nicht verrückt. Gib mir fünf Minuten, ich packe schnell ein paar Sachen zusammen.«

Nina verschwindet mit Shadow im Haus, ich warte auf den Stufen davor. Mir dämmert, dass die beiden eine Menge Gemeinsamkeiten haben: Sie leben beide nach ihren eigenen Regeln. Der Hund will sie anscheinend nicht aus den Augen lassen. Schließlich kommt er heraus und checkt, ob die Luft rein ist. Aufmerksam umkreist er das Cottage und kehrt dann zurück. Er hat die Ohren aufgestellt, doch auf dem Fußweg, der zwischen Ulmen und Tamarisken zum Meer hinunterführt, ist niemand zu sehen. Ich kann verstehen, warum Nina diesen abgeschiedenen Ort liebt, aber Shadow ist weniger begeistert. Irgendetwas muss ihn letzte Nacht alarmiert haben, auch wenn die Gefahr nun vorbei ist. Der Hund springt vor Nina in den Transporter und setzt sich zwischen uns wie ein Anstandswauwau. Nina hat einen Rucksack bei sich und die Geige, die ihr Mann ihr wenige Monate vor seinem Tod geschenkt hat. Zwischen uns macht sich eine unbehagliche Stille breit, während wir die unebene Straße entlangzockeln.

»Ist meine Gesellschaft wirklich so schlimm zu ertragen, Ben?«, fragt sie.

»Ich bin doch gekommen, um dich abzuholen, oder?«

»Nur, weil es deine Pflicht ist.«

»Wir sollten die Vergangenheit ruhen lassen.«

»Lass mich nur noch eines sagen: Es war falsch, dass ich einfach abgereist bin, ohne noch mal ausführlich mit dir zu sprechen. Das war feige von mir.«

»Deine Gründe waren absolut nachvollziehbar. Es war zu früh für dich, du hattest den Verlust von Simon noch nicht verwunden.«

»Aber ich hatte gehofft, wir könnten Freunde bleiben. Ich fände es sehr schade, wenn ich nicht mehr auf die Inseln kommen könnte.«

»Als ob du meinen Segen bräuchtest, um hierherzukommen.« Das klingt harscher, als ich wollte, doch es ist zu spät, ich kann meine Worte nicht zurücknehmen.

»Geh wenigstens noch was mit mir trinken, bevor ich am Sonntag abreise. Ich würde gern wissen, wie du das letzte

Jahr verbracht hast.« Ninas direkter Blick gibt mir wieder einmal den Rest. Ihre Augen haben die Farbe des Bernsteins, nach dem ich als Kind in den Ferien den Strand abgesucht habe wie nach einem verschollenen Schatz.

»Keine Sorge, ich kann dir ohnehin nicht aus dem Weg gehen. Wir wohnen im selben Hotel.«

Die restliche Fahrt über sitzt sie wortlos neben mir. Als ich vor dem *Star Castle* halte und sie aussteigt, springt Shadow sofort ebenfalls aus dem Wagen, so als wären die beiden durch einen unsichtbaren Faden verbunden. Er bleibt auch dann bei ihr, als ich ihn zu mir rufe.

»Dann hast du ihn jetzt erst mal am Hals«, sage ich. »Er ist dein neuer Leibwächter.«

Ich beobachte Nina nachdenklich, wie sie mit der aufrechten Haltung einer Tänzerin davongeht und mein Hund ihr nachläuft wie ein liebeskranker Verehrer.

»Viel Glück, mein Freund. Vielleicht wirst du ja schlau aus ihr. Sie gehört ganz dir«, grummele ich, dann mache ich kehrt und fahre zurück zum Revier.

Da ich dort niemanden antreffe, habe ich Zeit, meinen Computer hochzufahren. Ich müsste mich dringend all der E-Mails von Insulanern annehmen, die wissen wollen, wann die Reisebeschränkungen aufgehoben werden, doch meine Gedanken kehren zu den Visitenkarten des Mörders zurück. Wenn ich herausfinde, welche Bedeutung sie haben, komme ich vielleicht dahinter, wie er tickt. Eine schnelle Internetrecherche ergibt, dass Seemannsglücksbringer eine Rarität sind. Außer unserem Museum hat nur noch das *Pitt Rivers* in Oxford eine Sammlung kornischer Amulette – von goldenen Medaillons bis zu winzigen Segelschiffen als Anhänger für Armbänder. Die meisten dieser Dinge wurden auf den

Scilly-Inseln hergestellt. Ich starre auf den Bildschirm, bis mir die Augen weh tun, sehe jedoch nichts weiter als hübsche goldene Schmuckstücke, an die frisch verheiratete Seeleute die Hoffnung knüpften, dass sie mit Hilfe der Amulette durch Wind und Wetter zu ihren Frauen zurückgebracht werden. Es ist schwer, zu akzeptieren, dass dieselbe Person, die Sabine erwürgt hat, sich zu so zarten, sentimentalen Gegenständen hingezogen fühlt, es sei denn, die Taten wurden von zwei verschiedenen Menschen verübt.

Liz Gannick ist die Erste, die ins Revier zurückkommt. Ich sehe ihr an der Nasenspitze an, dass sie enttäuscht ist, weil sie in Jade Finburys Haus keine weiteren Spuren gefunden hat, aber der Blutfleck, den sie entdeckt hat, gibt mir die Gewissheit, dass die Pilotin verschleppt wurde. Irgendwie hat Gannick auch noch die Zeit gefunden, zu überprüfen, ob es irgendwelche Treffer für die vier verschiedenen Fingerabdrücke gibt, die sie in Sabines Zimmer isolieren konnte.

»Es gibt drei Übereinstimmungen.« Sie schaut auf ihre Liste. Lily Jago und die beiden Hotelmanager.«

»Tom und Rhianna?«

Sie nickt. »Die Fingerabdrücke sind an der Tür, am Nachttisch und am Stuhl.«

Und die vierten Abdrücke?

»Die stammen nicht von einem der Hotelangestellten. Ich werde sie durch die nationale Datenbank laufen lassen, aber es kann Stunden dauern, bis wir ein Ergebnis bekommen.«

Gannick hat die ganze Zeit geackert und kann trotzdem nur Ergebnisse liefern, die meinen Frust vergrößern. Es ist wenig überraschend, dass Lily Jago Zeit mit ihrer besten Freundin verbracht hat, und die beiden Hotelmanager sind natürlich berechtigt, sich in Sabines Zimmer aufzuhalten;

wahrscheinlich inspizieren sie regelmäßig die Unterkünfte ihrer Mitarbeiter, um sicherzugehen, dass sie sauber gehalten werden. Ich gehe in Madrons Büro, schließe die Tür und fluche leise vor mich hin.

34

Lily geht, so schnell sie kann, zu ihrem alten Zuhause. Harry hat nicht auf ihre Nachrichten reagiert, und als sie den Hausflur betritt, weiß sie sofort, dass etwas nicht stimmt. Es riecht nach Erbrochenem und Desinfektionsmittel. Aus dem Wohnzimmer dringt die Stimme eines Mannes; sie kann nicht genau verstehen, was gesagt wird, aber die Wut des Sprechers ist unmissverständlich. Als sie in den Raum platzt, sitzt ihr Bruder mit eingezogenem Kopf auf dem Sofa, und Pfarrer Michael steht mit geballten Fäusten vor ihm. Die Miene des Pfarrers wird weicher, als er sie sieht, aber Lily hat nur Augen für die Verletzungen ihres Bruders.

»Was machen Sie hier, Herr Pfarrer?«

»Ihr Bruder war mal wieder in eine Schlägerei verwickelt; die Polizei hat ihn übel zugerichtet aufgefunden.«

Der Pfarrer ist häufig zu Besuch gekommen, als ihre Mutter schon todkrank war, und war auch rechtzeitig bei ihr, um ihr die Letzte Ölung zu geben, aber gemocht hat Lily ihn noch nie. Ihre Mutter ist trotz all seiner Gebete jung gestorben, und irgendetwas an ihm kommt ihr merkwürdig vor. Als sie wieder zu Harry schaut, sieht sie ihm an, dass er Angst hat.

»Worüber haben Sie gerade gesprochen, Herr Pfarrer?«

»Es wird Zeit, dass Harry sich seinen Dämonen stellt. Warum sprechen wir nicht zusammen ein Gebet, um ihm zu helfen, ein neues Leben zu beginnen?«

»Mum hat an Gott geglaubt, aber wir tun es nicht. Sie verschwenden hier Ihre Zeit.«

Pfarrer Trevellyan bleibt einfach stehen, bis sie die Tür weit aufmacht und darauf wartet, dass er geht. Sein Wunsch, an Harrys Seite zu bleiben, hat etwas Beängstigendes. Er zitiert leise etwas aus der Bibel, erteilt ihr einen Segen, nach dem es sie gar nicht verlangt, und legt ihr dann seine klamme Hand auf den Unterarm. Lily kann es kaum erwarten, dass er endlich geht.

»Ihr Bruder braucht die Liebe Gottes jetzt mehr denn je, Lily. Versuchen Sie nicht, ihn davon abzuhalten, in die Kirche zu kommen. Ich werde heute Abend für Sie beide beten.«

Er sagt das in einem sanften Ton, doch hinter seiner Milde verbirgt sich Wut. Die Worte des Pfarrers klingen mehr nach einem Fluch als nach einem Segen.

35

Um achtzehn Uhr starte ich die inselweite Fahndung nach Jade Finbury. Der Suchtrupp wurde in vier Gruppen unterteilt, von denen jede einen anderen Teil des Küstenverlaufs von St. Mary's abdeckt. Von Jade Finburys Entführung abgesehen, ist die Küste der Ort, den unser Täter bei seinen Angriffen favorisiert. Lawries und Islas Gruppen suchen im Süden, während Eddie und ich an der Nordseite der Insel unterwegs sind. Durch diese Aufteilung können wir sichergehen, dass jeder Strand und jede Höhle nach Anzeichen für die Anwesenheit des Mörders überprüft werden, solange Jade noch eine Überlebenschance hat. Die Gemeinde erweist sich als sehr engagiert; über dreihundert Leute sind erschienen, um nach der Pilotin zu suchen, was wenig überraschend ist. Die Inselbewohner stehen in Krisensituationen zusammen und teilen ihre Ressourcen, damit alle in Sicherheit sind. Manche haben sich dennoch entschlossen, nicht mitzumachen. Julian Power und Rhianna Polkerris, zum Beispiel, aber wir haben bereits mehr als genug Helfer, um die Insel zu durchkämmen. Meine Gruppe wartet, mit Taschenlampen und Laternen ausgerüstet, an der Old Town Bay auf mich. Als ich in London wohnte, habe ich vergessen, wie dramatisch die Abenddämmerung auf den Scilly-Islands sein kann. Die Nacht bricht von einem

Moment zum nächsten herein, als wäre man plötzlich mit Blindheit geschlagen, denn hier gibt es keine Straßenlaternen, die für Orientierung sorgen.

Ich erkläre, dass die Küste gründlich abgesucht werden und die Hälfte jedes Suchtrupps sich vom Küstenpfad aus ins Landesinnere verteilen soll. Wir werden zwei Stunden brauchen, bis wir am Bar Point an der Nordspitze von St. Mary's ankommen. In der Gruppe sind alle Altersstufen vertreten, und auch mehrere wichtige Stützen der Inselgemeinschaft, darunter Frank und Elaine Rawle, haben sich zum Dienst eingefunden. Die Miene meines ehemaligen Schulleiters ist ernst, als wir am Church Point vorbeikommen. Er bleibt auf dem Pfad stehen, während jüngere Teilnehmer zum Ufer hinunterklettern. Das Ehepaar ist sichtlich froh, dabei zu sein, und die beiden gehen auch sehr gründlich vor, schauen sogar unter dem wuchernden Unkraut nach und überprüfen mit Stöcken jeden Zentimeter des Bodens. Unter normalen Umständen wäre unser Spaziergang angenehm, denn unterwegs kann man weit über den Crow-Sund hinweg bis zu den Eastern Isles sehen. Am Wegesrand blühen die auf den Scilly-Inseln heimischen Mohnblumen, Ginsterbüsche und Schafgarben und erinnern mich daran, dass der Mörder bei seiner ersten Tat ähnliche Blumen verwendet hat. Wenn wir zu langsam sind, wird er dieselben Wildblumen in Jades Haar flechten.

Die Start- und Landebahn des Flugplatzes vor uns sieht eher wie eine Landstraße aus; sie ist gerade so lang, dass ein kleines Flugzeug aufsteigen kann, bevor es über den Rand des Kliffs stürzt. Wenn einer der örtlichen Piloten sich im Timing irren würde, würde sein Flieger auf die Kleingartenkolonie und die Felsen darunter krachen. Jade Finburys

Maschine wartet noch immer auf dem Rollfeld und macht mir ein schlechtes Gewissen. Ich schiebe Unkraut auf dem Pfad zur Seite und suche nach etwas, was der Mörder fallen gelassen haben könnte. Tom Polkerris hält Abstand, sein Bick gleitet suchend über den Boden. Als er näher kommt, sieht er bekümmert aus. Nichts an ihm erinnert mehr an den Fiesling, der früher feixend das Mittagessen jüngerer Mitschüler ins Klo geworfen hat.

»Rhianna lässt sich entschuldigen«, sagt er. »Einer von uns muss immer im Hotel sein.«

»Schon okay, wir haben genug Freiwillige.«

»Wir brauchen ohnehin mal eine Pause voneinander. Die Besichtigung durch diese verdammte Organisation, die die Travel Awards vergibt, war echt meganervig. Tut mir leid, ich sollte die Arbeit jetzt gar nicht erwähnen.« Er betrachtet mich nachdenklich. »Du hast mich noch nie leiden können, was?«

»Eine Frau ist verschwunden, Tom. Die Vergangenheit ist jetzt unwichtig.«

»Es tut mir heute leid, dass ich anderen das Leben schwergemacht habe, falls es dich interessiert. Bei mir zu Hause war die Hölle los; das Geld war knapp, und die Stimmung bei meinen Eltern war ständig auf dem Nullpunkt. Aber ich hab versucht, aus meinen Fehlern zu lernen. Ich hab sogar ein Antiaggressionstraining gemacht.«

»Ja, das soll gut sein, wie ich hörte.« Ich bin zu sehr auf Jade konzentriert, um mich für seine Entschuldigung zu interessieren, auch wenn er ziemlich elend klingt.

»Gestern hat Sabines Vater mich angerufen. Die Hotelbesitzer haben eingewilligt, für den Transport ihrer Leiche auf dem Flugweg und für die Beerdigung zu zahlen.«

»Das wird ihre Familie sicher erleichtern.«

»Ja, aber das bringt sie auch nicht zurück.« Polkerris' Blick ist auf den Pfad gerichtet. »Ich habe immer noch ein schlechtes Gewissen deswegen.«

»Wie meinst du das?«

»Sabine war unsere Angestellte, und wir haben sie im Stich gelassen. Ich hab dauernd Albträume deswegen.«

»Sie hat das Hotelgrundstück aus freien Stücken verlassen, Tom.« Die Schuldgefühle, die sich in seiner Miene widerspiegeln, sorgen schließlich dafür, dass meine alten Vorurteile verblassen, trotzdem bleibe ich misstrauisch. »Ich wollte dich noch fragen, warum du letzte Woche nach Penzance geflogen bist.«

»Wegen einer Gesellschafterversammlung. Die finden viermal im Jahr statt, und Rhianna und ich fahren abwechselnd hin. Sie erwarten jedes Mal mehr von uns; wir geben alles, aber es ist nie genug.«

»Du bist am selben Abend zurückgekommen, oder?«

Er nickt schnell. »Ich hab den Flieger um sechzehn Uhr noch gekriegt. Mir wär's ja lieber, das alles via Skype zu erledigen, aber sie lieben es, uns persönlich in die Mangel zu nehmen.«

Polkerris' Geschichte klingt ehrlich. Leider fehlen mir immer noch die Namen der Insulaner, die mit der *Scillonian* nach Penzance gefahren sind. Ich weiß, das Elaine Rawle ihre alte Mutter im Pflegeheim besucht hat, wie sie es pünktlich wie ein Uhrwerk alle zwei Wochen tut. Die Keast-Brüder sagen, sie hätten den Tag mit der Bestellung von Futter und landwirtschaftlichen Geräten verbracht, und Leo Kernick war in einer Kunstgalerie, doch viele andere sind wegen der IT-Panne noch nicht einmal identifiziert. Tom Polkerris eilt nach vorn zum Rest des Suchtrupps, und ich bleibe mit meinen Gedanken allein. Es klingt, als stünde seine Ehe auf der Kippe, aber die Beziehungsprobleme des Hotelmanagers können wohl kaum als Beweis gegen ihn verwendet werden.

Der Fußpfad schlängelt sich durch eine Landschaft, in der urzeitliche Inselbewohner ihre Spuren hinterlassen haben. Die riesigen Granitformationen, die sich hier erheben, haben ihre Namen vor vielen Jahrhunderten erhalten: Horse Rock, der Pferdefelsen, Druid's Chair, der Druidenstuhl, und Giant's Grave, das Riesengrab. Und die Bezeichnungen passen auch heute noch. Der Horse Rock erinnert an einen aufsteigenden Hengst, dessen Mähne im Wind flattert. Ich gehe langsamer, um auf den Fotografen, der ganz hinten in der Gruppe läuft, zu warten. Er gibt wieder einmal den alternden Rockstar: Seine grauen Locken sehen aus, als wären sie seit Wochen nicht gekämmt worden. Trotz der Wärme trägt er hautenge Jeans, eine verschrammte Lederjacke und ein rotes Tuch. Seine Miene wirkt so angespannt, als könnte er jeden Moment in Tränen ausbrechen. Die Kamera hängt ihm wie eine Rettungsdecke um den Hals, er stützt sie im Gehen mit der Hand ab. Bevor ich ihn begrüßen kann, drückt er mit einem nichtssagenden Gesichtsausdruck auf den Auslöser und macht ein Foto von mir.

»Sie sollten vorher um Erlaubnis fragen, Leo.«

»Ich fotografiere jeden, der mir vor die Linse läuft, aber wenn Sie wollen, lösche ich das Bild wieder.«

»Sie müssen ja eine gigantisch große Sammlung haben.«

»Wahrscheinlich mehrere zehntausend Fotos. Die, die in meiner Wohnung hängen, sind nur eine winzige Auswahl.«

»Aber Sie erinnern sich nicht zufällig, ob Sie hier in der Nähe auch ein Bild von Hannah Weber gemacht haben, vor Toll's Island?«

Er schüttelt den Kopf. »Ich frage die Leute nie nach ihrem Namen, ich dokumentiere einfach nur das Leben auf der Insel. Das ist wesentlich befriedigender, als draußen vor einem beschissenen Nachtclub auf Ibiza darauf zu warten, dass irgendein D-Promi rausgetorkelt kommt, der zu viel Champagner gesoffen hat.«

»Haben Sie damals viel verdient?«

»Ich hab eine Menge auf den Kopf gehauen. Der Lebensstil rächt sich heute; ich kann mich eigentlich kaum noch an etwas aus meinen Dreißigern erinnern.«

»Wie findet Jade Ihre Fotos?«

Seine Stimme wird weicher, als ich ihren Namen nenne. »Sie sagt mir immer, dass sie bestimmt eines Tages in einem Museum hängen.«

»Wie haben Sie beide sich kennengelernt?«

»Sie meinen, wie hat ein altes Wrack wie ich eine jugendlich frische Katholikin abgekriegt?«

»Ich wusste gar nicht, dass sie eine Kirchgängerin ist.«

»Jades Eltern sind religiös. Ich glaube nicht, dass ihr das wirklich wichtig ist, aber sie geht hin und wieder in die Messe.«

»Wissen Sie etwas über ihre früheren Beziehungen?«

»Ihr letzter Freund hat ihr sehr weh getan; er hat sie verarscht. Jade betont zwar ständig, dass sie nichts Festes will, aber jetzt sind wir schon seit zwei Jahren zusammen. Daher hoffe ich, dass sie ihre Meinung doch noch mal ändert.« Er zertritt seine Zigarettenkippe so fest mit dem Absatz seines Stiefels, als würde er auf dem Gesicht des Mörders herumtrampeln. »Bitte bringen Sie sie heil und gesund wieder zurück. Sie ist die Einzige, die mich auf dem rechten Weg hält.«

»Wir tun, was wir können.«

Kernick versinkt wieder in seinen Gedanken. Ich gehe allein weiter und frage mich, ob die exzentrische Art dieses Typen vielleicht nur eine Tarnung ist. Ich habe schon genügend Mordfälle bearbeitet, um zu wissen, dass auch sanftmütige Individualisten gewalttätig werden können. Als ich nach Osten schaue, sehe ich, dass sich der Himmel hinter Toll's Island, wo eine alte Festung langsam ins Meer bröckelt, rot färbt. Vor uns öffnet sich Pelistry Beach. Der Pfad windet sich um die Landzunge und gibt den Blick auf eine weitere verborgene Bucht frei. Schmuggler haben die abgelegenen schmalen Buchten über Jahrhunderte dafür genutzt, ihre Schmuggelware an Land zu bringen. Es ist das perfekte Gelände für einen Mörder, der ein Opfer verstecken will. Ich weiß, dass Jade Finbury vielleicht schon tot ist und ihre Leiche in einem der neolithischen Gräber verborgen sein könnte, die in den Hügeln der Insel verborgen sind.

Als Jeff Pendelow meinen Namen ruft, bin ich erleichtert, meine Sorgen beiseiteschieben zu können. Der Psychologe humpelt; er sieht immer noch kräftig aus, aber an seiner bleichen Haut ist gut zu erkennen, dass er leidet.

»Was macht der Rücken, Jeff?«

»Ach, dem geht's immer noch nicht besser, aber ich konnte den Gedanken nicht ertragen, zu Hause zu hocken, während Jade verschwunden ist. Sie hat uns häufig besucht, als das mit Vals Krankheit losging.« Er betrachtet mich über seine Halbbrille hinweg. »Wie läuft's denn mit der Ermittlung?«

»Wir haben lauter Puzzleteile. Ich muss sie nur noch richtig zusammensetzen.«

»So kam es mir in meinem Job auch häufig vor, wenn die Patienten nicht auf meine Therapie ansprachen.« Er bleibt an der Stelle stehen, wo der Weg zum Strand hin abfällt. »Ich habe zwar vor ewigen Jahren mal Forensische Psychologie studiert, aber der einzige Rat, den ich dir geben kann, ist eigentlich Allgemeingut.«

»Und zwar?«

»Es wird jemand sein, dem du vertraust. Mörder lieben es, eine Ermittlung zu beobachten. Häufig suchen sie sogar die Nähe der Polizei und bieten freiwillig ihre Hilfe an.«

Jeff sagt das mit einer Ruhe und Gewissheit, die meine eigenen Überzeugungen widerspiegelt. Serienmörder betrachten ihre Untaten als ein Spiel und sind, um die Oberhand zu gewinnen, sogar bereit, das Risiko ihrer Ergreifung in Kauf zu nehmen. Als ich mich dem alten Freund meines Vaters erneut zuwende, wirkt er noch abgehärmter.

»Ruh dich aus, Jeff. Du siehst nicht gut aus.«

Ginny Tremayne, die Mutter von Isla, eilt über den Pfad auf uns zu und schaut besorgt, als ihr Freund sich auf einem Felsen niederlässt; seine Haut hat mittlerweile einen wächsernen Farbton angenommen.

»Ich hab dir doch gesagt, du sollst zu Hause bleiben, du alter Narr«, sagt sie. »Warum kannst du nicht ein einziges Mal auf den Rat deiner Ärztin hören? Komm, ich bring dich zurück.«

»Du bist ein Engel, Ginny.« Der Psychologe sieht erschöpft aus, als sie ihm auf die Füße hilft. »Ich hoffe, du findest sie, Ben. Tut mir leid, dass ich schon gehen muss.«

Ich verspüre einen Hauch von Neid, während ich beobachte, wie Jeff, die Hand auf der Schulter der Ärztin, über den Pfad zurückhumpelt. Es ist Jahre her, dass ich mich so auf jemanden stützen konnte. Ich habe Nina sogar einem anderen Suchtrupp zugeteilt, um Komplikationen aus dem Weg zu gehen. Diese Gedanken verschwinden, als die Suche uns an der Watermill Cove vorbeiführt. Auch wenn das Tageslicht inzwischen schwindet, ist diese Bucht immer noch einer der schönsten Flecken von St. Mary's. Der Sand ist sauber und weiß und liegt voller Mikanit und Muschelschalen. Bis auf das von Nina gemietete Cottage, das halb hinter Bäumen verborgen ist, gibt es hier weit und breit keinerlei Gebäude. Der Ozean erstreckt sich meilenweit, und das Wasser hat die Farbe von angelaufenem Silber, während die Sonne langsam auf den Horizont zu sinkt.

Als ich am Ufer ankomme, ertönt ein Schrei. Eine Frau ruft meinen Namen, und ich sehe Elaine Rawle am Flutsaum hocken. Sie trägt Jeans und Wanderstiefel und hält etwas in der Hand.

»Jade hat so eine Tasche«, sagt sie. »Ich hab sie mal damit gesehen.«

Ich mache mir nicht die Mühe, sterile Handschuhe überzustreifen, bevor ich ihr die knallrote Tasche abnehme; das Salzwasser wird ohnehin bereits alle Fingerabdrücke zerstört haben. Die Tasche hängt voller Seetang, aber der Synthetikstoff glänzt noch, und der Reißverschluss ist intakt. Als ich den Inhalt in den Sand kippe, landen ein Schlüsselbund, ein Handy und ein Geldbeutel vor meinen Füßen. Jade Finburys Name steht auf der ersten Kreditkarte, auf die mein Blick fällt.

»Es ist ihre, stimmt's?«, fragt Elaine mit bebender Stimme, in ihren Augen stehen Tränen.

»Gut, dass Sie sie gefunden haben. Sie könnte uns zu ihr führen.«

Leo Kernick hält sich am Rand der Gruppe und versteckt sich vor der Wahrheit, bis ich ihn rufe.

»Ihre Tasche könnte doch jeder ins Meer geworfen haben, oder?« Er spricht so leise, dass man es über das Meeresrauschen fast nicht verstehen kann. »Das heißt noch nicht, dass ihr was angetan wurde.«

Es ist klar, dass er sich an jeden Strohhalm klammert und so zu tun versucht, als wäre seine Freundin in Sicherheit, obwohl die auflaufende Flut uns ihre Habseligkeiten vor die Füße gespült hat.

Während ich die Tasche auf weitere Gegenstände untersuche, ertönt der nächste Schrei. Tom Polkerris kommt über den Strand angerannt und hält eine triefnasse Jacke in der Hand. Sie sieht aus wie die, die Jade immer trug, und am Revers ist das Logo der Isles of Scilly Travel Company zu erkennen. Unser Suchtrupp verstummt. Der Mörder hat vielleicht so viel Angst, geschnappt zu werden, dass er die ausgefeilte Inszenierung seiner ersten Tat aufgegeben hat. Diesmal kann Kernick die Bedeutung des Fundes nicht verleugnen. Er geht taumelnd weg, bis einer aus der Gruppe zu ihm hinläuft, um ihn zu trösten. Jade Finbury könnte nur wenige Meter von Ninas Feriencottage ermordet und ihre Leiche ins Meer geworfen worden sein.

»Bitte bleiben Sie nicht stehen. Lassen Sie uns die Suche beenden, bevor es dunkel wird.«

Leo Kernick kommt zurück, als die Truppe ihren Weg fortsetzt, und kniet sich mit gesenktem Kopf neben die Sachen seiner Freundin in den Sand. Ich erwarte, dass er seine Kamera hebt und die im Sand verteilten Utensilien fotografiert, so wie er alles andere auch festhält. Doch diesmal überrascht er mich. Er starrt Jades Sachen lange schweigend an, und als er schließlich aufsteht, ist sein Gesicht maskenhaft und leer.

36

Die weitere Suche bleibt erfolglos, und bis ich meinen Trupp, mit Jade Finburys Habseligkeiten in einem Asservatenbeutel, um die Landspitze herumgeführt habe, ist es dunkel geworden. Eddies Team wartet am Bar Point. Ich erkenne schon an der Miene des Sergeant, dass sie erfolglos waren, und Anrufe bei Isla und Lawrie liefern dasselbe enttäuschende Ergebnis. Ich schicke alle nach Hause, nachdem ich ihnen für ihre harte Arbeit gedankt habe, und achte darauf, dass die Frauen nicht allein gehen.

Eddie sieht bestürzt aus, als ich ihm die Gegenstände zeige, die wir am Strand entdeckt haben. »Glauben Sie, sie ist ertrunken, Boss?«

»Das würde nicht der Vorgehensweise des Täters entsprechen, aber vielleicht will er uns reinlegen. Beim ersten Mord hat er sehr viel mehr Sorgfalt walten lassen. Entweder hat er eine Überraschung für uns auf Lager, oder Jade hat ihn dazu überredet, sie am Leben zu lassen.«

Wir gehen nach Hugh Town zurück. Wenn Jade mehr Zeit für sich herausgeschlagen hat, finden wir sie vielleicht noch lebend. Es überrascht mich, dass der Mörder nachlässig wird und es riskiert, die Tasche der Pilotin bei Ebbe ins Meer zu werfen, wo doch klar ist, dass die Flut sie mir dann in die Hände spült.

Bis wir in der Stadt sind, ist es halb zehn, und wir müssen noch einen weiteren Besuch absolvieren. Weil Eddie erschöpft aussieht, schicke ich ihn zurück ins Hotel und schaue allein bei Harry Jago vorbei. Der junge Mann wird jetzt nüchtern sein, und ich brauche die Informationen, die er zurückhält, mehr denn je. Auf mein Klopfen hin öffnet mir seine Schwester die Tür. Lily strahlt eine seltsame Mischung aus Selbstvertrauen und Ängstlichkeit aus. Sie hält den Kopf hoch erhoben, als sie mich schließlich hereinlässt. Auf dem Tisch liegen zwei leere Pizzakartons, aber von Harry ist keine Spur zu sehen.

»Ich muss mit Ihrem Bruder sprechen, Lily.«

»Er schläft.«

»Dann wecken Sie ihn bitte für mich.«

»Harry ist zu schwach, um heute Abend noch irgendwelche Fragen zu beantworten. Ich habe mir morgen freigenommen, um für ihn da sein zu können.« Sie gibt nicht nach; mit dem scheuen Wesen, das mir im Hotel begegnet ist, hat diese junge Frau nicht mehr viel gemein. »Er hat nichts Unrechtes getan. Sie können ihn nicht einfach deswegen bedrängen, weil er vorbestraft ist.«

»Ich habe ihn von der Straße aufgelesen. Unter einer Belästigung stelle ich mir was anderes vor.«

Es ist offensichtlich, dass sie Angst hat, aber sie würde durchs Feuer gehen, um ihren Bruder zu verteidigen. Es ist wirklich ein Jammer, dass die beiden keine älteren Verwandten auf St. Mary's haben. Ich erinnere mich, wie wütend ich war, als mein Vater starb. Wenn meine Familie nicht auf mich aufgepasst hätte, hätte ich damals leicht vom Weg abkommen können.

»Hat er erzählt, wer ihn zusammengeschlagen hat, Lily?«

»Er ist auf dem Heimweg vom Pub hingefallen.«

»Vom Asphalt hat er das Veilchen sicher nicht.«

Sie wendet den Blick ab und sagt nichts mehr. Ich weiß nicht, ob sie befürchtet, dass ihr Bruder verhaftet wird, oder ob sie selbst etwas vor mir verbirgt.

»Erzählen Sie mir von Harry und Sabine. Waren die beiden ein Paar?«

»Er hat mit ihr eine Bootsfahrt gemacht, mehr nicht. Harry flirtet mit vielen Mädchen; das hat nichts weiter zu bedeuten.« Lily erhebt sich, als hätte sie vor, mich aus dem Haus zu jagen, doch ihre Schultern zittern, und ich bekomme Mitleid mit ihr. Sie sollte ihr eigenes Leben leben und nicht all ihre Energie darauf verwenden, sich für ihren Bruder einzusetzen.

»Ich find's toll, wie Sie Harry verteidigen, aber er muss morgen in aller Früh aufs Revier kommen. Wenn er mir die Wahrheit gesagt hat, hat er nichts zu befürchten.«

Lily nickt widerwillig, dann folgt sie mir durch den Flur; sie kann es offensichtlich kaum erwarten, mich loszuwerden. Auch wenn Harry die Angewohnheit hat, in betrunkenem Zustand Schlägereien anzuzetteln, bin ich nach wie vor nicht davon überzeugt, dass er jemanden böswillig verletzen würde. Aber da er sich mit Sabine getroffen hat, könnte er wichtige Informationen für uns haben. Ich werde morgen die richtigen Fragen stellen müssen, um seine Abwehrhaltung zu durchbrechen.

Als ich wieder im Hotel bin, schwirrt mir noch immer der Kopf, und ich gehe ein bisschen spazieren, um meine Gedanken zu sortieren. Im Garten fluten die Blüten die Dunkelheit mit ihrem Duft. Ich setze mich auf eine Bank, um die Nachrichten auf meinem Handy zu checken. Das

Krankenhaus lässt mich wissen, dass Hannah Webers Zustand unverändert ist. Die Insel scheint in einer Endlosschleife festzuhängen und immer wieder dasselbe zu durchlaufen, ohne dass es irgendeinen Fortschritt gibt. Ich zwinge mich, mich zu entspannen, und atme tief den Rosenduft ein, doch ein vertrautes Geräusch lässt mich hochschrecken. Shadows Bellen ist unverwechselbar. Mein Hund kommt so ungestüm den Weg heruntergerannt, dass der Schotter in alle Richtungen fliegt, und springt mir dann auf den Schoß.

»Sei nicht so gönnerhaft; ich weiß, dass du sie lieber magst als mich.«

Während der Hund verzweifelte Versuche unternimmt, mein Gesicht abzulecken, taucht Nina vor mir auf. »Er ist losgerannt, bevor ich ihn festhalten konnte.«

»Typisch Shadow eben. Er hat seinen eigenen Willen.«

Als sie sich neben mich auf die Bank setzt, möchte sich eine Hälfte von mir in Sicherheit bringen, während die andere sich wünscht, dass der Hund uns allein lassen würde. Nina hat sich die Haare hochgesteckt, und ich sehe den sanften Schwung ihres Kieferknochens. Der Wunsch, sie zu berühren, wird immer drängender.

»Ich sollte mich ins Bett verabschieden. Ich muss morgen wieder früh raus.«

»Bleib, nur eine Minute, Ben. Habt ihr heute irgendeine Spur von der Vermissten gefunden?«

»Wir haben ein paar Sachen von ihr vom Strand aufgesammelt.«

»Das ist gut, oder? Vielleicht führt euch das irgendwo hin.« Sie fährt mit der Hand über Shadows Rücken und streicht sein Fell glatt. »Alle hier sind sehr bestürzt über die

Vorkommnisse. Eine Frau hat sich auf dem Weg zurück in die Stadt fast die Augen ausgeweint.«

»Wer denn?«

»Sie hat gesagt, ihre Name wäre Elaine Rawle. Ich hab mich eine Weile mit ihr unterhalten. Die ganze Geschichte weckt in ihr ungute Erinnerungen an den Tod ihrer Tochter. Sie hatte gehört, dass ich eine Ausbildung zur Therapeutin mache, und möchte vor meiner Abreise noch mal mit mir sprechen.«

»Was hast du gesagt?«

»Dass ich mich dafür noch nicht qualifiziert genug fühle, morgen früh aber gern einen Kaffee mit ihr trinke. Mir macht es nichts aus, anderen zuzuhören, wenn etwas sie belastet. Für mich klingt es, als hätte sie ihre Trauer nie bewältigen können.«

»Die Ereignisse gehen allen an die Nieren.« Ich wende mich ihr zu und zwinge mich, ihr in die Augen zu sehen. »Warum bist du zurückgekommen, Nina?«

»Ich hatte ganz vergessen, dass du Smalltalk hasst«, sagt sie lächelnd. »Warum unterhalten wir uns nicht an einem anderen Tag? Du siehst müde aus.«

»Jetzt passt es mir ganz gut.«

»Möchtest du eine ehrliche Antwort?«

»Ist mir lieber, als eine Lüge zu hören.«

Sie schaut auf ihre Hände. »Als ich das letzte Mal hierherkam, war ich am Boden zerstört. Simon war wenige Monate zuvor gestorben, und ich hatte das damals noch nicht ansatzweise akzeptiert. Die Landschaft hat mir geholfen, und auch das Alleinsein, aber als ich dich kennenlernte, geriet alles durcheinander.«

»Warum?«

»Ich hatte das Gefühl, untreu zu sein, und das schlechte Gewissen hat mir zugesetzt. Besser kann ich es nicht beschreiben.« Sie wirkt erleichtert, als sie mich wieder anschaut, so als hätte sie eine Last von ihren Schultern auf meine abgegeben. »Liest du noch immer diese amerikanischen Wälzer? Ich weiß noch, dass du lauter Steinbecks und Hemingways im Regal stehen hattest.«

»Inzwischen sind eine Menge neue Bücher dazugekommen, und ich wette, sie sind angenehmer zu lesen als deine Fachliteratur. Wie kommt's, dass du von Chiropraktikerin auf Therapeutin umsatteln willst?«

Sie zuckt mit den Schultern. »Der Geist ist interessanter als der Körper. Seelische Probleme können einem das Leben vergällen, findest du nicht?«

»Ja, so heißt es.« Ihre Worte erinnern mich an Jeff Pendelows Kommentar über die Auswirkungen von Stress, und ich kann mir Nina sehr gut als Therapeutin vorstellen – ruhig, gelassen und verständig, während die Patienten über ihre Ängste sprechen.

»Ich möchte nicht, dass es böses Blut zwischen uns gibt, Ben. Dafür mag ich dich zu sehr.«

»Lass uns noch was trinken gehen, bevor du abreist. Sofern ich den Fall rechtzeitig abschließen kann.«

»Ja, gern.«

Als sie aufsteht, umkreist Shadow uns; er ist immer noch unsicher, zu wem er gehören will.

»Behalte ihn heute Nacht bei dir«, sage ich. »Er schnarcht zwar wie ein Bär, aber er ist ein guter Wachhund. In welchem Zimmer bist du untergebracht?«

Sie zeigt auf ein Fenster im Erdgeschoss, hinter dessen Vorhängen ein schwacher Lichtschein schimmert. Ihr

Zimmer liegt direkt unter meinem. Ich würde zu gern mit ihr reingehen, auch wenn das Timing schlecht ist. Sie ist nur deshalb zurückgekommen, um mit der Sache abzuschließen.

Nina verschwindet im Gebäude, aber es dauert noch eine Weile, bis ich ihrem Beispiel folge. Als ich in mein Zimmer komme, dringt schrille, hektische Geigenmusik durch die Dielen nach oben. Ich lege mich vollständig bekleidet aufs Bett und richte meinen Blick auf einen schmalen Streifen Mondlicht an der Decke. Die einzige Frau, die zu vergessen mir je Mühe bereitet hat, ist mir heute Nacht näher, als mir lieb ist. Das ist jedoch nicht meine größte Sorge. Ich werde Mühe haben, mir zu verzeihen, wenn Jade Finbury nicht lebend nach Hause kommt.

37

Lily gibt ihr Bestes, um Harry zu beruhigen. Es ist jetzt eine Stunde her, dass Kitto wieder gegangen ist, aber ihr Bruder läuft noch immer in seinem Zimmer auf und ab und weigert sich, sich wieder hinzulegen.

»Die sind hinter mir her, Lily. Ich hab doch gehört, was Kitto gesagt hat. Ich sollte aufs Festland gehen und da noch mal von vorn anfangen.«

»Aber du hast doch gar nichts getan.«

»Bei meiner Vorgeschichte glaubt er mir kein Wort, und er weiß, dass Dad im Knast ist. Ich schnappe mir heute Nacht das Boot und mache mich vom Acker.«

»Du kannst doch nicht vierzig Kilometer mit einem kleinen Schnellboot durch die raue See fahren.«

»Eine bessere Chance hab ich aber nicht.«

Sie berührt ihn am Arm. »Warum hast du solche Angst?«

»Ich hatte Sabine nicht verdient.« *Er sieht beschämt aus.* »Ich war zu betrunken, um sie zu beschützen.«

»Hör auf, dich zu bestrafen.« *Sie seufzt frustriert.* »Sag mir, wer dich geschlagen hat.«

»Ich weiß es nicht. Er hatte eine Haube auf dem Kopf und hat auf mich eingetreten, bis ich bewusstlos war. Ich dachte, das überlebe ich nicht. Und als ich wieder zu mir kam, war er weg.«

»*Du gehst heute Nacht nirgendwohin. Du musst dich ausruhen.*«

Irgendwann lenkt Harry ein und legt sich wieder ins Bett. Lily ist vor lauter Sorge so erschöpft, dass sie in einen traumlosen Schlaf sinkt, sobald ihr Kopf das Kissen berührt, aber die Stille weckt sie mitten in der Nacht. Normalerweise kann sie durch die Wand wahrnehmen, wie ihr Bruder sich im Schlaf herumwälzt, doch jetzt ist nichts als das ferne Rauschen der Wellen zu hören, die sich vom Strand zurückziehen. Als sie aufsteht und nachschaut, ist Harrys Bett leer. Sie schlüpft instinktiv in Jeans und T-Shirt, bevor sie nach unten geht. Ihr Bruder hat das Haus verlassen, sein blauer Hoodie hängt nicht mehr an der Garderobe.

Sie tritt hinaus und schaut die leere Straße entlang. Die Häuser gegenüber liegen im Dunkeln. Vielleicht hat er sich auf die Suche nach Saufkumpanen gemacht. Erst, als sie wieder hineingeht, bemerkt sie auf dem Tisch im Flur einen braunen Briefumschlag, auf dem Harrys Name steht. Er ist bereits offen, und ihr fällt ein neues Polaroidfoto in die Hand; eine panisch dreinblickende Frau starrt zu ihr hoch. Warum hat jemand Harry ein Foto geschickt, das wie das von Sabine vor ihrem Tod aussieht? Vielleicht ist er dem Mörder in die Quere gekommen und wird nun selbst bedroht.

Lily schlägt sich eine Hand vor den Mund, um nicht laut zu schreien. Auf die Rückseite des Fotos sind ein paar Worte gekritzelt, aber sie hat jetzt keinen Kopf für so was. Sie steckt das Foto zurück in den Umschlag, zieht ihre Turnschuhe an und eilt nach draußen. Als weiter unten auf der Straße ein Motor gestartet wird, lässt sie den Umschlag in einen Mülleimer fallen. Das Einzige, was jetzt noch zählt, ist, dass sie ihren Bruder findet, bevor es zu spät ist. Er muss sich doch noch auf den Weg zu dem Boot gemacht haben und riskiert sogar eine gefährliche Überfahrt, nur, um zu entkommen. Sie verfällt in einen langsamen Trab und läuft zum Stadtrand von Hugh Town; dort endet die Straßenbeleuchtung. Lily wünschte, sie hätte eine Taschenlampe eingesteckt, aber wenigstens der Mondschein wird ihr bei ihrer Suche helfen.

Als sie am Porthloo Beach ankommt, ist sie völlig aus der Puste. Erleichtert sieht sie das Schnellboot am Ufer liegen, es wurde auf den Strand gezogen; auf der Meeresoberfläche tanzt glitzernd das Sternenlicht. Bis zum Einsetzen der Flut kann Harry nirgends hinfahren. Die Wellen rollen leise am Ufer aus, und das Meer flüstert ihr etwas zu, sanft wie ein Schlaflied. Sie hätte nicht gleich in Panik geraten sollen. Wahrscheinlich ist er bei einem seiner Freunde und reißt betrunken Witze über seine übervorsichtige kleine Schwester. Sie hat sich gerade entspannt, als jemand von hinten eine Hand auf ihre Schulter legt. Die Berührung ist so sanft und vertraut, dass ihr Schreck schnell verfliegt.

»Du hast mir ganz schön Angst eingejagt, Harry.«

Aber als sie sich umdreht, steht eine Gestalt in dunklen Kleidern vor ihr, deren Gesicht im Dunkeln nicht zu erkennen ist. Sie will wegrennen, kassiert jedoch Schläge in die Rippen und auf ihren Rücken. Lily ist nur noch halb bei Bewusstsein, als sie über den Sand weggeschleift wird. Sie sieht noch einen letzten Schimmer Mondlicht, bevor sie mit dem Kopf voran in einen Kofferraum gelegt wird. Sie ist zu schwach zum Schreien, als der Deckel zuschlägt.

Teil 3

Der Morgentau beträufelt sie in ihrem Kleid,
dem weißen langen,
legt auf den Schleier sich und auf den bleichen
Schimmer ihrer Wangen.

    Isabel Ecclestone Mackay, *Die tote Braut*

38

Donnerstag, 8. August

Um sieben Uhr rappelt etwas neben mir, und ich brauche einen Moment, bis ich kapiere, dass mein Handy auf dem Nachttisch vibriert. Steve Keast spricht mir hastig ins Ohr, ich soll zu dem Süßwasserteich im Marschland von Porth Hellick kommen. Er legt auf, bevor ich nach dem Grund fragen kann, aber die Panik in seiner Stimme lässt mich aus dem Bett springen. Im Hotel ist es still, da die meisten Gäste inzwischen aufs Festland zurückgekehrt sind. Also sieht auch niemand das Spektakel mit an, wie ein großer, kräftiger Mann über das Grundstück rennt und dabei versucht, so schnell wie Usain Bolt zu sein. Auch Hugh Town wirkt verlassen, nur einige Hummerfischer laden am Kai gerade ihren Fang aus. Meine Gedanken wirbeln noch immer wild durcheinander, als ich mich in den Polizeitransporter setze und losfahre; die Landschaft mit den Ulmen und den spät blühenden Sommerblumen fliegt nur so an mir vorbei.

Ich parke auf der Carn Friars Lane und trabe dann den Pfad Richtung Holy Vale entlang. Hierhin kommen häufig Kinder der Five Islands School, die etwas über Vögel und Schmetterlinge lernen wollen, doch ich habe heute keine

Zeit, die Natur zu bewundern. Der Tümpel liegt jetzt vor mir und glitzert im Sonnenlicht. Steve steht am gegenüberliegenden Ufer und winkt mir zu; er trägt Laufkleidung, sein Gesicht wirkt hager. Von dem üblichen Lächeln meines Freundes ist nichts zu sehen. Er wischt sich mit fahrigen Bewegungen den Schweiß von der Stirn.

»Was ist los, Steve?«

»Komm mit und sieh es dir selbst an.«

Er führt mich tiefer in den Wald hinein. Die Gegend um den Teich wird gern für Picknicks genutzt, aber heute kommt mir die Atmosphäre hier düsterer vor als sonst, auch wenn die Morgensonne durchs Blätterdach fällt und ein flirrendes Muster auf den Boden zeichnet. An einer Lichtung bleibt Steve stehen. Er sieht so bleich und geschockt aus, als würde er jeden Moment umkippen.

»Ruh dich einen Moment aus«, sage ich zu ihm. »Ich übernehme jetzt.«

Auf den ersten Blick wirkt alles ganz friedlich; ich sehe nur ein kreisrundes Stück Waldboden, um das junge Bäume herumstehen. Doch dann entdecke ich etwas Helles, das halb von Zweigen verdeckt wird. Ich trete näher und erkenne die Gestalt deutlicher. An einem hohen Ast baumelt eine zweite Braut, deren nackte Füße auf meiner Augenhöhe sind. Beim Anblick ihres schiefen Halses steigt Übelkeit in mir auf. Ich habe etwas Zentrales übersehen, und ein weiteres Opfer hat dafür mit dem Leben bezahlt. Auch wenn ihr Gesicht von einem Schleier verdeckt wird, weiß ich gleich, dass es sich um Jade Finbury handelt. Ihr kastanienbraunes Haar ist mit Blumen geschmückt. Als ich ihren Fuß berühre, fühlt sich ihre Haut kalt an in der warmen Morgenluft.

Mein Herz schlägt in einem wilden Rhythmus gegen

meine Brust. Ich rufe Gannick und den Gerichtsmediziner an und bemühe mich, meine Wut schnell wieder in den Griff zu kriegen. Mein Freund hat sich auf einen umgestürzten Baumstamm gesetzt und den Kopf in die Hände gestützt.

»Es ist Jade, oder?«, fragt Steve.

»Wir werden eine formelle Identifizierung durchführen müssen.«

»Ich weiß, dass sie es ist.« Steves Stimme wird plötzlich lauter. »Ich hab sie letzte Woche noch im Pub gesehen. Wer, zum Teufel, tut so was, Ben?«

»Ich werde es bald wissen.«

»Wie viele müssen noch sterben bis dahin?«

»Ich hoffe, niemand. Warum bist du so früh schon laufen gegangen, Steve?«

»Ich mache Ausdauertraining für den Schwimmwettbewerb. Das ist doch kein Verbrechen, oder?« Sein Blick ist scharf wie ein Laserstrahl. »Ich kann immer noch nicht fassen, dass du bei uns rumgeschnüffelt hast. Sehen Paul und ich für dich wie Mörder aus?«

»Das nicht, aber es werden Frauen umgebracht. Und ich muss alle Leute gleich behandeln.«

»Du machst einen Fehler.«

»Es gibt Vorschriften für die Vorgehensweise, die eingehalten werden müssen, Steve. Das verstehst du doch sicher, oder?«

Er reibt sich mit der Hand über den Mund und reißt sich zusammen. »Tut mir leid, ich sollte dir keine Vorwürfe machen, aber Paul wird ausflippen, wenn er das erfährt. Er hat zwei Jahre lang gehofft, dass Jade zu ihm zurückkommt.«

»Ich wusste gar nicht, dass sie mal zusammen waren.«

»Du hast eine ganze Menge verpasst, als du dich nach

London verpisst hast. Sie hatten eine ziemlich heiße Affäre. Aber sie kam nicht damit klar, dass er so viel Zeit auf der Farm verbringen musste, darum haben sie angefangen, sich zu streiten. Und als Paul sie dann gebeten hat, Kernick zu verlassen, waren sie beide zu stolz, um Kompromisse einzugehen.«

»Wo ist Paul jetzt?«

»Zu Hause, er füttert das Vieh. Und gib ihm ja nicht die Schuld! Er hätte Jade niemals was angetan!«

Ehe Steve noch etwas sagen kann, ertönt ein schriller Ton. Ich erkenne den Pieper der Royal National Lifeboat Institution, der ihn zum Boot der Seenotrettung im Hafen ruft, noch bevor er ihn aus der Tasche zieht.

»Lauf los, Steve, wir reden später weiter.«

Er scheint froh zu sein, aufbrechen zu können. Zuerst trabt er locker den Weg entlang, dann beschleunigt er, um den Tatort schnell hinter sich zu lassen. Und egal, was er sagt, sein Bruder ist soeben zu meinem Hauptverdächtigen geworden. Paul Keast ist der einzige Insulaner mit Verbindungen zu beiden Opfern. Er wurde von Sabine zurückgewiesen und hat eine schmerzhafte Trennung von Jade hinter sich, außerdem ist er der Chef von Harry Jago. Ich kann mir zwar nicht vorstellen, wie Paul die Gesichter seiner Opfer schminkt, aber möglicherweise hat er ja einen Komplizen. Wenn er der Mörder ist, habe ich keine Ahnung, wo er seine Opfer hingebracht haben könnte, denn wir haben jedes Gebäude auf St. Mary's durchsucht und auch die gesamte Küste abgegrast. Jades Tod verstärkt meine Gewissheit, dass der Täter die Gegend hier gut genug kennt, um der Ermittlung immer einen Schritt voraus zu sein.

Während ich auf Unterstützung warte, wende ich mich

der Leiche zu. Wieder fällt die Geschicklichkeit des Mörders ins Auge: Ein dickes Seil wurde mit einem professionell aussehenden Knoten an einem Ast festgemacht. Der Täter muss stark sein, da er die Tote so weit hochgezogen hat. Bei näherem Hinsehen fällt mir zudem auf, dass er eine kornische Eiche ausgesucht hat; vielleicht hat das ja eine symbolische Bedeutung. Den Schleier kann ich erst anheben, wenn Gannick da ist, weil ich sonst womöglich wichtige Spuren vernichte, aber das Kleid, dessen einfacher Musselin sich in der Brise bewegt, ist schlichter, als das von Sabine es war. Auch an Jades Finger wurde ein Ehering gesteckt, obwohl sie es zu ihren Lebzeiten vermieden hat, sich auf Dauer zu binden.

Ich bin immer noch dabei, die Details in Augenschein zu nehmen, als oben an der Straße ein Auto anhält und gedämpfte Stimmen zu mir dringen; meine Helfer kommen nach Holy Vale. Gareth Keillor trifft als Erster ein, gefolgt von Liz Gannick, und während Fotos von der Leiche gemacht werden und sie schließlich auf den Boden herabgelassen wird, kommt mir das alles vor wie ein Déjà-vu-Erlebnis.

Die Untersuchungen am Tatort ziehen sich frustrierend lange hin. Als Keillor schließlich den Schleier lüpft, bildet Jade Finburys sorgfältig geschminktes Gesicht einen grotesken Gegensatz zu ihrer gequälten Miene. Weder an ihren Händen noch an ihren Füßen sind Schnittwunden zu sehen, die das Blut erklären könnten, das Gannick in Jades Küche gefunden hat, aber vielleicht wird die Wunde nur von dem langen Kleid verdeckt.

Keillor notiert sich schweigend Details für den Totenschein und teilt mir nur wenig davon mit, bevor er geht.

Spuren an Jades Handgelenk beweisen, dass sie, wie Sabine, gefesselt worden war. Dass die Leiche keine Anzeichen von Totenstarre aufweist, deutet darauf hin, dass sie erst innerhalb der letzten vier Stunden gestorben ist. Der Umstand, dass wir also bis vor kurzem noch die Chance gehabt hätten, sie lebend zu finden, verstärkt meinen Frust. Eddie zieht mit ernster Miene gelb-schwarzes Flatterband zwischen den Bäumen hindurch, um den Auffindungsort von Jades Leiche abzusperren, aber um Isla mache ich mir Sorgen. Gleich der erste große Fall der jungen Constable hat sich zu einer Jagd auf einen Serienmörder entwickelt. Sie lehnt mit glasigem Blick an einem Baum und sieht so zerbrechlich aus, dass meine Angst, sie könnte in die Taten verwickelt sein, endlich vollständig verfliegt.

»Fahren Sie zurück aufs Revier, Isla. Da gibt es auch noch jede Menge zu tun.«

»Schon in Ordnung, Boss. Fühlt sich nur alles irgendwie surreal an.«

»Wie meinen Sie das?«

»Vor dem letzten Sonntag hatte ich noch nie einen Toten gesehen.« Ihre Augen sind trocken, aber ihre Stimme klingt rau. »Jade war während der letzten Schuljahre mein Vorbild. Als ich fünfzehn war, hat sie angefangen, hier zu arbeiten. Ich hab sogar eine Weile darüber nachgedacht, auch eine Ausbildung zur Pilotin zu machen.«

»Warum schonen Sie sich nicht, wenn Sie eine Pause brauchen?«

»Ich möchte keine Sonderbehandlung.« Sie reckt das Kinn vor wie eine Kämpferin, die zum Ring schreitet. »Was passiert jetzt, Sir?«

»Wir werden weiter versuchen, die Liste der verdächtigen

Personen zu reduzieren. Ich möchte wissen, wer die Fähigkeit und ein Motiv hatte, Jade zu töten.« Als ich sie erneut anschaue, wirkt die junge PC schon etwas ruhiger. »Würden Sie bitte Leo Kernick für mich anrufen? Sagen Sie ihm, ich bin auf dem Weg zu ihm.«

Sie zieht ihr Handy aus der Tasche, obwohl ihre Hände zittern, und meine Bewunderung für sie wächst. Viele neue Mitarbeiter würden beim Anblick einer weiteren Leiche zusammenklappen, aber sie kommt mit den schlimmsten Situationen zurecht, die der Polizeidienst bereithält. Sie klingt ganz ruhig, während sie mit Kernick spricht.

»Er wartet im Fotostudio auf Sie, Boss.«

Unter normalen Umständen überbringen zwei Officer dem Partner eines Mordopfers die schlechte Nachricht gemeinsam, aber Isla und Eddie werden in Holy Vale gebraucht, und Lawrie Deane organisiert gerade die nächste Zusammenkunft mit den Inselbewohnern. Da ich also nicht den Luxus einer Begleitung haben werde, wenn ich Leo Kernick gegenübertrete, bin ich gezwungen, mich unterwegs zu sammeln. Die Sonne scheint jetzt heißer vom Himmel, und ich schmecke die feuchtwarme Luft in der Kehle. Der Strand ist menschenleer, als ich einparke, nur eine einheimische Familie spielt auf dem Sand Volleyball, und die Kinder lachen schallend über ihre Missgeschicke.

Bei meinem Eintreffen steht der Fotograf rauchend vor seinem Studio. Er sieht ausgezehrt aus und hat vor Erschöpfung dunkle Schatten unter den Augen. Noch bevor ich den Parkplatz überquert habe, bestürmt er mich mit Fragen.

»Was ist los? Haben Sie Jade gefunden?«

»Können wir drinnen reden, Leo? Es ist besser, wenn wir uns setzen.«

In seinem Studio sieht es noch immer chaotisch aus, aber er hat neue Fotos mit Klammern an eine Leine gehängt. Es sind Schwarz-Weiß-Bilder seiner Freundin, die, nicht ahnend, was ihr bevorsteht, strahlend in die Kamera lächelt. Ich bemühe mich, ihm die Neuigkeiten behutsam beizubringen, aber er ist ehrlich schockiert. Ihm laufen Tränen über die Wangen, während er die Wahrheit zu verstehen versucht. Wenn das nur gespielt ist, dann verdient er für den Schmerz und die Trauer, die ich in seinem Gesicht sehe, einen Oscar.

»Bei unserem letzten Treffen bin ich ausgerastet. Sie ist weggefahren, bevor ich mich entschuldigen konnte.«

»Sie hätte Ihnen sicherlich verziehen.«

»Ich war zu blöd, ihr zu sagen, dass ich sie liebe. Ich war einfach zu wütend.«

»Wir machen alle Fehler, Leo, es ist nicht Ihre Schuld. Ist es okay, wenn ich Ihnen ein paar Fragen stelle?«

»Wenn Sie dann den Mistkerl finden, der sie umgebracht hat.«

»Wo sind Sie gestern Abend nach der Suche hingegangen?«

Er zieht ein knittriges Taschentuch aus der Hosentasche. »Ich wollte nicht nach Hause, darum war ich noch im *Mermaid Inn*.«

»Wer hat Sie dort gesehen?«

»Ginny Tremayne war eine Zeitlang da, und Frank Rawle hat mich nach Hause begleitet, als sie zugemacht haben. Er ist ein alter Freund von mir.«

»Tatsächlich?«

»Fotografieren ist ein Hobby von ihm. Ich lasse Frank hier seine Bilder entwickeln.«

»Haben Sie noch irgendwelche Fragen, Leo?«

Seine Miene ist ausdruckslos. »Ich kann es einfach nicht glauben. Sie ist doch erst vierunddreißig.«

»Es könnte jemand bei Ihnen bleiben. Würde Ihnen das helfen?«

»Nein, mir hilft gar nichts. Ich muss jetzt allein sein.«

Beim Abschied sieht Kernick am Boden zerstört aus, aber das könnte auch eine ausgeklügelte Taktik sein. Ich muss seine Nachbarn anrufen und sie fragen, ob sie ihn gestern Nacht spät noch einmal haben weggehen hören.

Mein Instinkt rät mir, zum Tatort zurückzufahren und jeder einzelnen Spur nachzugehen, egal, wie unbedeutend sie auch erscheinen mag, aber DCI Madron erwartet meinen Anruf. Ich steige wieder in den Wagen, wähle seine Nummer und halte den Blick auf den Strand gerichtet, während ich darauf warte, dass mein Boss drangeht. Als ich ihm von dem zweiten Todesopfer berichte, fühlt sich meine Kehle so trocken an, als hätte ich Sand verschluckt. Normalerweise flucht Madron laut, wenn er sauer ist, doch diesmal schweigt er unheilvoll, und als er seine Sprache schließlich wiederfindet, klingt er enttäuscht.

»Ich werde den Fall als leitender Ermittler übernehmen, aber im Augenblick hänge ich noch hier fest. Die Arbeiter am Eurotunnel streiken, und die Flüge für die nächsten zwei Tage sind ausgebucht. Tun Sie nichts, ohne sich vorher mit mir abzusprechen.«

Madron legt ohne Umschweife auf, aber ganz gleich, wie vernichtend sein Urteil über mich ausfällt, verglichen mit dem Bedauern, das ich über Jades Tod empfinde, ist es nichts. Eigentlich sollte es doch ein Leichtes sein, die Bevölkerung einer kleinen Insel zu schützen, aber weil ich versagt habe, musste ein weiterer Mensch sterben. Die Pilotin hat dieses Schicksal ebenso wenig verdient wie Sabine Bertans. Und Hannah Weber ist noch immer nicht über den Berg. Ich bin sicher, die Antwort auf alle offenen Fragen liegt direkt vor mir. Wenn ich sie doch nur sehen könnte. Als ich meine Aufmerksamkeit wieder dem Strand zuwende, ist die Familie mit dem Picknickkorb und den Limoflaschen noch da. Einige Menschen auf der Insel schaffen es, die Morde zu ignorieren, mit denen wir konfrontiert sind. Bevor ich losfahre, schaue ich noch mal auf mein Handy, aber lediglich Julian Power hat mir eine Nachricht geschickt. Er hat noch einmal die Bestandsliste des Museums durchstöbert, aber keinen Hinweis auf die Herkunft der Seemannsglücksbringer gefunden. Also bleibt uns auch dieser Weg, die Beweggründe des Mörders zu verstehen, versperrt.

39

Schließlich wechselt das Wetter, der endlose Sonnenschein verschwindet, und am Himmel ziehen sich bedrohliche Wolken zusammen, die den von Ray vorhergesagten Regen bringen. Es ist so schwül, dass ich mich wie betäubt fühle. Isla kommt am Vormittag zurück aufs Revier. Da die junge Constable erschöpft aussieht, erteile ich ihr die simple Aufgabe, unsere Ergebnisse für den Bericht einzutippen, während ich mich vor die Tafel stelle, um noch mal alles durchzugehen. Sie hängt voller Fotos von den ersten beiden Tatorten, aber über Jade Finburys Fall gibt es noch nichts. Ich kann noch immer niemanden entdecken, der mit allen drei Taten in Verbindung zu bringen ist. Paul Keast hatte mit beiden Opfern zu tun, aber ich habe keinerlei Beweise, dass er Hannah Weber je getroffen hat. Der Mörder führt uns an der Nase herum, weil er die ersten beiden Angriffe am Meer, den dritten dann aber im Landesinneren durchgeführt und die Pilotin aus ihrem eigenen Haus entführt hat. Und er hat sich wieder einen besonders schönen Flecken auf der Insel ausgesucht, um Finburys Leiche zur Schau zu stellen. Ein Freund von mir hat letzten Sommer seine Hochzeitsfotos in Holy Vale machen lassen. Das Waldstück bildete mit seinem Licht- und Schattenspiel damals einen romantischen Hintergrund, aber jetzt hat dieser Ort seine Unschuld verloren. Ich werde nie mehr vergessen, wie die als Braut hergerichtete Tote in der Brise schaukelte. Doch warum verwandelt der Mörder seine Opfer in tote Bräute, ohne Männer zu Bräutigamen zu machen? Zahlreiche männliche Touristen besuchen die Scilly-Inseln, ohne seinen Zorn auf sich zu ziehen. Hass vermischt sich mit Verehrung, wenn er seine Opfer schminkt und in traditionelles Weiß kleidet.

Ich muss mit Harry Jago sprechen, bevor ich irgendetwas entscheide. Er ist der Einzige auf St. Mary's, der schon mal beim Stehlen erwischt wurde: Er könnte die Sachen aus dem Museum entwendet haben, um sie an einen anderen Inselbewohner weiterzuverkaufen. Weil er nicht an sein Handy geht, mache ich mich wieder einmal zu Fuß auf den Weg zu seinem Haus. In Hugh Town herrscht eine unheimliche Stille, die wie die Ruhe vor dem Sturm wirkt. Zwei Kanuten, die mit langsamen, lässigen Bewegungen zwischen den im Hafen vertäuten herumpaddeln, als hätten sie alle Zeit der Welt, sind das einzige Anzeichen von menschlicher Aktivität.

Harry Jago trägt Boxershorts und ein kaputtes T-Shirt, als er endlich die Tür öffnet. Sein Gesicht sieht nicht mehr so verquollen aus wie gestern, aber es ist immer noch mit hässlichen Schrammen und Blutergüssen bedeckt, und er wirkt verkatert. Sein Problem mit dem Alkohol scheint schlimmer zu sein, als ich dachte, denn seine Hände zittern.

»Sie sollten heute früh aufs Revier kommen. Hat Lilly Ihnen das nicht ausgerichtet?«

»Sie ist nicht hier.«

Ich gehe an ihm vorbei in den Flur. »Ziehen Sie sich bitte was an, wir müssen reden.«

Er geht mit der Begeisterung eines Schülers, der Hausaufgaben machen muss, die Treppe hoch, und auch als er schließlich in die unaufgeräumte Küche kommt, schmollt er noch. Im Kühlschrank steht außer einem Sixpack Bier kaum etwas, aber ich gieße den Rest aus einer Orangensaftpackung in ein Glas und schiebe es ihm über den Tisch zu.

»Vitamin C soll gut sein gegen den Kater.«

Er nimmt einen Schluck und verzieht das Gesicht. »Sie verschwenden Ihre Zeit. Wie ich schon sagte, ich weiß nichts.«

Seine störrische Miene zeigt, dass er ein gestörtes Verhältnis zur Polizei hat, seit sein Dad im Gefängnis gelandet ist; und seine eigene Vorstrafe dürfte es auch nicht verbessert haben. Harry sieht aus, als rechnete er damit, im nächsten Moment erneut brutal zusammengeschlagen zu werden.

»Wann haben Sie angefangen zu trinken, Harry?«

»Was kümmert Sie das?«

»Ich sitze hier, also können wir uns genauso gut auch unterhalten.«

Jago antwortet mir in bruchstückhaften Sätzen. Er wollte Plymouth nicht verlassen, nachdem sein Vater verknackt worden war. Dann hat er mit vierzehn Jahren angefangen zu trinken, um seine neuen Klassenkameraden in Hugh Town zu beeindrucken. Cider hinter dem Fahrradschuppen zu trinken wurde zu einer Art Ehrenabzeichen und ließ ihn härter erscheinen als die anderen. Seine Mutter hat versucht, ihn wieder davon abzubringen, aber sie war auf verlorenem Posten. Er hat Geld aus ihrer Börse geklaut und sich von seinen älteren Freunden Alkohol kaufen lassen. Seine Sucht hat auch dazu geführt, dass er mit dem Ladendiebstahl begonnen hat. Als er schließlich aufhört zu reden, wirkt er selbst verblüfft darüber, dass er all seine Geheimnisse ausgerechnet einem Polizisten anvertraut hat. Ich war ähnlich schräg drauf, nachdem mein Vater gestorben war; ich fühlte mich verloren und hatte Angst und habe beides hinter einer Art Draufgängertum versteckt. Der junge Mann vor mir besitzt auf gar keinen Fall die nötige Konzentrationsfähigkeit, um ausgeklügelte Verbrechen zu begehen.

»Mir hat die Schule auch keinen Spaß gemacht«, gestehe ich. »Das Rugbyspielen war ein gutes Ventil für mich.«

»Ich bin total schlecht in Ballspielen.«

»Dann laufen oder schwimmen Sie, machen Sie irgendwas, um sich auszupowern. Das würde Ihnen helfen, bessere Entscheidungen zu treffen.«

Harry starrt mich finster an, aber ich weiß, dass er mir zuhört. Er ist nicht dumm, nur verletzlich, und er wird sein Leben verpfuschen, wenn er seine Sorgen weiter im Alkohol ertränkt.

»Es wurde schon wieder eine Frau umgebracht, Harry. Es wird Zeit, dass Sie mir alles erzählen, wenn Sie wissen, was Sabine gefährlich geworden sein könnte.«

»Es ist nicht meine Schuld.« Eine Träne rollt ihm über die Wange. »Sie war netter als alle anderen hier, abgesehen von Lily.«

»Haben Sie den Schmuck aus dem Museum geklaut?«

Der junge Mann zuckt zusammen. »Warum kriege ich die Schuld für alles in die Schuhe geschoben?«

»Sie haben nichts zu befürchten, aber ich weiß, dass Sie mit Sabine zusammen waren. Ich brauche einfach nur die Wahrheit, damit nicht noch jemand zu Schaden kommt.«

»Sie erzählen mir doch nur Mist.« Er klingt gestresst, so als hätte ich ihn auf frischer Tat ertappt. »Sie hätten mich längst verhaftet, wenn Sie was gegen mich in der Hand hätten.«

»Der Kerl bringt zwar lieber Frauen um, aber Sie sind auch in Gefahr, wenn Sie irgendwas wissen. Hat er Sie zusammengeschlagen, weil Sie ihm zu dicht auf den Fersen waren?« Jago betrachtet weiter die ramponierte Tischplatte. »Wo ist Lily? Ich dachte, sie wollte sich einen Tag freinehmen, um sich um Sie zu kümmern?«

»Meine Schwester hat mich aufgegeben. Sie schiebt jetzt lieber eine ruhige Kugel im Hotel.«

»Wovon bezahlen Sie die Miete? Ihr Gehalt reicht dafür nicht aus.«

»Ein paar Leute von der Insel helfen mir.«

»Zum Beispiel?«

Er zögert lange mit seiner Antwort. »Pfarrer Michael, Julian Power und die Rawles. Mum hat bei ihnen geputzt. Sie machen's also ihretwegen, nicht meinetwegen. Darum hab ich auch den Job bei Paul Keast bekommen.«

»Und was passiert, wenn ihre Wohltätigkeit mal ein Ende findet?«

»Mum hatte ein bisschen was gespart.«

»Und wenn das verbraucht ist?«

»So weit denke ich nicht voraus.«

Jago sinkt auf seinem Stuhl zusammen und schließt die Augen. Mein Instinkt sagt mir, dass er den Schmuck gestohlen hat, um seine Fixkosten zu bezahlen, aber ich habe keinerlei Handhabe gegen ihn. Wenn er etwas über den Mörder weiß, dann hat er zu viel Angst, um es mir zu sagen.

Weil ich nicht noch mehr Zeit auf eine Befragung verschwenden will, die keine Ergebnisse bringt, sage ich ihm, dass er mich anrufen soll, wenn ihm noch etwas Wichtiges einfällt. Harry macht sich nicht mal die Mühe, mich zur Tür zu bringen, und draußen würde ich vor Frust am liebsten laut schreien. Während ich in Harrys Haus war, haben sich am Himmel dunkle Wolkenberge aufgetürmt.

Ich will gerade zum Revier aufbrechen, da fällt mir ein Umschlag auf, der aus einem Mülleimer ragt. Als ich ihn herausziehe, trifft mich fast der Schlag. Auf der Vorderseite steht Harrys Name, und zwar in derselben nach rechts geneigten Handschrift, mit der auch die Briefumschläge in Jade Finburys Küche beschriftet waren. Das Foto darin hat nichts mit denen gemeinsam, die in Leo Kernicks Studio an der Leine hingen. Es ist eine extreme Nahaufnahme, die das zugleich ängstliche und wütende Gesicht der Pilotin zeigt. Der Mistkerl hat Jade gezwungen, den Umschlag zu beschriften, bevor er sie umgebracht hat, genau wie Sabine. Als ich das Bild umdrehe, steht auch hier ein Satz in ihrer Schrift auf der Rückseite: »*Auf ewig schön im weißen Kleide, so weiß, so zart und ganz aus Seide.*« Warum sollte jemand diese kryptische Nachricht an Harry Jago schicken, wenn er nichts mit der Sache zu tun hat? Ich hämmere noch mal an seine Tür, doch er muss mich beobachtet haben. Die Tür ist inzwischen von innen verriegelt.

»Du dummes kleines Arschloch«, zische ich.

Ich nehme ein paar Schritte Anlauf, breche die Tür mit meinem Körpergewicht auf und sehe durch das rückwärtige Fenster aber nur noch, wie Jago über den Porth Mellon Beach davonsprintet. Er ist bereits zu weit weg, als dass ich ihn einholen würde. Es gibt ein Dutzend Wege, die er einschlagen könnte, und die Buchten und Wäldchen auf der Insel bilden ideale Verstecke. Er muss mehr wissen, als er mir offenbart hat, und wahrscheinlich weiß auch seine

Schwester, was er verbirgt. Mich packt die Wut, als ich, den Umschlag in der Hand, das Haus wieder verlasse. Wer auch immer ihn unter dieser Tür durchgeschoben hat, hat Harry derart viel Angst eingejagt, dass er vor dem einzigen Menschen davonläuft, der für seine Sicherheit sorgen könnte.

40

Lily kann nichts sehen, als sie die Augen öffnet. Eine Binde nimmt ihr die Sicht, und sie verspürt einen stechenden Schmerz in der Seite. Es riecht nach Schimmel, und auf ihrer Haut liegt ein feuchter Film. Beim Schlucken schmeckt sie Blut, aber sie hat keine Panik. Sie ist viel zu benommen, um normal empfinden zu können. Am liebsten würde sie aufstehen und ihre schmerzenden Glieder strecken, doch sie ist an Armen und Beinen gefesselt.

Als sie die Hände hebt, schrammt sie über eine raue Holzoberfläche. Die Bretter sind, nur wenige Zentimeter über ihrem Gesicht, von Nägeln zusammengehalten Die Luft wird mit jedem Atemzug dünner. Sie hat die Dunkelheit schon immer gehasst, auch wenn es bislang keinen Grund dafür gab; jetzt wird sie allerdings ersticken, wenn nicht bald jemand sie findet. Lily schreit um Hilfe, doch ihre Stimme ist nur ein leises Krächzen. Sie ist in einen selbst gemachten Sarg eingesperrt. Die Panik drückt ihr den Sauerstoff aus der Lunge, und sie atmet so schnell, dass sie ohnmächtig wird.

Als Lily das nächste Mal zu sich kommt, erlebt sie einen Moment der Klarheit: Wenigstens wird sie auf diese Weise erfahren, wer Sabines Mörder ist. Sie konzentriert sich darauf, langsam und flach zu atmen, bis ihr Brustkorb sich regelmäßiger hebt und senkt. Sie will wach sein, wenn der Mann zurückkommt. Das Gesicht ihres Bruders ist das Letzte, was sie vor ihrem inneren Auge sieht, bevor die Finsternis sie erneut verschluckt.

41

Als ich um dreizehn Uhr zurück zum Polizeirevier komme, steht Leo Kernick vor der Tür. Ich habe gerade gar keine Zeit für ihn, aber er ist nicht in der Stimmung, sich abwimmeln zu lassen. Er kommt schwankend auf mich zu, in seinen Augen funkelnder Zorn.

»Bringen Sie mich zu Jade, damit ich mich verabschieden kann.«

In der Stimme des Fotografen und in seiner Körpersprache liegen so viel Aggressivität, dass ich Abstand halte, obwohl ich größer und schwerer bin als er. Über die Jahre habe ich alle möglichen Arten erlebt, mit Trauer umzugehen, aber Kernicks Wut richtet sich zu einhundert Prozent gegen mich, so als hätte ich seine Freundin mit bloßen Händen umgebracht. Und sie steigert sich noch, als ich ihm erkläre, dass Jade noch nicht ins Leichenschauhaus gebracht wurde. Er schlägt nach mir, verfehlt mich jedoch, und ich packe sein Handgelenk und presse ihm die Arme an seinen Körper.

»Beruhigen Sie sich, Leo. Ich möchte Sie nicht wegen Körperverletzung festnehmen müssen.«

Völlig unvermittelt verlässt ihn die Kraft. Kernicks Wut verwandelt sich in Trauer, und er schluchzt an meiner Schulter. In einem derart aufgelösten Zustand kann ich ihn nicht nach Hause schicken. Schnell gehe ich im Kopf einige Namen durch und überlege, welcher Inselbewohner in dieser Situation am hilfreichsten wäre. Kernick erwähnte seine Freundschaft zu Frank Rawle, und mein alter Schulleiter bietet mir ja schon seit dem Beginn der Ermittlungen seine Unterstützung an. Die Tränen des Fotografen sind inzwischen durch ein Mantra ersetzt worden; im Flüsterton wiederholt er den Namen seiner Freundin. Er wirkt wie weggetreten, erlaubt mir aber, ihn zum Haus der Rawles zu bringen.

Die Church Street liegt ruhig da, als wir dort ankommen; die Bewohner wissen noch nichts vom Tod der Pilotin. Elaine Rawle rackert sich ausnahmsweise mal nicht im Museum ab, sondern ist zu Hause und schneidet die Hecke im Vorgarten. Ihr Labrador liegt hechelnd im Schatten. Elaine kommt mit graziösen Bewegungen, aber besorgter Miene auf uns zu. Sie ist schockiert, als sie von Jades Tod hört. Es kommt mir grausam vor, sie damit zu belasten, da der ganze Fall ohnehin schon schmerzhafte Erinnerungen in ihr weckt.

Elaine berührt Leo sanft am Arm. »Komm mit rein, du Armer. Ich rufe Frank an. Er ist nur kurz was einkaufen gegangen.«

»Das ist nicht nötig«, sage ich zu ihr. »Behalten Sie Leo bitte einfach eine Weile bei sich, bis es ihm besser geht.«

Elaine richtet tröstende Worte an den Fotografen, und führt ihn ins Haus, das die Persönlichkeiten des Paares perfekt widerspiegelt. Die Wände im Flur sind mit dunklem Holz vertäfelt, die Dielen glänzen. Im Wohnzimmer stehen altmodische Möbel im Chippendale-Stil, und auch die Kunstwerke sind beachtlich: Ölgemälde von hübschen Flecken auf der Insel, die so akkurat gemalt sind, dass es auch Fotografien sein könnten. Die Küche der Rawles mit dem großen Spülstein, dem Eichentisch und den rustikalen Stühlen mit Sprossenrückenlehnen ist ein Relikt aus einer anderen Ära.

Elaine schiebt Leo Kernick auf einen Stuhl, aber er scheint seine Umgebung gar nicht wahrzunehmen und sitzt mit glasigem Blick einfach nur da, während sie schnell einen Tee kocht.

»Wie, um Himmels willen, ist denn das passiert?«, fragt sie. Als ich ihr erzähle, wie Jade zu Tode gekommen ist, funkeln Tränen in ihren Augen. »Was für ein Monster macht denn so was?«

So wie sie denken alle Bewohner der Insel, außer dem Mörder, der seinen neuesten Erfolg sicherlich auskostet. Es war die richtige Entscheidung, Kernick hierherzubringen; die friedliche Atmosphäre wird ihn beruhigen. Als ich gehe, fallen mir einige gerahmte Fotos neben der Haustür auf, deren Farben verblichen sind, weil sie offenbar schon sehr lange dort hängen. Sie zeigen eine blonde junge Frau, die im Garten der Rawles sitzt und in die Kamera lächelt. Elaine bleibt neben mir stehen, sie spricht nun etwas leiser.

»Das ist unsere Leah ein paar Monate vor ihrem Tod.«

»Sie sieht hübsch aus. Das muss ein schwerer Schlag für Sie beide gewesen sein.«

»Frank ist mir eine große Stütze, und das Gespräch mit Nina heute Morgen hat mir auch geholfen. Sie hat mir ein paar neue Einsichten vermittelt. Würden Sie ihr bitte meinen Dank ausrichten?«

»Natürlich.«

»All die Brutalität hat mich zurück in die Vergangenheit katapultiert, aber ich bin sicher, das wird wieder besser, wenn es vorbei ist …« Ihre Stimme verklingt, und es kommt mir so vor, als wäre es ihr peinlich, einem ehemaligen Schüler ihres Mannes ihre Verletzlichkeit offenbart zu haben. »Trauer ist schon etwas Seltsames. Wenn man denkt, man hat sie bewältigt, kommt sie zurück und zwingt einen, den Schmerz erneut zu durchleben.«

»Sind Sie sicher, dass es Ihnen nichts ausmacht, sich um Leo zu kümmern?«

»Ich tue das gern, Ben. Er ist ein Freund von uns.«

»Bitte lassen Sie ihn nicht allein. Er steht unter Schock.«

»Frank wird bald zurück sein. Wir passen beide auf ihn auf, machen Sie sich keine Sorgen.«

Der Hund der Rawles ist durch die Hintertür ins Haus gekommen und legt sich neben Kernicks Stuhl, als wollte er ihm Trost spenden. Elaine wirkt nachdenklich, als sie die Haustür öffnet.

»Konnte Julian Ihnen etwas über die Seemannsglücksbringer sagen?«, fragt sie.

»Er hat sein Bestes gegeben, aber sie werden im Archiv nirgends erwähnt. Ich weiß immer noch nicht, wer sie gestiftet hat.«

Sie schüttelt den Kopf. »Ist ja merkwürdig, wo wir doch sonst über alles Informationen haben. Möchten Sie, dass ich ein bisschen herumtelefoniere, wenn Frank zurück ist? Irgendwer muss doch wissen, von welcher Familie sie stammen.«

»Das wäre sehr hilfreich, danke.«

Ich höre Leo Kernick weinen, und sie eilt zurück in die Küche, um sich um ihn zu kümmern.

Draußen stelle ich fest, dass das Krankenhaus mir eine neue Nachricht hinterlassen hat. Hannah Weber hatte einen

Krampfanfall, ihr Zustand ist kritisch. Diese Neuigkeit versetzt mich in Schock. Ich bin nicht darauf eingestellt, dass der Mörder ein drittes Opfer für sich reklamieren kann. Ich lasse die Church Street hinter mir und trabe schwer atmend den Hügel hinauf. Wenn ich mich neben Hannah Webers Bett stelle, wird das ihre Überlebenschancen zwar auch nicht verbessern, aber irgendetwas drängt mich, sie noch einmal zu sehen, bevor ich meine Suche nach ihrem Angreifer fortsetze.

Ginny Tremayne empfängt mich mit ernster Miene, als ich im Krankenhaus eintreffe. Die medizinischen Fachbegriffe, die sie benutzt, sagen mir nichts, ich verstehe nur, dass Hannahs Leben am seidenen Faden hängt. Als ich durch das Fenster in der Tür in ihr Krankenzimmer schaue, sitzt der Pfarrer wieder an ihrem Bett.

»Ich habe Michael gebeten zu kommen, damit sie nicht allein ist«, sagt Ginny. »In den nächsten vierundzwanzig Stunden wird sich entscheiden, ob sie überlebt. Falls Sie einen schweren Hirnschaden erlitten hat, kann es sein, dass nach und nach ihre lebenswichtigen Organe versagen.«

»Sind Sie sicher, dass Sie nicht aufs Festland geflogen werden kann?«

»Der Flug könnte ihren Zustand weiter verschlimmern. Ich bezweifle, dass sie das überleben würde.«

Als ich Hannah Webers Zimmer betrete, hat sich die Atmosphäre verändert. Der Pfarrer registriert meine Anwesenheit gar nicht. Er hält ihre Hand und murmelt mit gesenktem Kopf leise Beschwörungsformeln. Ich höre genügend lateinische Wörter heraus, um zu erkennen, dass er eine Messe liest. Hannahs Gesicht ist so bleich wie der Kissenbezug, sie hängt am Tropf, und die Sauerstoffmaske ist von ihrem unregelmäßigen Atem beschlagen. Ich würde ja auch ein eigenes Gebet beisteuern, aber ich war schon immer davon überzeugt, dass Gott nicht existiert. Ich kann Hannah nur versprechen, denjenigen zu schnappen, der versucht hat, sie am Halangy Beach zu töten.

42

Als ich am frühen Nachmittag zurück aufs Revier komme, ist Eddie da. Die anderen sind noch bei Gannick und halten Spaziergänger davon ab, Holy Vale zu betreten. Eddie hört schweigend zu, als ich ihm erzähle, dass ich den an Harry adressierten Umschlag gefunden habe und Harry abgehauen ist, da er offenbar Angst hatte, mir zu sagen, was er weiß. Danach betrachtet mein Deputy sehr lange das Foto von Jade, doch auch er kann darauf keinen Hinweis entdecken, wo sie gestorben ist. Die neue Verszeile auf der Rückseite scheint die von Sabines Foto zu ergänzen:

Die Braut trägt heute ihr Geschmeide,
Auf ewig schön im weißen Kleide,
So weiß, so zart und ganz aus Seide.

Stuart Helyer mag recht haben mit seiner Theorie, dass diese Zeilen aus einer Hochzeitsballade stammen, doch nicht mal der älteste Bewohner der Insel kann sich an den vollständigen Text erinnern. Das Lied wird mit ihm sterben wie auch das Wissen über das Meer mit den Hummerfischern.

»Was für einen Grund könnte der Mörder haben, Harry dieses Foto zu schicken?«, fragt Eddie.

»Es könnte eine Ermahnung sein, nicht zu reden, wenn er irgendwas gesehen hat. Ich glaube, er hat sich vom Acker gemacht, weil er befürchtet, sonst irgendwas auszuplaudern.«

»Dann ist es also jemand, den Jago gut kennt?«

»Es wird Zeit, dass wir Paul Keast verhaften. Er hat Harry den Job auf dem Boot verschafft, und die Opfer haben ihm beide einen Korb gegeben. Vielleicht ist er unter der ruhigen Oberfläche wütend genug, um das Leben anderer zu zerstören. Wenn man von Leo Kernick absieht, der alle drei fotografiert hat, ist er der Einzige auf unserer Liste mit Verbindungen zu mehr als einem Opfer.«

Eddie sieht erleichtert aus. »Ich weiß, dass er Ihr Freund ist, aber er ist doch ein bisschen seltsam, oder? Paul war schon immer der verschlossene Typ. Offenbar fliegen die Frauen auf ihn, aber er ist zu sehr in sich versponnen, um das mitzukriegen.«

»Ich hole ihn gleich nach der Versammlung her.«

»Die Insulaner kommen um drei Uhr. Ich beneide Sie nicht darum, dass Sie Jades Tod bekannt geben müssen. Sie war hier bei allen beliebt.«

»Klar, mein Job ist einfacher, wenn alles gut läuft.«

Ich habe Madrons Drohung, mir den Fall abzunehmen, noch gut im Ohr, behalte sie aber für mich. Das Team muss sich auf die Ermittlung konzentrieren und sollte nicht von meiner Unfähigkeit, den Fall zu lösen, abgelenkt werden.

Als ich zur Church Street gehe, ist es, bis auf einige Bewohner, die zur Versammlung eilen, still in den Straßen. Die meisten Bewohner von St. Mary's sind erschienen, und im Saal herrscht eine bedrückte Stimmung. Auch wenn der Mörder wieder zugeschlagen hat, muss ich meinem Publikum den Eindruck vermitteln, dass wir Fortschritte machen. Ein Meer von ausdruckslosen Gesichtern schaut zu mir hoch. Die Leute mögen es ganz und gar nicht, dass ihre Sicherheit gefährdet und das Leben auf der Insel lahmgelegt ist. Als ich Jades Tod bekannt gebe, geht ein schockiertes Raunen durch den Saal. Unter den Anwesenden befinden sich viele ihrer engsten Freunde, auch wenn Leo Kernick und Frank Rawle nicht gekommen sind. Ich bin erleichtert, dass der Fotograf in der Obhut seines Freundes geblieben ist. Als ich nach den Keast-Brüdern Ausschau halte, entdecke ich nur Paul; er sitzt. Die Arme fest vor der Brust verschränkt, auf seinem Stuhl. Steve und fünf andere Mitglieder der Seenotrettung befinden sich noch auf See und schleppen eine havarierte Yacht zum Hafen zurück.

Als ich fertig bin mit meinem Vortrag, stürzt eine Flut von Fragen auf mich ein. Die öffentliche Meinung wendet sich gegen uns, obwohl ich klare Antworten liefere. Elaine Rawle ist in Tränen aufgelöst. Rhianna Polkerris sitzt neben ihr. Die Hotelmanagerin sieht fassungslos aus, so als könne sie nicht glauben, dass noch eine Frau gestorben ist. Nur Liam Trewin macht einen zufriedenen Eindruck. Die Genugtuung in seiner Miene beweist, dass der Amerikaner mein Unbehagen genießt. Er mag die Angriffe nicht verübt haben, aber unser letztes Gespräch hat Spuren bei mir hinterlassen, und er bleibt für mich verdächtig. Nina sitzt ganz hinten im Saal, und Shadow ist bei ihr. Ninas Gesichtsausdruck ist schwer zu deuten; kann sein, dass sie mich bedauert, aber mir wäre es lieber, sie wäre nicht hier, während ich um das Vertrauen der Inselgemeinschaft buhle.

»Wir brauchen Ihre Hilfe jetzt mehr denn je«, sage ich zu den Versammelten. »Ich muss dringend mit Harry Jago sprechen. Wenn Sie ihn sehen, geben Sie uns bitte sofort Bescheid. Passen Sie auf sich und Ihre Nachbarn auf, und zwar tagsüber genauso wie nachts. Gehen Sie nirgendwo allein hin, und sichern Sie Ihre Häuser.«

Ich frage, wann Jade zuletzt gesehen wurde, und bitte alle, die etwas wissen, mein Team nach der Versammlung anzusprechen. Die Atmosphäre im Raum bleibt dennoch feindselig, und es werden einige Stimmen laut, die uns Vorhaltungen machen, weil wir den Mörder noch nicht gefasst haben. Ladeninhaber und Hoteliers sind noch immer sauer wegen der stornierten Buchungen, und die Fährleute beklagen Verluste, weil keine Touristen mehr zwischen den Inseln verkehren.

Nach der Versammlung stellt Eddie sich an den Ausgang und versucht, die Insulaner, die noch geblieben sind, zu besänftigen. Was soziale Kompetenz angeht, stellt mein Deputy mich stets in den Schatten. Er schickt die Leute beruhigt nach Hause, und seine höfliche Art sorgt dafür, dass ihm alle gewogen bleiben.

»Gute Arbeit, Eddie. Das haben Sie toll gemacht.«

Er strahlt, als hätte ich ihm einen Orden verliehen. »Paul Keast wartet auf Sie, Boss. Ich hab ihm gesagt, dass Sie ihn sprechen wollen.«

»Holen Sie ihn rein, aber gehen Sie bitte nicht weg. Ich brauche Sie als Zeugen.«

Die meisten Inselbewohner sind eilig aufgebrochen und haben die Stuhlreihen bei ihrem Wettlauf zur Tür durcheinandergebracht, aber Paul scheint die Unordnung gar nicht wahrzunehmen. Er wirkt vollkommen emotionslos, als er sich mit Blick auf das Durcheinander an den Rand des Podests lehnt. Die distanzierte Art meines alten Freundes ist heute noch ausgeprägter als früher. Ich habe ihm immer vertraut, aber seit ich auf die Scilly-Inseln zurückgekehrt bin, gab es eine Distanz zwischen uns, die unser Verhältnis belastet hat.

»Alles okay mit dir, Paul?«

»Ich hätte merken sollen, dass sie in Gefahr war. Vielleicht hätte ich irgendwas tun können.«

»Wie kommt's, dass du mir nie erzählt hast, dass du mit Jade zusammen warst?«

»Wenn eine tolle Frau mich abserviert, ist das nichts, womit ich hausieren gehe.« Er schließt für einen Moment die Augen.

»Seit wann ist es zu Ende?«

»Seit zweieinhalb Jahren.« Sein Ton ist plötzlich hart, so als würde die Erinnerung daran Wut und Bedauern in ihm wecken. »Steve hatte auf Vertragsbasis einen Job in der Landwirtschaft auf dem Festland angenommen, um uns aus einem finanziellen Loch rauszuholen, und ich hatte so viel zu tun, dass ich Jade vernachlässigt habe. Sie hätte es verdient gehabt, dass ich mehr Zeit mit ihr verbringe.«

»Hast du versucht, sie zurückzuerobern?«

»Sie hat mir vorgeworfen, mit meiner Arbeit verheiratet zu sein, und sie hatte recht.« Er hält den Blick weiter in die Ferne gerichtet. »Die Landwirtschaft kann dein ganzes Leben dominieren, aber das passiert mir garantiert nicht noch mal.«

»Die Trennung muss schmerzhaft gewesen sein.«

»Eine Zeitlang konnte ich es kaum ertragen, ihr zu begegnen, so viel steht fest.« In den Kummer in seiner Stimme vermischt sich die Art von Zorn, die leicht eine gefährliche Sprengkraft entwickelt.

»Warum hast du nicht mit irgendwem geredet?«

Er lacht trocken. »Kannst du dir mich auf der Couch eines Therapeuten vorstellen?«

»Das ist nichts Ehrenrühriges.«

Er schüttelt den Kopf. »Ihr Tod ist tragisch, aber mein Leben ist nicht stehengeblieben nach der Trennung. Ich habe jemand anders kennengelernt. Im Moment ist die Lage etwas chaotisch, aber wir kriegen das schon hin.«

Pauls zögerliche Auskunft überzeugt mich nicht. Steve wüsste Bescheid, wenn er neu liiert wäre. Und hätte er eine Affäre mit einer verheirateten Frau, würden die Leute darüber tratschen. Wenn ich an den gutmütigen Jungen zurückdenke, mit dem ich vor zwanzig Jahren Rugby gespielt habe, wirkt er heute wie ein anderer Mensch; er war immer das schüchterne Pendant zu seinem Bruder und musste sich eine Menge liebevollen Spott gefallen lassen. Seine Miene ist angespannt, aber es kostet mich immer noch Überwindung, alte Loyalitäten beiseitezuschieben, obwohl Paul der einzige Inselbewohner mit einer klaren Verbindung zu beiden Mordopfern ist. Außerdem ist er der Boss von Harry Jago, was erklären könnte, warum der Junge Angst hat. Es spricht einiges dafür, dass Paul für die brutalen Schläge verantwortlich ist, die Jago kassiert hat. Ich kann nicht beweisen, dass er Hannah Weber gefolgt ist, bevor sie attackiert wurde, aber seine Farm liegt unweit des von ihr gemieteten Ferienhauses in *Juliet's Garden*. Es gibt so viele Faktoren, die auf ihn als Täter hinweisen, dass ich aktiv werden muss, auch wenn das das endgültige Ende unserer Freundschaft bedeutet.

»Ich kann verstehen, warum du es auf Jade und Sabine abgesehen hattest, aber warum Hannah Weber?«

»Bitte?«

»Und warum der ganze Zirkus mit den Kleidern und dem Make-up?«

Seine Augen weiten sich. »Du spinnst ja.«

»Paul Keast, ich verhafte dich wegen des Verdachts, Sabine Bertans und Jade Finbury ermordet und Hannah Weber angegriffen zu haben. Du hast das Recht zu schweigen. Alles, was du sagst, kann und wird vor Gericht gegen dich verwendet werden.«

»Ist das dein Ernst?«, sagt er und starrt mich ungläubig an. »Ich hab niemandem was getan.«

»Alles Weitere besprechen wir auf dem Revier.«

Die Miene meines alten Freundes wird eisig. So viel unterdrückte Wut ist mir bislang selten begegnet, und wenn, dann nur auf den Gesichtern überführter Mörder.

43

Ich führe Paul aufs Revier, und Eddie übernimmt die Rolle des Aufpassers. Es entsteht eine unangenehme Wartezeit, während mein Deputy den Papierkram erledigt und unseren Verdächtigen auffordert, seine Taschen zu leeren. Paul stellt eine Menge Fragen und beteuert weiterhin seine Unschuld, doch meine Zeit bei der Londoner Mordkommission hat mich gelehrt, dass sogar Serientäter nur selten bereits bei der Verhaftung gestehen. Sobald seine persönlichen Gegenstände sorgfältig verzeichnet und eingetütet sind, wird Paul zu einer Zelle geführt. Die Zwischenwände auf dem Revier sind so dünn, dass ich den genauen Moment mitbekomme, in dem Paul seine Freiheit verliert: Die Zellentür schließt sich scheppernd, dann dreht sich der Schlüssel im Schloss. Bis zu seiner Vernehmung wird er sich noch eine Weile gedulden müssen, denn er hat Anspruch auf einen Rechtsbeistand, und Anwälte sind an einem derart abgelegenen Ort schwer zu finden. Auf den Scilly-Inseln gibt es gerade mal drei, und davon ist eine Anwältin im Mutterschaftsurlaub, und die anderen beiden machen Urlaub im Ausland. Paul Keast muss also, nur in Gesellschaft einer Matratze und eines vergitterten Fensters, in seiner winzigen Zelle ausharren, bis ein Anwalt vom Festland herübergeflogen werden kann.

Da ich für siebzehn Uhr eine Einsatzbesprechung anberaumt habe, bleiben mir nur noch ein paar Stunden, um mich über die Spurenlage am Tatort zu informieren und Nachrichten zu beantworten. Dutzende Insulaner berichten, wann und wo sie Jade Finbury zuletzt gesehen haben, während andere nur ihrem Ärger Luft machen wollen. Paul Keasts Verhaftung macht mir zu schaffen. Als stiller, obsessiver Typ mit mangelhafter Sozialkompetenz entspricht er zwar perfekt dem Stereotyp eines Mörders, aber wir brauchen dennoch belastbare Beweise. Das Farmhaus, das er sich mit Steve teilt, wurde bereits gründlich durchsucht, ohne dass etwas Brauchbares ans Licht gekommen ist.

Lawrie Deane sieht erschöpft aus, als das Team um siebzehn Uhr zum Briefing in Madrons Büro eintrudelt. Der Sergeant scheint verstimmt zu sein, nachdem er Liz Gannick am Tatort Gesellschaft leisten und anschließend die öffentliche Versammlung organisieren musste. Isla sieht immer noch so putzmunter aus, dass man leicht vergessen könnte, dass sie bereits seit Tagesanbruch arbeitet, während Gannick durch ihre Notizen auf dem Tablet scrollt und viel zu sehr in die kriminaltechnischen Details vertieft ist, um mir ihre volle Aufmerksamkeit zu schenken. Eddie kommt als Letzter, und er wirkt nachdenklich. Die Keast-Brüder sind angesehene Bürger auf der Insel; die gesamte Bevölkerung wird schockiert sein, wenn sich herausstellt, dass er der Mörder ist.

Als ich Paul Keasts Verhaftung bekannt gebe, habe ich schlagartig die ungeteilte Aufmerksamkeit meines Teams, aber trotzdem stehen noch andere Verdächtige auf unserer Liste. Wir müssen dringend Harry Jago finden. Der Junge könnte in den Sog des Mörders geraten sein, nachdem er Gegenstände aus dem Museum gestohlen hat. Und das Foto von Jade Finbury könnte eine Warnung an ihn sein, den Mund nicht aufzumachen. Liam Trewins Name wurde von der Liste gestrichen. Der Amerikaner hat St. Mary's erst zweimal besucht, und sein Hotelzimmer ist zu makellos für einen Tatort. Alle Angestellten des *Star Castle* haben solide Alibis und keinerlei Vorstrafen. Serienmörder sind meistens bereits als Gewalttäter aktenkundig geworden, bevor sie sich zu brutalen Morden hinreißen lassen, doch niemand auf der Insel hat je ein schweres Verbrechen begangen.

Ich wende mich Liz Gannick zu. »Würden Sie uns bitte auf den neusten Stand bringen?«

Sie schaut schließlich doch noch von ihrem Tablet hoch. »Das Labor hat gerade ein Ergebnis geschickt. Das Blut auf Jade Finburys Fußboden passt nicht zu ihrer eigenen DNA, was erklärt, warum wir so viel davon an der Spüle gefunden haben. Möglicherweise hat sie den Angreifer mit einem Messer verletzt, und er hat das Blut später vom Boden aufgewischt.«

»Sie glauben, sie hat ihn verletzt?« Die Idee ist nicht abwegig, die Pilotin war tough und selbstbewusst. Sie wird heftige Gegenwehr geleistet haben.

»Aus einer Fleischwunde kann jede Menge Blut austreten, auch wenn sie nicht lebensbedrohlich ist. Wie es aussieht, hat er die Wunde selbst versorgt, um nicht in ärztliche Behandlung zu müssen, und die Waffe mitgenommen.«

»Also ist unser Mörder verletzt, und eine Blutprobe würde seine Schuld beweisen.«

»Für einen DNA-Abgleich brauchen Sie nur einen Abstrich der Mundschleimhaut.«

»Dann lassen Sie uns sofort einen bei Paul Keast nehmen; dann ist die Sache vielleicht entschieden.«

»Auf das Ergebnis werden Sie aber vierundzwanzig Stunden warten müssen, und es gab noch mehr Spuren am letzten Tatort. Ich habe direkt neben Jade Finburys Leiche einen Fußabdruck gefunden. Er stammt von einem Turnschuh der Größe vierundvierzigeinhalb.« Gannick legt ein Blatt in die Mitte des Tisches. »Ich habe ein Haftgel benutzt, um mit einem Blatt den Abdruck vom Boden abzunehmen.«

Auf dem monochromen Bild ist jede Kerbe und jeder Kratzer in der Sohle zu erkennen; diese Details können ebenso belastendes Beweismaterial sein wie ein Fingerabdruck.

»Großartig, Liz. Könnten Sie gleich zu Keasts Farm fahren, um Pauls Schuhe und seinen Transporter zu überprüfen?«

»Lassen Sie mich erst mal ausreden.« Gannick wirft mir einen vernichtenden Blick zu. »Der Mörder hat eine Spur hinterlassen, die durch das ganze Waldstück führt. Er hat sie knapp fünfzig Meter bis zu dieser Lichtung geschleift. Das hier lag in der Nähe von Jades Leiche auf der Erde.«

Sie reicht mir einen Asservatenbeutel, der ein kleines goldenes Medaillon mit einer zerrissenen Kette enthält. Es sieht etwas schlichter aus als die beiden ersten, aber auch in dieses war die Silhouette eines Schiffes eingraviert – wie bei den anderen Medaillons, die aus dem Museum gestohlen wurden. Auf der Rückseite steht ein Datum vom Anfang des zwanzigsten Jahrhunderts, und es sieht aus wie die übrigen Seemannsglücksbringer, die Bräute daran erinnern sollten, für ihre Männer zu beten, während diese auf See arbeiteten.

»Die Kette muss zerrissen sein, als er sie in den Wald getragen hat«, sagt Eddie. »Was die Herkunft von Jades Kleid angeht, hatte ich nicht so viel Glück. Es stammt aus dem größten Online-Shop für Brautkleider des Vereinigten Königreichs.«

Isla betrachtet das Medaillon mit finsterer Miene. »Wenn die Frauen noch leben würden, wären das echt schöne Geschenke«, murmelt sie. »Warum liebt und hasst er sie zugleich?«

Unsere neue Constable errötet über die Worte, die ihr herausgerutscht sind, aber ich habe mir bereits dieselbe Frage gestellt. Die Zärtlichkeit, mit der er seine Opfer schmückt und ihnen Blumen ins Haar flicht, passt nicht zu der Brutalität, mit der sie ermordet werden. Möglicherweise suchen wir nach zwei Mördern. Aber wenigstens hat Gannick die Ermittlung ein gutes Stück vorangebracht: Wir haben die DNA des Täters und seinen Fußabdruck, doch wenn er einen Komplizen hat, wird es nicht lange dauern, bis er das nächste Opfer ins Visier nimmt.

44

Als Lily das nächste Mal zu sich kommt, hat ihr jemand die Augenbinde abgenommen, und ihre Umgebung hat sich verändert. Sie befindet sich in einer Fischerhütte, es riecht nach Salz, verrottendem Fisch und Seetang. Draußen wird es dunkel, denn durch die Ritzen in den Holzwänden dringt nur wenig Licht. Irgendwer hat sie auf die Seite gelegt, ihre Rippen schmerzen bei jedem Atemzug. Hand- und Fußfesseln sorgen dafür, dass sie sich nicht bewegen kann. Sie ist so durstig, dass ihre Zunge am Gaumen festklebt, aber ihre Sinne arbeiten auf Hochtouren. Das Meer muss ganz nahe sein, denn durch die Wände ist zu hören, wie die Wellen Kieselsteine den Strand hochrollen.

Die Gegenstände im Raum sind in der Dämmerung nur noch als Umrisse zu erkennen. Sie sieht ein Netz, das an der Wand hängt, und einen Stapel Hummerkörbe. Als sie sich bewegt, fühlt ihre Kleidung sich anders an. Seide liebkost ihre Beine, der Stoff ist sehr viel glatter, als der raue Stoff ihrer Jeans es war.

In der Dunkelheit rührt sich etwas, und sofort setzt wieder die Panik ein. War der Mörder die ganze Zeit hier und hat ihr beim Schlafen zugesehen? Erst als Lily noch einmal hinschaut, begreift sie, dass da niemand ist. Sie hat sich selbst gesehen, denn ein Spiegel reflektiert ihre Versuche, sich von den Fesseln zu befreien. Sie ist von Kopf bis Fuß in Weiß gehüllt, sogar im Dunkeln sieht ihr Kleid noch makellos aus. Der Mörder hat sie bereits in einen Geist verwandelt, obwohl ihr Herz noch schlägt.

45

Einen Großteil meines Abends verbringe ich damit, die Unterlagen über die Beweismittel wieder und wieder nach dem fehlenden Bindeglied zu durchsuchen, bis Madron um einundzwanzig Uhr anruft. Er klingt heiser vor Wut, weil er immer noch in der Bretagne festhängt und auch in den nächsten vierundzwanzig Stunden nicht herkommen kann. Mein Vorgesetzter ändert seine negative Einstellung auch dann nicht, als ich ihm erzähle, wie hart das Team arbeitet und dass ich Paul Keast festgenommen habe. Er ermahnt mich, mich genauestens an die Vorschriften zu halten, und beendet dann unser Gespräch. Wie gern hätte ich einen Boss, mit dem ich mögliche Strategien besprechen könnte, aber Madron wird immer kopfscheu, wenn Gefahr droht, und ich muss alle Entscheidungen allein treffen. Heute Abend lastet die Verantwortung schwer auf meinen Schultern; der Anblick der an der Eiche baumelnden Jade Finbury verfolgt mich. Die Pilotin war etwas jünger als ich; wer weiß, was sie noch alles hätte erreichen können, wenn sie nicht hätte sterben müssen.

Als ich nach Paul Keast in seiner Zelle sehe, ist er auf den Beinen und erwartet offensichtlich, sofort wieder auf freien Fuß gesetzt zu werden. Ich erkläre ihm, dass morgen ein Anwalt aus Penzance einfliegt, aber Keast tritt gegen die Wand und ist zu wütend, um mir in die Augen schauen zu können. Ob er nun schuldig ist oder unschuldig, seine Verhaftung hat unsere dreißigjährige Freundschaft, wie erwartet, beendet, und sein Bruder sieht das genauso. Nach seinem Einsatz bei der Seenotrettung kam Steve aufs Revier marschiert und hat mich wüst beschimpft, bis ich ihn wegen Beamtenbeleidigung verwarnen musste.

Ich will mich gerade wieder an den Schreibtisch setzen, als jemand an die Tür klopft. Elaine Rawle steht draußen und schenkt mir ein müdes Lächeln.

»Ich dachte, Sie hätten vielleicht gern ein Update, was Leo betrifft. Er bleibt heute Nacht bei uns, aber er ist in einem erbarmungswürdigen Zustand. Frank tröstet ihn, ich musste allerdings mal für ein paar Minuten an die Luft. Ich ertrage es nicht, mitanzusehen, wie er sich die Augen ausweint.«

»Wenn Sie wollen, können wir ihn auch woanders unterbringen.«

»Nein, nein, wir kümmern uns natürlich um ihn. Das ist hier so üblich. Er würde dasselbe für uns tun.« Ihr sanfter Blick verharrt auf meinem Gesicht. »Was die Seemannsglücksbringer angeht, hatte ich noch kein Glück, aber ich bleibe dran.«

»Vielen Dank für Ihre Hilfe.«

Elaines Verhalten spiegelt den Grundsatz wider, nach dem die meisten Inselbewohner leben, nämlich, die Bedürfnisse anderer über die eigenen zu stellen. Die Scilly-Inseln mögen weit, weit weg vom Festland im Atlantik liegen, aber in einer Krise wird niemand allein gelassen. Nachdem sie gegangen ist, bleibe ich noch eine Weile in der Tür stehen und beobachte, wie die dunklen Wolken über den Nachthimmel jagen.

Als ich wieder im Büro bin, werfe ich noch einmal einen Blick auf die Magnettafel, aber die Müdigkeit lässt die Fotos und Diagramme zu dem Fall verschwimmen. Noch ungefähr zwanzig Insulaner haben kein wasserdichtes Alibi, weil sie allein leben, aber die Einzigen, die einen eindeutigen Grund hätten, den Opfern Böses zu wollen, sind Paul Keast, Leo Kernick und Harry Jago. Ich verstehe immer noch nicht, warum jemand die Mühe auf sich nehmen sollte, die Frauen wie Bräute auszustaffieren. Pulpit Rock, Halangy Beach und Holy Vale sind beliebte Kulissen für Hochzeitsfotos. Der Mörder muss fit genug sein, um seine Opfer erst überwältigen und sie dann in ein Fahrzeug laden zu können, das wir noch nicht finden konnten. Ich habe immer noch das sichere Gefühl, dass die Seemannsglücksbringer von Bedeutung sind, weil der Mörder großen Aufwand betrieben hat, um an sie heranzukommen. Und es ist frustrierend, dass Julian Power nicht herausfinden konnte, welche Familie sie dem Museum gestiftet hat.

Eddie kommt um kurz vor zweiundzwanzig Uhr zurück aufs Revier. Weil wir einen Gefangenen nicht unbeaufsichtigt in den Räumlichkeiten der Polizei zurücklassen dürfen, hat er angeboten, Keast heute Nacht zu bewachen. Es erleichtert mich, dass er sich freiwillig dafür hergibt, denn so habe ich Zeit, einen klaren Kopf zu bekommen. Finburys Tod – und meine Unfähigkeit, den Mörder zu finden – nagen schon den ganzen Tag an mir. Ich brauche Zeit, um allein über die Beweislage nachzudenken. Lily Jago geht noch immer nicht ans Telefon, aber ich kann mir denken, warum: Vielleicht möchte sie nicht befragt werden, weil ihr Bruder ihr gesagt hat, wo er sich versteckt. Ich werde sie morgen früh als Erstes im Hotel aufsuchen.

Der junge Sergeant setzt sich, nachdem er Fish and Chips von dem Imbisswagen am Porthcressa Beach auf seinem Schreibtisch abgestellt hat, scheint sich dann aber doch nicht für das Essen zu interessieren. Er hat sich Liz Gannicks Bericht von ihrer Untersuchung des Tatorts heute Morgen geschnappt und schaut ihn noch einmal durch. Der letzte Mord tut seinem Arbeitseifer offensichtlich keinen Abbruch; er nimmt kaum wahr, dass ich im Aufbruch bin.

»Arbeiten Sie aber nicht die ganze Nacht durch, ja, Eddie?«

»Ich lege Pausen ein, keine Sorge.«

Seine Antwort überzeugt mich nicht. Eddie hat den Ehrgeiz, jeden Wettlauf zu gewinnen, ganz egal, wie viel Mühe es kostet. Er hat noch nicht begriffen, dass man bei Mordermittlungen Zeit braucht, um seine Gedanken zu sortieren – und eine gute Portion Glück.

Als ich nach draußen trete, hat sich die Luft abgekühlt; der kalte Atem des Meeres ist nach Wochen drückender Hitze eine willkommene Erleichterung. Ich bin froh, die Ermittlung für eine Weile hinter mir lassen zu können, habe aber keine Lust, ins Hotel zurückzukehren. Ich bin auf dem Weg zum Kai, als jemand den Hügel hinunterkommt. Er geht vornübergebeugt, als trüge er die Last der ganzen Welt auf seinen Schultern, allerdings kann ich sein Gesicht im schwachen Licht der Straßenbeleuchtung nicht sehen. Erst, als er die Straße überquert, erkenne ich Pfarrer Michael.

»Waren Sie die ganze Zeit bei Hannah, Herr Pfarrer?«, rufe ich.

Er bleibt mit angespannter Miene neben mir stehen. »Sie ist so krank, da konnte ich nicht einfach weggehen.«

»Geht es ihr denn jetzt besser?«

»Ihr Zustand ist unverändert, aber es heißt, den Gehörsinn verlieren wir als letzten. Ich hoffe, es hat sie getröstet, aus der Bibel vorgelesen zu bekommen.«

»Ja, bestimmt. Die Psalmen sind sehr schön, nicht wahr?«

»Ja, das sind meine Lieblingstexte. Die meisten sind reine Poesie.«

»Sind Sie auf dem Weg nach Hause?«

»Ja, aber vorher gehe ich noch auf einen Drink ins *Mermaid Inn*. Ich genehmige mir nur selten einen, aber heute mache ich eine Ausnahme.«

»Darf ich Sie begleiten?«

»Ja, bitte, ich freue mich über Gesellschaft.«

Der Priester hält den Blick auf den Gehsteig gerichtet, das Meer vor uns und die abgelegenen Inseln, die wie ferne Sterne darin funkeln, nimmt er gar nicht wahr. Erst, als wir am *Mermaid Inn* ankommen, scheint er sich allmählich zu entspannen. Es ist der kleinste, lauteste Pub auf St. Mary's, und in meiner Jugend war er meine Lieblingskneipe. Der mit Holzdielen ausgelegte Gastraum ist sehr übersichtlich. Gegenstände und Fundstücke aus der Seefahrt, wie Schiffskompasse, Haifischzähne und Elfenbeinschnitzereien aus der Zeit, in der der Walfang noch erlaubt war, zieren die Wände. Am Wochenende ist es hier brechend voll, aber heute Abend sitzen nur ein paar Alte auf Barhockern am Tresen und unterhalten sich grummelnd.

Pfarrer Michael schaut mich dankbar an, als ich ein großes Bier vor ihn stelle. »Genau das, was ich jetzt brauche.«

»Ich hab sie noch nie Alkohol trinken sehen, Herr Pfarrer.«

»Bitte sagen Sie Michael. Ich nehme nicht an, dass Sie sich noch an meine wilden Zeiten erinnern.«

»Sie sind hier aufgewachsen, oder?«

»Meine Eltern hatten eine Blumenfarm auf St. Mary's, aber draußen auf den Feldern zu schuften, das passte nicht zu meinem Ehrgeiz. Mein Plan war, auf dem Festland als Geschäftsmann schnell reich zu werden, und alle, die was anderes gesagt haben, habe ich verdroschen.« Er lacht trocken. »Sie können sich bestimmt vorstellen, was meine arme Familie mit mir durchgemacht hat.«

»Heute wirken Sie ja ziemlich friedfertig.«

»Weil ich das alles hinter mir gelassen habe. Als Jugendlicher habe ich mich so viel geprügelt, dass die Leute mir rieten, mit dem Boxen anzufangen.«

»Aber stattdessen haben Sie Gott gefunden?«

»Nein, es war anders rum.«

»Wie meinen Sie das?«

»Er ist zu mir gekommen. Noch bevor ich bereit war. Ich bin mitten in der Nacht aufgewacht, und er füllte mit seiner Anwesenheit das Zimmer aus. Es war beängstigend und schön zugleich.« Seine Leidenschaftlichkeit lässt ihn jünger aussehen, als er ist. »Ich hatte nicht mal ansatzweise an Gott geglaubt, aber danach war ich von jetzt auf gleich Feuer und Flamme für ihn.«

»So, wie wenn man sich verliebt?«

»Ich hatte eine Menge Sünden abzugelten, aber meine Schuld fiel einfach von mir ab. Die Katholiken nennen das: von göttlichem Licht berührt werden. Schade, dass ich es danach nie wieder gesehen habe.«

»Warum halten Sie dem Priesteramt die Treue?«

»Ich kann nicht einfach hinschmeißen, selbst wenn ich hin und wieder in meinem Glauben schwanke. Wir erleben alle unsere Prüfungen, oder nicht?«

»Ja, so hat es sich heute bei mir auch angefühlt.«

Sein Blick ist so durchdringend, als würde er bis auf den Grund meiner Seele schauen. »Möchten Sie, dass ich für Sie bete, Ben?«

»Beten Sie lieber dafür, dass ich den Mistkerl finde, der diese Morde begeht.«

»Darauf trinke ich.« Er zögert, bevor er das Glas hebt. »Aber ich hörte, heute sei jemand verhaftet worden. Haben Sie Ihren Mann also doch noch nicht gefunden?«

»Eine Verhaftung ist keine Verurteilung. Ich muss noch dahinterkommen, warum der Mörder seine Opfer als Bräute verkleidet.«

»Das ergibt keinen Sinn.« Er starrt auf den Tisch. »Ich habe schon Hunderte von Ehen geschlossen, und in der Regel sind es die Bräute, die sich Gedanken um das Äußere machen, nicht die Männer. Die Bräutigame sind so verliebt, dass ihre Partnerinnen auch in Jeans vor den Altar treten könnten; das wäre ihnen egal.«

»Sie glauben, es ist eine Frau?«

»Oder ein Mann, der seine Chance verpasst hat.« Der Pfarrer klingt wehmütig. »Er könnte eifersüchtig auf jeden sein, der einen Ehering trägt.«

»Haben Sie je mit dem Gedanken gespielt, zu heiraten, bevor Sie Priester wurden?«

»Ich war einmal bis über beide Ohren in eine Frau verliebt. In meinen Augen war sie perfekt, auch wenn sie Probleme hatte. Eine Musikstudentin mit einer großen Leidenschaft für die Inseln. Das Einzige, was mich damit versöhnt hat, sie verloren zu haben, war das Mitgefühl, das ich von anderen deswegen erfahren habe. Aber das erzähle ich Ihnen ein andermal.«

Aus den Worten des Priesters spricht Einsamkeit. Ich verabschiede mich, und als ich mich noch einmal umdrehe, wird mir klar, dass Pfarrer Michael einen hohen Preis für seinen Glauben bezahlt. Er hat den Kopf zwischen die Schultern gezogen und klammert sich an sein Glas.

46

Es ist dreiundzwanzig Uhr, als ich, noch immer voller nervöser Energie, zum Hotel zurückgehe. Das Gebäude leuchtet im Dunkeln wie ein Geisterschiff, die Flure sind leer, aber die unheimliche Stille wirkt nicht beruhigend auf mich. Ich könnte ein paar Dutzend Liegestütze machen oder den Fernseher einschalten, um die Bilder von der toten Jade aus meinem Kopf zu vertreiben, doch weder das eine noch das andere erscheint mir sinnvoll. Ich will mir gerade ein Bad einlassen, als von unten Shadows durchdringendes Geheul ertönt, das immer lauter wird. Nina muss ihn aus irgendeinem Grund allein gelassen haben. Aus bitterer Erfahrung weiß ich, dass dagegen nur sofortiges Einschreiten hilft, sonst zerkratzt er am Ende noch die Hotelmöbel.

Im Erdgeschoss ist Shadows Gejaule noch markerschütternder. Nina öffnet mir im Bademantel die Tür, als ich anklopfe, ihre Miene ist panisch.

»Folterst du ihn?«, frage ich. »Ich könnte es dir nicht verübeln; er kann eine echte Nervensäge sein.«

»Ich habe ihn nur fünf Minuten allein gelassen, um zu duschen.«

»Er erträgt sich selbst nicht.« Shadow springt zur Begrüßung an mir hoch, setzt sein Geheule dann aber fort. »Hast du ihm was zu fressen gegeben?«

»Ja, vor einer halben Stunde.«

»Dann will er wohl an die frische Luft.« Ich schiebe das Fenster hoch, und Shadow springt, ohne zu zögern, nach draußen. »Nur Hunger oder Klaustrophobie bringen ihn so in Rage.«

»Glücklicherweise verstehst du ihn.«

Nina bleibt auf Distanz. Sie steht auf der anderen Seite des Zimmers, ihre Haare sind noch nass vom Waschen. Ihr unverwandter Blick lockt mich an, und auch die viele nackte Haut von ihr, die danach schreit, berührt zu werden.

»Schau mich nicht so an, Nina.«

»Warum nicht?«

»Das hat uns schon mal Schereien eingebracht.«

»Ich hab dich schon immer gern angesehen. Warum sollte ich damit aufhören?«

Ich gehe zu ihr, aber sie weicht nicht zurück, und als sie ihre Hände auf meine Schultern legt, gibt es für mich kein Halten mehr. Ihre Augen sind weit aufgerissen, als ich sie zum ersten Mal seit fast zwei Jahren küsse. Sie schmiegt sich an mich und zieht mich näher zu sich. Die Konturen ihres Körpers sind in mein Gedächtnis eingeschrieben, aber ihre Haut ist noch weicher, als ich sie in Erinnerung habe, ihre Berührung drängender. Sie macht sich an den Knöpfen meines Hemdes zu schaffen, ihr Atem streift warm über meinen Hals. Ich habe es leichter: Ich brauche nur ihren Bademantel zu öffnen. Das Denken kann ich einstellen, denn sobald sie nackt in meinen Armen liegt, funktioniert mein Körper auf Autopilot. Ich hatte vergessen, wie schön sie ist; diese langen Beinen, die nirgends zu enden scheinen. Ich versuche, langsam zu machen, aber das ist unmöglich. Ich sehe, wie ihr Blick unscharf wird und sie den Kopf zurückbiegt und loslässt. Dann ist alles – viel zu schnell – schon wieder vorbei. Ich trage noch den Großteil meiner Kleider, wir stehen beide aufrecht da, sie mit dem Rücken zur Wand, und brechen in Gelächter aus. Ich küsse sie noch einmal und löse mich dann von ihr, um sie anzuschauen. Sie lächelt noch immer, ihr Gesicht ist leicht gerötet.

»Das war nicht gerade meine Bestleistung.«

»Für mich war's genau richtig«, antwortet sie. »Vielleicht sollten wir beim nächsten Mal versuchen, es bis ins Bett zu schaffen.«

Wir trinken Wein aus der Minibar und reden über das letzte Jahr. Nina gesteht mir, dass die Rückkehr nach Bristol schwieriger war, als sie gedacht hatte. In jedem Zimmer lagen Sachen ihres Mannes, und im Schrank hingen noch seine Kleider. Sie hat einen Monat bei ihren Großeltern in Italien verbracht, und die langen sonnigen Tage haben ihr geholfen. Während dieses Rom-Aufenthalts hat sie auch beschlossen, eine andere Berufslaufbahn zu starten.

»Es hat mich schon immer fasziniert, wie andere Leute denken«, sagt sie. »Darum dachte ich, das mit der Therapie wäre genau das Richtige für mich.«

»Ich bin ja ein offenes Buch für dich.« Es hat mich schon immer eingeschüchtert, dass ihren blassgoldenen Augen anscheinend nichts entgeht.

»Ich kann sehen, dass diese Ermittlung dich sehr belastet.«

»Was treibt einen Mörder dazu, junge Frauen zu töten und dann als Bräute zu verkleiden?«

»Vielleicht glaubt er, dass sie ihm dann gehören«, schlägt sie schlaftrunken vor.

»Möglich.« Ich beobachte sie, während sie in den Schlaf driftet. »Bist du wegen mir zurückgekommen, Nina?«

Sie schlägt die Augen auf, plötzlich ist sie wieder hellwach. »Was glaubst du?«

»Ich kann keine Gedanken lesen, also sag's mir einfach.«

Nina antwortet mir nicht mit Worten, sondern mit Taten. Durchs offene Fenster strömt silbriges Mondlicht herein, als sie sich auf mich setzt und mich in die Kissen zurückdrückt. Das zweite Mal ist befriedigender, langsamer und intensiver. Ich schlafe, ihre Arme um den Nacken, ein und werde nur noch ein Mal wach, als Shadow mitten in der Nacht durchs Fenster hereingesprungen kommt. Er sieht meine Kleider auf dem Boden liegen und dreht sich dreimal um die eigene Achse, bevor er sie als Matratze benutzt.

Beim ersten Tageslicht öffne ich blinzend die Augen. Nina rührt sich nicht, als ich ihr einen Kuss auf die Schulter gebe, doch Shadow steht kerzengerade da und verfolgt jede meiner Bewegungen kritisch mit seinen eisblauen Augen.

»Sie gehört nicht dir, mein Freund. Du bist ein Hund, und sie ist ein Mensch«, murmele ich.

Ich lasse den Blick durch den Raum schweifen, in dem Ninas komplexe Persönlichkeit gut abgebildet ist: Auf dem Nachttisch liegt eine Ausgabe von Dickens' *Dombey und Sohn*, ihre Geige steht in der Ecke, daneben ein psychologisches Fachbuch, und auf der Heizung hängt ein gelber Bikini. Nina ist so vielseitig, dass sie sich in keine Schublade stecken lässt, und ihr geheimnisvolles Lächeln ist einfach Teil ihres Charmes. Wenn sie wegen mir zurückgekommen ist, wird sie es niemals zugeben. Fest steht nur, dass unsere körperliche Anziehung jetzt noch größer ist.

Nina schläft noch, ihre Atemzüge sind langsam und

gleichmäßig, als ich mich aus dem Bett stehle und die Kleider wieder anziehe, die nun voller Hundehaare sind. Shadow nimmt mit einem triumphierenden Blick meinen Platz ein und schmiegt sich an Ninas Rücken. Ich will schon gehen, als mir ein kleines Fotoalbum auffällt, das auf Ninas Koffer liegt. Neugierig blättere ich darin herum. Es enthält Bilder von ihrer Hochzeit vor zehn Jahren. Ich kann eigentlich keine Bräute mehr sehen, doch Nina sieht schön und unbeschwert aus; ihr Ehemann genießt es sichtlich, seine italienische Prinzessin zu heiraten. Simon Jackson ist blond und schlank und nur wenig größer als seine frisch angetraute Frau. Vielleicht hat sie sich aus diesem simplen Grund für mich entschieden, weil ich ganz anders aussehe als er. Sie jagt mir in diesem Braut-Outfit solches Unbehagen ein, dass ich auf dem Weg nach draußen ihr Fenster zuziehe und zweimal überprüfe, ob es auch richtig geschlossen ist.

In meinem Zimmer bleibe ich lange unter der Dusche stehen. An Ninas Situation wird sich nichts ändern, egal, wie viel Zeit vergeht. Ich konkurriere weiterhin mit einem Geist, und meine Chancen stehen nicht allzu gut, denn im Vergleich mit der harten Realität der Gegenwart werden Erinnerungen mit der Zeit verklärt. Nina wird am Sonntagmorgen nach Bristol zurückkehren, doch jetzt ist nicht die Zeit, um über die Zukunft nachzudenken. Ich darf mich nicht von dem Fall ablenken lassen.

47

Freitag, 9. August

Um halb acht gehe ich in die Hotelküche, um nach Lily Jago zu suchen. Die Mitarbeiter sind dabei, den Boden zu schrubben und die Kühlschränke auszuwaschen. Einige wenige Köche schneiden Tomaten und braten Bacon für die kleine Gästeschar. Der Küchenchef reagiert verärgert, als ich mich nach Lily erkundige.

»Lily ist schon seit einer halben Stunde überfällig. Sie können sich vorstellen, wie sehr mich das freut.«

»Bitte richten Sie ihr aus, dass sie mich anrufen soll, wenn sie kommt.«

Er nickt kurz und wendet seine Aufmerksamkeit dann wieder den Eiern zu, die er verquirlt, als wäre die Herstellung eines perfekten Omeletts eine Sache von globaler Wichtigkeit. Möglicherweise hat Lily es sich ja anders überlegt und ist nach Hause zurückgekehrt, aber Harry schien sich ziemlich sicher zu sein, dass sie ihn als hoffnungslosen Fall abgeschrieben hat. Jetzt, wo ihr Bruder abgehauen ist, muss ich dringend mit ihr sprechen. Es wird Zeit, dass sie preisgibt, was sie vor mir verbirgt.

Die Wohnung der Polkerris' liegt in einem abgelegenen Teil des Hotels, den Eddie nicht durchsucht hat, als er die

Räumlichkeiten der Angestellten überprüfte. Das oberste Stockwerk des Hotels ist noch nicht renoviert, der Putz rieselt von den Wänden und gibt den Blick auf das ursprüngliche Gemäuer frei; hier ist es kühler als draußen. Tom Polkerris wirkt schockiert, mich zu sehen, als er die Tür aufmacht. Er trägt einen Trainingsanzug mit Schweißflecken, die dunklen Haare kleben ihm am Schädel. Der Hotelmanager stellt sich so breit in den Türrahmen, dass er mir die Sicht auf die Wohnung versperrt. Seine Haltung erinnert mich an die Zeit, als er die jüngeren Kinder in der Schule herumkommandiert und sie oft sogar zum Weinen gebracht hat. Aber seine Miene drückt jetzt nur Skepsis aus.

»Tut mir leid, dass ich dich so früh störe, Tom.« Ich zeige auf seine Sportschuhe. »Warst du laufen?«

»Ich versuche immer, den Fitnessraum zu nutzen, bevor die Gäste aufstehen. Stimmt irgendwas nicht?«

»Lily Jago ist nicht bei der Arbeit erschienen.«

Er zieht die Augenbrauen hoch. »Sie hat sich freigenommen, weil sie Zeit für ihren Bruder haben wollte, aber heute sollte sie eigentlich wieder da sein.«

»Kann ich bitte in ihrem Zimmer nachsehen?«

Polkerris scheint von der Idee nicht sehr angetan zu sein, ringt sich aber dennoch ein höfliches Lächeln ab. »Du musst allerdings warten, bis ich mich umgezogen habe. Es geht nicht, dass unsere Gäste mich so sehen.«

Sein Wohnzimmer befindet sich in einem der Türme der Festung, von dort aus hat man einen guten Blick auf den Mitarbeitertrakt und auf die kleineren Inseln am Horizont. In der Ecke liegt ein Stapel Schmutzwäsche, über die Möbel sind Zeitungen verstreut, und auf dem Tisch stapeln sich benutzte Kaffeetassen. Ich kann mir nicht vorstellen, dass

Rhianna so ein Chaos toleriert, denn das passt so gar nicht zu ihrer makellosen Erscheinung. Tom ist schnell wieder da, trägt einen eleganten Anzug und glänzende Halbschuhe.

»Ist Rhianna schon im Büro?«

Sein Blick wandert zum Fenster. »Wir haben so lange gearbeitet, dass sie heute mal ausschläft.« Er scheint es plötzlich eilig zu haben.

Seine Abwehrhaltung erregt meinen Verdacht. »Ich müsste sie aber bitte auch sprechen. Es könnte ja sein, dass sie Lily vor kurzem gesehen hat.«

»Ich möchte sie nur ungern wecken.«

»Sie ist doch fürs Personal zuständig, oder? Es dauert auch nicht lange.«

Polkerris schweigt einen Moment, bevor er antwortet. »Rhianna ist gar nicht hier.«

»Das dachte ich mir. Warum lügst du mich an, Tom?« Ich setze mich aufs Sofa und bin fest entschlossen, erst wieder aufzustehen, wenn ich eine überzeugende Erklärung von ihm gehört habe.

»Wir lassen uns scheiden. Sie wohnt gerade in einer Gästesuite, die bald renoviert wird; von der Trennung weiß niemand.«

»Warum nicht?«

»Weil es die Mitarbeiter ablenken würde. Wir müssen die bevorstehende Prüfung mit Bravour bestehen, andernfalls bringt es uns beiden berufliche Nachteile.«

»Was ist denn schiefgelaufen zwischen euch?«

Meine direkte Frage irritiert ihn. »Bei uns war schon kurz nach der Hochzeit die Luft raus. Unsere Familien haben ein Vermögen investiert. Es sollte ein ganz besonderer Tag werden. Rhianna wollte alles absolut perfekt haben.«

»War die Trennung deine Idee?«

»Ich denke schon.« Er zögert. »Es fehlte was; so ging es nicht weiter.«

Polkerris sieht niedergeschlagen aus, als wir aufbrechen, um Lily Jago zu suchen, aber kaum sind wir im Erdgeschoss, ist er wie ausgewechselt. Jeder Mitarbeiter, an dem wir vorbeikommen, wird von ihm fröhlich gegrüßt. Polkerris verbirgt den Kummer über das Ende seiner zehnjährigen Beziehung derart gut, dass er wie ein routinierter Schauspieler wirkt, der eine neue Rolle probt. Mir kommt die Idee, dass er Sabine Bertans in der Nacht ihres Todes problemlos über die Feuertreppe gefolgt sein kann. Jetzt, wo er allein lebt, kann er schalten und walten, wie er will.

»Soll ich's noch mal auf Lilys Handy probieren?«, fragt er.

»Ja, bitte. Ich durchsuche in der Zeit ihr Zimmer.«

Die junge Frau scheint all ihre Habseligkeiten in diesen kleinen Raum gequetscht zu haben. An der Wand über dem Bett hängen Fotos aus der Zeit, als ihre Familie noch intakt war. Auf dem Boden liegt ein geflochtener Bastteppich, und in ihrem Bett ist eine ganze Schar von Stofftieren verteilt, so als sehne sie sich nach den unkomplizierten Tagen ihrer Kindheit zurück.

»Sie geht nicht dran«, sagt Polkerris. »Lily hat noch nie eine Schicht verpasst.«

Nachdem ich gesehen habe, wie gut er seine wahren Gefühle verschleiern kann, wage ich nicht zu sagen, ob die Panik in der Miene des Hotelmanagers echt oder gespielt ist. Ich lasse meinen Blick noch einmal durch Lilys Zimmer gleiten und stutze, als ich etwas auf dem Nachttisch liegen sehe: ein knallpinkes Handy mit Blumenmuster.

Es entspricht exakt der Beschreibung von Sabines Telefon. Aber warum ist es hier? Hat Lily mich die ganze Zeit belogen? Ich versuche, es einzuschalten, aber der Akku ist leer, und als ich nach einem Ladegerät Ausschau halte, taucht plötzlich der Hotelportier im Flur auf.

»Nach Ihnen suche ich, Sir«, sagt er, bevor er mir einen braunen Umschlag reicht. »Das wurde heute Nacht für Sie abgegeben.«

Ich weiß sofort, dass er von dem Mörder stammt, aber weil Tom Polkerris mich beobachtet, verziehe ich keine Miene, während ich das Polaroidfoto von Lily aus dem Umschlag ziehe. Diesmal es ist ein anderes Bild. Es wurde aus der Ferne aufgenommen und zeigt Lily, wie sie aus einem Fenster des Hotelrestaurants schaut. Der Mörder muss auf dem Hotelgelände gestanden und sie unbemerkt fotografiert haben. Er lässt sich Zeit mit seinem neuen Opfer; er hat noch nicht einmal damit begonnen, sie in eine perfekte Braut zu verwandeln, aber auf der Rückseite des Fotos steht: »*So weiß, so zart und ganz aus Seide, für alle eine Augenweide.*«

»Bring mich zu Rhianna, Tom.«

Polkerris tastet nach seinem Handy. »Lass mich zuerst bei ihr anrufen.«

Ich reiße ihm das Telefon aus der Hand. »Jetzt sofort, sonst verhafte ich dich wegen Behinderung der Justiz.«

Meine Drohung zeigt die gewünschte Wirkung; Polkerris dreht sich auf dem Absatz um und führt mich schnellen Schrittes zu seiner Ex.

48

Lily weiß, dass ein neuer Tag angebrochen ist, weil graues Licht durch die Ritzen in dem vernagelten Fenster fällt. Sie hat einen schweren Kopf, doch ihre Sinne sind hellwach. Sie riecht die Farbe an den rauen Wänden der Hütte und hört Seemöwen schreien, aber sie hat sich noch nie so allein gefühlt. Sogar das Meer hat sie verlassen. Sie hört die Wellen nicht mehr an den Strand schlagen. Jetzt muss Ebbe sein; die Zeit verfliegt, während sie mal bei Bewusstsein ist und mal nicht.

Lily dreht ihre Hände, aber durch die Bewegung werden ihre Fesseln nur noch enger. Sie blickt sich um, sucht nach einer Möglichkeit, sich zu befreien. Sie kann die Fessel jedoch nur lockern, wenn sie ihre Hände an einer splittrigen Kante des Tisches reibt. Das Seil scheuert über ihre Haut, doch sie gibt nicht auf.

»Ich muss nach Hause«, murmelt sie.

Sie will nicht so sterben wie Sabine, ihr Leben hat doch noch gar nicht richtig angefangen. Ihr Blick bleibt an dem Spiegel hängen, und sie starrt das Brautkleid an. Früher hat sie davon geträumt, wie eine Märchenprinzessin zum Altar zu schreiten, aber ihre Mutter hat sie gewarnt, dass Hochzeiten in Weiß nicht immer Glück bringen. Ihre Gedanken kommen und gehen, während ihre Schmerzen stärker wer-

den. Sie kann jede Idee nur kurz festhalten, bevor sie ihr wieder entgleitet. Sie erinnert sich an die Sanftheit ihrer Mutter, daran, wie Harry sie früher von der Schule abgeholt hat, an die Zerrissenheit in Tom Polkerris' Miene, als er sie an der Wange berührt hat.

Lilys Gedanken rasen, als sie draußen knirschende Schritte auf dem Kies hört; die Tür wird aufgeschlossen, und diesiges Licht strömt in die Hütte. Sie hat zu viel Angst, um Luft zu holen. Instinktiv versucht sie, ihre Hände aus der Fessel herauszuziehen.

»Wer sind Sie?«, fragt sie. Ihre Stimme ist nur ein heiseres Krächzen, doch sie bekommt keine Antwort, und dann werden ihr wieder die Augen verbunden.

Er steht so dicht neben ihr, dass sie ihn leise vor sich hinsingen hören kann. Den Text versteht sie nicht, aber im Refrain geht es um eine schöne Braut. Seine Stimme klingt schrill, fast schon feminin. Als der Gesang endet, spürt Lily, dass sie angeschaut wird. Beinahe hätte sie panisch aufgeschrien, aber sie schluckt, damit ihr kein Laut entweicht.

»Bitte lassen Sie mich gehen. Ich hab solche Angst.«

Sie spürt eine Hand auf ihrer Schulter, dann wird ihr eine Flasche Wasser an die Lippen gehalten. Sie schluckt gierig, denn sie ist durstig, nachdem sie stundenlang nicht trinken durfte. Jemand hält ihren Kopf fest, damit sie sich nicht verschluckt. Die Geste ist so sanft, dass Lily nicht glauben kann, dass das der Mörder ist.

»Warum tun Sie das?«, fragt sie. »Zwingt jemand Sie dazu?«

Die Hand wird zurückgezogen, und Lily hält die Luft an, wartet auf einen Schlag, der aber nicht kommt. Sie hört ein leises, klägliches Weinen.

»*Sagen Sie mir, was los ist*«, *sagt Lily und achtet darauf, dass ihre Stimme nicht zittert.* »*Vielleicht kann ich Ihnen helfen.*«

Sie bekommt keine Antwort, aber die Hände streichen ihr zärtlich über das Schlüsselbein. Lily zuckt zusammen, als ihr ein kaltes Stück Metall umgehängt wird. Der Mörder lässt sich Zeit beim Schließen des Kettenverschlusses; seine Tränen sind genauso schnell versiegt, wie sie gekommen sind. Als er die Hütte durchquert, klingen seine Schritte schwer auf dem Holzboden. Bei der nächsten Berührung des Mörders hämmert Lilys Herz wild gegen ihre Brust. Er knebelt sie mit einem Wattebausch, der ihr das Atmen erschwert. Ihre Hände werden noch fester zusammengebunden, dann wird sie nach draußen gezerrt.

Lily wird in einen engen Raum gequetscht. Ihre Knie drücken gegen die Brust, aber sie kann nicht um Hilfe schreien. Erst, als der Motor angelassen wird, dessen Vibrationen ihr durch und durch gehen, begreift sie, dass sie an einen anderen Ort gebracht wird. Die Erschöpfung fordert ihren Tribut; vor lauter Angst kann sie keinen klaren Gedanken fassen.

49

Ich folge Tom Polkerris zurück ins Hotel, meine Gedanken rasen, während wir die Treppe hochgehen. Warum sind die Fotos der Opfer, die Harry Jago und ich bekommen haben, persönlich vorbeigebracht worden? Will der Mörder seine Macht zur Schau stellen, oder beweist das, dass wir ebenfalls in Gefahr sind? Nur eines ist gewiss: Paul Keast hat das Foto nicht hier deponieren können, weil er bereits in einer Zelle saß. Er könnte jedoch einen Komplizen haben. Wenn das stimmt, wird dieser zweite Täter weitere Verbrechen begehen, auch wenn der Farmer eingesperrt ist. Entweder das, oder ich habe den falschen Weg eingeschlagen und dabei zwei Freundschaften zerstört.

Weil Rhianna nicht reagiert, bitte ich Tom, die Tür mit dem Generalschlüssel aufzumachen. In der Luft liegt Zigarettenrauch, obwohl in jedem Hotelzimmer Verbotsschilder hängen. Damit wäre bewiesen, dass sie im Grunde ihres Herzens auf Vorschriften pfeift. Rhiannas aktuelle Suite ist größer als die, die sie sich mit Tom geteilt hat, und hier herrscht deutlich mehr Ordnung. Die Kleider im Schrank sind nach Farben sortiert, und die Schuhe stehen in Reih und Glied; viele davon sind sogar noch in Seidenpapier eingewickelt. Das Wohnzimmer offenbart jedoch eine Seite ihrer Persönlichkeit, die mich mit Unbehagen erfüllt. Auf ihrem Sofa stapeln sich Dutzende Zeitschriften, die alle um das Thema Hochzeit kreisen und in denen sie zahlreiche Anmerkungen mit rotem Filzstift gemacht hat. Unwahrscheinlich gut aussehende Brautpaare blicken mir mit strahlendem Lächeln von Hochglanzseiten entgegen.

»Sie ist immer noch wie besessen von diesen blöden Hochzeiten, dabei sind für unsere Hochzeit meine gesamten Ersparnisse draufgegangen«, sagt Tom. »Du glaubst gar nicht, wie lange sie für die Planung gebraucht hat.«

»Rhianna könnte gestern Nacht einen Umschlag in den Hotelbriefkasten geworfen haben.«

»Was willst du damit sagen?«

»Sie könnte etwas über die Morde wissen.«

Polkerris schaut mich schockiert an; er kann sich nicht vorstellen, dass seine Ex irgendetwas damit zu tun hat. Aber der Mörder könnte ihre Besessenheit instrumentalisiert haben, bis die Wut über ihre gescheiterte Ehe hochgekocht ist. Vielleicht missgönnt sie anderen Frauen, jetzt, da ihre eigene Beziehung zerbrochen ist, die Chance auf eine glückliche Liebesgeschichte. Ich schiebe meine Gedanken über mögliche Motive der Hotelmanagerin beiseite, um mich auf die praktischen Details zu konzentrieren, denn uns bleibt nicht viel Zeit, wenn wir Lily Jago lebend wiedersehen wollen.

Es ist einundzwanzig Uhr, und der perfekte Sommer auf der Insel hat ein vorläufiges Ende gefunden. Starke Windböen schlagen mir auf meinem Weg zum Revier entgegen, und Sprühregen weht mir ins Gesicht. Ich versammele alle Mitarbeiter in Madrons Büro, um ihnen mitzuteilen, dass Lily verschleppt wurde. Sie könnte ins Visier des Mörders geraten sein, weil er weiß, dass sie im Besitz wichtiger Informationen, wie Sabines Handy, ist.

»Möglicherweise ist Rhianna in die Sache verwickelt, aber wir müssen auch Harry Jago finden. Falls er den Mörder kennt, redet er bestimmt, wenn er hört, dass Lily in Gefahr ist.«

»Was sollen wir tun?«, fragt Lawrie Deane. Er wirkt angespannt – wieder ist eine junge Frau im Alter seiner Tochter aus einer Gegend entführt worden, die jahrzehntelang sicher war.

»Schnappen Sie sich ein paar Freiwillige, denen wir vertrauen können, und durchsuchen Sie noch mal jedes Gebäude, jeden Schuppen und jede Scheune nach Rhianna und Harry. Ich möchte, dass auch die Boote im Hafen überprüft werden. Wenn der Mörder seinem üblichen Muster treu bleibt, wird er Lily bis zum Einbruch der Nacht versteckt halten und ihre Leiche dann an einer Stelle zurücklassen, die gern für Hochzeitsfotos genutzt wird.«

»Ich verstehe immer noch nicht, warum er ausgerechnet sie ausgewählt hat«, sagt Isla. »Sie ist anders als die anderen Opfer. Vielleicht ist das auch der Grund, warum sich ihr Foto von den früheren unterscheidet.«

»Lily ist weniger selbstbewusst, aber sie wurde hier geboren, und sie ist Single. Er scheint Frauen zu hassen, die sich nicht für einen Mann entscheiden.« Ich betrachte die Gesichter meines Teams. »Ich möchte wissen, wer mit Harry Jago gesehen wurde. Fragen Sie herum und überprüfen Sie diejenigen, die auf unserer Verdächtigenliste stehen, aber bedenken Sie, dass es auch eine Stütze der Gemeinde sein könnte, die wir noch gar nicht in Betracht gezogen haben. Außerdem sieht es so aus, als hätte derjenige einen Helfer. Das würde erklären, warum neben der brutalen Gewalt immer auch eine gewisse Romantik im Spiel ist. Ich werde Jeff

Pendelow aufsuchen und ihn um Rat fragen. Sie können die Insel unter sich aufteilen; aber führen Sie Buch über die Grundstücke, die Sie durchsucht haben. Ich möchte, dass Rhianna und Harry Jago noch heute Morgen gefunden werden.«

»Was passiert mit Paul Keast?«, fragt Eddie.

»Gannick ist jetzt auf der Farm und sucht dort nach Beweisen. Wenn er einen Helfer hat, könnte er Lily vor seiner Verhaftung entführt haben. Lassen Sie seinen Anwalt zu einem ersten Treffen zu ihm, aber verschieben Sie die Vernehmung auf heute Nachmittag. Jetzt ist erst mal wichtiger, dass wir seinen Komplizen finden.«

»Das ist eine hochkarätige Anwältin; ich wette, sie legt Beschwerde ein«, grummelt Deane.

»Reservieren Sie ihr für mittags einen Tisch im *St. Mary's Hall Hotel* und übernehmen Sie die Kosten. Vielleicht halten ein gutes Essen und viel Gin Tonic sie ja bei Laune. Wir dürfen Keast bis morgen früh festhalten, und vielleicht brauchen wir sie ja noch mal.«

Isla und Eddie wirken zuversichtlich, was unsere Erfolgschancen angeht, aber Dean zieht weiter ein mürrisches Gesicht. Der alte Hase scheint Zweifel an meiner Strategie zu haben, sagt aber nichts, als ich die Organisation der Suche meinem Team überlasse und mich verabschiede. Auf St. Mary's gibt es keine fünfhundert Wohngebäude, doch es sind die vielen Höhlen, Scheunen und Schafställe auf den Acker- und Weideflächen, die uns das Leben schwermachen. Und das Wetter ist auch ungünstig; der Himmel ist noch dunkler geworden, und Regen prasselt mir auf den Nacken, als ich das Revier verlasse.

Ich trete den Kickstarter, der Motor stottert, so als spürte er die Anspannung genauso wie ich. Ich muss daran denken, wie ängstlich Lily Jago wirkte, als ich sie befragt habe. Sie sah aus wie ein Schulmädchen, das von einem unbeherrschten Lehrer gemaßregelt wird. Aber als sie mir gegenüber ihren Bruder in Schutz genommen hat, habe ich auch ihre toughe Seite kennengelernt. Wenn sie überleben will, wird sie die Courage, die sie da gezeigt hat, dringend brauchen.

Während der fünfminütigen Fahrt nach Old Town fliegen niedrige Stein-Cottages und Blumenfelder an mir vorbei; das Meer taucht hin und wieder zwischen den Bäumen auf und verschwindet dann wieder. Um den Mörder zu finden, muss ich jede Hilfe in Anspruch nehmen, die ich kriegen kann – auch den Sachverstand der Insulaner. Ich parke das Motorrad vor Jeff Pendelows Haus nahe der Old Town Bay. Der Anblick der Bucht ist heute wenig beruhigend; das Meer hat dieselbe graue Farbe wie ein Kriegsschiff, und so weit das Auge reicht, türmen sich Brecher auf. Der Psychologe reagiert nicht auf mein Klingeln, also trete ich, wie beim letzten Mal, einfach ein und rufe nach ihm. Ich finde ihn auf dem Sofa, sein Gesicht ist bleich vor Schmerzen.

»Tut mir leid, wenn ich störe, Jeff. Ich brauche deinen Rat.«

»Du bist ja klatschnass, Ben. Komm, wir setzen uns in die Küche, da ist es wärmer.« Er steht vorsichtig auf, das Gehen durch den Flur kostet ihn sichtlich Mühe. »Verzeih die Unordnung. Ich kann mich im Moment schlecht bücken, und das ist eine prima Ausrede, alles schleifen zu lassen. Val wäre entsetzt, wie sie das Chaos sehen würde.«

Die Küche des Psychologen, wenn auch unaufgeräumt, sieht immer noch ordentlicher aus als sein verwilderter Garten. Die Regale sind vollgestopft mit Küchenutensilien, die ihn täglich daran erinnern müssen, was für eine leidenschaftliche Köchin seine Frau war, bevor ihre Krankheit fortschritt. Jeff scheint es besser zu gehen, sobald wir, mit einer Kanne Kaffee zwischen uns, am Tisch sitzen. Er betrachtet mich neugierig über den Rand seiner Brille hinweg, als erwartete er, dass ich meine Ängste vor ihm ausbreite, damit er seine Diagnose stellen kann.

»Es ist schon wieder eine junge Frau verschwunden, Jeff. Eigentlich müsste es ganz einfach sein, den Mörder zu finden, er geht immer nach dem gleichen Muster vor, aber wir übersehen irgendwas.«

»Dann fass mal schnell das Wichtigste zusammen. Einzelne Details seines Vorgehens könnten ihn verraten.« Der Psychologe hört mit nachdenklicher Miene zu, als ich den Modus Operandi des Täters beschreibe, nickt und macht sich Notizen auf einem Block.

»Er überwältigt seine Opfer nachts und transportiert sie mit einem Fahrzeug weg, das wir noch nicht identifizieren konnten. Wir haben Fotos der Frauen erhalten, auf denen sie perfekt als Bräute zurechtgemacht sind, bis auf eine, die zu verschleppen ihm nicht gelungen ist, und vom letzten Opfer auch noch nicht. Die Tatorte sind Pulpit Rock, Halangy Beach und Holy Vale. Er verwandelt die Frauen in idealisierte Bräute, erwürgt sie und präsentiert ihre Leichen an besonders schönen Stellen der Insel, die häufig für Hochzeitsporträts benutzt werden. Er scheint sich dieser Region besonders verbunden zu fühlen. Wir haben historische Schmuckstücke aus kornischem Gold an den Leichen gefunden, sogenannte Seemannsglücksbringer. Er zwingt seine Opfer, eine Zeile aus einem alten Hochzeitslied auf die Rückseite der Fotos zu schreiben, die er von ihnen macht.«

»Was ist die Verbindung zwischen den Opfern?«

»Sie sind alle unverheiratet und unabhängig, aber da enden die Gemeinsamkeiten auch schon. Es war eine lettische Studentin darunter, die durch einen Sommerjob auf der Insel ihr Englisch aufbessern wollte, eine deutsche Journalistin, eine Pilotin und jetzt eine Angestellte aus dem *Star Castle*.«

Jeff liest mit konzentrierter Miene seine Notizen noch einmal durch. »Du sagst, er hat kein sexuelles Motiv, aber eine Vorliebe für Rituale. Er reklamiert die Frauen nicht nur für sich selbst, sondern auch für die Inseln, indem er ihnen Schmuck umhängt, der von hier stammt. Ich würde sagen, du suchst nach jemandem mit einer dissoziativen Persönlichkeitsstörung. Er kann anderen ohne Schuldgefühle Schmerz zufügen, und er ist offenbar ein gewiefter Lügner, sonst hättest du ihn längst erwischt. Er zieht einen Teil seines Vergnügens daraus, dich in die Irre zu führen. Die meisten Serienmörder genießen ihre Macht ebenso wie die Gewaltausübung.«

»Was ist mit seiner Methode?«

»Ich denke noch über diese Orte nach. Sie liegen alle an dem alten Pilgerpfad, der mitten durch St. Mary's führt, oder? Daher hat Holy Vale doch seinen Namen.«

»Ich werde mir das mal genauer ansehen.«

»Die Strangulation ist eine fürchterlich intime Art, jemanden zu töten. Der Mörder kann seinen Opfern in die Augen sehen, während das Leben sie langsam verlässt. Ich stelle mir vor, dass ihm das ein Gefühl von Allmacht verleiht.«

»Gibt es so was wie einen speziellen Auslöser für eine Mordserie dieser Art?«

»Es könnte eine plötzliche Steigerung psychotischer Symptome sein oder das Wiederaufleben eines alten Traumas.

Eine verdrängte Erinnerung könnte wieder aktiviert worden sein, aber diese Art von Gewalt kommt niemals ohne Vorankündigung. Ich vermute, dass er vorher bereits andere Gewalttaten begangen hat.«

»Der Kerl lebt auf der Insel. Wahrscheinlich haben wir alle schon beim Einkaufen mit ihm geplaudert.«

»Das ist ernüchternd, aber nicht ungewöhnlich. Zwei Prozent aller Menschen haben psychopathische Dispositionen«, antwortet er. »Vielleicht verbirgt er seine Krankheit hinter einer Maske der Seriosität und übt einen sehr angesehenen Beruf aus. Menschen mit Persönlichkeitsstörungen sind sehr gut darin, diese zu verschleiern.«

»Glaubst du, er hat einen Gehilfen?«

»Psychopathen machen häufig Jagd auf die Schwächsten.« Er blickt mich über den Rand seiner Brille hinweg an. »Die Gegenstände, die er zurücklässt, könnten der Schlüssel sein. Er glaubt, dass diese Seemannsglücksbringer aus irgendeinem Grund heilig sind.«

»Ja, das denke ich auch schon die ganze Zeit.«

Jeffs Worte erinnern mich an Julian Power und seine Sammelleidenschaft.

»Ich mache mir Sorgen um deine Sicherheit, Ben. Dieser Kerl hat eine Mission, und du stehst ihm im Weg. Pass gut auf dich und die Menschen in deinem Umfeld auf. Ihr solltet euch alle schützen, so gut es geht.«

»Rhianna ist möglicherweise ebenfalls in Gefahr.«

»Die Managerin des *Star Castle*?«

Ich nicke. »Es könnte sein, dass sie etwas mit der Sache zu tun hat.«

»Du weißt, dass sie katholisch ist, oder? Sie kommt hin und wieder zur Messe.«

»Spielt das eine Rolle?«

»Die Morde könnten auch ein religiöses Motiv haben. Hast du schon mal daran gedacht, dass er seine Opfer als unrein empfinden könnte?«

»Wie meinst du das?«

»So ein weißes Kleid stand doch früher für Jungfräulichkeit, oder? Seine Opfer sind alle alt genug, um bereits sexuelle Erfahrungen gemacht zu haben.«

»Das hilft mir sehr, Jeff. Danke, dass du dir Zeit für mich genommen hast.«

»Komm jederzeit wieder, wenn du noch was zu besprechen hast.« Er erhebt sich langsam und verzieht vor Schmerzen das Gesicht. »Du weißt ja, wo du mich findest, bis dieser verdammte Rücken besser wird. Aber nimm meine Vorschläge nicht zu wörtlich. Ich habe nur versucht, anhand der Infos, die du mir gegeben hast, Rückschlüsse auf die Denkweise des Täters zu ziehen.«

»Du hast mir geholfen, die Sache aus einem anderen Blickwinkel zu betrachten.«

Als ich aus dem Haus trete, zwingt der Regen mich dazu, Zuflucht unter einem Baum zu suchen. Dort schicke ich eine Nachricht an Nina, in der ich sie dringend bitte, das Hotel nicht zu verlassen. Während ich meine Mailbox abhöre, donnern Brecher mit einem Riesengetöse an die Küste, trotzdem höre ich den Triumph in Eddies Stimme, als er mir verkündet, dass Rhianna aufgetaucht ist. Sie war zu Fuß am Porth Minick Beach unterwegs und wurde inzwischen aufs Revier gebracht.

Auf dem Rückweg nach Hugh Town werde ich erneut tropfnass. Außer mir trotzt niemand dem Gewitter, nur einige

Schafe stehen dicht beieinander und beobachten mich auf meiner Fahrt. Als ich in Hugh Town ankomme, sehe ich aus wie ein begossener Pudel, aber auch die Hotelmanagerin wirkt weniger gepflegt als sonst. Statt eleganter Kleidung trägt Rhianna Jeans und T-Shirt, ihre Sneakers sind sandverkrustet, und die blonden Haare hängen zottelig herab.

»Wir haben Sie gesucht, Rhianna.«

»Ich hatte vor, hierherzukommen, aber ich brauchte erst mal frische Luft, um einen klaren Kopf zu kriegen.«

»Könnten Sie uns erzählen, wie Sie Ihre Freizeit verbringen?«

»Davon hatte ich in letzter Zeit nicht viel. Ich habe nonstop gearbeitet, aber es war sinnlos.« Sie hält den Blick auf die Tür gerichtet, als sehnte sie sich danach, von hier zu entkommen.

»Tom hat erzählt, dass Sie sich scheiden lassen.«

»Er wollte, dass wir es geheim halten, aber ich hätte mich dem verweigern sollen. Es ist ganz schön anstrengend, die ganze Zeit so zu tun, als wäre alles in Ordnung.« Sie schaut mich finster an. »Er kann es nicht mit seinem Ego vereinbaren, dass ich ihn verlasse.«

»Es war also Ihre Entscheidung?«

Sie nickt. »Vor ein paar Wochen habe ich endlich einen Mann kennengelernt, der sich wirklich was aus mir macht. Aber ich muss wissen, warum Sie ihn verhaftet haben. Paul kann auf keinen Fall irgendwas mit Sabines Tod zu tun haben.«

»Sie sind mit Paul Keast zusammen?« Jetzt bin ich vollkommen verwirrt.

»Ich hab ihn zufällig am Strand kennengelernt, als ich

kurz mal Pause von der Arbeit in diesem verdammten Hotel gemacht hab. Seitdem haben wir uns jeden Tag getroffen oder miteinander telefoniert. Er ist ein absolut liebenswürdiger und sanftmütiger Mann, das Gegenteil von Tom. Aber bis ich das Hotel verlasse, treten wir nicht in der Öffentlichkeit als Paar auf.«

»Sogar Steve weiß nichts davon?«

»Das geht niemanden außer uns was an. Wir mussten uns jede einzelne Minute stehlen, die wir miteinander verbringen konnten. Meistens spätabends oder frühmorgens.«

»Warum haben Sie diese vielen Hochzeitszeitschriften?«

»Ich möchte eine neue Firma gründen und arbeite gerade an einer passenden Website. Sie soll Paare ansprechen, die ihre Hochzeit planen, aber nur ein kleines Budget zur Verfügung haben. Die Firma könnte ich in meiner Freizeit von der Farm aus betreiben, wenn ich bei Paul einziehe.«

»Ist er der Grund, warum Ihre Ehe gescheitert ist?«

»Ihn trifft keine Schuld«, zischt Rhianna und schaut mich wütend an. »Tom hat sich das alles selbst zuzuschreiben.«

»Wie meinen Sie das?«

»Er hat mich betrogen. Mein Selbstbewusstsein war am Boden, aber Paul hat mich wieder aufgerichtet.«

»Wann haben Sie herausgefunden, dass Tom sich mit anderen Frauen trifft?«

Rhianna erinnert nun nicht mehr an eine Porzellanpuppe. Auf ihren Wangen haben sich rote Flecken gebildet, und ihre Augen sind vom Weinen gerötet, so dass sie wie ein normaler Mensch aussieht. »Die schmutzigen Details können Sie sich von ihm erzählen lassen. Ich hab keine Lust, mich noch mal damit zu befassen.«

»Haben Sie Pfarrer Michael von der Trennung erzählt?«

»Ich brauche keinen Segen, wenn ich ein neues Leben anfangen will.«

Rhiannas Tränen sind getrocknet, die Entschlossenheit in ihren Zügen überzeugt mich davon, dass man sie nicht so leicht beeinflussen kann. Sie ist aufgebracht, aber nicht gebrochen. Man sieht ihr an, dass sie durch die gescheiterte Ehe keinen bleibenden Schaden genommen hat, sondern bereit ist, in eine neue Lebensphase zu starten.

»Wir haben Ihre Fingerabdrücke in Sabines Zimmer gefunden. Haben Sie eine Erklärung dafür?«

Sie wirkt völlig unbeeindruckt. »Wenn Leute aus dem Ausland bei uns arbeiten, schaue ich hin und wieder bei ihnen vorbei, um sicherzugehen, dass sie kein Heimweh bekommen. Ich war bei Sabine an dem Tag, bevor sie starb.«

Die Geschichte klingt plausibel, und ich kann sie nicht wegen zwei Dutzend Hochzeitszeitschriften oder wegen einer Affäre verhaften, trotzdem ist mir unbehaglich zumute, nachdem sie gegangen ist. Ich bitte Eddie, sie im Auge zu behalten, bis wir Lily Jago gefunden haben. Egal, wie ich es drehe und wende, es bleibt ein Rätsel, warum der Mörder so von Bräuten besessen ist.

50

Nach dem, was Rhianna über ihre Beziehung behauptet hat, würde ich am liebsten sofort Paul Keast vernehmen, doch Jeff Pendelows Worte gehen mir nicht mehr aus dem Kopf. Der Mörder glaubt, dass seine Visitenkarten eine mächtige Symbolkraft besitzen, und der einzige Insulaner mit einer großen Liebe zu historischen Gegenständen ist Julian Power. Bevor ich irgendetwas anderes tue, muss ich dafür sorgen, dass ich seinen Namen von der Liste der Verdächtigen streichen kann. Doch als ich zum Büro des Reiseunternehmens komme, ist der Kai wie ausgestorben; lediglich einige Seemöwen liefern sich erbitterte Revierkämpfe. Ich bleibe vor dem Gebäude stehen, das mir Schutz vor dem stürmischen Wind bietet. Die Lage von Powers Büro ist ideal für die Zwecke des Mörders: Jedes Mal, wenn eine Fähre anlegt, kann man von dort aus die eintreffenden Besucherinnen beobachten.

Power öffnet mir, als ich ihn in seinem Haus neben dem *Tregarthen Hotel* aufsuche. Auf meine Ankündigung, dass ich noch mal eine gründlichere Durchsuchung durchführen müsse, reagiert er verärgert.

»Ihre Beamten haben hier doch schon vor zwei Tagen alles auf den Kopf gestellt.«

»Es wird nicht lange dauern, versprochen. Danach

möchte ich bitte noch kurz mit Ihnen über die Bestandsliste des Museums sprechen.«

»Und was, wenn ich mich weigere?«

»Dann beantrage ich telefonisch einen Durchsuchungsbeschluss.«

Er seufzt genervt. »Jeder Raum hier enthält Gegenstände von hohem historischem Wert. Und viele davon sind zerbrechlich.«

»Ich verstehe, Mr. Power. Ich werde nichts beschädigen.«

Der Mann scheint zu befürchten, dass ich seine Schätze quer durchs Zimmer werfe. Er weicht mir nicht von der Seite, was seinen Ruf als Sonderling bestätigt, aber ich erinnere mich daran, dass er noch nie mit dem Gesetz in Konflikt geraten ist. Seine gereizte, herablassende Art macht ihn noch nicht zum Mörder.

Welches Ausmaß Powers Sammelleidenschaft hat, wird erst richtig deutlich, als ich in den ersten Stock hochgehe. In den unmöblierten Zimmern stehen überall hohe Stapel mit Pappkartons, doch als ich in einige hineinschaue, enthalten sie nur angelaufenes Silberbesteck, Porzellanteile und Art-déco-Leuchten. Power ist der Platz ausgegangen, aber sein Appetit auf Antiquitäten ist noch lange nicht gesättigt.

Wenn ich hier alles umkrempeln wollte, würde ich Wochen brauchen. Ich beschränke mich auf die Suche nach Orten, an denen er ein Opfer versteckt halten könnte, doch angesichts von Powers Sammelleidenschaft halte ich das ohnehin für eher unwahrscheinlich. Sein Schlafzimmer ist so vollgestopft, dass er jede Nacht über Kisten steigen muss, um ins Bett zu gelangen. Als wir zurück nach unten gehen, würdigt er mich keines Blickes mehr, entweder aus Wut oder aus Verlegenheit.

»Sind Sie absolut sicher, dass es in den Bestandslisten des Museums keinerlei Aufzeichnungen darüber gibt, welche Familie die gestohlenen Gegenstände gestiftet hat, Mr. Power?«

»Ich hab Ihnen doch schon gesagt, dass ich das Bestandsbuch bereits zweimal durchgegangen bin.«

»Darf ich es bitte mal sehen?«

Er führt mich leise grummelnd zu seinem Büro. Mein Blick bleibt einen Moment lang an seiner Sammlung von Federkielen und Tintenfässern hängen, die auf einem Wandregal ausgestellt ist. Dann nehme ich das staubige, in Leder gebundene Buch in Augenschein, das mit Bändern zusammengehalten wird. Die Bindung ist wegen des Alters und des häufigen Gebrauchs auseinandergefallen.

»Ich habe Stunden gebraucht, um es von vorn bis hinten durchzulesen«, klagt er.

Erst als ich es aufschlage, wird mir klar, was für eine Herausforderung er dabei zu meistern hatte. Die Handschrift ist so klein, dass mich die Entzifferung eines Eintrags über eine 1932 gestiftete Schnitzarbeit aus Walknochen mehrere Minuten kostet.

»Kann ich mir das mal eine Weile ausborgen?«

Power schaut mich entsetzt an. »Dieses Buch ist unersetzlich.«

»Ich passe gut darauf auf. Tut mir leid, dass ich Sie noch einmal belästigen musste; ich wusste nicht, dass Sie so eine riesige Sammlung haben.«

Seine Schultern entspannen sich ein wenig. »Irgendwann wird das alles ausgestellt. Das Museum ist der einzige Begünstigte in meinem Testament.«

Auf Powers Gesicht erscheint das erste von Herzen kommende Lächeln, das ich je an ihm gesehen habe. Die Liebe zu seiner Sammlung ist offenbar so groß, dass er sich sogar auf seinen Tod freut, weil die Kostbarkeiten dann endlich ein Publikum finden.

Als ich zurück aufs Revier komme, versucht Lawrie Deane gerade, Paul Keasts Anwältin zu besänftigen, die inzwischen vom Festland angereist ist. Mary Tunstall sieht aus, als stünde sie kurz vor dem Pensionsalter, und ignoriert den entspannten Dresscode, der auf der Insel herrscht. Sie trägt einen Nadelstreifenanzug und hat ihr gefärbtes kastanienbraunes Haar streng zurückgekämmt, so dass ihr säuerlicher Gesichtsausdruck gut zur Geltung kommt. Kaum bin ich zur Tür reingekommen, schleudert sie mir bereits ihren Ärger über die Verschiebung der Vernehmung entgegen. Offenbar ist für die nächsten zwölf Stunden rekordverdächtig viel Regen vorhergesagt, und sie muss zurück aufs Festland, bevor die angekündigte Sintflut einsetzt. Als sie erfährt, dass Liz Gannick in Keasts Farmhaus eine kriminaltechnische Untersuchung durchführt, verwandelt sich ihr Ärger sogar in helle Empörung, obwohl eine schriftliche Einwilligung der Brüder vorliegt.

Als Paul schließlich in Madrons Büro geführt wird, sieht er verletzlicher aus als zuvor. Er ist unrasiert, und die Schatten unter seinen Augen lassen erkennen, dass er eine schlaflose Nacht hinter sich hat. Tunstall wirkt zufrieden, als er anfangs alle Fragen mit einem knappen »kein Kommentar« beantwortet. Seine Miene verändert sich erst, als ich mich nach seiner Beziehung zu Rhianna Polkerris erkundige.

»Sie glaubt an mich«, sagt er. »Steve kann aufs Festland ziehen, und wir bleiben zusammen auf der Farm.«

»Ich habe in ihrem Zimmer Dutzende Hochzeitszeitschriften gefunden. Sie könnte dir geholfen haben, diesen Frauen etwas anzutun.«

»Tom Polkerris macht so was vielleicht, ich nicht. Er behandelt Frauen wie Dreck: Der Schwachkopf hat Rhianna jahrelang gedemütigt.«

Die Verachtung im Gesicht meines alten Freundes könnte gespielt sein, aber seine Wut wirkt echt. Sie könnte daher rühren, dass seine Mordserie unterbrochen wurde, oder daher, dass er sich jahrelang zu wenig beachtet gefühlt hat. Bis jetzt stand er immer im Schatten seines selbstbewussten Bruders. Doch Liz Gannick hat im Farmhaus noch keinen belastbaren Beweis dafür gefunden, dass er in die Sache verwickelt ist, und seine Beteiligung erscheint zunehmend unsicherer.

Unsere Zusammenkunft endet mit dem Hinweis der Anwältin, dass der zuständige Officer sich einer Gesetzesübertretung schuldig macht, wenn er ihren Mandanten nicht spätestens nach sechsunddreißig Stunden aus der U-Haft entlässt, es sei denn, die Polizei von Cornwall erteilt eine Sondergenehmigung.

Tunstalls High Heels hämmern einen Siegesmarsch aufs Linoleum, als sie schließlich geht, was mich daran erinnert, dass Anwälte sich in einem seltsamen moralischen Universum bewegen. Für Geld verteidigen sie jeden Verdächtigen, sogar wenn die Beweise gegen ihn erdrückend sind. Ich schaue Paul in die Augen, bevor er in seine Zelle zurückgeführt wird, kann aber nicht erkennen, ob er froh oder beschämt darüber ist, die meisten meiner Fragen über die Todesumstände der Frauen abgeblockt zu haben. Ich bleibe allein am Fenster zurück und betrachte die über den Himmel jagenden Regenwolken. Madrons Büro hat sich noch nie leerer angefühlt.

51

Lily hat keine Ahnung, wie lange sie in dem Kofferraum eingesperrt war, ihre Kehle ist vollkommen ausgetrocknet, und als der Mann sie wieder heraushebt, ist sie erschöpft. Schwer atmend trägt er sie eine Treppe hinunter und legt sie auf eine harte Oberfläche, die mit Plastikfolie bedeckt ist. Es klingt, als würde er Möbel verrücken, etwas Schweres wird über den Boden geschleift. Als ihr endlich der Knebel aus dem Mund genommen wird, hat sie viel zu viel Angst, um zu schreien. Ihre Stimme ist nur ein dünnes Wispern.

»Wenn Sie mich gehen lassen, sage ich niemandem etwas, das verspreche ich.«

Er bedeutet ihr zu schweigen, doch ihr entschlüpfen noch mehr Worte.

»Mein Bruder braucht mich. Bitte, Sie dürfen das nicht tu...«

Plötzlich legt sich eine Hand auf ihre Nase und ihren Mund und drückt so fest zu, dass sie keine Luft mehr bekommt. Lily ist kurz davor, das Bewusstsein zu verlieren, als die Hand schließlich weggenommen wird und sie wieder atmen kann. Die Hände berühren sie erneut, aber jetzt ist sie viel zu panisch, um etwas zu sagen. Sie wird auf einen Stuhl gesetzt. Nachdem sie so lange gelegen hat, wird ihr *ganz schwindlig von dem überraschenden Positionswechsel. Sie spürt, wie er die Fesseln um ihre Handgelenke löst und ihre Knöchel dann mit einer schweren Kette an dem Stuhlbein fixiert.*

Die Schritte entfernen sich, dann wird eine Tür zugeschlagen. Jetzt kann sie wieder frei atmen. Sie hat Angst, sich zu bewegen, doch das Seil sitzt so locker, dass sie ihre Hände innerhalb weniger Minuten befreit hat. Die aufgescheuerte Haut an ihren Handgelenken brennt, aber sie ist zu erleichtert, um sich daran zu stören. Als sie ihre Augenbinde wegzieht, blendet ein grelles Rechteck aus Licht sie. Lilys Blick wandert durch einen riesigen fensterlosen Gewölbesaal mit Backsteinmauern. Einzige Lichtquelle ist der Spiegel direkt vor ihr. Er ist von kleinen, hell leuchtenden Glühbirnen umgeben wie die Spiegel in Schauspielergarderoben. Auf dem Tisch davor liegen Schminkutensilien – Wimperntusche, Lidschatten und Grundierung. An dem Spiegel lehnt das Foto einer ihr unbekannten jungen Frau. Normalerweise meidet Lily ihr Spiegelbild; sie ist zu unscheinbar, als dass sie sich etwas auf ihr Äußeres einbilden könnte, aber jetzt hat sie keine andere Wahl, als sich zu betrachten. Ihr Gesicht sieht schmal aus, hohläugig und bleich vor Angst. Um sich nicht länger anschauen zu müssen, richtet sie ihren Blick auf einen Zettel, der auf dem Schminktisch liegt.

Darauf steht in einer schwungvollen Handschrift ein einziger Satz:

WENN ES DIR GELINGT, ZU DEM MÄDCHEN AUF DEM FOTO ZU WERDEN, LASSE ICH DICH LEBEN.

Lily liest den Satz noch einmal, ihr Herz rast. Sie konnte dieses fettige Make-up noch nie leiden, aber jetzt muss sie es benutzen. Um zu überleben, darf sie sich selbst nicht mehr ähnlich sehen.

52

Es ist vierzehn Uhr, als ich wieder zu Eddie stoße. Die gute Laune des Sergeant scheint verflogen zu sein.

»Gannick hat gerade angerufen«, sagt er. »Im Farmhaus gibt es keine Turnschuhe, die mit dem Abdruck in Holy Vale übereinstimmen, und das Blut in Jades Haus ist nicht das von Paul Keast.«

»Wenn wir keine neuen Indizien finden, muss ich ihn bis heute Abend zweiundzwanzig Uhr auf freien Fuß setzen.« Paul hatte möglicherweise einen Hass auf Jade und Sabine, weil sie ihn zurückgewiesen haben, aber das beweist natürlich nicht, dass er ihnen etwas angetan hat, und der Umstand, dass er eine neue Beziehung eingegangen ist, bringt sein Motiv für die Mordserie ins Wanken.

Ich werfe erneut einen Blick auf die Liste der Verdächtigen, und Eddie schaut mir über die Schulter. Tom Polkerris steht noch immer darauf. Er schien von Hochzeiten in Weiß nicht mehr allzu viel zu halten, als ich mit ihm gesprochen habe, aber vielleicht reicht seine Obsession ja tiefer als die von seiner Ex. Außerdem konnte er Sabine und Lily im Hotel perfekt beobachten. Und es ist nicht auszuschließen, dass er immer noch von der Grausamkeit getrieben ist, die er als Kind an den Tag gelegt hat.

»Was machen wir jetzt, Boss?«, fragt Eddie.

»Sprechen wir zuerst mit Polkerris.«

Isla bleibt auf dem Revier und sieht Liz Gannicks neuesten Bericht durch. Lawrie Deane unterstützt auf der Keast-Farm weiterhin die Chefkriminaltechnikerin. Ich werde meine Leute bald zusammentrommeln müssen, um mit ihnen die Sicherheitsmaßnahmen zu besprechen, die in dieser Nacht getroffen werden müssen. Jeder hier auf St. Mary's braucht unseren Schutz, inklusive Lily Jago. Sollte die junge Frau noch leben, wird der Mörder Vorbereitungen treffen, damit er ihre Leiche morgen früh zur Schau stellen kann.

Da Tom Polkerris im Rezeptionsbereich des *Star Castle Hotels* nirgends zu sehen ist, gehen Eddie und ich den engen Flur entlang. Ich klopfe an die Tür seines Büros, und als ich sie danach sofort aufreiße, hat Polkerris seine Hand unter die Bluse einer der Hotelkellnerinnen geschoben und küsst sie. Die junge Frau wird knallrot und huscht davon. Ich kann kaum fassen, dass wir so prompt einen Beweis für Toms Untreue geliefert bekommen, aber vielleicht benimmt er sich ja jeden Tag so. Nachdem die Kellnerin gegangen ist, bleibt er am Fenster stehen und schaut uns wütend an. Unter anderen Umständen wäre diese Situation zum Lachen, aber mein Sinn für Humor ist mir in den letzten Tagen abhandengekommen.

»Wie alt ist sie, Tom?«, frage ich. »Siebzehn?«

»Alt genug, um zu wissen, was sie will«, sagt er. »Wir hatten ein ganz normales Mitarbeitergespräch, und dann hat sie mich plötzlich total angemacht.«

»Muss ja schön sein, wenn man so unwiderstehlich ist«, grummelt Eddie.

Polkerris hält die Hände hoch. »Das war ein Fehler, okay? Ich stehe momentan ziemlich unter Druck. Dafür können Sie mich aber nicht verhaften.«

Er setzt sich aufs Sofa. Er ist nun wieder ganz der smarte Manager, sein teurer Anzug hat nicht eine einzige Falte.

»Wie oft passiert so was?«

»Wie bitte?«

»Du stellst dauernd Leute auf Zeit ein, überwiegend Frauen, die jung und leicht zu beeindrucken sind. Das ist Machtmissbrauch.«

»Ich habe gegen kein Gesetz verstoßen.«

»Deine Fingerabdrücke waren überall in Sabines Zimmer. Hast du auch mit Lily Jago geschlafen?«

»Das macht dir jetzt Spaß, was?«, spottet er. »Du reitest eine rein persönliche Attacke gegen mich.«

»Ich wette, deine Mitarbeiter wissen genau Bescheid über deine Eskapaden.«

Polkerris' Körpersprache verändert sich; er lässt die Schultern hängen und geht in die Defensive. »Ich habe einmal mit Sabine geschlafen, aber das war's auch schon.«

»Hannah Weber war fasziniert von der Geschichte des Hotelgebäudes. Sie war zweimal hier und hat das *Star Castle* in ihrem Reisetagebuch als ›magisch‹ beschrieben. Ist sie auch eine von deinen Eroberungen?«

»Ich hab die Frau nie gesehen.« Aus seiner Miene spricht blanke Wut. »Vergeben und vergessen ist nicht deine Stärke, was?«

»Typen, die andere drangsalieren, stoßen nun mal selten auf Sympathie. Der einzige Unterschied zu damals ist, dass man es jetzt anders bezeichnet. Wir nennen es Missbrauch einer Machtposition. Wenn eine weibliche Angestellte dich zurückweist, läuft sie Gefahr, ihren Job zu verlieren. Wenn das bekannt wird, fliegst du hier raus.«

»Die Besitzer glauben dir das nie im Leben.«

»Doch, das werden sie, verlass dich drauf.«

Ich nehme Tom Polkerris mit einiger Genugtuung fest. Wahrscheinlich wird die Anwältin ihrem neuen Mandanten, wie Paul Keast auch, raten, alle Fragen mit »kein Kommentar« zu beantworten, aber wenigstens können wir ihn über Nacht festsetzen. Wenn er der Mörder ist und Lily noch lebt, kann er ihr nicht noch einmal weh tun.

Kurz nachdem wir den Papierkram erledigt haben und Polkerris gegen sechzehn Uhr in der Zelle sitzt, ruft Lawrie Deane mich an. Der Sergeant erklärt mir, er hätte vergessen zu erwähnen, dass das Haus der Rawles noch nicht vollständig durchsucht wurde. Frank war während seines Besuchs dort nicht zu Hause, und Elaine hat behauptet, ihr Mann hätte den einzigen Schlüssel für den Dachboden.

»Ich verstehe nicht, warum sie ihn überhaupt abschließen, da ja nur die beiden dort wohnen.«

»Ich gehe bei ihnen vorbei, Lawrie. Ich sollte ohnehin mal nach Leo Kernick sehen.«

Ich kann mir nicht vorstellen, dass die Rawles ihr Image als unbescholtene Mitglieder der Inselgemeinschaft beschädigen, geschweige denn, eine Mordserie begehen. Allerdings klingt mir Jeff Pendelows Hinweis, dass der Mörder durchaus auch eine Stütze der Gemeinde sein könnte, noch in den Ohren.

Es regnet in Strömen, als ich mich auf den Weg mache, aber dass ich nass werde, ist gerade meine geringste Sorge. Ich denke über die Widersprüche in den Geschichten von Rhianna und Tom Polkerris nach. Es erscheint mir immer noch möglich, dass das Scheitern ihrer Ehe den Morden zugrunde liegt, aber ich muss weiter jedes Detail überprüfen, bis ich einen Beweis gefunden habe.

Frank Rawles Erscheinung ist makellos, als ich bei ihm klingele. Die exakten Bügelfalten in den Ärmeln seines Hemdes bilden einen starken Kontrast zu meiner tropfnassen Windjacke. Sein Labrador kommt angetrabt, um mich zu begrüßen und ein paar Streicheleinheiten zu erbetteln.

»Ich wollte Sie schon anrufen, Ben. Leo ist leider gegangen«, verkündet Rawle. »Wir hatten gehofft, er würde länger bleiben, aber er hat das Haus verlassen, bevor wir aufgewacht sind.«

»Hatte er sich denn etwas beruhigt, als er ins Bett gegangen ist?«

»Er steht unter Schock. Er wird Monate brauchen, um sich davon zu erholen.«

»Könnten Sie später mal zu seinem Studio fahren und nachschauen, ob es ihm gut geht?«

»Wir haben unser Auto schon vor Jahren verkauft, aber ich komme auch zu Fuß dorthin.«

»Danke, Frank. Können wir uns vorher noch kurz unterhalten?«

Ich schicke Lawrie Deane per Handy eine Nachricht, damit er weiß, dass Leo Kernick allein zu Hause oder in seinem Labor ist, bevor ich Rawle ins Haus folge. Im Wohnzimmer tickt laut eine Standuhr. Am liebsten würde ich ihn schnell mit meinen Fragen bombardieren und dann zurück aufs Revier eilen, doch die Situation erfordert einiges Feingefühl. Als Rawle mir bedeutet, dass ich mich setzen soll, kommt unter seinem Hemdsärmel ein dicker Verband zum Vorschein.

»Wann haben Sie sich denn am Handgelenk verletzt, Frank?«

Er schaut mich verlegen an. »Ich bin im Garten gestolpert,

und Elaine hat darauf bestanden, mir zur Vorsicht diese Bandage anzulegen. Das Gelenk ist aber nur verstaucht.«

»Ihr Haus ist ja bereits durchsucht worden, aber wie ich höre, war Ihr Dachboden zu dem Zeitpunkt abgeschlossen. Haben Sie was dagegen, wenn ich da mal einen Blick reinwerfe?«

Ich fühle mich unbehaglich dabei, einen Beweis zu suchen, der Rawle mit den Morden in Verbindung bringen könnte, obwohl er seit Jahrzehnten ein angesehenes Mitglied der Inselgemeinschaft ist, aber seine dominante Persönlichkeit gibt ihm eine Sonderstellung. Die Zimmer im oberen Stockwerk sind mit dem gleichen dunklen Holz vertäfelt wie der Flur, was eine klaustrophobische Atmosphäre schafft. Als ich die letzten Stufen zum Dachboden hochsteige, lässt Rawle sich Zeit, mir den Schlüssel zu geben.

»Meine Frau sähe das gar nicht gern«, sagt er. »Sie betrachtet diesen Raum als geheiligtes Territorium.«

»Wird nicht lange dauern, versprochen.«

Als die Tür schließlich aufschwingt, werden wir mit einem Schlag in die Vergangenheit katapultiert. Der Raum wurde nie modernisiert und erinnert mit seinen freiliegenden Dachbalken an die späten Neunziger. Die Musiker von *Primal Scream*, *Nirvana* und den *Fugees* blicken jugendlich frisch von den Postern über dem schmalen Bett der jungen Frau herab. Der ursprünglich rote Bettbezug ist zu einem faden Rosa ausgeblichen, und der Modergeruch lässt vermuten, dass das Fenster selten geöffnet wird. Auf der Frisierkommode stehen altmodisch aussehende Haarsprayflaschen und Lippenstifte. Leah Rawle lächelt strahlend von einem Foto an der Wand auf mich herab. Der junge Mann neben ihr kommt mir bekannt vor; er hat eine Zigarette zwischen den

Lippen und einen Arm über ihre Schultern gelegt. An der Wand lehnt eine Gitarre.

»Sieht so aus, als wäre Ihre Tochter ein großer Musikfan gewesen.«

»Leah träumte davon, Musiklehrerin zu werden.« Frank Rawle steht noch immer im Türrahmen, offenbar widerstrebt es ihm, über die Schwelle zu treten. »Wir hätten ihre Sachen schon vor langer Zeit weggeben sollen, aber Elaine will davon nichts hören.«

Leahs Habseligkeiten werden wie unbezahlbare Artefakte behandelt. Die Luft in dem Raum riecht nach Staub und alten Erinnerungen, und als ich weiter hineingehe, verschlägt es mir den Atem. An der Schranktür hängt ein Hochzeitskleid, dessen Spitze bereits vergilbt ist. Es sind zwanzig Jahre vergangen, aber die Seide hat noch immer einen matten Glanz, das Oberteil ist mit Stickereien übersät.

»Wollte Ihre Tochter heiraten?«

»Ja, nur eine Woche später wäre sie getraut worden. Der Termin für die kirchliche Trauung stand schon lange fest, und sie hatten auch schon ihre Flitterwochen gebucht.«

»Stammte ihr Verlobter auch von der Insel?«

»Hat Ihnen das nie jemand erzählt? Sie war mit Michael Trevellyan verlobt.«

»Dem Priester?«

Rawle nickt. »Er arbeitete damals noch auf der Blumenfarm seiner Eltern. Sie waren viel zu jung, aber irgendwann haben wir nachgegeben. Es war nicht zu übersehen, dass sie sich liebten.«

Ich starre ihn an. »Ich hatte ja keine Ahnung.«

»Für Michael ist damals die Welt zusammengebrochen. Ich weiß, dass er Trost in seiner Religion findet, und er übt das Amt auch wirklich großartig aus, aber er hätte ein glücklicheres Leben gehabt, wenn Leah weitergelebt hätte.«

Ich würde gern wissen, wie Leah gestorben ist, doch es erscheint mir taktlos, danach zu fragen. Mein ehemaliger Schulleiter möchte die Vergangenheit offensichtlich lieber ruhen lassen. Leah Rawles Tod hatte für jeden Folgen, der sie gekannt hat: Ihre Mutter wäre fast daran zerbrochen, während ihr Verlobter die Liebe durch die Religion ersetzt hat. Mich treibt nach wie vor um, dass der Priester mit Hannah Weber gesprochen hat, kurz bevor sie angegriffen wurde. Mir schießt sogar der Gedanke durch den Kopf, er könnte so oft an ihrem Krankenbett sitzen, um ihr beim Sterben zuzusehen, und nicht, um ihr beim Überleben zu helfen. Aber diese Vorstellung erscheint mir dann doch zu weit hergeholt. Warum sollte ein angesehener Geistlicher zwanzig Jahre nach dem Tod seiner Verlobten eine Mordserie begehen? Wenn die richtigen Umstände zusammenkommen, kann allerdings jeder ein Gewaltverbrechen verüben. Ich rufe den Priester auf dem Handy an, sobald ich das Haus der Rawles verlassen habe, doch er nimmt nicht ab.

53

Lily tut die Hüfte weh, weil sie schon so lange in derselben Position verharrt, aber sie kann nicht aufstehen. Wenn sie sich ganz stark konzentriert, hört sie leise Stimmen durch die Wände, die unglaublich weit weg klingen. Sie ruft um Hilfe, doch ihre Kehle ist so trocken, dass nur ein Röcheln herauskommt. Beim zweiten Versuch ist ihr Schrei schon lauter, aber es reagiert niemand.

Sie starrt wieder auf das Foto und rückt es mit zitternden Händen mehr ins Licht. Die hübsche junge Frau auf der Nahaufnahme sieht aus, als wäre sie ungefähr im selben Alter wie sie. Der Wind weht ihr die Haare aus dem Gesicht, und sie lächelt in die Kamera. Die Farben sind verblasst, aber sie sieht immer noch perfekt geschminkt aus. Ihre Lippen sind puderrosa, der graue Lidschatten und die Wimperntusche lassen ihre Augen riesengroß erscheinen. Lily trägt die Grundierung auf ihre Haut auf, aber die Sommersprossen auf ihrem Nasenrücken bleiben trotzdem sichtbar. Sabine muss auf demselben Stuhl gesessen haben und sich, von demselben Licht geblendet, mit zitternden Händen geschminkt haben.

»Das schaffe ich nie«, sagt Lily in einem lauten Flüsterton.

Sie wischt das Make-up wieder ab, und die Entscheidung

beruhigt sie. So zeigt ihr Spiegelbild wenigstens die Wahrheit; das Funkeln in ihren Augen könnte sowohl Hoffnung signalisieren als auch Verzweiflung. Sie reißt an den Ketten um ihre Knöchel, und das kalte Metall drückt sich in ihre Haut. Als sie die Finger zwischen die Glieder der Kette schiebt, schreit sie fast auf vor Schmerz, doch sie hat keine andere Wahl. Sabine hat versucht, die Anweisungen des Mörders zu befolgen, aber gestorben ist sie trotzdem. Sie muss sich befreien, bevor er zurückkommt, und dann an ihm vorbeirennen, wenn er die Tür öffnet.

54

Als ich am späten Nachmittag zurück im Revier bin und das Motorrad starte, um Pfarrer Michael einen Besuch abzustatten, regnet es immer noch. Als ich am menschenleeren Town Beach vorbeikomme, fühlt es sich an, als wären die Inseln in einem Tropensturm gefangen, denn die Luft ist schwül und feucht. Der Himmel sieht aus wie ein mit Kohle beschmiertes, blassgraues Tuch. Der Pfarrer braucht lange, um auf mein Klopfen zu reagieren, und er wirkt zerstreut. Seine Körpersprache hat sich seit meinem letzten Besuch verändert. Diesmal blockiert er den Eingang und verweigert mir trotz des schlechten Wetters den Zutritt.

»Ich hab gerade mit einem Gemeindemitglied gesprochen, Ben. Wie kann ich Ihnen helfen?«

»Ich würde gern kurz mit Ihnen reden, wenn das geht.«

Er bleibt auf der Schwelle stehen. »Ich werde im Krankenhaus erwartet.«

»Dauert nicht lange.«

Pfarrer Michael geht mit schleppenden Schritten voraus zu seinem Wohnzimmer. Er setzt sich auf den Stuhl mir gegenüber, aber unsere Rollen sind vertauscht. Der Pfarrer sieht aus, als lasteten Sünden auf ihm, die er mir beichten muss.

»Sie hatten zu allen Opfern Kontakt, habe ich recht, Herr Pfarrer?«

Seine Körperhaltung signalisiert Erschöpfung. »Ich wusste, dass dieses Gespräch früher oder später stattfinden würde.«

»Es ist ein merkwürdiger Zufall, dass Sie mit all diesen Frauen Zeit verbracht haben.«

»Aber ich habe keine von ihnen gut gekannt.«

»Sabine haben Sie die Beichte abgenommen, mit Hannah Weber haben Sie sich unterhalten, Jade Finbury kam hin und wieder zur Messe, und dann ist da noch …«

Er unterbricht mich. »Was wollen Sie damit sagen Ben?«

»Es muss schwer sein, so lange allein zu leben.«

»Ich bin ein Mensch wie Sie auch. Manchmal ist das Leben einsam.«

»Für einen Priester ist es härter. Sie müssen den ganzen Sommer hindurch Hochzeitszeremonien abhalten.«

»Das Ritual stiftet eine erfreuliche Verbindung zwischen Menschen, die sich lieben. Warum sollte mir das Schmerzen bereiten?«

»Sie sagen immer, dass Ihr Leben einem höheren Zweck dient, aber Sie haben Leahs Tod nie verwunden, hab ich recht?«

»Meine Arbeit spendet mir Trost.« Er klingt traurig. »Früher, als die Trauer noch frisch war, habe ich um mich geschlagen, wenn ich mit jemandem eine Rechnung begleichen wollte. Warum sollte ich so lange warten und dann andere Frauen dafür bestrafen, dass sie am Leben sind?«

»Sagen Sie es mir.«

»Leah hat mir eine neue Perspektive vermittelt. Ich fühlte mich hier eingesperrt, aber sie hat mir gezeigt, wie schön diese Inseln sind. Sie liebte deren Geschichte, und sie liebte es, wie das Licht die Landschaft jeden Tag anders aussehen lässt, so dass man ihrer nie überdrüssig wird.« Er starrt auf seine Hände. »Ich war nach ihrem Tod komplett am Ende, aber das gehört zu dem Geschenk, das sie mir hinterlassen hat. Ich musste geprüft werden, um meinen Glauben zu finden.«

»Die Opfer sind alle weiß gekleidet wie Nonnen, wenn sie ihr Gelübde ablegen. Man nennt es auch ›den Schleier nehmen‹ nicht wahr? Vielleicht betrachten Sie diese Frauen als Novizinnen, nicht als Bräute.«

»Unsinn.« Er erhebt sich schnell. »Los, machen Sie schon, stellen Sie mein Haus auf den Kopf. Sie können oben anfangen.«

»Ich fange lieber hier unten an.«

Der Priester verstummt, als ich in die Küche gehe. Die Hintertür ist offen, und auf dem Tisch stehen die Hinterlassenschaften einer Mahlzeit: zwei Teller mit Sandwichresten und zwei halb ausgetrunkene Wassergläser.

»Wer war eben hier, Herr Pfarrer?«

»Ein Mitglied meiner Gemeinde, wie ich schon sagte. Er hatte noch nichts gegessen, da hab ich uns was gemacht.«

»Sagen Sie mir den Namen.«

Der Priester scheint erst sein Gewissen zu befragen, bevor er mir antwortet. »Harry Jago. Der Junge hatte solche Angst, dass er weggerannt ist, bevor ich ihn daran hindern konnte.«

»Sie haben ihn nicht festgehalten, obwohl seine Schwester verschleppt wurde?«

»Lily ist verschwunden?«

Der Priester sinkt auf einen Stuhl, während ich Eddie

anrufe und ihn informiere, dass Jago erneut entkommen konnte, diesmal aus dem Haus des Pfarrers. Pfarrer Michael sieht blass aus, als ich ihm meine nächste Frage stelle.

»Erklären Sie mir bitte Ihr Verhältnis zu Harry.«

»Seine Mutter war eine gute, hart arbeitende Frau. Sie hat nur einen Fehler begangen, nämlich den falschen Mann zu heiraten. Sie hatte nichts, als sie hier ankam, außer zwei Kindern, die sie durchbringen musste. Darum habe ich sie hier und in der Kirche für Geld putzen lassen. Bevor sie starb, habe ich ihr versprochen, auf Harry und Lily aufzupassen.«

»Der Junge scheint Angst vor Ihnen zu haben.«

»Nur, weil ich ihn zur Rechenschaft ziehe. Harry weiß, dass ich enttäuscht bin, wenn er auf Abwege gerät, aber ich unterstütze ihn trotzdem. Ich war in seinem Alter weitaus schlimmer.«

»Ich wette, er würde alles für Sie tun.«

Die Augen des Pfarrers funkeln zornig. »Werfen Sie mir jetzt vor, dass ich mich um einen verletzlichen jungen Erwachsenen kümmere? Ich habe ihm gesagt, dass er zur Polizei gehen soll, aber das muss er selbst entscheiden.«

»Seine Schwester hat nur noch wenige Stunden zu leben, und Harry könnte wissen, wer der Mörder ist. Ich wette, er hat Ihnen alles erzählt.«

Der Pfarrer antwortet nicht, aber auf seinem Gesicht zeigt sich eine Geschichte der Gewalt; meine Anschuldigungen haben seinen alten Kampfgeist geweckt. Er ballt die Hände zu Fäusten, hält sein Temperament jedoch im Zaum.

»Bleiben Sie an meiner Seite, solange ich Ihr Haus durchsuche, Michael.«

Während ich auf der Suche nach einer Polaroidkamera,

einer Waffe oder irgendetwas anderem, was ihn mit den Morden in Verbindung bringen könnte, seine Schränke durchwühle, beruhigt sich der Pfarrer wieder. Er schaut mir schweigend zu, wie ich jedes spärlich möblierte Zimmer überprüfe; über jeder Tür hängt ein Kreuz. Ich kann mir nicht vorstellen, täglich vierundzwanzig Stunden lang einem Glauben gerecht werden zu müssen. Der Druck, selbst die kleinste Verfehlung zu vermeiden, muss schwer erträglich sein. Seine Miene ist ausdruckslos, als ich nach oben gehe und sein Arbeitszimmer inspiziere, wo eine Bibel aufgeschlagen auf dem Schreibtisch liegt.

»Ich muss auch in Ihren Keller schauen.«

»Sie verschwenden Ihre Zeit.«

Der Priester sucht so lange nach Ausflüchten, dass ich schließlich allein nach unten gehe. Er grummelt noch immer vor sich hin, als ich in den Keller hinabsteige; die Luft ist kühl und trocken, die Wände sind frisch gestrichen. Bis auf eine Kiste, die Fotos aus Michaels Jugend enthält, ist der Raum praktisch leer. Die Bilder zeigen ihn, wie er neben einem Narzissenfeld sitzt; sogar damals hatte er bereits eine sorgenvolle Miene. Ich will schon wieder gehen, da fällt mir eine Truhe an der Wand auf; sie hat die Größe eines Sarges, und ich hätte sie fast übersehen, weil sie im Schatten steht. Als ich den Deckel anhebe, finde ich darin einen Brautschleier, der zusammen mit zierlichen weißen Schuhen in einem Beutel aus Nesselstoff liegt. Ich habe ihn noch in der Hand, als der Priester hinter mir auftaucht, wütend und angespannt.

Pfarrer Michael nimmt mir den Schleier aus den Händen und hält ihn wie ein Vater ein Neugeborenes, dann wickelt er die Schuhe wieder in das Seidenpapier. Er will die Sachen zurück in die Truhe legen, als mir ganz unten in der Kiste ein mit schwarzer Tinte beschriebenes Blatt auffällt. Der Pfarrer nickt widerstrebend, als ich ihn bitte, es mir auszuhändigen. Die vergilbte Seite sieht aus, als könnte sie aus dem Bestandsbuch des Museums stammen, das ich mir von Julian Power ausgeliehen habe.

»Wo haben Sie das her, Herr Pfarrer?«

Er verzieht keine Miene. »Ich weiß nicht, wo das herkommt.«

»Warum sollte ich Ihnen das glauben? Zuerst lassen Sie Harry Jago entkommen, dann finde ich Brautsachen in Ihrem Keller.«

»Gehen wir zurück nach oben, dann erkläre ich Ihnen alles.«

Ich strecke die Hand aus. »Zuerst will ich dieses Blatt haben.«

Er übergibt es mir betont langsam und schaut dann zu, wie ich es in meine Tasche stecke. Die Freundlichkeit des Pfarrers kehrt erst zurück, als wir wieder in seinem Wohnzimmer sind. Er lächelt mir aufmunternd zu, als stünde er im Begriff, eine schwierige Rede zu halten.

»Ich habe Leahs Eltern vor zwanzig Jahren gebeten, mir einige von Leahs Sachen zu geben.« Sein Blick wandert zum Fenster. »Ich war zu einem Vorstellungsgespräch auf dem Festland, als sie starb; ich war nicht da, als sie mich am dringendsten brauchte. Das ist auch der Grund, warum ich so oft im Krankenhaus bin. Ich hasse die Vorstellung, dass eine Menschenseele ohne jeden Trost von dieser Welt in die nächste entschlüpft.«

»Wie ist Leah gestorben, Michael?«

Er zuckt zusammen bei dieser Frage. »Frank und Elaine

haben den Coroner gebeten, einen Unfall als Todesursache auf den Totenschein zu schreiben. Sie konnten die Vorstellung nicht ertragen, dass die Leute sich das Maul zerreißen.«

»Sie hat sich umgebracht?«

Der Pfarrer schaut auf seine Hände. »Bei Leah war eine Depression diagnostiziert worden. Ich dachte, wenn ich sie nur genug liebe, kann sie das überwinden. Sie hat mir in den letzten Wochen verheimlicht, wie es ihr ging, und so getan, als würde sie sich auf die Hochzeit freuen, während die Krankheit die Oberhand gewonnen hat. In Leahs Abschiedsbrief stand, sie würde mich über alles lieben, sähe aber keinen anderen Ausweg. Sie wollte niemandem zur Last fallen.«

»Wer hat sie gefunden?«

»Frank, als er aus der Schule nach Hause kam. Er hat mich davor bewahrt, sie noch einmal zu sehen, und mir all die hässlichen Details erspart. Er und Elaine behandeln mich seitdem wie einen Sohn. Sie haben mir nie vorgeworfen, Leah tiefer in diese brutale Krankheit getrieben zu haben.«

»Aber Sie haben sich selbst die Schuld gegeben.«

Er wischt sich mit der Hand übers Gesicht, als wollte er das Thema wegwischen. »Nichts davon spielt jetzt für Harry Jago eine Rolle. Der Junge braucht ein gutes Vorbild. Ich versuche um seiner Mutter willen, ihm mit Rat und Tat zur Seite zu stehen.«

»Sind Sie in die Morde verwickelt, Michael?«

»Wie könnte ich? Wo ich doch seit drei Tagen kaum das Krankenhaus verlassen habe.«

»Die Leute vertrauen Ihnen. Ihre Gemeinde würde alles für Sie tun, vor allem, wenn sie verwundbar sind.«

Ihm klappt die Kinnlade herunter. »Glauben Sie ernsthaft, dass ich die Leute manipuliere?«

»Sagen Sie mir genau, was Harry erzählt hat. Aus Sabines letzter Beichte haben Sie mir auch nichts verraten.«

»Ich habe ein Schweigegelübde abgelegt. Wenn jemand mir gegenüber sein Gewissen erleichtert, dann ist dieses Vertrauen heilig. Wenn ich das Sakrament breche, kann ich Gott nicht länger dienen.«

»Harry Jago glaubt nicht an Gott. An Ihrem Gespräch heute war gar nichts heilig.«

»Er hat mich gebeten, nichts zu verraten. Das ist doch wie eine Beichte – oder nicht?«

»Sagen Sie mir, wo der Junge hingelaufen ist.«

Endlich gibt er nach. »Ich habe ihm geraten, sich in den Hütten an der Watermill Cove zu verstecken. Er muss erst sein Gewissen prüfen, bevor er bereit ist zu reden.«

»Rufen Sie ihn für mich an. Wenn er Ihre Nummer sieht, geht er dran.«

Der Pfarrer tut es, und Jago nimmt das Gespräch sofort an. Als ich ihm das Telefon aus der Hand nehme, höre ich den Jungen keuchen, so als wäre er mitten in einem Marathon.

»Hören Sie mir zu, Harry, hier ist DI Kitto. Ihre Schwester wurde verschleppt. Wenn Sie etwas wissen, sagen Sie es mir, bevor es zu spät ist.«

Der Junge stößt einen Schrei aus, dann ist die Leitung tot.

55

Lilys Fingerspitzen sind wund, als draußen Schritte zu hören sind. Sie hat versucht, ihre Ketten zu lösen, bis ihre Haut blutig war, doch sie sitzt noch immer in der Falle. Als die Tür quietschend aufgeht, setzt ihr Herzschlag aus. Sie hört, wie der Mörder näher kommt, aber sie kann sich nicht umdrehen, um ihm in die Augen zu schauen.

»Ich habe Durst«, sagt sie. »Bitte, ich brauche Wasser.«

Er ist schwarz gekleidet und hat eine Haube auf dem Kopf; die Augen, die sie durch die schmalen Schlitze sehen kann, erkennt sie nicht. Lily murmelt ein leises Dankeschön, als er eine Flasche Wasser auf den Schminktisch stellt, und trinkt gierig. Er ist ein Stück zurückgewichen, aber sie spürt, dass er sie prüfend betrachtet.

»Du hast meine Anweisungen nicht befolgt.« Seine Stimme klingt rau, so als hätte er gerade ein ganzes Päckchen Zigaretten geraucht. Aber vielleicht verstellt er sie auch.

»Das hat keinen Sinn. Ich kann nicht durch ein bisschen Schminke zu einem anderen Menschen werden.« Der Mann schweigt, als hätte ihr Trotz ihm die Sprache verschlagen. »Wer ist die Frau auf dem Foto überhaupt?«

Der Mörder hebt mit trauriger Stimme zu singen an:

*»Die Braut trägt heute ihr Geschmeide,
Auf ewig schön in ihrem Kleide,
So weiß, so zart und ganz aus Seide,
Für alle eine Augenweide.«*

Lily zwingt sich zu einem Lächeln. »Haben Sie dieses Lied für sie geschrieben? Sie bedeutet Ihnen sehr viel, oder?«

Lilys Plan scheint aufzugehen. Der Mann hat ihr noch nichts getan, und sie spürt, dass er ihr zuhört, auch wenn er sich im Dunkeln verbirgt.

56

Ich stürme aus dem Haus, ohne mich noch einmal zu Pfarrer Michael umzudrehen, und bin immer noch unsicher, welche Rolle er bei den Morden spielt, da er den größten Teil seiner Zeit an Hannah Webers Bett verbringt. Aber ich ignoriere meine Verwirrung, rufe Eddie an und sage ihm, dass er mich an der Watermill Cove treffen soll.

Der Regen hat nachgelassen, als ich durch Trenoweth fahre. Es ist inzwischen achtzehn Uhr dreißig, und der Himmel verdunkelt sich. Ich fahre an Long Rock vorbei. Der Hinkelstein am Horizont sieht aus wie eine Nadel, die ihre Spitze anklagend auf die Wolken richtet. Die Todesumstände von Leah Rawle beschäftigen mich, ich kann allerdings nicht beweisen, dass sie Einfluss auf die jüngsten Morde hatten. Eddie ist vor mir eingetroffen; der Polizeitransporter steht neben einer Gruppe baufälliger Fischerhütten oberhalb der Watermill Cove. Eddie ist an meiner Seite, als ich die Tür der ersten Hütte aufreiße. Sie ist leer, nur der Gestank von verwesenden Fischkadavern, Köderboxen und Angelschnur schlägt uns entgegen. Das Innere der Hütte wurde gereinigt; es steht ein Tisch darin mit einem Spiegel daneben, und auf dem Fußboden liegen achtlos hingeworfene Stricke. Ich sehe braune Flecken daran; hier hat jemand bis aufs Blut gegen seine Fesseln angekämpft. Der Mörder muss eines seiner Opfer hier festgehalten haben.

Mit Eddies Enthusiasmus ist es auf einen Schlag vorbei, als er die Hinterlassenschaften des Mörders erblickt. Er tritt wütend gegen den Tisch. Ich denke darüber nach, welche Bedeutung die Requisiten um uns herum haben.

»Was für eine seltsame Art von Folter«, sage ich. »Der Mörder will, dass die Frauen sich in Bräute verwandeln, bevor sie sterben.«

»Tom Polkerris ist verkorkst genug, um so was zu tun, finden Sie nicht? Der Typ hat sich darüber aufgeregt, dass Rhianna unbedingt eine perfekte Hochzeit wollte und ihre Ersparnisse dafür ausgegeben hat, obwohl es mit ihrer Beziehung ohnehin schon bergab ging.«

»Das sind bloße Vermutungen, Eddie. Lassen Sie uns noch mal rekapitulieren, was wir bislang über den Mörder wissen.«

Mein Deputy setzt sich auf eine Kiste, der Regen trommelt einen hektischen Rhythmus auf das Dach über uns. »Er hat Zugang zu einem Fahrzeug und verschrobene Vorstellungen über Bräute. Er liebt es, Frauen mit seinen eigenen Händen zu erwürgen.«

»Und er ist ein Kontrollfreak. Ich wette, es hat ihm Spaß gemacht, die Fotos unter der Tür des Reviers und der von Harry Jago durchzuschieben, um zu demonstrieren, dass er die Kontrolle hat.« Ich massiere meinen Nacken. »Aber schauen Sie sich das hier an. Er hat den Boden gesäubert und eine saubere Plastikfolie auf den Tisch gelegt, und auch der Spiegel ist geputzt worden. Das erinnert an eine religiöse Zeremonie, aber Pfarrer Michael hat für den Großteil der Zeit, in der der Mörder aktiv war, ein Alibi.«

Mein Deputy greift in einen Pappkarton und zieht eine Handvoll welker Blumen heraus. »Wer die gepflückt hat, wollte sie ihr ins Haar flechten.«

»Ich bin nach wie vor der Meinung, dass hier zwei verschiedene Personen zusammenarbeiten.«

»Wir wissen, dass Paul Keast und Rhianna Polkerris sehr verschwiegen sind. Sie haben sich ineinander verliebt, ohne dass es jemand mitbekommen hat.«

»Aber wir haben keinerlei belastbare Beweise gegen sie. Außerdem gibt es immer noch ein Dutzend männliche Inselbewohner ohne Alibis.«

Es ist Eddie anzusehen, dass er eine schnelle Lösung herbeisehnt, aber wir stehen noch vor denselben Hürden wie am ersten Tag.

57

Lily spürt, dass sie nicht viel Zeit hat. Sie sitzt vor dem Spiegel und sieht blasser aus denn je, aber sie bereut ihre Entscheidung nicht. Wenn sie stirbt, wird sie wenigstens sie selbst sein und nicht so tun, als wäre sie jemand anders. Der Mörder hat sich geweigert, ihre Fragen zu beantworten, und sie dann allein gelassen, aber jetzt ist er zurück. Er geht auf dem Steinboden auf und ab und kann ihr jederzeit etwas antun, es sei denn, sie bringt ihn zum Reden.

»Erzählen Sie mir bitte von der Frau auf dem Foto.«

Lily sieht nur eine verschwommene Silhouette im Spiegel. Er befindet sich auf der anderen Seite des Raums und hält den Kopf gesenkt, sein Gesicht ist unter der Haube verborgen.

»Sie war eine reine Seele.« *Die Stimme ist voller Trauer und klingt so hell, dass sie auch einer Frau gehören könnte.* »Nichts hat mir mehr bedeutet, als sie in den Armen zu halten.«

»Aber Sie haben sie verloren?« *Lily bekommt keine Antwort.* »Ich weiß, wie sich das anfühlt. Meine Mutter ist vor kurzem gestorben, und ich vermisse sie jeden Tag.«

Lily bohrt die Fingernägel in ihre Handfläche, denn der Schmerz erinnert sie daran, dass sie noch am Leben ist. Sie konzentriert sich so gut wie möglich. Es muss Leute geben, die nach ihr suchen. Sie werden bald hier sein, wenn sie ihn nur am Reden hält.

»Ich kann sie nicht zurückholen. Ich habe mir was vorgemacht.«

»Mir weh zu tun wird Ihnen auch nicht helfen.«

Der Mörder kommt näher, seine Stimme klingt jetzt schrill. »Du bist wie die anderen. Keine von euch steht treu zu den Inseln oder zu mir.«

Der Schlag trifft Lily unvorbereitet. Er boxt ihr mit voller Wucht gegen den Brustkorb, und ihr bleibt die Luft weg. Sie spürt einen stechenden Schmerz, zwingt sich aber, nicht zu schreien. Als sie die Augen wieder aufschlägt, ist sie allein. Um sie herum ist es jetzt noch dunkler, bis ihr Blick auf einem hellen Streifen verharrt. Die Tür steht wenige Millimeter weit offen und erhält ihre Hoffnung am Leben.

58

Die Stunden rasen zu schnell dahin, während wir hektisch Einsatzbesprechungen abhalten, die Staatsanwaltschaft das Beweismaterial prüft und ich mir Tom Polkerris zu einem kurzen Verhör bringen lasse. Es ist neunzehn Uhr, als der Hotelmanager Madrons Büro betritt. Er verhält sich zwar nicht mehr ganz so selbstgefällig, doch seine Antworten sind wertlos für uns. Er hat bereits zugegeben, nach einer Spätschicht in der Hotelbar mit Sabine geschlafen zu haben. Während des Übergriffs auf Hannah Weber hat er jedoch nachweislich gearbeitet. Wenn er einen Komplizen hat, ist er ein guter Lügner. Mein alter Klassenkamerad schaut mich verständnislos an, als ich ihn frage, ob er mit jemandem gemeinsame Sache mache, und leugnet dann weiterhin jede Beteiligung an den Verbrechen.

Eine Stunde nach dem Ende des Verhörs entlasse ich Paul Keast aus der U-Haft, obwohl das Sechsunddreißig-Stunden-Limit noch nicht ganz ausgeschöpft ist. Es hat wenig Sinn, ihn noch länger festzuhalten, wenn es nicht einen belastbaren Beweis für seine Schuld gibt. Er sagt keinen Ton, als Eddie ihm den Beutel mit seiner persönlichen Habe zurückgibt, und schlüpft hinaus, um nach seinem Vieh zu schauen oder seine neue Flamme zu treffen. Tom Polkerris ist eine andere Sorte Häftling. Er wird im Laufe der Zeit immer wütender, schlägt erst mit der Faust gegen die Wand und ruft dann wüste Beschimpfungen durch die Klappe in seiner Zellentür.

Liz Gannick beäugt mich kritisch, als wir uns bei Anbruch der Nacht in Madrons Büro treffen. Sie lehnt ihre Krücken an die Wand, so als wollte sie sich eine schnelle Fluchtmöglichkeit sichern.

»Sie schicken mich zurück in das verdammte Hotel, hab ich recht?«

»Polkerris ist ein überzeugender Verdächtiger, Liz. Er geht respektlos mit Frauen um, ist ein geschickter Lügner und konnte sich leicht Zugriff auf Sabine und Lily verschaffen. Jetzt müssen Sie nur noch einen Beweis finden. Der Kerl manipuliert für sein Leben gern andere Menschen, und er war von Anfang an nervös.« Ich erinnere mich, wie aufgewühlt er zu sein schien, als er von Sabines Tod erfuhr. Möglicherweise war das gar keine Trauer über ihren Tod, sondern Angst vor Entdeckung.

»Ich fange mit seinem Wagen an«, sagt Gannick. »Wenn er schuldig ist, muss er ihn kürzlich benutzt haben, um sein neuestes Opfer zu transportieren. Vielleicht finde ich sogar frische DNA.«

»Wir haben keine Zeit mehr, um Proben ins Labor zu schicken. Wenn Lily immer noch festgehalten wird, ist sie morgen früh tot.«

»Ich kann keine Wunder vollbringen, Ben.«

»Schade.«

Gannicks Miene ist alles andere als engelsgleich, als sie sich die Krücken schnappt, um sich schwungvoll wieder auf den Weg zu machen. Ich sorge mich um jede Frau, die allein unterwegs ist, deshalb bitte ich Lawrie Deane, Liz ins Hotel zu begleiten. Wenigstens weiß ich, dass Isla in Sicherheit ist. Ich habe sie zusammen mit Eddie ein letztes Mal für heute auf Streife geschickt; die beiden sollen sich erkundigen, wann Lily Jago zuletzt gesehen wurde. Also bleibe ich allein auf dem Revier zurück.

Ich habe mich gerade wieder meinem Computer zugewandt, als ein Anruf auf dem Festnetz eingeht. Frank Rawle bietet mir erneut seine Unterstützung an. Ich lehne höflich ab; es nervt mich, dass er unbedingt mitmischen will, vermutlich, weil er in allen Bereichen des Insellebens eine führende Rolle spielt. Er ist der Vorsitzende des Gemeinderats und des Schulbeirats, und er sitzt im Kuratorium des Krankenhauses. Der unermüdliche Einsatz des Mannes, die Lebensqualität auf St. Mary's zu verbessern, macht es unwahrscheinlich, dass er der Mörder ist.

Ich verdränge meine Angst, dass wir zu langsam sind, um Lily Jago zu retten. Wir haben den ganzen Tag lang jede noch so abgelegene Hütte und jedes Außengebäude durchsucht und heute Abend Verdächtige vernommen. Das Einzige, was mir jetzt noch zu tun bleibt, ist, herauszufinden, welche Bedeutung die Seemannsglücksbringer für den Mörder haben – obwohl ich eigentlich lieber draußen nach der Vermissten suchen würde. Der Regen prasselt gnadenlos aufs Dach des Reviers; das Geräusch erinnert an Schüsse aus einer Schrotflinte, und ich muss daran denken, dass die junge Frau bereits tot und ihre Leiche den Elementen ausgesetzt sein könnte.

Die nächste Stunde bringe ich mit dem Versuch zu, das Bestandsbuch des Museums durchzusehen. Die Einträge der letzten zwanzig Jahre sind leicht zu entziffern, weil Elaine Rawle eine saubere Handschrift hat, aber die Glücksbringer könnten dem Museum auch schon vor etlichen Jahrzehnten vermacht worden sein. Das winzige Gekritzel des vorherigen Museumsleiters, der fünfzig Jahre lang im Amt war, wird im Laufe der Zeit immer unleserlicher. Die einzelne Seite, die ich im Keller von Pfarrer Michael gefunden habe, hilft mir auch nicht weiter; zudem wurde sie so sauber aus dem Buch herausgetrennt, dass es schon mühsam ist, die Stelle zu finden, an der sie fehlt. Mein Blick fliegt über die Liste der Gegenstände, und ich bin sicher, dass mir etwas entgeht, aber keiner der Namen kommt mir bekannt vor.

Als meine Augen vor Überanstrengung zu brennen beginnen, höre ich ein Scharren an der Tür. Es ist stockdunkel draußen, als Shadow hereingesprungen kommt. Normalerweise begrüßt er mich stürmisch, doch jetzt verhält er sich merkwürdig. Er bellt ein paarmal laut und fixiert mich mit seinen eisblauen Augen. Draußen ist nichts zu sehen als Finsternis und der Regen.

»Wo ist Nina?«

Als der Hund ein klägliches Winseln ausstößt, rufe ich bei ihr an, aber sie geht nicht ans Telefon. Ich weiß sofort, dass etwas nicht stimmt, denn der Hund stellt sich an die Tür und jault, weil er wieder zurücklaufen will. Ich habe Nina gebeten, ihr Handy immer eingeschaltet zu lassen, aber sie nimmt das Gespräch auch bei meinem nächsten Versuch nicht an.

59

Lily ist wieder allein in dem Gewölberaum, ihre Rippen schmerzen. Sie hat noch immer keine Ahnung, wo sie sein könnte. Der Raum ist so groß, dass er eher an eine Gruft erinnert als an einen Keller. Sie könnte versuchen, sich zu schminken, aber das wird sie auch nicht retten. Keine noch so große Menge Make-up wird sie jemals wie die Frau auf dem Foto aussehen lassen.

Sie hat zwar alles gegeben, um sich zu befreien, kann sich aber immer noch nicht bewegen. Als sie in den Spiegel schaut, sieht sie wieder diesen Lichtschimmer. Die feine helle Linie in der Dunkelheit zieht sie magisch an. Sie stemmt ihre Füße fest auf den Steinboden und zieht den Stuhl ein Stückchen vorwärts, jedes Mal ein paar Zentimeter weiter.

Lily weiß nicht, wie lange sie brauchen wird, um den Raum zu durchqueren, aber ihr dämmert schon bald, dass sie einen schweren Fehler gemacht hat. Der Saum des Hochzeitskleids ist pechschwarz geworden, die Seide zerrissen. Wenn der Mörder das sieht, wird er sie noch härter bestrafen.

Irgendwann gelingt es ihr, die Tür des Gewölbes zu öffnen; dahinter führt eine steile Treppe zu einem kleinen Absatz, an dem sich die nächste Tür befindet, und diese hat Schlösser und Riegel. Sie könnte sich niemals so viele Stufen *nach oben hangeln, ohne wieder herabzustürzen, und selbst wenn, wäre die Mühe vergebens. Der Mörder hat ihren einzigen Fluchtweg mit Sicherheit von außen abgesperrt.*

60

Ich habe das Telefon noch in der Hand, als eine Nachricht ankommt. Sie ist von Eddie, der mir mitteilt, dass er und Isla im Krankenhaus vorbeigeschaut haben: Hannah Webers Zustand ist unverändert. Die verletzte Deutsche ist nicht die Einzige, deren Leben am seidenen Faden hängt. Ich muss Nina finden, bevor es zu spät ist. Die Rezeptionistin im Hotel klingt allzu fröhlich, als ich dort anrufe.

»Ms. Jackson hat das Hotel am frühen Abend verlassen. Sie war allein.«

»Und sie ist noch nicht zurückgekommen?«

»Ich glaube nicht, Sir, aber ich kann mal in ihrem Zimmer nachsehen.«

»Nicht nötig, das mache ich selbst.«

Ich packe das Bestandsbuch des Museums instinktiv ein, als ich, ungeachtet des Platzregens, hinauseile. Ich nehme Shadow an die Leine, damit er nicht in der Dunkelheit verschwindet, aber er blickt sich alle paar Sekunden um und scheint frustriert zu sein, weil ich so langsam laufe. Erst am Hoteleingang bellt er plötzlich wie verrückt. Der Hund ist mir auf dem Weg durch den Flur ein paar Schritte voraus und jault laut, als er an Ninas Zimmertür kommt. Ich hämmere an die Tür, doch es macht niemand auf.

»Wo, zum Teufel, bist du?«

Als mir schlagartig klarwird, was das bedeutet, fällt mir das Buch aus der Hand. Auch Nina ist verschwunden. Sie hat meinen Ratschlag, auf dem Hotelgelände zu bleiben, nicht befolgt. Ich spähe durch ein schmales Fenster im Flur nach draußen, doch der Garten ist leer, und die Laternen erhellen Blumenbeete, die durch den gnadenlosen Regen stark in Mitleidenschaft gezogen sind. Nina ist für den Mörder das ideale Opfer: Sie ist unabhängig und alleinstehend, und sie hat nicht vor, dauerhaft auf den Inseln zu bleiben. Shadow wird ungeduldig, weil wir nicht weitergehen. Er heult aus Leibeskräften und macht einen ohrenbetäubenden Lärm.

»Willst du wohl still sein! Ich kann so nicht denken.«

Meine Hände zittern, als ich sehe, dass das heruntergefallene Bestandsbuch genau an der Stelle aufgeklappt ist, wo ich die fehlende Seite eingelegt hatte. Irgendwer muss sie mit einem scharfen Messer herausgetrennt haben; nur ein winziger Papierstreifen ist im Buch verblieben. Jetzt bin ich mir noch sicherer, dass es einen Zusammenhang zwischen den gestohlenen Objekten und den Morden gibt. Ich starre auf die Liste der Stifter hinab, und diesmal springt mir ein vertrauter Name ins Auge. Sofort fangen meine Gedanken an zu rasen.

Bevor ich aus dem Hotel hinausrenne, mache ich Shadow von der Leine los. Jetzt kann er laufen, wohin er will, aber er scheint entschlossen zu sein, an meiner Seite zu bleiben. Mein Hund trabt neben mir her über den Rasen, der starke Wind peitscht mir die Regentropfen wie eine Ladung Granatsplitter ins Gesicht. Shadow hat Nina über eine Distanz von fünf Meilen hinweg an der Watermill Cove aufgespürt, und jetzt ist es an mir, dasselbe zu tun, bevor es zu spät ist.

Als ich die Church Road erreiche, bin ich völlig außer

Atem. Eigentlich will ich zum Haus der Rawles, aber dann sehe ich, dass im Museum Licht brennt, und mir fällt ein, dass Frank erzählt hat, seine Frau führe dort spätabends noch mal einen letzten Security-Check durch. Ich renne hinein und rufe nach Elaine, bekomme aber keine Antwort. Einzige Lichtquelle ist eine Leuchte hinter dem Tresen. Sie strahlt eine Messingtafel an, in die die Namen großzügiger Stifter eingraviert sind. Wie konnte ich den Namen der Rawles übersehen, der ganz unten steht?

Irgendjemand rumort unten herum. Ich nehme Schritte auf dem Parkett wahr. Elaine muss im Lagerraum sein und die Tür hinter sich geschlossen haben, so dass sie mich nicht hören kann. Während ich darauf warte, dass sie wieder zum Vorschein kommt, rufe ich Eddie an und bestelle ihn zum Museum. Mein Deputy ist gerade auf der anderen Seite der Insel unterwegs, um zu überprüfen, ob alle Bewohner in Sicherheit sind, und ist schockiert, als er von Ninas Verschwinden hört. Jetzt suchen wir nicht mehr ein, sondern zwei Opfer. Ich höre Isla im Hintergrund reden, ihre Stimme klingt schrill, als ich den Anruf beende.

Die Museumbeleuchtung muss über einen zentralen Schalter geregelt werden, denn als ich den an der Treppe betätige, passiert nichts. Ich aktiviere die Taschenlampe in meinem Handy und gehe nach unten. Der Hund überholt mich, er kann im Dunkeln besser sehen als ich. Im unteren Raum ist eine Reihe von Galionsfiguren schemenhaft erkennbar. Als Elaine Rawle aus dem Lagerraum kommt, gehen plötzlich die Lichter an.

Die Augen der Museumsleiterin sind glasig vor Angst.

»Ach, Sie sind es, Gott sei Dank«, flüstert sie. »Der Lärm da oben hat mich zu Tode erschreckt.«

»Die Tür war nicht abgeschlossen. Das ist nicht besonders klug, wenn ein Mörder die Gegend unsicher macht.«

»Es fällt mir immer noch schwer, das zu glauben.« Elaines Stimme klingt dünn. »Warum sind Sie denn hier? Suchen Sie etwas?«

»Ich brauche Ihre Hilfe, aber beruhigen Sie sich erst mal.«

Ihre Hände zittern immer noch. »Ach, es geht schon wieder.«

Shadow reagiert gereizt, als sie näher kommt. Er schnappt nach ihr und bleckt die Zähne, als sie ihn streicheln will.

»Ignorieren Sie ihn. Er ist schlecht gelaunt, aber er beißt nicht.«

»Hier gibt es nichts, was ihn ängstigen müsste.« Elaines Blick ist auf das viktorianische Segelschiff gerichtet, das seit Jahrzehnten der ganze Stolz des Museums ist.

»Was wissen Sie über die Familien, die dem Museum in der Vergangenheit Gegenstände gestiftet haben, Elaine?«

»Nicht sehr viel. Warum fragen Sie?«

»Haben Sie am Telefon etwas über diese Glücksbringer herausfinden können?«

Sie schaut mich, Bedauern im Blick, an. »Tut mir leid, aber niemand konnte mir etwas sagen.«

»Sie lügen.«

Sie blinzelt. »Wie kommen Sie denn darauf?«

»Ich habe die fehlende Seite aus dem Bestandsbuch gefunden, zusammen mit Leahs Schleier. Sie können aufhören, mir was vorzumachen.«

Sie verzieht wütend das Gesicht. »Wie konnte Michael Ihnen erlauben, die Kiste zu öffnen! Und wie konnten Sie es wagen, in den Sachen meiner Tochter herumzuwühlen!«

»Die Seemannsglücksbringer stammen aus Ihrer Familie. Sie haben sie dem Museum gestiftet, es nach Leahs Tod aber bereut. Also haben Sie die Seite aus dem Buch herausgeschnitten und sie unter dem Schleier versteckt. Haben Sie Michael neulich unter einem Vorwand besucht, um sie dort abzulegen?«

Ihr Blick wird glasig. »Meine Großmutter hat angefangen, diese Glücksbringer zu sammeln, nachdem mein Großvater auf See geblieben ist.«

»Kein Wunder, dass Julian Power keine Eintragung finden konnte. Sie haben den Schmuck vor einem Jahr gestohlen und seitdem versteckt.«

Ihre Stimme klingt kalt, als sie mir antwortet: »Er war mein rechtmäßiges Eigentum.«

»Wo sind Lily und Nina?«

Elaine weicht langsam vor mir zurück, doch Shadow springt auf sie zu und schnappt nach ihr. Jetzt wird mir klar, warum Frank Rawle unbedingt in die Ermittlungen eingebunden werden wollte.

»Sie können sich an einem so kleinen Ort nicht verstecken, Elaine. Es wird Zeit, dass Sie sich für das verantworten, was Sie getan haben.« Shadow bellt jetzt wie verrückt.

»Halten Sie den verdammten Hund von mir fern!«

»Diese Frauen zu opfern, das hat Ihnen Ihre Tochter auch nicht zurückgebracht.«

Über Elaines Wangen rollen Tränen, aber mir ist egal, wie viel sie durchgemacht hat.

»Wo ist Frank? Ich wette, er hat all das mit Ihnen zusammen geplant.«

»Er ist zu Hause im Bett.«

»Wieder eine Lüge.« Ich packe sie am Arm.

»Sie tun mir weh!«, ruft Elaine mit schriller Stimme. »Ich habe nichts getan.«

Ich halte sie noch fest, als ich hinter mir schlurfende Schritte höre, aber meine Reaktion kommt zu spät. Shadow springt hoch, um mich zu verteidigen, doch Elaine verpasst ihm mit voller Wucht einen Tritt gegen die Brust. Er fällt zu Boden und bleibt liegen. Ich gehe in die Knie, als ich plötzlich einen Schmerz zwischen den Schulterblättern spüre. Mein Angreifer stößt mich zu Boden.

61

Lily sitzt am Fuß der Treppe. Sie hat nicht mehr genug Kraft, um ihren Stuhl zurück zum Spiegel zu ziehen. Es muss viel Zeit vergangen sein, seit sie zuletzt etwas gegessen hat. Sie sieht alles nur noch verschwommen, aber ihr Kopf ist noch klar. Sie hört laute Stimmen, die oben durch die Tür dringen. Der zornige Ton, in dem dort geredet wird, macht ihr Angst. Sie ist sich sicher, dass der Mörder lieber sterben würde, als sich fangen zu lassen. Die Furcht und der Schlafmangel haben ihr alle Kraft geraubt, doch sie versucht, sich vorzustellen, sie wäre so mutig und selbstbewusst wie Sabine; stark genug, um einen Kampf zu bestehen.

Mit einem Mal verstummen die Stimmen, aber die plötzliche Stille ist noch unheimlicher. Lily konzentriert sich, so gut es geht, aber sie hört nur ihre eigenen, schnellen Atemzüge; der höhlenartige Raum ist voller stiller Geister. Als die Tür oben aufgerissen wird, ist die Spannung kaum auszuhalten. Ihr Instinkt sagt ihr, dass sie gleich sterben wird. Die Schritte des Mörders sind schneller als vorher, dann hört sie eine andere Stimme, jemand schreit voller Zorn auf. Als sie die Augen wieder aufmacht, kommt ein Mann die Treppe heruntergetaumelt. Er streckt die Arme nach vorn, um sich zu schützen, aber sie kann nichts anderes tun, als ihm beim Fallen zuzuschauen.

62

Ich stürze mit dem Gesicht voran auf die letzten drei Stufen und bleibe dann zusammengekrümmt liegen. Ein paar Meter von mir entfernt sehe ich Lily Jago, die mich erschrocken anstarrt. Unser beider Leben hängt davon ab, dass ich mich schnell wieder berappele, aber meine Glieder versagen mir den Dienst, und ich spüre einen brennenden Schmerz an der Wange. Ich liege noch immer auf dem Steinboden, als Elaine Rawle aus der Dunkelheit auf mich zukommt. Sie zieht mir das Handy aus der Brusttasche und wirft es mit voller Wucht gegen die Wand; es zerfällt in seine Einzelteile.

»Ich wollte, dass die Mädchen hier bleiben, auf St. Mary's. Verstehen Sie das denn nicht? Sie waren wunderschöne Bräute – wie Leah. Das war ihre Bestimmung.« Sie steht über mir, ihre Stimme ist voller Trauer.

»Lassen Sie uns gehen, Elaine. Sie können auf Unzurechnungsfähigkeit plädieren.«

»Ich habe mich nie zurechnungsfähiger gefühlt. Ich tue das alles für meine Tochter, nicht für mich.«

»Ich weiß, dass sie sich umgebracht hat. Ich wette, Sie haben Leah gefunden, nicht Frank.«

»Sprechen Sie ihren Namen nicht aus! Sie war schön, auch dann noch, als sie sich in ihrem Brautkleid an den

Dachbalken erhängt hat. Meine Tochter war damals perfekt, und sie ist es auch jetzt noch.«

Mit einer an Wahnsinn grenzenden Entschlossenheit im Blick, bindet sie mir die Hände mit einem kurzen Seil zusammen. Jetzt, wo der Schock nachlässt, setzt der Schmerz erst richtig ein. Elaine geht in die Ecke des Raums, um weitere Stricke zu holen. Meine letzte Chance, mich zu befreien, schwindet dahin.

Ich warte, bis sie über mir kniet, dann trete ich ihr ins Gesicht – eine passsende Vergeltung für die Leben, die sie anderen geraubt hat. Ich treffe sie an der Schläfe, und sie geht zu Boden. Mit der eleganten Frau des Schulleiters, die ich kannte, hat sie jetzt keinerlei Ähnlichkeit mehr. Die grauen Haare fallen ihr über den Rücken und lassen sie wie eine Hexe aussehen, als sie sich erneut auf mich stürzt, aber mein zweiter Tritt landet direkt zwischen ihren Augen. Sie fällt um wie ein nasser Sack, und ich kann immer noch nicht fassen, dass eine so vornehme Frau solches Unheil angerichtet hat. Während ich überprüfe, ob sie ihre Bewusstlosigkeit vielleicht nur vortäuscht, sticht mir ihr altmodischer Lavendelduft in die Nase. Im Augenblick ist es mir egal, ob sie weiterlebt oder stirbt, doch sie kann nicht allein gehandelt haben. Ihr Ehemann muss mich mit einem Knüppel niedergeschlagen und dann die Treppe hinuntergestoßen haben.

»Komm runter, du Mistkerl!«, schreie ich. »Worauf wartest du?«

Lily hat ihren Stuhl näher zu mir hingeschoben, und ich richte mich in eine sitzende Position auf. Mir ist schwindlig vor Schmerzen, doch die Berührung der jungen Frau fühlt sich tröstlich an, als sie versucht, mir die Hände zu loszubinden.

»Haben Sie erkennen können, wer die zweite Person ist, Lily?«

»Er hat immer eine Haube getragen.« Ihre Stimme zittert, aber sie reißt sich zusammen.

»Das muss Frank Rawle sein. Machen Sie sich keine Sorgen, Hilfe ist unterwegs.«

Lily ist zu sehr auf das Lösen des Knotens konzentriert, um mir zu antworten, und mir ist es im Moment wichtiger, Nina zu finden, als herauszubekommen, wer der zweite Täter ist. Sobald ich die Hände freihabe, durchsuche ich Elaines Taschen nach einem Schlüssel, um Lily die Kette abnehmen zu können, finde jedoch nur ein Taschenmesser, das mir nicht helfen wird. Die Tür oben steht immer noch offen, und ich hoffe, dass Eddie daran denkt, dass ich hier unten bin, aber es ist keine Spur von ihm zu sehen.

Bevor ich noch etwas zu Lily sagen kann, kommt eine kräftige Gestalt die Treppe heruntergestürmt. Der Mann hat eine Brechstange in der Hand und geht direkt auf mich los. Ich strecke die Arme aus, um mich zu schützen, aber sein erster Schlag zielt auf meine Hüfte, und ich schreie laut auf vor Schmerz. Sein Gesicht ist unter einer Maske verborgen, die nur zwei schmale Schlitze für die Augen hat. Ich steche wild mit Elaines Messer um mich, doch durch die Verletzungen bewege ich mich unbeholfen. Sein nächster Schlag trifft meinen Brustkorb, und als ich auf ihn zulaufe, weicht er mir aus, so dass ich mein Messer in die Luft stoße. Ich bin dabei, diesen Kampf zu verlieren, da höre ich oben Schritte. Ich bete, dass Eddie und Isla endlich eingetroffen sind. Eine weitere Gestalt kommt die Treppe heruntergerannt und verschwindet in der Dunkelheit, als ich dem nächsten Schlag meines Gegners ausweiche. Ich bin unendlich erleichtert, als Harry Jago auf den Rücken meines Angreifers springt, der dadurch nach vorn fällt. Der Junge setzt sich auf seine Schultern und presst sein maskiertes Gesicht auf den harten Boden.

»Wie haben Sie uns gefunden, Harry?«

Jago holt keuchend Luft. »Ich bin ihm hierher gefolgt. Ich wusste, dass er's war.«

Auf Harrys Gesicht zeigt sich Erleichterung, als er seine Schwester sieht; sie ist noch immer gefesselt, aber am Leben. Harry hilft mir, den Mann auf den Rücken zu drehen und seine Arme an seinem Oberkörper zu fixieren.

»Wo ist Nina?«, zische ich dem Kerl ins maskierte Gesicht. »Was hast du mit ihr gemacht?«

Als ich die Haube zurückschiebe, rechne ich damit, in Frank Rawles faltiges Gesicht zu starren, und glaube, nicht richtig zu sehen: Jeff Pendelow, der Psychologe, schaut zu mir hoch; aus seiner Nase rinnt Blut. Ich bin derart schockiert, dass ich nur noch flüstern kann.

»Warum hast du das getan, Jeff? Warum hast du diese Frauen umgebracht?«

Der Psychologe liegt vollkommen reglos da, aus seinen geschlossenen Augen laufen Tränen. Harry Jago hält ihn weiter fest, damit er nicht fliehen kann, doch ich sehe, dass Jeff längst aufgegeben hat. Sein Hemd ist zerrissen, die Verletzung an seinem Brustbein, die Jade Finbury ihm zugefügt hat, ist unter einem Verband verborgen. Als ich daran denke, was er ihr angetan hat, werde ich noch wütender. Jade würde noch leben, wenn sie ihn mitten in die Brust getroffen hätte. Pendelow macht keinerlei Anstalten, sich gegen seine Verhaftung zu wehren, und als ich ihn über seine Rechte belehre, huscht der Ausdruck von Scham über sein Gesicht. Er schließt erneut die Augen, diesmal vor den Strafen, die ihm bevorstehen.

63

Lily konzentriert sich auf das Gesicht ihres Bruders. Harry hockt neben ihr, um das Vorhängeschloss zu öffnen, und legt dann seinen Arm um ihre Schultern.

»Alles in Ordnung?« Er sucht ihr Gesicht nach Anzeichen von Verletzungen ab.

»Lass nicht zu, dass sie mich ins Krankenhaus bringen.« Sie greift nach seiner Hand. »Ich weiß, dass du niemandem was getan hast.«

Er schüttelt den Kopf. »Ich wusste nicht, wer in der Nacht, als Sabine starb, in dem Auto saß, das am Pulpit Rock vorbeigefahren ist. Ich hab nur herausgefunden, dass es Jeffs Frau gehörte, weil ich auf der Suche nach einem Versteck in seine Garage eingebrochen bin. Der Garten ist so zugewuchert, dass man den Schuppen fast nicht mehr sieht.«

»Darum bist du ihm hierher gefolgt. Du hast mir das Leben gerettet, Harry.«

»Ich hätte es früher rausfinden sollen. Was haben diese Schweine dir getan?«

»Sie haben mir Angst gemacht, sonst nichts.«

Der Junge vergießt Tränen, die schon vor langer Zeit hätten fließen sollen. Doch der Stolz hat ihn bis jetzt daran gehindert, seinen Kummer zuzulassen. Als Lily ihn in den

Arm nimmt, dreht sich die Zeit zurück. Jetzt ist er wieder der Bruder, den sie vergöttert hat und der so mutig war, dass die Mobber sich nicht mehr in ihre Nähe trauten, wenn er sie von der Schule abgeholt hat.

»Bring mich nach Hause«, flüstert sie.

Schließlich übermannt sie doch noch die Erschöpfung. Als ihr die Augen zufallen, hebt Harry sie von dem Stuhl hoch; die Schleppe des Hochzeitskleides einer fremden Frau schleift über den Boden. Lily schläft tief und fest, während er sie nach oben trägt, ins Licht.

64

Eddie ist der Erste, den ich sehe, nachdem ich mich zurück nach oben geschleppt habe. Die Lichtleisten des Museums blenden mich. Harry Jago hat seine Schwester nach Hause gebracht, und Tom Polkerris werden wir – hoffentlich fürs Erste geläutert – zurück ins Hotel schicken. Die beiden Täter halten wir voneinander getrennt; bald werden sie sicher hinter Schloss und Riegel sitzen und langen Haftstrafen entgegensehen. Mein Deputy eilt aufgeregt auf mich zu.

»Nina geht's gut, Boss, Isla ist jetzt bei ihr. Sie war mit dem Taxi zum Watermill Cottage gefahren, um sich dort mit den Besitzern zu treffen.«

»Warum ist sie dann nicht an ihr verdammtes Telefon gegangen?«

»Hat sie nicht gesagt.«

Erleichterung setzt ein, bis ich sehe, wie das Lächeln von Eddies Gesicht verschwindet. »Aber es gibt noch was, oder? Geht's um Hannah Weber?«

»Alles andere kann warten. Jetzt müssen Sie erst mal zum Arzt.«

»Ich will es sofort wissen.«

»Es geht um Shadow, Boss.« Eddie starrt auf seine Hände. »Es tut mir leid, aber ich konnte am Ende nicht mehr für ihn tun, als ihn zu halten und zu beruhigen. Sie haben ihn totgeprügelt. Er war so schlimm verletzt, dass es vielleicht das Beste für ihn war.« Er verstummt.

»Wo ist er?«

Ich schiebe ihn zur Seite und blicke mich suchend nach meinem Hund um. Shadow liegt leblos auf dem Boden. Meine eigenen Schmerzen sind sofort vergessen, ich knie mich neben ihn. Jemand hat einen Mantel über ihn gebreitet, und er zeigt keinerlei Lebenszeichen, als ich seinen Namen rufe. Kein Tier könnte die brutalen Tritte gegen seine Brust überleben, die Elaine Rawle ihm verpasst hat; sein Herz muss sofort aufgehört haben zu schlagen.

»So ein elendes Miststück«, murmele ich leise.

Schließlich holt mich das ganze Grauen dieses Falles doch noch ein. Der Tod eines Hundes ist nicht mit zwei menschlichen Todesfällen und einem dritten Opfer zu vergleichen, das noch in Lebensgefahr schwebt, aber ich werde Shadows Intelligenz, seinen Eigensinn und seinen Mut nie vergessen. Ich ziehe den Mantel weg, um einen letzten Blick auf ihn zu werfen. Er fühlt sich kalt an, als ich ihn berühre, aber dann spüre ich ein rhythmisches Zucken unter meiner Hand. Es ist langsam und ungleichmäßig, kaum wahrnehmbar, aber besser als nichts.

»Bestellen Sie den Tierarzt her, Eddie!«, rufe ich. »Sein Herz schlägt noch.«

Sam Nancarrow, der einzige Tierarzt der Insel, trifft innerhalb von nur zehn Minuten ein. Er ist der älteste Sohn meiner Patentante, ein Kindheitsfreund von mir und erst vor kurzem auf die Inseln zurückgekehrt. Sam ist sichtlich schockiert über Shadows Verletzungen und untersucht ihn vorsichtig, bevor er ihm eine Spritze gibt und ihn nach draußen zu seinem Auto trägt.

Kaum schließen sich die Türen hinter ihm, da verlässt mich die Kraft, und meine Knie geben nach. Ich sinke zu Boden und lehne mich mit dem Rücken an eine der Vitrinen. Die Ereignisse dieser Nacht werden sich schon bald fest ins öffentliche Bewusstsein des Ortes eingeschrieben haben. Aber was auch immer jetzt geschieht, auf der Insel ist es wieder sicher. Die Bewohner von St. Mary's können die ganze Nacht ohne Angst an ihren Stränden entlangspazieren. Ich spüre, wie die Anspannung des Tages von mir abfällt, als Eddie vor mir in die Hocke geht.

»Ihr Gesicht sieht schlimm aus, Boss. Ich bringe Sie jetzt ins Krankenhaus.«

»Nicht, bevor wir bei Frank Rawle waren.«

Mein ehemaliger Schulleiter öffnet uns völlig verschlafen in Pyjama und Bademantel die Tür. Als er hört, dass seine Frau aufs Revier gebracht wurde, ist er wie betäubt, und mir wird klar, dass Elaines Taten ein Schock für ihn sein werden. Seine Frau hielt sich oft noch spätabends im Museum auf; diesmal ist er eingeschlafen, bevor sie zurückgekommen war. Als ich ihn nach ihrer Beziehung zu Jeff Pendelow befrage, erklärt er, dass sie schon das ganze Jahr private Therapiesitzungen bei dem Psychologen besucht. Frank hat Elaine darum gebeten, bei Jeff Hilfe zu suchen, weil der Tod ihrer Tochter sie trotz der langen Zeit, die seither vergangen ist, nicht loslässt. Frank sieht entsetzt aus, als ich ihm erkläre, dass Elaine wegen Beihilfe zum Mord verhaftet wurde, und er am Morgen aufs Revier kommen muss, um eine Aussage zu machen.

Mein Deputy besteht darauf, im Krankenhausflur zu

warten, während Ginny Tremayne mir einen Eisbeutel an die Wange hält, damit die Schwellung nachlässt. Wenigstens sind keine Knochen gebrochen. Aus dem Spiegel über dem Waschbecken starrt mir ein mit Blutergüssen übersäter, ernster schwarzhaariger Riese entgegen. Die Ärztin nimmt es mit Erleichterung auf, dass die Mörder fünf Tage, nachdem Sabine Bertans' Leiche am Pulpit Rock hing, gefasst wurden. Und sie ist sichtlich stolz zu hören, dass ihre Tochter Isla tatkräftig an der Lösung des Falls mitgewirkt hat.

Sobald sie mich fertig behandelt hat, gehe ich durch den Flur zu Hannah Webers Zimmer. Darin ist es bis auf das blinkende Licht des Herzfrequenzmonitors dunkel. Als ich mich an ihr Bett setze, wirkt die Frau, als würde sie friedlich schlafen und nicht schwer verletzt im Koma liegen.

»Wir haben sie«, sage ich zu ihr. »Sie können nie wieder jemandem weh tun.«

Hannah Webers Lider flackern, und sie bewegt sich. Ich warte noch zehn Minuten, weil ich hoffe, dass sie wieder zu Bewusstsein kommt, doch als ich keine Anzeichen dafür erkennen kann, lasse ich ihr ihren Frieden.

Eddie bietet an, mich zum Hotel zu fahren, aber ich möchte lieber zu Fuß gehen. Der sintflutartige Regen hat aufgehört, und die Nachtluft ist trocken und salzig, während die Flut langsam aus dem Hafen von Hugh Town zurückweicht. Als ich durch den Sand auf den Garrison Hill zustapfe, werden die ehrwürdigen Mauern des *Star Castles* von Flutlichtern angestrahlt, und ich wünsche mir mit jeder Faser meines Wesens, Sabine Bertans hätte sich eine andere Insel für ihren Sommerjob ausgesucht. Wenn ich die Zeit zurückdrehen könnte, würde Jade weiterhin fliegen, und

Hannah Weber wäre sicher zu Hause in Deutschland. Ich bleibe am Strand stehen, bis die Wellen über meine Füße schwappen und mir sagen, dass es an der Zeit ist, zu gehen.

65

Samstag, 10. August

Sonnenschein strömt ins Zimmer. Harry sitzt am Fußende des Bettes und schaut zu, wie Lily die Augen aufschlägt und sich rekelt. Der Schmerz in ihrer Seite hat nachgelassen.

»Wie spät ist es?«, fragt sie.

»Mittag. Du hast stundenlang geschlafen.«

Sie richtet sich auf. »Hast du mit der Polizei gesprochen?«

Harry nickt. »Sie sagen, es war zwar nicht richtig, dass ich nach Sabines Verschwinden auf eigene Faust nach dem Auto gesucht hab, aber ich bin auch ein Opfer und werde nicht belangt. Kitto will mich einmal die Woche sehen, bis ich eine feste Arbeit hab.«

»Ich wusste, dass dir nichts passiert.«

»Wie hast du's geschafft, das alles durchzustehen?«

»Ich habe an all die Sachen gedacht, die ich noch machen will, bevor ich sterbe.«

Er lächelt zaghaft. »Du bist noch zu jung für solche Gedanken.«

»Aber alt genug für ein bisschen Ehrgeiz.« Als Lily wieder zu ihm hinschaut, zittern seine Hände. »Dir geht's ganz schön mies, was?«

»*Ein Bier würde jetzt helfen, aber es wird Zeit, dass ich die Finger von dem Zeug lasse.*«

»*Wir müssen beide einiges ändern. Ich liebe die Inseln, aber wir sollten wieder aufs Festland ziehen.*«

»*Wieso?*«

»*Irgendwas Gutes muss doch aus all dem entstehen*«, antwortet sie. »*Ich möchte zur Uni gehen, und du würdest da leichter einen Job finden.*«

»*Mach dir über so was jetzt erst mal keine Gedanken.*« Er steht auf. »*Hast du Hunger?*«

»*Und wie!*«

»*Dann dusch dich und leg dich danach wieder hin. Ich bring dir was zu essen.*«

Als Lily vorsichtig aufsteht, erinnert der Schmerz in ihrem Rücken sie daran, was sie für einen Albtraum überlebt hat. Sie hätte sterben können wie Sabine und Jade. Ihr ganzer Körper bebt, als sie von der Erinnerung überwältigt wird und zu weinen beginnt. Dann stellt sie sich unter die Dusche, legt den Kopf zurück und lässt das heiße Wasser die letzten Reste abwaschen, die noch von dem Make-up einer anderen Frau auf ihrer Haut kleben.

66

Ich bin schon den ganzen Morgen auf dem Revier. Ich hätte auch im Hotel bleiben und meine Wunden lecken können, dann hätte Eddie sich die Geständnisse von Jeff Pendelow und Elaine Rawle angehört, aber dazu war ich zu neugierig. Lawrie Deane sieht völlig fertig aus, als er zu mir kommt. Er hat letzte Nacht hier Wache gehalten und alle Viertelstunde nach unseren beiden Häftlingen gesehen, doch es ist nicht die Müdigkeit, die ihn so quält.

»Jeff und ich waren befreundet. Ich war total oft mit ihm angeln«, erklärt er. »Er hat nicht ein Wort gesprochen, seit er geschnappt wurde.«

»Und Elaine?«

»Die Frau faselt die ganze Zeit. Irgendwas von wegen, sie wollte die Frauen doch nur hier festhalten, damit sie sie nicht verlassen. Sie mussten dafür büßen, dass ihre Tochter gestorben ist.« Deane zögert einen Moment. »Ich kann verstehen, dass sie ausgetickt ist. Wenn eines von meinen Mädchen sterben würde, würde ich auch durchdrehen. Keine Mutter und kein Vater sollte das durchmachen müssen.«

»Danke, dass Sie hier aufgepasst haben, Lawrie. Gehen Sie nach Hause und schlafen sie.«

»Nicht, bevor Sie den Mistkerl vernommen haben«, erwidert der Sergeant mit einem grimmigen Lächeln. »Um nichts in der Welt lasse ich mir das entgehen.«

»Sie sind beide schuldig, nicht nur er. Ist die Anwältin bei beiden Verhören dabei?«

»Die tut sich bestimmt selbst leid«, antwortet er. »Mary Tunstall vertritt eigentlich Jeff, aber bis ein zweiter Anwalt vom Festland da ist, ist sie auch bei Elaines Verhör dabei.«

»Dann lassen Sie uns anfangen.«

Ich schiebe meine Unterlagen zu einem Stapel zusammen, aber bevor ich sie vom Schreibtisch nehmen kann, höre ich Eddie plötzlich schreien. Als ich bei den Zellen ankomme, sieht es so aus, als könnte Jeff Pendelow doch noch eine dritte Braut für sich reklamieren. Elaine Rawle liegt auf dem Boden ihrer Zelle und blockiert den Eingang, so dass ich gezwungen bin, sie mit der Tür zur Seite zu schieben. Sie hat den Stoff ihres Kleides zerrissen und zu einer Galgenschlinge verknotet. Sie muss schnell gewesen sein. Die Wandtafel zeigt, dass nur zehn Minuten seit Eddies letztem Sicherheits-Check vergangen sind.

Ich bin erleichtert, als Elaine wieder zu sich kommt und nach Luft ringt. Ich möchte, dass die Familien der Opfer beide Täter verurteilt sehen. Bis zu ihrer Überstellung aufs Festland werden wir sie durchgehend bewachen müssen. Elaines Äußeres hat sich verändert, als ich sie zusammengesackt in ihrer Zelle zurücklasse, mit ihren zerfetzten Kleidern und ihren schlaff herabhängenden Locken sieht sie aus wie eine kaputte Puppe. Lawrie Deane postiert sich vor ihrer Zelle und lässt die Klappe offen, um einen weiteren Selbstmordversuch zu verhindern.

Es ist bereits früher Nachmittag, als Jeff Pendelow in Madrons Büro geführt wird. Seine Anwältin macht einen betrübten Eindruck, Pendelow selbst wirkt jedoch ruhig und sieht genauso aus wie immer: Seine weißen Haare sind zurückgekämmt, und er betrachtet Eddie und mich über den Rand seiner Brille hinweg. Nur sein leerer Blick erscheint ungewohnt. Vielleicht ist mir das vorher nie aufgefallen, oder er ist ein hervorragender Schauspieler. Er zeigt keinerlei Regung, als ich die Gründe für seine Verhaftung aufzähle.

»Deine Ischiasbeschwerden waren gespielt, hab ich recht? Du wolltest, dass es so aussieht, als wärst du zu schwach, um irgendwem etwas tun zu können.«

»Das ist nicht wahr. Ich hatte wochenlang Schmerzen.«

Ich schüttele ungläubig den Kopf. »Warum fängst du nicht mal ganz vorn an? Sag uns, warum du Sabine Bertans und Jade Finbury umgebracht und zwei andere Frauen attackiert hast.«

»Kein Kommentar.«

»Unsere Kriminaltechnikerin war den ganzen Morgen bei dir zu Hause. Sie hat Blutspuren in deiner Küche entdeckt, und deine Turnschuhe passen zu dem Abdruckprofil am Auffindungsort von Jades Leiche. Beweise, um dich hinter Gitter zu bringen, haben wir also genug, aber mich interessieren die Details.«

»Kein Kommentar.«

Pendelow scheint seine letzte Chance, Kontrolle auszuüben, zu genießen. Ich werde meinen Trumpf ausspielen müssen, um seine Abwehr zu durchbrechen.

»Deine Frau wird von deinen Eskapaden erfahren.« Über sein Gesicht huscht ein schockierter Ausdruck. »Das bricht ihr das Herz. An so was Schreckliches erinnert sich selbst jemand mit Gedächtnisproblemen bis in alle Ewigkeit.«

»Das wäre ein Akt monströser Grausamkeit«, sagt Jeff.

»Schlimmer, als zwei Frauen zu ermorden und zwei weitere zu attackieren?«

Tunstall weist ihren Mandanten im Flüsterton an, ruhig zu bleiben, doch Wut hat seine Abwehr geschwächt.

»Du wirst dich besser fühlen, wenn du es dir von der Seele schaffst, Jeff.«

Sein Blick wandert zum Fenster. »Elaine ist seit Jahren psychisch krank. Sie glaubt, dass Leah ihre Disposition zu Depressionen geerbt hat, die schließlich zu ihrem Tod geführt haben. Die Schuldgefühle sind der Grund für ihren psychischen Zusammenbruch. Vor einem Jahr, als ich Val gepflegt habe, habe ich angefangen, mir ihre endlosen Selbstvorwürfe anzuhören; dafür hat sie mir mit Val geholfen.« Seine Schultern sinken herab, und er kämpft mit den Tränen. »Sie hat sich so nett um meine Frau gekümmert, dass ich mich in sie verliebt habe. Ich hätte alles getan, worum sie mich bittet.«

»Auch gemordet?«

»Elaine wollte sich Vals Auto leihen, und ich habe es ihr überlassen, ohne nach dem Grund zu fragen, obwohl ihr Verhalten damals schon erratisch geworden war. Sie hat Frank weisgemacht, sie würde spätabends noch ins Museum gehen, und kam dann zu mir. Aber ihre Besuche hatten nichts Freudvolles. Sie wurde von schrecklichen Albträumen gequält, in denen Leah um Erlösung flehte. Die erste Frau hat sie am dritten August umgebracht, dem Datum, an dem ihre Tochter eigentlich heiraten sollte. Elaine glaubte, dass Leahs Geist dadurch Ruhe finden würde.«

»Erzähl mir, was in der Nacht passierte, in der sie sich das Auto geliehen hat.«

Er beugt sich vor, stützt sich auf die Knie und hält den

Kopf gesenkt. »Sie hatte die junge Frau schon wochenlang beobachtet. An diesem Abend fuhr Elaine ihr vom Hotel zum Pulpit Rock hinterher. Dort schlug sie sie mit einem Stein bewusstlos und schleifte sie ins Auto. Danach ergriff der Wahnsinn von ihr Besitz.«

»Wie meinst du das?«

»Ihre Psychose faszinierte mich. Sie konnte in dem einen Moment vollkommen klar sein und im nächsten völlig umnachtet und verwirrt.«

»Sie ist keine Patientin von dir, Jeff. Erzähl mir, was passiert ist.«

»Elaine hatte mir schon häufiger von ihrer Sehnsucht erzählt, junge Frau hier festzuhalten und sie für immer mit den Inseln zu vermählen. Ich dachte, sie würde phantasieren, bis sie mir in jener Nacht Sabines Leiche im Kofferraum von Vals Wagen zeigte. Sie hatte Angst, weil Harry Jago plötzlich wie aus dem Nichts aufgetaucht war. Sie war davon überzeugt, dass er sie gesehen hatte.« Jeff reibt sich mit der Hand übers Gesicht, als würde er Worte von einer Tafel abwischen. »Elaine hatte in dem Gewölbe unter dem Museum schon alles vorbereitet. Einen Spiegel, Stricke und einen Stuhl. Sie wollte, dass die Frauen versuchen, sich in Leah zu verwandeln. Sie hat Polaroidfotos gemacht, bevor sie sie erwürgt hat, obwohl die Opfer um ihr Leben gefleht haben.«

»Du musst ihr geholfen habe, Sabines Leiche am Pulpit Rock aufzuhängen. Allein hätte sie das nie geschafft.«

»Sie hat mir gedroht, allen zu sagen, es wäre meine Idee gewesen, wenn ich es nicht tue.«

»Du hättest dich jederzeit verweigern können. Stattdessen hast du ihr geholfen, die Leiche am Kliff aufzuhängen.

Wenn du danach Schluss gemacht hättest, wärst du vielleicht noch davongekommen, aber du hast ihr geholfen, noch drei weitere Frauen zu attackieren.«

»Vielleicht haben sich in meinem Verstand ebenfalls Risse aufgetan, als Val krank wurde, und durch die konnten Elaines Ideen dann leicht Einzug halten.«

»Komm schon, Jeff. Du bist der hellste Mensch, den ich kenne. Du hast irgendwas für dich da rausgezogen, sonst hättest du nicht weitergemordet. Warum hast du ausgerechnet Hannah und Jade ausgewählt?«

»Elaine hat sie ausgesucht, nicht ich. Leah wollte für immer hierbleiben, bis die Krankheit ihren Traum zerstört hat, zu heiraten, Musiklehrerin zu werden und eine Familie zu gründen. Elaine hat die jungen Frauen gehasst, die so mir nichts, dir nichts wieder weggeflogen sind und zu unabhängig waren, um sich an die Inseln zu binden.«

»Du leugnest also deine Verantwortung, abgesehen davon, dass du ihr geholfen hast, die Leichen zu präsentieren?«

Er schaut mich entnervt an, so als würde ich seine höhere Logik nicht begreifen. »Val war sehr schön, als wir geheiratet haben, aber ich habe sie dahinwelken sehen wie eine Blüte in der Hecke. Als sie weg war, verschwamm für mich die Grenze zwischen Gut und Böse. Religion, Politik, Moral – nichts davon war noch wichtig.«

»Die Frauen haben einen hohen Preis dafür gezahlt, dass dir dein Glaube abhandengekommen ist.«

Das Verhör dauert noch weitere zwanzig Minuten, aber er lässt sich auf keine Erklärung seiner eigenen Motive ein. Er behauptet, es sei Elaines Idee gewesen, auf jedes der Opferfotos eine Zeile aus einem der alten Hochzeitslieder der

Insel zu schreiben, um das Andenken ihrer Tochter zu ehren. Leah Rawle hat die alten Volkslieder von St. Mary's geliebt und vor ihrem Tod Texte und Melodien von den ältesten Inselbewohnern gesammelt.

Ich bin noch dabei, all diese Informationen zu verarbeiten, als ich das Verhör um siebzehn Uhr abbrechen muss und draußen im Flur auf DCI Madron treffe. Mein Boss sieht so gepflegt aus wie eh und je; seine grau melierten Haare sind ordentlich gekämmt, und er trägt Krawatte. Ich hatte ganz vergessen, dass er heute zurückkommen wollte. Mit ernster Miene bittet er mich in sein Büro. Sein Blick wandert über die Unterlagenstapel auf seinem Schreibtisch, die von Fotos überquellende Magnettafel und die Jacke, die ich über seinen Stuhl geworfen habe.

»Wie ich sehe, haben Sie den Raum in Beschlag genommen, Kitto.«

»Tut mir leid, Sir. Wir brauchten den größten Raum für unsere Einsatzbesprechungen.«

Er wischt meine Entschuldigung beiseite. »Eddie und Isla haben mir bereits die Details berichtet, aber ich will es aus erster Hand hören.«

Ich brauche eine halbe Stunde, um ihm die ganze Geschichte zu erzählen. Mein Boss hört schweigend zu und umklammert dabei die Armlehnen seines Stuhls, als säße er in einem außer Kontrolle geratenen Zug.

»Das ist nicht ganz so katastrophal, wie ich befürchtet hatte«, sagt er dann. »Niemand hätte ahnen können, dass Jeff und Elaine dahinterstecken. Sie machten immer den Eindruck, anständige, aufrechte Bürger zu sein.«

»Danke, Sir.«

»Das war kein Kompliment.«

»Klingt aber so.«

»Wenn Sie den Hinweisen nicht konsequent nachgegangen wären, wäre Lily Jago jetzt auch tot.« Sein Lächeln dauert nur eine Nanosekunde. »Ich werde die Fallakte noch mal genau durchsehen, bevor ich den Bericht für die Polizeibehörde schreibe.«

»Das Team hat bis zum Umfallen gearbeitet. Wenn Sie meine Leute nicht lobend erwähnen, kündige ich.«

DCI Madrons finsterer Blick kehrt zurück. »Solche Drohungen sind inakzeptabel, Kitto. Immer wollen Sie, dass alles nach Ihrer Nase geht.«

»Wer will das nicht?«

Die Atmosphäre zwischen uns ist angespannt. »Wenigstens ist Hannah Weber auf dem Weg der Besserung.«

»Seit wann denn das?«

»Sie hat heute Morgen ein paar Worte geredet. Angesichts ihrer Kopfverletzungen ist das offenbar ein gutes Zeichen. Ihr Freund ist auf dem Weg von Heidelberg hierher, danach wird sie ins Krankenhaus von Penzance geflogen. Dort gibt es eine gute neurologische Abteilung, also hoffen wir mal das Beste für sie.«

»Das freut mich sehr, Sir«, sage ich und stehe auf. »Ich muss jetzt Elaine Rawle verhören.«

Er schaut mich streng an. »Sie haben hier nicht mehr das Sagen, Kitto. Ich übernehme den Fall, und Sie kommen erst wieder, wenn die Verletzungen in Ihrem Gesicht verheilt sind. Sie sehen aus, als hätten Sie einen Boxkampf gegen Tyson Fury verloren.«

67

Ich halte mich nicht sklavisch an die Anweisungen meines Chefs; bevor ich zurück nach Bryher fahre, habe ich noch ein bisschen was zu erledigen. Erst kaufe ich ein Dutzend von Shadows Lieblingsleckerlis ein, dann hole ich meinen Neoprenanzug aus dem Hotel und gehe zum Porthcressa Beach hinunter. Jetzt, wo die Stürme vom Atlantik sich gelegt haben, ist der Sommer zurück und auch die sengende Hitze. Die Insulaner, denen ich unterwegs begegne, stellen mir keine Fragen, und ich kann mir denken, warum. Neuigkeiten verbreiten sich hier sehr schnell, und es wird sich bereits herumgesprochen haben, dass zwei ältere Gemeindemitglieder wegen Mordes in Haft sitzen. Die Leute starren von der anderen Straßenseite aus zu mir herüber und machen sich aus sicherer Entfernung ein Bild von meinen Verletzungen, bevor sie ihren Weg fortsetzen. In den Pubs werde ich heute Abend das Thema Nummer eins sein: DI Benesek Kitto und sein Team haben die Mörder geschnappt, aber er hat dabei eine deftige Abreibung kassiert.

Ich lege mein Handtuch am Strand ab, wate ins Meer und lasse mich vom Salzwasser tragen. Die Kälte des Ozeans wirkt wie ein Betäubungsmittel. Ich beginne langsam zu kraulen. Während die Wellen mir ins Ohr singen und ihr salziger Geschmack meinen Mund füllt, spüre ich meine Wunden nicht. Es ist nur noch eine Woche bis zum Schwimmwettbewerb, und ich will unbedingt gewinnen, zum Andenken an Sabine.

Ich brauche nicht lange, bis ich am Pulpit Rock bin. Im Augenblick könnte niemand die Kliffwand erklimmen, dazu rollt die Flut zu schnell ans Ufer. Wenn ich näher heranschwimmen würde, würde ich gnadenlos gegen die Felsen geschleudert. Als ich nach oben schaue, spricht der riesige Prediger aus Stein noch immer zu seiner wässrigen Gemeinde. Ich muss an den bizarren Anblick zurückdenken, den die Braut mit dem wehenden Schleier bildete, und an die vielen Fehler, die ich gemacht habe. Morgen werde ich alle um Vergebung bitten, die ich fälschlich beschuldigt habe. Pfarrer Michael wollte nur einer kranken Frau beistehen und einen angezählten jungen Mann unterstützen. Der Fall hat mich mindestens zwei Freundschaften gekostet. Die Keast-Brüder werden mir meinen Verrat niemals verzeihen, aber das wäre bei mir auch nicht anders, wenn mich jemand eines kaltblütigen Mordes bezichtigen würde.

Die Sonne wird langsam schwächer, als die Strömung mich wieder in südlicher Richtung nach Porthcressa treibt. Der Strand hat sich geleert, einige Paare sind auf dem Weg zu *Dibble and Grub*, um dort ein frühes Glas Wein zu genießen, und eine dunkelhaarige Frau in einem gelben Bikini paddelt am Rand des Wassers herum. Nina hebt die Hand, als sie mich an Land waten sieht, aber ich mag keine Abschiede. Sie fliegt morgen zurück nach Bristol, wodurch ich gezwungen sein werde, sie erneut zu vergessen.

»Was ist denn mit deinem Gesicht passiert, Ben?«

»Ach, ich hatte bloß eine kleine Auseinandersetzung mit einer Treppe.«

»Und der Beton hat gewonnen.« Als sie über meinen Kiefer streicht, möchte ein Teil von mir sie zurück ins Hotel zerren, während der Rest weitere Schäden vermeiden will.
»Herzlichen Glückwunsch! Ich hörte, die Mörder sind inzwischen eingebuchtet.«

»Ich hätte sie früher kriegen sollen, aber sie waren gut getarnt.«

Mein Blick verharrt auf dem Horizont, über den Inseln weiter draußen schwindet das Licht, aber aus dem Augenwinkel sehe ich dieses Lächeln auf Ninas Gesicht, das mir ein ewiges Rätsel ist. Sie versteht es, mich anzulocken, und stößt mich gleichzeitig von sich weg. Die Flut hat inzwischen ihren Höchststand erreicht, und die Wellen rollen schnell weiter den Strand hinauf.

»Wenn du willst, können wir jetzt unseren Abschiedsdrink nehmen«, sage ich zu ihr. »Ich muss nur kurz noch was erledigen. Shadow wurde vorhin operiert, und ich will nachsehen, wie es ihm geht.«

Sie steht auf und schlüpft in ihre Sandalen. »Ich möchte ihn auch sehen. Und dann muss ich die Besitzer des Watermill Cottage anrufen.«

»Wozu?«

»Sie lassen mich sechs Wochen länger dort wohnen.«

»Und was ist mit deinen Prüfungen?«

»Ich fliege für ein paar Tage zurück, damit ich sie machen kann.«

Nina geht neben mir her über den Strand. Ihre bernsteinfarbenen Augen suchen mein Gesicht nach einer Reaktion ab; ihrem Blick entgeht nichts.

»Ich dachte, du wärst nur zurückgekommen, um dich richtig zu verabschieden.«

»Du solltest aufmerksamer sein«, erwidert sie lachend. »Ich musste rausfinden, warum du mir nicht aus dem Kopf gehst.«

»Der Hauptgrund ist Shadow, hab ich recht?«

»Könnte schon sein. Ich muss mich schnell umziehen, bevor ich wir ihn besuchen.«

»Nein, bitte bleib im Bikini.«

Ihr Lächeln wird breiter. »Ich kann ihn ja später wieder anziehen. Gib mir fünf Minuten.«

Sie legt ihren Kopf kurz an meine Schulter und läuft dann los. Ich bleibe zurück und betrachte den Meeresschaum, der sich auf den Sand legt wie ein Brautschleier.

ANMERKUNG DER AUTORIN

Ich beende meine Bücher immer mit der Bitte an die Leser und Leserinnen, sie nicht als Reiseführer zu verstehen, und *Tiefrot tanzen die Schatten* bildet da keine Ausnahme. Der Roman ist auf der schönen Insel St. Mary's angesiedelt, der größten und am dichtesten bewohnten der Scilly-Inseln, aber ich habe mir geographische Freiheiten genommen, um eine spannende Geschichte zu entwickeln. Die antiken Stätten überall auf der Insel sind mit einer ordentlichen Prise Phantasie beschrieben. Die Felsformation Pulpit Rock steht tatsächlich an der Spitze von Peninnis Head, wie ich es schreibe, ihre Ausmaße sind jedoch übertrieben, und das ist nur eines von Dutzenden Beispielen, wo ich es mit der Wahrheit nicht ganz so genau genommen habe. Mir ist es vor allem wichtig, die besondere Stimmung dieser Landschaft einzufangen, denn ich liebe St. Mary's seit vielen Jahren. Die Insel ist herrlich, und ich möchte ihre Bewohner auf gar keinen Fall gegen mich aufbringen und riskieren, dass sie mich aus ihren tollen Pubs und Hotels verbannen.

Die Idee zu diesem Buch kam mir im letzten Sommer bei einem Spaziergang von Hugh Town in den Norden der Insel. Ein Brautpaar ließ sich damals vor dem Hintergrund des Pulpit Rock fotografieren, und es war so ein tolles Bild, wie der Schleier der Braut im Wind wehte, dass ich es einfach in mein Buch einbauen musste. Ich hoffe, diese düstere Geschichte hält keine Paare davon ab, künftig dasselbe Setting für ihre Fotos zu nutzen.

Ich kann St. Mary's allen, die sich für felsige, unberührte und mit ruhigen Sandstränden gespickte Küsten begeistern, wärmstens ans Herz legen. Sie finden dort jede Menge archäologische Stätten und hervorragende Fährverbindungen, mit denen sie sich zwischen den Inseln hin und her bewegen können. Dieser Ort fühlt sich an wie aus der Zeit gefallen. Besucher zockeln mit Golf-Buggys und Leihrädern herum, anstatt mit Autos, und niemand regt sich auf, wenn sich vor dem *Co-op*-Laden eine lange Schlange bildet. Auf meinem Schreibtisch liegen immer einige Kieselsteine vom Porthcressa Beach, die mich beim Arbeiten an die Schönheit der Insel erinnern.

DANK

Ich möchte allen auf St. Mary's dafür danken, dass sie seit vielen Jahren so gastfreundlich zu mir sind. Ein besonderer Dank geht an meine Freunde und Freundinnen: Linda Thomas von der Porthcressa Library, der talentierten Jugendbuchautorin Rachel Greenlaw, Clive und Avril Mumford und Victoria Hitchens. Großen Dank schulde ich auch Jeremy Brown und seiner vielseitig begabten Partnerin Kate für die Einladung zu dem großartigen Creative Scilly Festival. Auch der Creative-Writing-Gruppe von St. Mary's danke ich dafür, dass sie mich zu ihrem Workshop eingeladen und mir ihre wunderbare Anthologie geschenkt hat, die unter Beweis stellt, wie viele talentierte Autoren und Autorinnen auf den Scilly-Inseln leben.

Der Five Islands School danke ich dafür, dass sie mir gestattet hat, Zeit mit ihren ausgelassenen und sehr begabten Schülerinnen und Schülern zu verbringen und sie dazu zu ermutigen, das Schreiben zu ihrem Beruf zu machen. Den sehr hilfsbereiten Mitarbeitern des *Star Castle Hotel* danke ich dafür, dass ich das Gebäude in meine Geschichte einbauen durfte. Die Manager haben natürlich keinerlei Ähnlichkeit mit den im Buch beschriebenen; das Hotel ist eine sehr besondere, luxuriöse Unterkunft.

Ich danke Teresa Chris, meiner Agentin, der ich dieses Buch widme. Sie motiviert mich zum Schreiben, auch dann, wenn Gin und Schokolade nicht mehr weiterhelfen, und führt mich immer zu den schönsten Kleidungsstücken, wenn wir zusammen shoppen gehen. Vielen Dank an alle bei Simon & Schuster für ihre Unterstützung, insbesondere der hervorragenden Lektorin Bec Farrell und meiner freundlichen und umsichtigen Pressefrau Jess Barratt.

Auch meinen Schriftstellerfreundinnen Penny Hancock, Mel McGrath und Louise Millar und allen bei den *Killer Women* bin ich zu Dank verpflichtet. Danke, dass ihr mich immer wieder aufrichtet, wenn mein Selbstvertrauen schlappmacht. Auch meine Twitter-Freundinnen haben mich über die Jahre toll unterstützt. Janet Fearnley, Peggy Breckin, Polly Dymock, Hazel Wright, Julie Boon, Jenny Blackwell, Louise Marley, Christine South, Angela Barnes, Rachel Medlock, Sarah LP und Hunderte weitere – ihr seid großartig. Eure Begeisterung für meine Geschichten trägt mich jeden Morgen an den Schreibtisch, entschlossen, weiterzuschreiben.

Schließlich danke ich meiner wunderbaren Schwester Honor und meinem langmütigen Mann Dave dafür, dass sie seit meinen ersten Schritten als Autorin an mich glauben.

Sie können den nächsten Roman von

KATE PENROSE

kaum erwarten?

Wir informieren Sie über diese und weitere spannende Neuerscheinungen mit unserem kostenlosen Newsletter.

Hier können Sie sich anmelden:

fischerverlage.de/unterhaltungsnewsletter

Kate Penrose
Nachts schweigt das Meer
Ein Krimi vor der Küste Cornwalls

Detective Inspector Ben Kitto wollte bei seiner Rückkehr auf die Scilly-Inseln eigentlich nur eines: zur Ruhe kommen. Seinem Onkel beim Bootsbau helfen, sich vom Inselwind den Kopf freipusten und London hinter sich lassen. Soweit der Plan. Doch bereits bei der Ankunft auf seiner Heimatinsel Bryher wird die 16-jährige Laura vermisst und kurz darauf ermordet aufgefunden. Ben meldet sich freiwillig, die Ermittlungen zu übernehmen, aber bald hat er mehr Verdächtige, als ihm lieb ist. Darunter auch Menschen, die er sein Leben lang kennt und die ihm viel bedeuten. Denn in der kleinen Inselgemeinschaft auf Bryher gibt es dunkle Geheimnisse. Und der Täter kann jederzeit erneut zuschlagen.

Aus dem Englischen
von Birgit Schmitz
464 Seiten, Klappenbroschur

Weitere Informationen finden Sie auf
www.fischerverlage.de

AZ 596-70349/1

Kate Penrose
Dunkel leuchten die Klippen
Ein Krimi auf den Scilly-Inseln

An einem klaren Morgen Mitte Mai will DI Ben Kitto seinem Onkel Ray in dessen Bootsbaubetrieb aushelfen. Doch dann wird Ben zu einer Höhle vor der rauen Küste Trescos gerufen. Dort treibt der leblose Körper einer Frau im Wasser. Jude Trellon, eine erfahrene Profitaucherin, wurde an den Felsen festgebunden und ertrank. In ihrem Rachen befindet sich eine kleine Figur in Form einer Meerjungfrau. Wer hatte ihr aufgelauert, um sie kaltblütig zu ermorden? Und warum unternahm Jude einen Tauchgang in der Höhle, die bei Flut zur tödlichen Falle werden kann? Ben Kitto gerät schnell in die gefährlichen Untiefen einer Ermittlung, die ihn beinahe selbst das Leben kosten wird …

Aus dem Englischen
von Birgit Schmitz
448 Seiten, Klappenbroschur

Weitere Informationen finden Sie auf
www.fischerverlage.de

AZ 596-70350/1

Kate Penrose
Kalt flüstern die Wellen
Ein Krimi auf den Scilly-Inseln

Eigentlich sollte Detective Inspector Ben Kitto an diesem Abend das traditionelle Feuerwerk zur Bonfire Night überwachen. Aber dann macht ein grausiger Fund auf der Insel St. Agnes vor Cornwall jegliche Feierstimmung zunichte. In der Asche einer Feuerstelle werden menschliche Überreste entdeckt. Ben Kitto stoppt sofort den Schiffsverkehr zu den Nachbarinseln und stellt die achtzig Bewohner von St. Agnes unter Hausarrest. Denn der Täter befindet sich noch immer auf der Insel. Und seine Botschaft ist eindeutig: Alle Eindringlinge sind dem Tod geweiht ...

Aus dem Englischen
von Birgit Schmitz
416 Seiten, Klappenbroschur

Weitere Informationen finden Sie auf
www.fischerverlage.de

AZ 596-70001/1